HELVETIA 1949

PHILIPP GURT

HELVETIA 1949

KRIMINALROMAN

emons:

Bibliografische Information der Deutschen Nationalbibliothek
Die Deutsche Nationalbibliothek verzeichnet diese Publikation in der Deutschen Nationalbibliografie; detaillierte bibliografische Daten sind im Internet über http://dnb.d-nb.de abrufbar.

FSC www.fsc.org MIX Papier aus verantwortungsvollen Quellen FSC® C083411

Umschlagmotiv: Stadtarchiv Chur
Umschlaggestaltung: Nina Schäfer
Gestaltung Innenteil: César Satz & Grafik GmbH, Köln
Druck und Bindung: CPI – Clausen & Bosse, Leck
Printed in Germany 2020
ISBN 978-3-7408-0953-9
Originalausgabe

Für Sandra und für Lukas

Achte jedes Mannes Vaterland,
aber das deinige liebe!

Gottfried Keller,
«Das Fähnlein der sieben Aufrechten»

PROLOG

Meiersboden, Samstag, 18. Juni 1949

Gisela lag in dieser stürmischen Sommernacht nur einen Steinwurf vor dem abgelegenen Gasthaus bäuchlings in der feuchtkalten Erde. Der Föhnsturm, der seit dem späten Nachmittag ständig an Stärke zulegte, riss über ihr an den Zweigen der mächtigen Kastanie.

Sie war an Ort und Stelle derart hart aus dem Hinterhalt gepackt worden, dass ihre Gegenwehr wie eine Kerzenflamme im Wind erloschen war. Nicht mal um Hilfe rufen konnte sie, denn in ihrem Mund steckte sofort ein Knebel, und die dadurch gedämpften Schreie konnte die alte Wirtin im Tosen nicht bis ins Innere der Spelunke hören. Rücksichtslos drückte die Gestalt ihr nun ein Knie ins Kreuz, während sie ihr die Hände hinter den Rücken fesselte.

Ein grober Jutesack wurde ihr über den Kopf gestülpt. Dabei kam ihr der Angreifer so nahe, dass Gisela die Wärme des Atems am Hals fühlen konnte, während dieser den Strick um ihre Hände fester zurrte.

Was wollte er von ihr? Sie etwa vergewaltigen, demütigen oder ihr bloss einen Höllenschrecken einjagen? Letzteres wäre ihm bestens gelungen. Wenn er sie nämlich nur töten wollte, wäre dies mit einem Messer – oder mit was auch immer – doch schon längst geschehen, dachte Gisela, während sie von der Gestalt auf den Rücken gedreht und mit einer Hand durch den Sack hart am Kinn gepackt wurde, als würde der Kerl ihr damit sagen wollen: «Jetzt hör mal gut zu, verstanden?»

Durch den Jutesack sickerte schwach der dunkelrote Schein der roten Laterne, die unweit daneben brannte und dem Gasthaus seit vielen Jahren seinen Namen verlieh. Der Kopf des Angreifers hob sich dunkel in diesem ab.

Gisela glaubte, dessen Hass zu spüren, als fiele er wie Regentropfen auf sie, und das machte ihr Angst. Sie versuchte ihn zu fragen, was er denn wolle, was sie, Gisela, bloss getan habe, doch mehr als erstickte Laute brachte sie nicht hervor. Ausserdem musste sie des Knebels wegen mit der Luft haushalten. Begierig sog sie diese durch die geblähten Nasenflügel ein.

Einen Moment lang verharrte die dunkle Silhouette wie der Schatten einer Statue über ihr, so als müsse sie erst überlegen, was zu tun sei, dann verschwand sie aus dem mattroten Schein.

Gisela versuchte in die Dunkelheit zu horchen, die Schritte zu verfolgen, doch das Rauschen der vielen Bäume in den scharfen Windböen und das Scheppern des Eisengatters am Schweinestall übertönten alles.

Sie nahm sich vor, sich ganz still zu verhalten, tot zu stellen, und wenn in wenigen Minuten nichts mehr passierte, würde sie sich langsam aufrichten, denn ihre Füsse waren nicht gefesselt. Sie müsste nur aufs rote Licht der Laterne zusteuern, um das dreissig Meter dahinter liegende Gasthaus zu erreichen, dann an die Haustüre treten, damit die Wirtin sie befreien käme – das war ihr Plan, der sie nicht in sinnlose Panik verfallen liess.

Doch Gisela Möckli kam nicht weiter in ihren Gedanken, weil sie erst aufgerichtet, dann am Arm gezogen weggeführt wurde. Fast erleichtert stellte sie nach wenigen Metern fest, dass sie direkt im roten Schein der Laterne stehen geblieben waren, der nun satt durch den Jutesack drückte.

Die nackte Angst wallte in ihr hoch, als die Gestalt ihr eine Schlinge um den Hals legte, zuzog und sie damit zeitgleich so weit in die Höhe hob, dass sie nur noch auf ihren Zehenspitzen stehen konnte.

Erhängen?

Das war der einzige und ebenso absurde Gedanke, der ihr durch den Kopf schoss, während ihre Zehenspitzen sie weiter vom rettenden Boden hochstemmen mussten, als wäre sie eine Ballerina, die den sterbenden Schwan tanzte, denn gleichzeitig kämpfte sie um jeden Atemzug.

Immer wenn sie glaubte, es keinen Moment mehr länger aushalten zu können, reichte die Luft dennoch, um die anschwellende Ohnmacht in Schach zu halten. Zudem dehnte sich die Schlinge, sodass sie nach und nach endlich ihre Füsse wieder flach auf den Boden stellen konnte, wenn auch nur behutsam, damit der Hals nicht weiter zugeschnürt wurde.

In grausamer Qual verstrichen die Sekunden, denn weiter liess sich die dicke Schlinge nicht dehnen, und ihre Hände bekam sie nicht frei, ebenso wenig den Knebel aus dem Mund.

Warum?

Warum und vor allem wer versetzte sie auf diese Weise in grausame Todesqualen, fragte sie sich, die Panik weiter unterdrückend. Den Begriff von Zeit verlor sie dabei zusehends. Es war ihr, als verharre sie eine unbegreiflich lange Zeit in dieser Haltung, als der Stoffknebel vom Speichel durchnässt sich so weit zusammenzog, dass grosse Hoffnung in ihr aufkeimte, die ihren Überlebenswillen antrieb. Sie schaffte es endlich, durch den Mund, am Knebel vorbei, zu atmen. Was für eine Erleichterung. Sie kaute weiter auf dem gedrehten Stoff wie ein nervöses Pferd an seinem Maulgeschirr, bis sie ihn endlich mit der Zunge ausstossen konnte.

Glückselig atmete sie einen Atemzug durch, um nach der Wirtin zu schreien, als ein kräftiger Zug am Seil sie hochriss – so hoch, dass ihre Füsse verzweifelt ins Leere zappelten, während die Erstickung einsetzte.

In ihren Ohren begann es zu rauschen, als käme die Plessur nach einem heftigen Gewitter weit hinten im Schanfigg aus dem Tobel geschossen. Ihr Körper wand sich weiter im gespenstisch roten Schein, die Schatten der Zweige über ihr tanzten zu ihren Füssen. Verwaschen vernahm sie als letztes Geräusch in dieser Welt aufgeregtes Hühnergegacker, bevor die Hunde anschlugen. Deren Gebell verstummte leiser werdend irgendwo in ihr drin, in einer so tiefsamtschwarzen Stille, welche das Tor zur finsteren Ewigkeit aufstiess.

1

Der Mond hing bleich wie die Sichel des knöchernen Sensenmannes zwischen den schwarzen Silhouetten von Pizokel und Mittenberg, während der stürmische Nachtwind über ihre Flanken ins Tal brauste, sodass der Bergwald ächzte und hin und wieder das Knacken eines morschen Astes zu hören war.

Landjäger Caminada trampte mit ausgeschaltetem Hilfsmotor, über seinen Velotöfflilenker gebeugt, ins Täli, dem südöstlichen Churer Quartier, dessen schmucklose Häuser sich nach dem Totengut nur noch linksseitig in die Schlucht reihten, als wären sie das löchrige Gebiss des felsigen Schlunds.

Als er am Totengutbrückli vorüberfuhr, schlug hinter seinem Rücken die St. Martinskirche drei Mal. Die tiefen Klänge hallten leise aus der Altstadt gegen den Wind ins Täli.

Die wenigen Gebäude, die an dieser Stelle wie mit einem Hammer in den zunehmend stotzigeren Hang getrieben ihren Platz gefunden hatten, lagen im Dunkeln. Einzig im Krankenasyl Sand, das am Schluchteingang und nur drei Steinwürfe oberhalb der Strasse stand, hatte Caminada noch Licht entdeckt. Der von der Strassenlaterne geworfene gelbe Schein vermochte dem Eindruck von Düsternis nicht zu wehren. In ihrem Lichtkegel tanzten die Schatten der Zweige und Büsche wie Krähen im Sturmwind. Die schlecht gekieste, nur fuhrwerksbreite Strasse lag nach dem Totengutbrückli ebenso im Stockdunkeln wie das Geleise der Arosabahn, das parallel der Plessur folgend zuhinterst im Loch des Bergs verschwand.

Je tiefer der Landjäger ins Täli fuhr, desto steiler drückten die schwarzen Wände, und kühler Hauch blies ihm entgegen. Der Nachthimmel über ihm hob sich vom Mondlicht getüncht matt ab, bevor wieder Wolkenfetzen vor der mageren Sichel vorbeijagten und die Dunkelheit wie ein schweres Tuch über die Schlucht zogen und fallen liessen.

Verwesungsgeruch stieg Caminada trotz des Sturmes in die Nase, als er die heruntergekommene Gerberei passierte, die der

Alkoholiker Schwinta-Hitsch betrieb. In der Nacht nur schemenhaft zu erkennen: An deren Zaun angrenzend befanden sich die alte Sägerei und der kleine Schrottplatz der Gruber-Sippe, welche sich ebenfalls in den schmalen Flecken Land zwängten, den die Schlucht hier freigab.

Als er sein Velotöffli mit einem Schwenk an den Rand der rechten Strassenseite dirigierte, schoss in diesem Moment knurrend der Rottweiler der Grubers aus der Dunkelheit auf ihn zu. Das Rasseln der schweren Kette war kaum zu hören, bevor diese den Hund ruckartig vor dem Strassenrand zurückriss. Es war nicht Caminadas erste Begegnung mit dem Tier gewesen, das gewiss jedem Fremden einen Höllenschrecken einjagen konnte, und das auch bei Tag.

Ein kräftiger Windstoss wirbelte Staub ins Gesicht des Landjägers, als er direkt nach den Gebäuden die alte Holzbrücke über der Plessur überquerte, nur wenige Meter bevor das Geleise vom dunklen Berg verschluckt wurde.

Auf der rechten Schluchtseite folgte er der kurvigen Strasse wenige hundert Meter bergwärts. In der Dunkelheit türmten sich die Stützmauern aus schweren Natursteinen, die die stotzigen Flanken in Schach hielten, links schützte ein Eisengeländer vor einem Sturz ins Tobel, bis sich wundersam der Meiersboden zwischen den Bergriesen auftat.

Umsäumt von hohen Laubbäumen, die wellenartig aufrauschend den Wind einfingen, lag am Rande der grossen Waldlichtung die berüchtigte Rote Laterne. Eine Böe liess ein Gatter klappern, während Caminada sein Gefährt auf den schwarzen Gebäudeumriss der Spelunke zuschob, vor dessen dunkler Eingangsfront die Laterne rot leuchtete. Der gespenstisch dunkle Umriss in deren schauerlichem Schein war der Grund, warum er mitten in der Nacht in die Pedale getreten war.

Als er sich auf wenige Schritte genähert hatte, schlugen im Zwinger hinter dem Gasthaus die Hunde bedrohlich ihr tiefes Gebell an. Keine Minute später schwenkte die hölzerne Eingangstüre auf, sodass gelblicher Schein auf die dreistufige Treppe darunter fiel. Ungeachtet dessen trat Caminada näher an den roten Lichtkegel – in diesem hing, vom Wind sanft pendelnd, die junge Serviertochter Gisela Möckli!

«Landjäger Caminada?» Hermine Montalta, die stämmige, raubeinige Wirtin, hob eine Petroleumlaterne in die Höhe und kam die Stufen am Eingang herab und über den gekiesten Weg auf ihn zu. In ihrer Linken hielt sie fest umschlossen eine doppelläufige Flinte. Sie schien aufgeregt zu sein. Hinter ihr trat ebenfalls mit einem Gewehr in der Hand Schwinta-Hitsch aus der Türe.

«Truurigi Sach.» Caminada liess den Blick nicht von der Toten ab, die nun im Licht der Petroleumlampe besser zu erkennen war: Sie war mittelgross und zierlich, trug einen schwarzen Jupe, der nur bis über ihre schmalen Knie reichte, dazu eine weisse, schlichte Bluse, die typisch war für Serviertöchter. Einer ihrer Schuhe lag seitlich umgekippt am Boden, ihr Gesicht war nach vorne eingeknickt, ihr wehendes hellbraunes Haar verdeckte es. Ein aufgeschnittener Jutesack hing seitlich über ihrer linken Schulter. Und noch was nahm Caminadas Aufmerksamkeit in Beschlag – die Tote hing nicht etwa an einem Seil, erst sah es aus wie ein langer Schal, doch beim näheren Betrachten erkannte er die goldbestickten Glaubenssymbole auf einer violetten Stola, die zweifellos einem kirchlichen Würdenträger gehören musste.

«Frau Montalta, stimmt es, haben Sie das Fräulein gefunden? Und wann?» Caminada drehte sich ihr zu und behielt seine Schlussfolgerung für sich.

«Stimmt, vor gut einer Stunde», antwortete diese aufgeregt mit ihrer tiefen und kräftigen Stimme, die auch zu einem Mann gepasst hätte. Sie stellte ihr Gewehr an den Baumstamm hinter ihr.

«Also gegen zwei Uhr?» Caminada griff sich nachdenklich ans Kinn. «Wie lange habt ihr denn diesmal die Polizeistunde überschritten?» Er wusste wie jeder in Chur und den Dörfern ringsum – in der Roten Laterne wurde die Polizeistunde nie eingehalten, und genau das zog Gäste ins Loch.

«Wir hatten heute nur bis um eins offen, und kurz vor zwei Uhr fand ich sie.» Sie zitterte, als fröre sie.

«Und wieso haben Sie die Erhängte so spät gefunden? Da geht doch keiner mehr spazieren.»

«Die Hühner waren schuld, sonst wüsste ich es noch immer nicht.» Sie strich sich mit der Rechten über ihren Mund.

«Die Hühner? Des Sturmes wegen?»

In dem Moment riss eine weitere Böe an ihnen. Der Schatten der sich drehenden Erhängten pendelte über den Boden.

«Nein, ich wurde im Restaurant vom lauten Gegacker hochgeschreckt, hatte gerade die Kassaabrechnung fertig gemacht und wollte ins Näscht. Packte natürlich sofort meine Flinte, die Lampe und stürmte über den Hintereingang raus. Das Gatter zum Gehege stand offen, der Fuchs hatte sich soeben ein Huhn geholt. Ich schoss dem Sauhund noch hinterher, muss im Hellen dann schauen, ob ich den wenigstens angeschossen habe.»

«Und dann haben Sie die Gisela gefunden?»

«Nicht sofort. Ich hatte einen Riesenzorn im Ranzen, da die mit Sicherheit nach dem Füttern das Gatter schon wieder offen gelassen hatte. Vor Tagen hatte ich es schon mal bemerkt und sie ermahnt. Deshalb lief ich durch den Hintereingang zurück ins Haus, wollte sie in ihrer Kammer aufscheuchen, um ihr diesmal die Leviten mehr als nur khörig zu lesen.»

«Und da nehme ich an, ihr Bett war leer.»

«Ja, Landjäger Caminada.» Verzweiflung stand in ihren Augen. «Ich war mir beim Hochlaufen sicher, dass sie des Schusses wegen entweder im Bett stand oder spätestens danach nach draussen gelaufen sein musste. Ich ging deshalb aus dem Vordereingang, um sie zu suchen – da sah ich sie hier an der roten Laterne hängen.»

«Wann haben Sie sie denn zuletzt lebend gesehen?»

«Das ist ja das Verrückte, höchstens etwas mehr als eine halbe Stunde davor.»

«Wie das?» Caminada sah im gelbrötlichen Schein, dass die Wirtin mit ihren Gefühlen kämpfte.

«Wir hatten heute volles Haus. Punkt ein Uhr war wie gesagt Polizeistunde, und Gisela und ich räumten bis kurz vor halb zwei nur das Gröbste auf, dann schickte ich sie ins Näscht, während ich noch die Abrechnung machte.»

Caminada nickte. «Und als Sie sie gefunden hatten, da gingen Sie sofort los, um das Ländjägerkorps zu alarmieren?»

«Hier hinten gibt's doch weiterhin kein Telefon. Die Herren Stadträte haben ja jeden Rappen für das Eidgenössische Schützenfest ausgegeben, damit die Stadt nächsten Donnerstag ja gar fein säuberlich und festlich geschmückt zur Eröffnung dasteht. Das Täli hat man wie immer vergessen, als wären die in der Stadt vorne was Mehrbesseres als unsereiner. Die haben doch die Strasse nicht aus Versehen nur bis zum Totengut geteert. Der Name Sandstrasse kommt ja nicht von ungefähr …»

«Abgesehen davon, dass das Stadtgebiet unten im Sassal beim Brückli endet und wir hier im Meiersboden auf Churwaldner Gebiet stehen, weiss ich schon, was Sie meinen. Aber glauben Sie mir eins: Stände die Rote Laterne auf Stadtgebiet, hätte das Stadtpolizeiamt schon längst andere Sitten aufgezogen. Aber das ist jetzt nicht das Thema. Also, was haben Sie nach dem Auffinden der Toten gemacht? Und wie konnten Sie überhaupt sicher sein, dass sie bereits tot war?»

Das Aufbegehren der Tälibewohner war auch Caminada seit Jahren bekannt, und deren Anliegen waren auch nicht von der Hand zu weisen. Einige Stimmen sprachen daher sogar von Unterdrückung, weil neben den italienischen Emigranten nur sozial schwache Aussenseiter, Künstler, Trödler und Vaganten im Schattenloch hausten, wo billiger Wohnraum vorhanden war. Allen voran setzte unverhohlen Stadtpräsident Cadlini auf Widerstand, und so wurde kaum ein Franken ins Täli investiert.

«Landjäger Caminada, es war so», Hermine nahm einen tiefen Atemzug, «als ich sie hängen sah, an den Kleidern erkannte ich sie, hatte sie ja noch diesen Jutesack über den Kopf gestülpt, der mit der Schlinge um den Hals fest zugeschnürt war. Ich schnitt den Sack auseinander und sah ihr Gesicht …» Sie blickte erst zu Boden, dann der Toten ins Gesicht. «Sie sah genau wie jetzt auch da schon zum Grausen aus …»

Schwinta-Hitsch trat einen Schritt näher von hinten an sie heran und legte ihr seine Hand tröstend auf die kräftige Schulter.

Die Wirtin fing sich rasch. «Die war mausetot. Trotzdem fasste ich ihr an die schmale Brust – kein Herzschlag, kein Atmen.» Sie starrte wieder zu Boden. Caminada wusste, das war eine der Gesten, die Menschen nutzten, wenn sie sich kurz sammeln mussten. «Also hockte ich mich auf mein Velo und fuhr zum Tälieingang, ins Krankenasyl Sand, denn erst dort gibt's das nächstbeste Telefon. Ich bat die Nachtwache, das Landjägerkorps zu alarmieren, dann fuhr ich im stürmischen Wind zurück und hielt bei ihm.» Sie deutete auf Schwinta-Hitsch. «Traute mich doch nicht mehr alleine hierher. Also klopfte ich ihn wach, wir sind ja seit einigen Monaten ein Paar, und bat ihn mitzukommen, auch wenn ich wusste, dass er seit zwei Tagen mit einer Magen-Darm-Grippe im Näscht lag.»

«Sie war völlig aufgelöst, als sie bei mir klopfte. Ich brauchte leider einen Moment, dann hockte ich mich auf meinen Göppel und begleitete sie her. Das ist ja das Mindeste, was ich in so einem Fall tun kann.» Schwinta-Hitsch nickte Hermine zur Aufmunterung zu.

«Einen Verdacht, was passiert sein könnte?» Caminadas Blick fiel wieder auf die Hängende, die wegen einer Windböe sich nun gespenstisch langsam drehte.

«Wollen wir in dem huara Luft nicht reingehen, um weiterzureden?» Hermine zeigte mit der Petroleumlampe Richtung Türe und zog ihre Strickjacke enger um ihren fülligen Körper, als die nächste Böe noch heftiger an ihnen riss und ein kleines Wellblech gefährlich über den Vorplatz wirbelte, bevor es an den Geissenstall knallte, sodass die Tiere darin unruhig trampelten und ihre kleinen Glocken dabei schellten.

«Wenn man mich hier nicht mehr braucht, würde ich mich gerne wieder hinlegen. Mit so einer Grippe ist man nur ein halber Mann.» So gab Schwinta-Hitsch zu verstehen, dass auch er dafür war, ins Gasthaus zurückzugehen.

Caminada nickte.

«Leg dich oben in mein Zimmer, wäre froh, wenn ich diese Nacht nicht alleine hier hinten hocken muss.» Mit diesen Worten zog Hermine die Eingangstüre auf, und Schwinta-Hitsch schlurfte etwas kraftlos das Stiegenhaus hoch, während sie auf die Holztüre zusteuerte, auf der auf einem Messingschild in schwarzen Buchstaben «RESTAURANT» geschrieben stand.

In der Beiz war säuberlich aufgestuhlt worden, die wenigen Lampen spendeten schummriges Licht. Die kleine Holzbühne war durch einen roten Samtvorhang nur halbwegs verdeckt, vor den Fenstern waren die dicken Nachtvorhänge zugezogen. Es roch dumpf nach Rauch, Holz und verschüttetem Alkohol – der Boden war noch nicht gewischt, wie Caminada feststellte.

Hermine nahm einen Barhocker vom Buffet und schob Caminada einen Aschenbecher zu. «Kaffee?»

«Danke, den könnte ich jetzt tatsächlich vertragen.» Caminada strich durch sein dunkles, fülliges Haar, das nur an den Schläfen leicht grau meliert war und das der Sturm zerzaust hatte. Seinen Hut, ohne den er sonst keinen Schritt aus dem Haus machte, hatte er wohlweislich daheim gelassen.

Hermine hantierte mit dem Kolben der sperrigen Kaffeemaschine und brühte zwei Tassen, als das Licht flackerte. Caminadas dunkle Augen blieben einen Moment verwundert auf dem teuren Kaffeehalbautomaten hängen. Nur im ehrenwertesten und teuersten Hotel Steinbock am Bahnhof hatte er bisher einen solchen gesehen. Anders als die Jukebox mit ihren farbigen Lichtelementen, die an der Wand stand, wo es zu den Toiletten ging. Solche gab es mittlerweile in jeder zweiten Beiz.

«Frau Montalta», begann er, nachdem er einen Gutsch Milch und einen Teelöffel voll Zucker in den Kaffee eingerührt und einen Blick auf den Berg ungewaschenen Geschirrs geworfen hatte, das sich im und um den Schüttstein türmte. «Haben Sie eine Ahnung, wer aus welchem Grund so ein Verbrechen an einem so jungen Fräulein begeht?»

Hermine, die Wirtin mit etwas Oberlippenbehaarung und gekrauster Kurzhaarfrisur, klopfte mehrmals mit der Rechten auf die Bar, goss sich dann einen Schluck Schnaps in den Kaffee und sagte: «Die Kleine hat Probleme gehabt. Etwas hat sie gewurmt.»

«Gewurmt? Deswegen hängt sie doch niemand auf.» Caminada trank leise schlürfend vom heissen Kaffee. Fragend sah er über den Tassenrand hinweg dabei die Wirtin an, die er von anderen Einsätzen her bereits kannte. Grund dafür waren fast immer Männer, die sich erst mit dem Alkohol, dann mit der Wirtin oder anderen Gästen angelegt hatten.

«Das ist das falsche Wort. Seit zwei Wochen war sie unzuverlässig wie sonst was, und das kann ich weiss Gott hier nicht gebrauchen.»

«Das heisst, irgendwas hat das Fräulein Möckli beschäftigt. Und wissen Sie, was der Grund dafür sein könnte?»

«Nein, vergesslich war sie und unruhig, mehr weiss ich nicht. Eben wie das Gatter nach der Fütterung der Hühner nicht richtig zu verschliessen. Weiss der Teufel, was in deren Oberstübli alles los war.» Zur Unterstreichung ihrer Worte tippte sie mit dem Zeigfinger an ihren Kopf.

«Wie lange serviert sie schon hier? In dieser Knelle hier hinten ist es bestimmt für ein so junges Fräulein nicht immer einfach.»

«Wo ist es heutzutage denn schon einfach? Also hier drinnen braucht es gwehrigi Serviertöchtera, die nicht bei jedem Füttla- oder Tütigrapscher in Ohnmacht fallen. Aber zur Not bin ich ja auch hier. Hab denk schon darauf geachtet, dass niemand von meinem Personal zu Schaden kommt, wenn's mal wieder drunter und drüber gegangen ist. Zur Not half mir der Sepp ...»

Auf Caminadas fragendes Gesicht hin holte sie mit einem Schmunzeln einen zünftigen Holzknüppel unter der Bar hervor. Bei dessen Anblick in Hermines kräftiger Hand bezweifelte er nicht die Wirksamkeit, während sie weiterredete. «Aber dass so was Schlimmes, und das auch noch im Schein der roten Laterne, passieren würde, während ich nur einen Steinwurf daneben die Abrechnung mache – mich gruselt's ...»

«Apropos Serviertöchtera – standet nur ihr zwei in der Beiz? Bei vollem Haus, und das an einem Freitagabend, an dem die meisten ihren Wochenlohn bekommen, reicht dies doch bestimmt nicht.»

«Z'Käthy Gruber servierte auch.»

«Und wo ist diese jetzt?»

«Bestimmt daheim. Die wohnt ja mit ihren drei Brüdern

unten im Sassal, direkt vor dem Brückli. Dort, wo der Rottweiler immer so tobt.»

«Jaja, wer kennt den Hund nicht. Ich habe soeben wieder Bekanntschaft mit ihm gemacht. Und wann ist sie gegangen?»

«Sie ist kurz vor halb zwei Uhr mit dem Velo losgefahren. Ich musste ihr noch nachrennen, sie hatte ihre Handtasche vergessen.»

«Alleine? Hinunter durch die stockfinstere Schlucht?»

«Ach, das macht der nichts aus. Ist doch eine Gruberin. Das tut sie übrigens jede Nacht, wenn sie schafft. Manchmal gar zu Fuss, wenn sie wieder mal einen Platten hat und ihre Brüder zu faul sind, ihr den zu flicken.»

In dem Moment schlugen die Hunde hinter dem Haus an. Fragend blickte Hermine Caminada an.

«Das wird die Verstärkung sein», stellte der Zweiundvierzigjährige klar. Die Wirtin nahm darauf die Laterne und ging vor die Türe.

Wenige Minuten später trat sie mit zwei uniformierten Landjägerkorps-Beamten und Peter Marugg ein.

«Guata Obig, Walter. Stürmisch heut Nacht.» Marugg, erst dreissigjährig, begrüsste Caminada freundschaftlich, der noch immer an der Bar vor seinem Kaffee sass.

«Hast du den Weg also auch gefunden?» Caminada winkte dabei die beiden uniformierten Polizeimänner zu sich, die bei der Eingangstüre stehen geblieben waren.

«Und?» Die Frage des Rothaarigen mit der runden Nickelbrille im bubenhaft wirkenden Gesicht galt dem Landjäger, während er sich neben diesen stellte, bevor er Hermine zunickte, die daraufhin auch für die Neuankömmlinge Kaffee brühte.

«Ihr habt ja das Fräulein im roten Schein der Laterne hängen sehen. Die beiden Fragen, die sich mir im Moment stellen, sind: Wer hat es getan und wieso? Und dazu brauche ich so einen wackeren Erkennungsfunktionär, wie du einer bist.» Caminada zündete sich eine Villiger-Krumme an. «Weisst du, Peter, ich frage mich, was die um diese Zeit und bei diesem Sturm aus dem Haus gelockt hat.» Er schnippte den Deckel seines Petroleumfeuerzeugs zu und erzählte, was er bisher von Hermine Montalta erfahren hatte.

Marugg reichte derweilen die ersten beiden Tassen den Uniformierten weiter, bevor er seine nach einem ersten Schluck vor sich hinstellte und der Wirtin höflich dankte.

«Also», begann Caminada, nachdem er Hermine gebeten hatte, sie alleine zu lassen, «ich habe alles so gelassen, wie's war. Einzig die Wirtin hat den Jutesack über dem Kopf des Opfers aufgeschnitten, als sie die Erhängte vorfand. Die Stola wurde, was ich gesehen habe, am Eisenarm, an dem die rote Funzel hängt, befestigt. Der Täter muss seitlich an der kleinen Laterne hochgestiegen sein, Halt fand er dabei an den verschnörkelten Verzierungen. Ich schätze, die Pfunzel ist drei Meter hoch.»

Caminada hielt grosse Stücke auf den jungen Marugg, der erst im letzten Jahr mehrere Monate in Bern bei der Bundespolizei zugebracht hatte, um seine Ausbildung als Erkennungsfunktionär abzuschliessen. Nun stand er als Einziger im gesamten Korps in Graubünden als solcher im Einsatz und dazu als Jüngster im Bunde. Einen besser zu ihm passenden Dienstkameraden hätte Caminada weder finden noch sich wünschen können. Wie vor zwei Jahren versprochen hielt Marugg Wort und ihm den ganzen Schreibkram vom Hals und hatte ihn nie blossgestellt, nur weil Caminada mit Lesen und Schreiben so grosse Mühe bekundete, da sich Buchstaben für ihn zu einem schier unüberwindlichen Bergwirrwarr türmten. Der studierte Marugg war es gewesen, der endlich dem Ganzen nach so vielen Jahren einen Namen gegeben hatte – Dyslexie, Wortblindheit.

«Walter.» Marugg riss ihn aus seinen Gedanken. «Was sagt dir dein Ranzen?»

«Seltsam erscheint mir, dass ein Täter sein Opfer ausgerechnet im Lichtkegel der roten Laterne erhängt und dazu mit Sicherheit bewusst die Stola eines Geistlichen benutzt. Kommt, lasst uns nach draussen gehen.»

«Ich weiss, was du meinst. Dasselbe geht mir auch durch den Kopf.» Marugg leerte mit einem letzten grossen Schluck die Tasse Kaffee, stellte sie auf die Bar zum anderen Schmutzgeschirr und folgte Caminada.

Die beiden Polizeimänner erhellten mit ihren Taschenlampen die Hängende, während Marugg seine Ledertasche öffnete und den Fotoapparat hervorholte, den das Landjägerkorps erst vor drei Monaten endlich anschaffen durfte. Er hielt die bedrückende Situation in schwarz-weissen Bildern fest, bevor sie die Leiche umsichtig herunterholten. Die Stola hatte sich so fest zugezogen, dass Caminada sich schwertat, diese unbeschadet zu entknoten, um die Tote davon zu befreien.

Da das Landjägerkorps noch immer über kein Automobil verfügte, das Stadtpolizeiamt nur über zwei Seitenwagentöffs und der LaSalle vom Stadtrat nicht um Tote zu transportieren eingesetzt werden durfte, war Marugg mit der Nachhut mit einem Pferdekarren gekommen. Sie legten gemeinsam die Leiche in einen grossen, aus Weidenruten geflochtenen Korb, der hauptsächlich benutzt wurde, um Betrunkene oder Verletzte zu befördern.

Caminada strich dem toten Fräulein sorgsam das lange hellbraune Haar zur Seite, nachdem sie den Jutesack entfernt und ihre Handfesseln gelöst hatten. Sie leuchteten ihr ins aufgedunsene Gesicht, die Augen drückten aufgequollen nach aussen, trockener Speichel klebte ihr am Kinn. Auf den ersten Blick schien sie sonst unverletzt – weder an Händen noch Armen trug sie Abwehrverletzungen, nur Fesselungsmale umschlossen ihre schlanken Handgelenke.

«Eruieren wir nun den Todeszeitpunkt.» Marugg holte ein Quecksilber-Fieberthermometer aus der Tasche und zog den Jupe der Toten etwas hoch.

«Sie muss kurz vor dem Tod auf dem WC gewesen sein», stellte er vor sich hinredend fest, «denn sie hat nach dem Eintritt des Todes keinen oder kaum Urin verloren – ihre Unterhose ist ja nicht mal feucht», sagte er, während er das Quecksilberthermometer vorsichtig anal einführte. Caminada blickte respektvoll zur Seite, um die Würde der Toten zu wahren. Er wunderte sich, wie der immer so höfliche Marugg solche Untersuchungen mit einer derartigen Gelassenheit, ja emotionalen Distanz vornehmen konnte.

«Zehn Minuten dauert es nun, bis wir das Ergebnis haben.»

Marugg zog den Jupe wieder bis zu den Knien herunter. Da sie die Leiche währenddessen nicht bewegen durften, warteten sie gedankenversunken daneben, und die Stille wurde nur hin und wieder von kurzen Wortwechseln durchbrochen.

«Walter, leucht mal.» Marugg hielt das Fieberthermometer vor sich. «Fünfunddreissig Komma sechs Grad zeigt es auf der Skala an, und wir haben hier draussen achtzehn Grad.» Das zeigte ihm ein Blick auf das Aussenthermometer an. Er entnahm aus einem Seitenfach seiner Tasche eine Anleitung, die er im Wind auf die Ladefläche des Pferdewagens drücken musste, während Caminada weiter mit seiner Taschenlampe leuchtete.

«In Anbetracht der Kleidung und der beiden Temperaturen, dazu der Wind – sie muss zwischen halb zwei und zwei Uhr getötet worden sein.»

«Das bestätigt exakt die Aussage der Wirtin», sagte Caminada. «Und wenn wir nun alles haben, dann lasst sie uns fortbringen, damit wir noch die Umgebung in Augenschein nehmen können.» Caminada mochte keine Toten – und schon gar nicht, wenn es junge Menschen waren.

Sie legten ein Tuch über das Fräulein und verknoteten es fest mit dem Korb, des Sturmes wegen, der in unregelmässigen Schüben die Zweige im Nussbaum über ihnen wütend schüttelte. Mit einem gemeinsamen «Hauruck» hievten sie den Korb auf die Ladefläche.

Die beiden uniformierten Polizeimänner setzten sich auf den Kutschbock, das Pferd legte sich in die Riemen, und karrten hinunter Richtung Schluchtausgang mit dem Ziel: Leichenhalle Kreuzspital.

Dr. Bargätzi sei aus dem Näscht geschellt worden, doch der würde sich bestimmt nicht vor dem Morgen bemühen lassen, liess Caminada Marugg wissen, während sie im Schein ihrer Lampen den Boden rund um die Rote Laterne absuchten, aber nichts fanden. Sie gingen um die gedrungenen Nebengebäude, warfen ihre Lichtkegel in ein jedes, auch in den Schweinestall, bevor sie sich dem Gasthaus näherten. Der Wind zerzauste weiter die Bäume und Sträucher, Staub wirbelte vom Vorplatz in ihre Augen, dennoch blieb die Nacht lau, im Gegensatz zur Kühle unten in der Schlucht.

Als sie ums Hauseck des Gasthauses schlichen, schlugen die Hunde an. Zähnefletschend sprangen sie im Schein der Lampen am Maschendrahtzaun hoch, verbissen sich wie tollwütig im Gitter. Die Wirtin eilte hinzu und brüllte ein «Aus», sodass augenblicklich Stille herrschte, als wären die schweren Tierkörper zu Lämmern geworden.

Bis auf ein im Hühnergehege liegendes, halb totes, wahrscheinlich vom Fuchs gepacktes Huhn entdeckten die beiden Beamten nichts Ungewöhnliches in der Umgebung. Die grosse Wiese in der Waldlichtung dahinter lag im samtenen Dunkel dieser stürmischen Nacht, die umsäumenden Bäume wiegten sich im Wind. Caminada drehte dem Tier kurzerhand den Hals um, damit es vom Leiden erlöst wurde, und trug es mit.

Hermine nahm das Huhn, das ihr Caminada entgegenstreckte, und sie führte die beiden ins Haus, übers knarzende Stiegenhaus hoch in den dritten, den Dachstock, und verschwand wieder nach unten, wie Caminada es gefordert hatte.

Als erste Handlung schoss Marugg mehrere Fotos aus verschiedenen Blickwinkeln. In Fräulein Möcklis etwas unordentlicher Kammer mit der Dachschräge standen ein Schrank, ein altes Bett und eine in die Jahre gekommene Kommode. Der Spiegel über dieser wies eine blinde Stelle in der linken unteren Ecke auf, die Vorhänge vor dem Fenster, das hin zur Roten Laterne zeigte, waren schlufig gezogen.

Caminada und Marugg begannen gemeinsam das Zimmer in Augenschein zu nehmen. Der junge Ermittlungsfunktionär griff als Erstes in den Bettinhalt, hielt sich das Kissen vors Gesicht und hob die Decke an, bevor er die Rosshaarmatratze kehrte, die direkt auf einem Brett lag.

Das Fräulein schien nicht viel besessen zu haben. Immerhin zwei Paar Schuhe und Sandalen für den Sommer und ein gutes, fast neues für den Winter waren im Schrank zu finden. Etwas Schminke und ein fast leeres Parfümfläschchen sowie ein bebildertes Buch mit Schmetterlingsmotiven lagen auf dem mittleren Schranktablar.

Gemeinsam mit Marugg widmete sich Caminada interessiert der hellbraunen Handtasche, die im untersten Fach im Schrank gestanden hatte. Diese gab erwartungsgemäss am meisten her: ein Portemonnaie mit etwas Geld, ein Ausweis und ein Billett dritter Klasse «Zürich retour» von vor zwei Wochen, dazu ein angebrochenes Pack Zigaretten der Marke «Lucky Strike».

Das, was ihnen wichtig erschien, steckten sie in die rindslederne Tasche oder den Rucksack von Marugg, der diesen am Ende schulterte, nachdem er jeden Gegenstand im Zimmer sorgfältig auf ein Papier notiert hatte.

Vor dem Gehen schärfte Caminada der an der Haustüre stehenden Wirtin ein, dass sie jede neue Erkenntnis umgehend an das Landjägerkorps zu vermelden habe und dass er und Marugg zwecks detaillierterer Einvernahme schnellstmöglich wieder herkommen würden. Die Angst und Verzweiflung stand ihr noch immer ins Gesicht geschrieben. Obwohl sie eine gwehrige Person war, die bestimmt mit manchem Mannsbild fertigwerden würde, riet er ihr, für diese Nacht zusätzlich die Hunde ins Haus zu holen, auch wenn Schwinta-Hitsch im Gasthaus übernachten täte. Dies obwohl es unwahrscheinlich war, dass es der Täter auch auf sie abgesehen hatte, da sie zuvor nicht angegriffen worden war.

Die Sichel des Mondes hing mittig über dem Pizokel, als Caminada und Marugg den Meiersboden von heftigen Böen begleitet verliessen.

Caminada schob sein Velotöffli die schmale Strasse hinunter zur Brücke. Die Plessur rauschte rechts unter ihnen in ihrem pechschwarzen Flussbett, hinter dem schroffe Felsen hochstiegen, durch deren Inneres der Tunnel der Arosabahn ins Schanfigg führte.

Ein dickes Wolkenband, dessen Ränder vom verdeckten Mond schwach glommen, schob sich über ihnen durch die Nacht. Unten im Sassal angekommen, wo die schmale Holzbrücke die Plessur überwand, verschluckte die engste Stelle der Schlucht das letzte bisschen Licht. Sie fühlten sich dabei, als wären sie in ein Tintenfass gefallen, sie konnten nicht mal mehr ihre Füsse sehen und mussten ihre Lampen einschalten.

«Peter, ich glaube, mit dem Mord an dem Fräulein kommt was auf uns zu.» Caminada blickte in die beiden Lichtkegel vor ihnen, die das Schwarz um sie herum noch düsterer wirken liessen.

«Weisst du was, Walter? Haargenau dasselbe habe ich soeben auch gedacht, doch wir beide sind ein gutes Team.»

«Noch mehr – wir sind Freunde geworden.»

2

Die St. Martinskirche schlug neun Uhr, als durch die östlich gelegenen Fenster des Landjägerkorps die Morgensonne ihre Strahlen warf, während Caminada und Marugg im Arbeitszimmer von Major Kübler an dessen Besprechungstisch hockten.

«Meine Herren, einen solchen Mord können wir fünf Tage vor dem Eidgenössischen wahrlich nicht brauchen. Der im Siebenundvierzig, an dieser Flurina Hassler, hat ja gezeigt, in welchem Durcheinander alles enden kann.»

Der drei Jahre vor seiner Pension stehende Major legte mit strenger Miene den Bericht vor sich auf den Tisch, den Erkennungsfunktionär Marugg trotz kurzer Nacht in aller Herrgottsfrühe verfasst hatte. Dies in drei Durchschlägen und im besten Beamtendeutsch.

«Nun ja», Kübler blickte Caminada, dann Marugg an, «hoffen wir, die Neue Bündner Zeitung bringt es nicht allzu gross. Wind bekommen die ja sowieso davon.» Sein Blick ging wieder zu Caminada. «Walter, was gedenkst du nun zu tun?»

Landjäger Caminada, der als einziger Beamter im Korps weder Schnauz noch Bart trug, im Bubigesicht von Marugg wuchs zu dessen Leidwesen nichts, strich sich übers wohlrasierte Kinn, das nach seinem Rasierwasser Pitralon duftete. Viel geschlafen hatte auch er nicht, doch für einen Kaffee und einen Teller Rösti am Morgen hatte es gereicht. «Es ist auch ohne Bericht von Dr. Bargätzi klar, dass wir wegen Mordes ermitteln müssen.»

«Ja, heiligs Verdiana, ist der denn noch immer nicht bei der Leichenschau? Auf was wartet der? Dass die aufersteht und zu ihm marschiert? Nun ja, Selbstmord wäre mir in dieser Situation allemal lieber gewesen.» Major Kübler zog die dichten Augenbrauen grimmig zusammen, dabei schüttelte er – weil er es nicht fassen konnte – seinen Kopf und fuhr sich mit der Rechten über sein kurz geschnittenes graues Haar. Seine stramme Körperhaltung drückte noch immer den feurigen Militaristen in ihm aus, fand Caminada, als er ihn ansah, und so benahm sich der drahtige Kübler auch, der ausser in der Kirche zu jedem Anlass seine Uniform trug. Er legte sehr grossen Wert darauf, dass sie dabei wie frisch gebürstet aussah: mit der Doppelreihe silberner Knöpfe, die glänzten wie poliert, den goldenen Majorsstreifen in den Achselschlaufen und dem schwarzen Ledergurt.

Major Kübler, der einen nach oben geschwungenen Schnauz trug, den er immer wieder zwirnte, war auch ein glühender Patriot. Er hätte am liebsten gehabt, dass die fünfzehn Mann des Korps in Chur bei jedem Dienstantritt vor der Schweizer- und der Bündnerfahne, die vor dem Gebäude auf dem kleinen Platz wehten, stramm gestanden und zur Landeshymne salutiert hätten. Darüber machten sich die hundertachtzig Landjäger, die auf die hundertfünfzig Talschaften im Kanton verteilt waren, hin und wieder lustig. Letztes Jahr hing deswegen an der Jahresversammlung ein Majorshut auf der Fahnenstange, und ein Apfel lag am Boden, in Anlehnung an den Hut Gesslers und Wilhelm Tell. Humor aber besass Kübler genauso wenig wie Unpünktlichkeit. Er liess deshalb tatsächlich den Fall untersuchen, den Apfel und Hut beschlagnahmen, als wäre ein Verbrechen geschehen. Schnell musste er aber davon Kenntnis nehmen, dass das ganze Korps zusammenhielt und die Spitzbuaba unter ihnen, die dies ausgeheckt hatten, deckten.

«Bis wenige Minuten vor dieser Unterredung ist der Bargätzi mit Sicherheit noch nicht im Kreuzspital aufgetaucht, Major», knüpfte Caminada an die letzte Frage an, «denn ich hatte dort angerufen und mit meiner Frau Menga telefoniert. Aber nochmals, ich vertraue ganz auf unseren Erkennungsfunktionär Marugg, und von daher müssen wir sowieso Ermittlungen in Hinsicht eines Mordes eröffnen.»

Kübler stand erzürnt hinter dem dunkelhölzernen Besprechungstisch auf und nahm an seinem klobigen Schreibtisch Platz, auf dem ein schwerer, sperriger Telefonapparat thronte. Obwohl der Zweite Weltkrieg schon bald vier Jahre zu Ende war, hing hinter ihm noch immer das Porträt von General Guisan an der Wand.

«Nun gut, Walter. Also, was wollt ihr unternehmen, bevor die ganze Sache zum noch grösseren Problem wird?»

Einmal mehr schien es Caminada, dass Kübler dem jungen Marugg wenig Beachtung schenkte, der nicht nur vom Aussehen die neue Zeit verkörperte, während Kübler der alten nicht nur nachtrauerte, sondern die neue teilweise noch immer zu verhindern suchte.

«Peter und ich hören uns heute Morgen im Täli um. Die Geheimnisse dort hinten spült selten die Plessur aus dem Talschlitz und die aus der Roten Laterne erst recht nicht.»

«Tut das. Die Behörden von Araschga-Churwalden machen ja auch keinen Streich, um das gottlose Treiben in der Spelunke unter Kontrolle zu bekommen, und wir dürfen uns wieder mal erst bei Verbrechen gegen Leib und Leben einschalten so wie jetzt. Übrigens, vor wenigen Tagen soll diese Tänzerin aus Zürich angereist sein, wie mir Dr. Poltera vom Organisationskomitee des Eidgenössischen anlässlich der letzten Koordinationssitzung berichtet hat. Die macht so einen Nackedeitanz. Die soll Gluschtige während des Schützenfestes ins Täli locken, damit die ihre Geldseckel leeren. Pfui Teufel, beschmutzt so unseren Ruf und den des Eidgenössischen obendrauf, während dabei die ganze Schweiz auf uns blickt. Da könnten ja Ausserkantonale meinen, wir vom Landjägerkorps kämen unserer Pflicht nicht nach.»

Der Major hob nach diesen Worten grimmig den schweren Telefonhörer von der Gabel und wählte die 227, Bargätzis Nummer in dessen Wohnhaus, in welchem dieser im ersten Stock auch praktizierte. Nach vergeblichem Klingeln legte er genervt auf. «Der hat halt an einem Samstag schon Sonntag. Hockt sicher irgendwo beim Zmorge und lässt es sich wieder mal gut gehen.»

Er schritt über den aufknarzenden Holzboden zur Tür.

«Fräulein Rosemarie», rief er durch den Gang seine Sekretärin, die eiligen Schrittes postwendend erschien. «Rosemarie, sagen Sie einem der Hilfspolizeimänner, er muss den Bargätzi herholen. Er soll auch in der Schmiedstube, im Franziskaner und im Café Buchli einen Blick reinwerfen, denn wenn wir dort anrufen, lässt der Khaib seine Anwesenheit doch wie immer verleugnen. Ach ja, und auch im Weissen Kreuz, da geht der neuerdings hin.»

Fräulein Rosemarie Niedermaier, die von allen Beamten geschätzt wurde, hatte ihren Fünfzigsten hinter sich und arbeitete schon viele Jahre für den Major. Sie hatte nie geheiratet und war deshalb kinderlos geblieben und war die einzige weibliche, dazu noch gute Seele für die wackeren Landjägermannen. Rosemarie unterstützte sie in allem, was ihr möglich war, als wären die Landjäger ihre Familie, was ein Stück weit auch so war.

Bevor Marugg vor zwei Jahren vom Städtischen Polizeiamt zum Landjägerkorps wechselte, war Fräulein Rosemarie es gewesen, die Caminada bei allem Schriftlichen den Rücken freihielt und ihm Anzeigen und Protokolle vorlas, wenn's wieder mal pressierte.

«Wird sofort erledigt, Herr Major», antwortete sie und richtete vor dem Gehen ihre Brille, die etwas gross in ihrem mageren Gesicht schien und daher mehr schief als gerade in diesem sass.

«Und was die Stola betrifft», fuhr Caminada fort, als der Major wieder an den Tisch zurückkehrte und Marugg diese aus der Tasche zog und vor ihm auslegte, «da werden wir auf dem Hof vorstellig werden müssen.» Er zeigte auf das aus Gold gestickte Kreuz und den Kelch. «Sie ist reich bestickt. Es muss einen Grund haben, dass sie zur Tatwaffe wurde.»

Kübler blickte auf die Stola, als könne er aus ihr lesen. «Landjäger Caminada ...», Caminada wusste, so fingen Sätze an, in denen der Major unmissverständlich seine Meinung kundtun wollte, «du weisst, ihr alle wisst, wie sehr ich Katholik aus ganzem Herzen bin. Einst war ich ein stolzes Mitglied der Schweizergarde am Heiligen Stuhl von Pius dem Zehnten. Und wer diese Jahre erlebt hat, wer einmal dem Papst die Hand reichen durfte, wird dies ein Leben lang nicht vergessen. Ich werde euch direkt zu Bischof Kamber schicken, nachdem ich ihn gesprochen habe. Das mit der Stola muss diskret behandelt werden. Stellt euch bloss die Schlagzeilen vor, so kurz vor dem Eidgenössischen. Es käme zudem einem Generalverdacht gegenüber allen katholischen Priestern und Gelehrten in Chur und Umgebung gleich und wäre für einige Protestanten ein gefundenes Fressen.»

Caminada konnte dieses Argument zwar gut nachvollziehen, und daher hatte er auch die anderen Beamten am Tatort zur Verschwiegenheit aufgerufen, doch die Frage stand im Raum: Was für einen Bezug hatte diese Stola zu der Tat? Denn so ohne Weiteres kam niemand an ein solches Würdenzeichen, und um jemanden zu erhängen, hätte ein einfacher Strick gereicht. Mit dieser Art, ein junges Fräulein zu töten, war unweigerlich auch eine Botschaft des Täters verknüpft, ob gewollt oder getrieben, müssten sie feststellen.

Gegen zehn Uhr erreichten Caminada und Marugg das Täli. Der Sturm der letzten Nacht hatte Äste und Blätter zusammen mit Müll auf die Sandstrasse geweht. Der von einem Ross gezogene städtische Kübelwagen kam nur alle vierzehn Tage, und so überquoll der Abfall neben den Ochsner-Kübeln aus Stahlblech. Am Strassenrand häufte sich der Unrat vor den Häusern, deren Bewohner sich nicht an die Vorschriften hielten und diesen nicht erst am Abfuhrtagmorgen an den Strassenrand stellten. Deshalb hatte der Stadtpräsident im letzten Sommer angeordnet, dass die Müllabfuhr das Täli aussen vor liess, um die Bewohner zu Disziplin zu erziehen. Doch nachdem sich die Abfallberge vor den Häusern weiter türmten und noch schlimmer zu stinken begannen, wurde der ganze Unrat während einer Nacht- und Nebelaktion von diesen in die Plessur geworfen. Dieser Müll wurde aber nicht restlos von der Plessur in den Rhein abgeführt, sondern stank an den Ufern des Plessurbettes angespült auch vorne in der Stadt, sodass Anwohner im Rathaus vorstellig wurden. Ausserdem versaute der Müll auch die Churer Rheinauen bis nach Haldenstein, was ein unrühmliches Bild für alle Zugsreisenden bot, die mit den Schweizerischen Bundesbahnen nach Chur anreisten.

Die Aufräumarbeiten zogen sich in die Länge und zeigten deutlich die Niederlage Cadlinis, sodass dieser ein Sujet für die nächste Fasnacht bot und für Spott und Hohn sorgte und damit wiederum die Kluft zwischen Stadt und Täli weiter vertiefte.

Der kleine Hilfsmotor am Lenker von Caminadas Velotöffli knatterte gleichmässig laut, während Marugg auf seinem neu erworbenen sass, das zwar ebenso einen Krach machte, was aber seinen Stolz darüber nicht minderte.

Der Junimorgen war warm und windig, als sie rauchblaue Abgasschleier hinter sich herzogen. Wetterschmöcker hatten einen Hitzesommer wie vor zwei und sechs Jahren prophezeit, und bis jetzt hatten sie damit recht behalten. Die Morgensonne tauchte die vordersten Häuser im Täli in mildes Licht, doch überall lagen im Gegensatz zum Städtchen kalte Schatten, so auch am Wibersprutz, dem kleinen Wasserfall, der vom ehemaligen Kloster Sankt Hilarien kommend über die Felsen in die Plessur brunste. Das Restaurant Plessurfall, das in der Mitte des Tälis direkt an der Strasse stand und von den Einheimischen nur «d'Falla» genannt wurde, erreichten sie wenige Minuten danach.

Caminada und Marugg hängten ihre Hüte am Eingang an die Haken, die sie des Windes wegen beim Fahren unter den Tschoopa gesteckt hatten, und betraten die Beiz, die den Übernamen «d'Falla» nur deshalb trug, weil wer einmal abends am Stammtisch hockte, nicht vor dem nächsten Tag aus der Beiz wieder rausfand, so zumindest sagte es der Volksmund.

Es roch nach frisch gebrühtem Kaffee, Zigarrenrauch und Holz. Des Schattens im Täli wegen brannte eine verschnörkelte Lampe über dem verwaisten Stammtisch, in dessen Zentrum ein übergrosser runder metallener Aschenbecher platziert war, aus dessen Mitte sich ein Steinbock stolz erhob. Rosetta, die alte Wirtin, wischte soeben mit einem feuchten Lappen einen der Holztische, als die beiden sich an einen der anderen setzten.

Fritz und Köbi, die eineiigen Zwillinge, die als Tagelöhner mal hier, mal da arbeiteten, hockten je vor einem Einerli Roten beim Fenster und pafften selbst gedrehte Zigaretten.

«Mooorga, kai Arbat hüt?» Caminada warf den einzigen Gästen beim Hinsetzen einen fragenden Blick rüber.

«Am Nachmittag dann wieder, unten am Rossboden. Die Zeltstadt muss doch noch fertig aufgebaut werden», brummte Fritz und starrte auf die Tischplatte, als zähle er Ameisen.

«Bis das Fest vorbei ist und alles abgebaut ist, gibt's jedenfalls genug Sackrappa zu verdienen», fügte Köbi an und blickte

Caminada ins Gesicht. «Und ihr zwei? D'Schrooterei um diese Zeit hier hinten im Täli? Das verheisst nichts Gutes. Wer hat was ausgefressen?»

Rosetta, deren Hände, Arme und Gesicht von Altersflecken übersät waren, kam an Caminadas und Maruggs Tisch und unterbrach mit ihrem stark italienischen Akzent das Gespräch, um die Bestellung aufzunehmen.

«Grazie, Signori.» Mit diesen Worten verschwand sie, um die zwei Kaffee zu brühen.

«Ja, Köbi, das wollten wir eigentlich euch fragen», entgegnete Caminada und knüpfte an dessen Frage von zuvor an.

«Ich weiss von gar nichts», erwiderte dieser. «Gell, Fritz?»

Fritz nickte, noch immer nach vorne in sich gebeugt, strich dabei durch seinen braunroten Bart, bevor er an der Zigarette zog, die er zwischen nikotingelben Fingern hielt.

«Wann wart ihr beiden denn zuletzt in der Roten Laterne? Vielleicht wisst ihr das wenigstens?»

«Aha, von dort hinten furzt die Geiss», folgerte Köbi und fügte an: «Gestern Abend. Wir hatten den Wochenlohn erhalten, und ein paar Rappen drängte es dringend aus dem Geldseckel an die frische Luft.» Er lachte.

«Und die Gisela, habt ihr sie beim Schaffen gesehen?»

«Ja, die Möckli, die servierte gestern. A flotti Poppa.» Er formte dabei mit den Händen Brüste und grinste.

«Die haben wir letzte Nacht an der Roten Laterne erhängt aufgefunden – sie ist ermordet worden.»

«Verreckta Khaib! Ist das wahr? Die Gisela?» Köbis Lächeln gefror augenblicklich.

«Ja, die Gisela – will euch ja nicht für blöd verkaufen.» Caminada glaubte, ehrliche Bestürzung oder zumindest Verwunderung bei Köbi zu erkennen, und nickte. «Und? Etwas im Zusammenhang mit ihr gehört? Hatte sie am Abend Krach mit einem der Gäste, oder geschah sonst was Augenfälliges? War einer aufdringlich geworden? Möglicherweise auch in den letzten Wochen?», hakte er nach.

«Gär nüt. Ausser dass gestern Abend der erste Auftritt dieser Looooola war», betonte Köbi deren Namen, als mache er sich über sie lustig und hätte bereits den Schrecken von zuvor vergessen.

«Das sollte auch ein Landjäger erleben», meldete sich überraschend Fritz zu Wort und kicherte verschmitzt in seinen verfilzten Bart. «Fascht füttlablutt isch sie gewesen. Aber äba nur fast.»

«Das kannst du nicht abstreiten, die war ganz nackt gewesen ...» Köbi stimmte ins heisere Lachen ein. Die beiden schienen sich gut zu amüsieren.

«Am Füttla isch finschter, aber nit immer windstill», hielt Fritz entgegen und furzte laut, indem er eine Füttlaback dabei hob. «Ohaläz, Gesundheit kommt vor dem Anstand.» Er grinste stumpfsinnig. «Auf jeden Fall war sie ein junges Fräulein, eines, wie es noch niemand in Graubünden gesehen hatte.» Er stierte weiter, diesmal dabei grölend, auf die Tischplatte vor sich.

Caminada konnte sich schon denken, was gestern dahinten los gewesen sein musste, aber tat nicht dergleichen. Hatten die beiden denn kein Mitgefühl für die tote Serviertochter, sodass sie wenige Sekunden nach Erfahren von deren Schicksal sich benahmen, als hätten sie nur eine tote Maus im Keller gesehen?

«Das heisst, der Schpunta war voll gewesen?»

«Voll?» Köbi hob erstaunt die Augenbrauen. «Da hätte nicht mal eine verhungerte Sackratte Platz gefunden.» Er lachte und gab Fritz einen Puff in die Seite.

«Und was war mit der anderen Serviertochter, dem Käthy?»

«Z'Käthy Gruber?» Köbi strich sich erneut seinen Bart zurecht. «Die stand auch im Service. Und bevor du fragst, mir ist rein gar nichts aufgefallen. Ausserdem, der Gruberin würde niemals jemand krumm kommen, ausser er hätte einen Vollrausch, aber dann wäre es sowieso sein letzter gewesen.»

«Und ich nehme an, ihr könnt euch sonst an keinen der anderen Gäste erinnern?» Caminada kannte die Antwort bereits.

«Sternhagelvoll sind wir gewesen, Zahltag ist Sauftag. A huara Schwinta im Grind haben wir deshalb gehabt. Wir haben nicht mal eine Ahnung, wie wir beide überhaupt nach Hause gekommen sind», behauptete Köbi lautstark, und Fritz nickte dazu.

Caminada glaubte ihnen kein Wort. «Aha. Und wann seid ihr gegangen? Bestimmt auch keinen Schimmer einer blassen Ahnung von einer Idee?», spottete er offensichtlich.

«Landjäger Caminada, du bist wahrlich ein weiser Mann.» Köbi nickte übertrieben.

«Überspann den Bogen nicht, denn um das zu wissen, braucht man kein Wahrsager zu sein.» Caminadas sympathisch klingende Stimme blieb fest. «Es ist ein junges Fräulein letzte Nacht auf traurige Art und Weise und wie auch immer ermordet worden. Da erwarte ich ein wenig Respekt gegenüber der Toten!» Caminadas ruhiger Blick blieb an Köbi hängen, Fritz stierte noch immer, seinen Bart streichend, auf den Tisch, als ginge ihn alles nichts an.

Als von keinem der beiden eine Antwort kam, sagte er: «Ich bin sicher, Ernesto Poltera, der von der Stadt für den Aufbau Delegierte, wird seine Vorarbeiter heute informieren, dass es euch zwei rund ums Eidgenössische nicht mehr braucht. Auch nicht für den langwierigen Rückbau. Dann habt ihr beide die nächsten Wochen Zeit zum Nachdenken und sauft Wasser anstelle eines Einerli Roten zum Zmorga.» Caminada stand auf und zog seinen Geldseckel aus dem hintern Hosensack, sodass Rosetta an den Tisch kam.

«Ich zahle beide Kaffee.» Caminada legte einen Zweifränkler hin. «Isch guat so. Danke für den Kaffee.»

Köbi stand auf. «Walter, verträgst du heute kein Spässchen?»

«Nicht auf Kosten eines ermordeten Fräuleins.»

«Rosetta, lass die Rappen vom Caminada liegen, ich zahle für die beiden. Walter, komm hock wieder ab und nimm deinen Zweifränkler in den Hosensack», versuchte Köbi weiter zu schlichten.

Sie setzten sich diesmal alle an den Tisch, an dem Fritz noch immer auf die Tischplatte stierte, als lese er konzentriert die Neue Bündner Zeitung.

«Also, Walter, so was hat Chur noch nie gesehen. Was wäre es auch für ein Jammer gewesen, hätte ich mich so zugesoffen, dass ich nichts mehr davon wüsste.» Die Augen von Köbi glänzten, als ginge es beim Gespräch nicht mehr um die erhängte Gisela

Möckli. «Es ging gestern Abend erst um halb zehn hinten los, als es finster war. Unter der roten Laterne stand im stürmischen Wind die Gisela, vor ihr eine Schlange Gäste, denn jeder, der in die Rote Laterne wollte, hatte, und jetzt halt dich fest, eine Zwanzigernote Eintritt zu bezahlen. Im blauen Blätz war immerhin ein Becher Bier enthalten.»

«Zwääänzig Stutz?» Caminada glaubte sich verhört zu haben. «Ja ist denn diese Tänzerin aus Gold, wie mir scheint?»

«Und eine Maske hatte jeder anzuziehen», fügte Köbi an.

«Wieso denn so was Kurioses?» Caminada blickte verwundert zu Marugg, der neugierig zuhörte, aber ratlos mit den Schultern zuckte.

«Verzelle ich gleich. Hat mit der Lola zu tun, die ja seit zwei Monaten gross angekündigt wurde. Das ist eine, ach, wie sagt man schon wieder …» Er stiess den noch immer auf den Tisch starrenden Fritz in die Seite. «Fritz? Weisst du den Namen noch?»

Dieser schüttelte nur seinen Grind wie ein Pferd, als von der Bar Rosettas Stimme ertönte: «Burlesktänzerin.»

«Genau, Landjäger Caminada – so eine ist die.»

«Und was tut so eine?» Natürlich hatte auch Caminada die Gerüchte gehört, und letzte Woche war ein Plakatträger durch Chur gelaufen, der ein gar frivoles Bild von Lola herumgetragen hatte, sodass Frau Luicetti, die das Lebensmittellädeli in der Unteren Gasse führte, entrüstet das Stadtpolizeiamt aufgesucht hatte und sogar beim katholischen Pfarrer Jehli in der Erlöserkirche vorstellig geworden war. Aber über die genauen Hintergründe hatte sich Caminada deswegen keine weiteren Gedanken gemacht.

«Also, diese Lola trug gestern Abend ebenfalls so eine Maske», fuhr Köbi weiter.

«Wie an der Fasnacht?» Caminada konnte sich kein rechtes Bild davon machen.

«Nein, wo denkst du hin? Nur so eine dünne noble bis zur Schnorra aba. In Venedig, hat man uns gesagt, trägt man solche während des Karnevals, und das auch nur die Mehrbesseren.» Er kratzte sich seitlich über der Stirn im struppigen Haar und nahm einen Schluck vom Einerli. «Was wollte ich eigentlich sagen … ach ja, eben auch diese Lola hatte so eine getragen, während sie getanzt hat – eine goldene, als wäre sie eine Ägypterin.» Seine Augen glänzten beim Gedanken daran.

«Und dann, lasst mich raten – die hat euch am Schluss ihre Tüti nur ganz kurz gezeigt, und ihr habt danach in euren leeren Geldseckel gestarrt, und aus war die Maus?» Caminada konnte es nicht fassen, dass Frauenbrüste bei gewissen Männern auch das letzte bisschen Hirn in Geld auflösen konnten.

Köbi lachte laut auf und schlug die flache Hand auf die Tischplatte, als hätte Caminada einen Gassenhauer-Witz gemacht, sodass Fritz stirnrunzelnd seitlich aufschaute, als wäre er geweckt worden. Caminada zündete sich eine Villiger an, blies den Rauch in die Tischmitte und wartete, bis sich der Köbi beruhigt hatte.

«Nein, nein, Walter, dann hätte ich ja gleich nach Feldkirch in d'Fuzzastuba fahren können, was erst noch günstiger gewesen wäre. Ehrlich gesagt, als die ersten Fotos von der Lola hier die Runde machten, ging ich nur wegen der dahin und habe einen Tageslohn bezahlt, in der Hoffnung, die füttlablutt zu sehen.» Seine ungepflegten Zähne blickten hervor. «Aber diese Lola, ach, ich kann's nicht recht beschreiben, die macht einen im Oberstübli ja ganz durcheinander und tatsächlich den Geldseckel leer, wenn die zur Musik tanzt und so tut, als mache sie alles nur für einen allein.»

Er lachte wieder und sah Fritz an, der zufrieden brummte: «Es hat sich aber gelohnt, auch wenn wir ihre schönen Tüti nicht mal ganz gesehen haben.»

«Stimmt, Fritz, aber es war viel verreckter als alles, was ich je gesehen habe, und ich bin ja ein alter Saubock, wie du weisst.» Heiser kicherte Köbi, dann musste er husten, was er mit einem Schluck Roten besänftigte.

«Verstanden, aber habt ihr Hinweise oder Namen von Gästen, die uns weiterhelfen können? Vergesst nicht – wir ermitteln wegen Mord!»

«Im Ernst, Walter. Das Licht war wegen deren Auftritt noch schummriger als sonst, nur die Bühne lag im Licht, und dann trugen wir alle diese Masken am Pölli», er machte eine entschuldigende Handgeste, «es gab Besseres zu sehen, als die anderen anzugaffen.»

Weder Caminada noch Marugg sagten etwas dazu, sodass Köbi insistierte: «Ihr glaubt mir etwa nicht?»

Wieder gaben die beiden Gesetzeshüter keine Antwort und liessen ihn so im Unklaren darüber, was sie dachten.

«Landjäger Caminada, es ist präzis so gewesen, und um Punkt ein Uhr leerte sich dann die Rote Laterne so schnell, als brenne die Hütte.»

«Wieso denn das? Hat Hermine einen Grund erwähnt? Die überzieht ja öfter weiss der Herrgott wie lange. Wieso diesmal nur knapp eine Stunde?» Caminada blies den Rauch in die Tischmitte.

«Sie hatte bereits zu Beginn gesagt, dass dies ein spezieller Abend werde – einer von einigen, die noch folgen würden, aber dass um ein Uhr Schluss sei, wie bei allen zukünftigen Vorstellungen der Lola. Deshalb haben sie an dem Abend alle Getränke auch immer sofort einkassiert, als wären wir allesamt Zechpreller. Also tschalpten wir halt überpünktlich in dem verreckten Wind kurz vor ein Uhr im Stockdunkeln das Täli churwärts. Die, welche mit einem Automobil gekommen waren, haben andere mitgenommen. Eine kleine Karawane war unterwegs gewesen. Ehrahailigs Wort, mehr kann ich wirklich nicht dazu verzapfen.»

«Und was für Nasen habt ihr gesehen, die ihr kennt, oder sind euch Fremde aufgefallen?» Caminada hakte weiter nach und deutete Köbi an, dass dieser dem Fritz einen Puff in die Seite versetzen sollte, denn er wollte von beiden gehört werden. Doch wieder gab nur Köbi Antwort: «Ach, das übliche Volk vor dem Eingang. Den einen oder anderen habe ich draussen in der Schlange erkannt, aber auch unbekannte Grinder gesehen – und das in gar noblen Tschööpa. Drinnen ist mir noch die eine oder andere bekannte Stimme aus dem Trubel zu Ohren gekommen, wenn sie gar a Dümmi taten, während Lola uns mit ihren Bewegungen den Kopf verdrehte.»

«Fritz!» Caminadas nun donnernde Stimme liess dessen Grind dennoch nur bedächtig heben.

«Läschtiga Khaib bisch, Walter. Ein schneeweisses Automobil, so ein grosses, neues mit Zürcher Nummer, stand neben dem Eingang unter der Blutbuche», kam träge die von Caminada geforderte Antwort.

Der Landjäger wusste, wieso ausgerechnet Fritz sich an den Wagen so gut erinnern konnte. Der war ein Schniffbuckel, wie er im Buche stand, und stahl, was nicht angewachsen war. In letzter Zeit hatten sich zudem auch in Chur die Diebstähle aus den schlecht verschlossenen Automobilen gehäuft, und in einem Fall, so wusste er es vom Clavadetscher, einem Wachtmeister des Stadtpolizeiamtes, deuteten die Indizien auf den Fritz.

Vor der «Falla» drückte Caminada seinen Hut fest auf den Kopf, denn noch immer windete es, wenn auch deutlich schwächer als vergangene Nacht. Die Sonne beschien in diesem Moment die grobsteinkörnige Fassade des «Plessurfalls», während das Loch hinten weiterhin im tiefdunklen Schatten lag.

«Walter, von dem allem hat uns die Rote-Laterne-Wirtin natürlich kein Wort verzapft, aber es ging gestern Abend ja auch drunter und drüber.» Marugg, der im Gegensatz zu Caminada keine schwarzen, sondern ausnahmslos beigefarbene Hüte trug, blickte ihn an.

Caminada schob seine erloschene Krumme in den anderen Mundwinkel, bevor er antwortete: «Rechtens ist dahinten so einiges nicht, noch nie gewesen. Doch der aktuelle Fall hat das Fass mit Sicherheit zum Überlaufen gebracht, da drückt niemand mehr nicht mal ein Hühnerauge zu. Die Wirtin hoffte mit Garantie wie alle Hotel- und Beizenbesitzer auf das grosse Geld, wenn es am Donnerstag dann endlich mit dem Schützenfest losgeht. Immerhin, in den drei Wochen werden Zehntausende aus der ganzen Schweiz und sogar aus dem Ausland anreisen und davon die Entsprechenden auch den Weg ins Täli finden. So eine Aufführung spricht sich auch unter den Schützen geschwind herum.»

«Mit Sicherheit. Muss schon was Besonderes sein, wenn man dem Köbi Glauben schenken will, der als Plagöri bekannt ist. Und ausserdem lässt es sich so weit weg von der jeweiligen

Heimatgemeinde ungeniert in so eine Vorstellung hocken», pflichtete Marugg bei.

«So oder so, wir müssen den gestrigen Abend genauer unter die Lupe nehmen. Ausserdem will ich als Erstes wissen, was diese andere Serviertochter, diese Käthy Gruber, über den Abend zu erzählen weiss. Aber dabei müssen wir auf der Hut sein – sie ist eine Gruberin!»

3

Wenige Minuten später erreichten die beiden den zuhinterst im Täli liegenden Schrottplatz mit der alten Sägerei der Grubers. Letztere wurde noch immer vom alten Mühlbach angetrieben, der hinter dem Gebäude eingepfercht durch einen schmalen betonierten Lauf schoss und ein gleichmässiges Klappern des Antriebsrades ertönen liess.

Sie stellten ihre Velotöfflis an den Strassenrand und warteten in gebührendem Abstand zum Rottweiler, der bereits an der Kette tobte, bis der älteste der Gruberbrüder, der mächtige Simmi, aus der Sägerei schritt, über der die Grubers allesamt hausten. Rund um die baufälligen Gebäude mit ihren schäbigen Fassaden lag Gerümpel unordentlich gestapelt: rostige Bleche, alte Räder, verbeulte Fässer, halbwegs zugedeckt mit einer grünen Plane, die mit Sicherheit kein Wasser mehr abwies, und ein alter, nur noch dreirädriger Pferdeanhänger, der schief in der Gegend stand und rückseitig von einer Ranke umwachsen war. Dazu drückte, wenn der Wind kurz abflaute, immer wieder schwallweise Verwesungsgestank von der angrenzenden Gerberei des Schwinta-Hitsch herüber.

Während Simmi auf die beiden Ermittler zukam, zog er seine Hose unter dem sich über den Gürtel wölbenden Ranzen zurecht.

«Und?» Er kaute auf einem Zahnstocher herum, während er sich vor den beiden Ermittlern aufbaute und zu ihnen herunterblickte.

«Guata Tag, Simmi. Hast du heute Morgen deinen Anstand etwa im Haus gelassen?» Caminada schaute ihn streng an. Er wusste, er durfte sich jetzt keine Blösse geben.

«Wer weiss? Wenn ich nur einen von euch sehe, gibt's nämlich meistens Ärger, und wenn zwei oder mehr kommen, dann garantiert.» Simmi spuckte seitlich zu Boden und kraulte mit seinen Pranken den mächtigen Kopf von Nero, der zweifellos sofort angreifen würde.

«Na ja, wenn euer Schrottplatz Gegenstände ‹anzieht›, die deswegen jemandem fehlen, dann zieht's uns von Gesetzes wegen hierher und bis jetzt ja noch nie umsonst, wie du mit Bestimmtheit bestens weisst. Also, tu nicht so scheinheilig und schreib dir das hinter deine Löffel, auch wenn diese weiter oben hängen als bei allen anderen im Churer Täli.»

Caminada war sich einiges gewohnt. Seit Jahren liess der Respekt gegenüber Beamten zudem spürbar nach, doch die Grubers waren nochmals eine andere Sache.

«Diesmal kommst du aber vergebens.»

«Ich hoffe es, denn diesmal geht's um z'Käthy. Ist sie denn da?»

«Wieso sie?» Der Riese konnte seine Verwunderung darüber nicht verstecken. «Die tut doch gewiss nichts Unrechtes.»

«Ist sie nun da oder nicht? Es geht um ihre Arbeit in der Roten Laterne.»

«Was weiss ich. Wenn ja, liegt sie in ihrer Kammer. Wie du sicher bereits weisst, war die gestern am Servieren.» Er drehte sich zum Haus um, das rückseitig fast die schroffen Felsen berührte, und brüllte wiederholt zu einem der kleinen Fenster hoch, sodass die Enge der Schlucht die Rufe widerhallte. Er wartete einige Sekunden, nur das Klappern des Mühlrades war zu hören.

«Die ist nicht da. Wahrscheinlich hat sie wieder mal bei ihrem Hallodri übernachtet.» Sein Atem roch nach Alkohol.

«Soso, grad därra wäg? Und wie heisst der Hallodri?», wollte Caminada wissen.

«Willi Martschitsch», folgte unwirsch die Antwort.

«Ach, der Jüngste vom Maler in der Oberen Plessurstrasse? Das ist doch aber ein anständiger Kerl?» Diesmal wunderte sich Caminada, denn es galt als verpönt, mit einer aus dem Täli zu gehen und mit der Gruberin erst recht, aufgrund des schlechten Rufes der gesamten Sippe.

«Jawohl, diesen meine ich – einer der Mehrbesseren, der sich wegen unsereinem zu schämen brauchen muss – so glauben die!» Er verschränkte seine kräftigen Arme, die dick wie Oberschenkel schienen, und stand noch breitbeiniger hin. «Doch wie jeder weiss, stinkt auch deren Scheissdreck, nur ihr Scheisshaus ist schöner.»

«Wo wart ihr drei denn gestern Abend?» Mit den «drei» meinte Caminada auch dessen zwei jüngere Brüder, Kläusli und Ernst, die im Gegensatz zu Simmi sogar einen Kopf kleiner als normal gewachsene Männer waren, wenngleich dafür stämmig und bärtig wie zwei Kampfzwerge. Zu unterschätzen waren auch die aber alleweil nicht, wusste Caminada aus zwei Einsätzen, als die Gruberbrüder besoffen in der Bierhalle am Obertor randaliert hatten.

«Du meinst, ob wir auch hinten in der Roten Laterne hockten, um ein Auge auf z'Käthy und eines auf diese Lola zu werfen?» Er grinste. «Nein, wir haben hier zu dritt einen scharfen Jass geklopft und genehmigten uns hauseigenes Zuckerwasser. Und das Käthy, das weiss sich zu wehren, ist ja eine Gruberin.»

«Hat sonst noch jemand mit euch gejasst?» Er ignorierte Simmis Aussage wegen des Zuckerwassers, denn es war bekannt, dass sie wieder Schnaps brannten, und das nicht zu knapp. Doch das würden sie in einer anderen Runde ahnden.

«Nein.» Simmi blickte nun zu Marugg, der einen Schritt seitlich hinter Caminada stand und zuhörte. «Und Landjäger, dein Schmalhans-Schüler hier, kann dä au schnorra, oder ist der stumm? Für schön ist das Rumpelstilzchen bestimmt nicht hier.»

Caminada wusste, die Gruberbrüder hielten von ihm, vom ganzen Landjägerkorps einen Dreck. Der Grund lag auf der Hand: Vor sieben Jahren, mitten im Zweiten Weltkrieg, wurde der alte Gruber beim Totengutbrückli im Morgengrauen eines diesigen Novembertages in der Plessur liegend tot aufgefunden – er war erstochen und übers Geländer des Totengutbrücklis hinuntergeworfen worden. Die Ermittlungen von Wachtmeister Maissen hatten damals ergeben, dass Gruber am Abend zuvor bis kurz vor Polizeistunde im «Plessurfall», der «Falla», gehockt war und dann seine Jassrunde frühzeitig und ohne Angaben von Gründen plötzlich verlassen hatte und in entgegengesetzter Richtung zu seinem Daheim aus dem Täli gelaufen sein musste. Über den Grund wurde gerätselt, und auch einige Gerüchte machten alsbald die Runde, aber ohne Licht ins Dunkel zu bringen. Was sehr wahrscheinlich schien, war, dass er bewusst seinen oder seine Mörder dort, warum auch immer, treffen wollte. Mehrere Zeugen hatten zudem zu Protokoll gegeben, dass an jenem Nachmittag eine auffallend hübsche junge Frau im Täli gesehen worden sei, die niemand kannte und die auf dem Weg zu den Grubers gewesen sein musste, denn einer der Zeugen sah sie von dem Schrottplatz kommen. Sie wurde als gross beschrieben und habe langes schwarzes Haar getragen, von ihrer Art her bestimmt eine Zigeunerin.

Der alte Gruber, klein und stämmig wie seine beiden jüngsten Söhne, war ein umtriebiger Mann gewesen, dessen alte Sägerei und vor allem der Schrottplatz auch für krumme Geschäfte dienten, sodass regelmässig das Landjägerkorps vor Ort ausrücken musste. Als das eidgenössische Bundesamt für wirtschaftliche Landesversorgung während des Zweiten Weltkriegs neben den Lebensmitteln auch Güter aller Art auf die Rationierungsliste gesetzt hatte, kam reger Schwarzhandel auch in Graubünden auf, von dem die Grubers ihren Anteil sichern wollten. Aufgrund eines solchen Vergehens wurden nur wenige Monate vor Grubers Tod, Mitte Mai im Jahre 1942, zwei Polizeimänner im Einsatz derart von den Grubers im Täli zusammengeschlagen, dass sie eine Woche lang im Kreuzspital lagen.

Das konnte das Landjägerkorps nicht auf sich sitzen lassen. Erst recht nicht mit dem stolzen Major an dessen Spitze. Dieser liess, nachdem er am nächsten Morgen eine feurige Ansprache auf das Vaterland und die Ehre des Landjägerkorps gehalten hatte, eine Zehnerschaft der kräftigsten Beamten, darunter auch Caminada, ins Täli einrücken.

Dem Rottweiler, den die Grubers damals auf sie losliessen, wurde von Leutnant Ferdinand Fässler in den Kopf geschossen, danach steckte er seine Waffe ein, um mit den anderen Beamten den Grubers zu zeigen, wo der Bartli den Most holt. Dabei bezogen auch drei der Ihrigen khörig Prügel, aber die vier Grubers wurden gebodigt.

Dem aber nicht genug. Nachdem die Beamten die vier in Handschellen gelegt und den Schrottplatz und die alte Sägerei vor deren Augen auseinandergenommen und alles Wertvolle kurzerhand als Schadenersatz gepfändet hatten, beschlagnahmten sie den Selbstgebrannten und schütteten das «Zuckerwasser» auf der anderen Strassenseite hinunter in die Plessur. Danach zerstörten sie mit einem schweren Vorschlaghammer die Destillerie.

Caminada erinnerte sich noch gut an die Worte des Majors während des anschliessenden Umtrunks in der Wachtstube: «Wackere und stolze Männer des Landjägerkorps, das wird sich in allen einhundertfünfzig Talschaften rumsprechen, und ein jedermann wird sich ab sofort gut überlegen, einem Landjäger Prügel anzudrohen, geschweige solche zu verteilen. Aufrichtigkeit siegt immer vor stumpfsinniger Gewalt.»

Doch der alte Gruber besass ebenso einen harten Grind wie der Major. Er liess diesem noch aus der Internierung in der Korrektionsanstalt im Domleschg, wo er und seine drei Söhne bis zum Oktober Zwangsarbeit leisten mussten, ein Schreiben zukommen. Darin drohte er, dass das letzte Wort noch nicht gesprochen sei, dass niemals genügend Wasser die Plessur hinunterfliessen könne, um zu vergessen, und dass das Totengut gewiss immer ein flottes Plätzli im Täli bereithalte.

Aufgrund dieses Schreibens, das zwar voller Fehler und kaum leserlich war, sorgte der Major dafür, dass alle nochmals einen Monat länger einsitzen mussten.

Dann geschah es: Nur drei Tage nachdem die vier doch noch entlassen werden mussten, fand der mysteriöse Mord am Alten statt.

Major Kübler winkte nach der ersten Tatortaufnahme durch Wachtmeister Maissen für weitergehende Ermittlungen ab: Solange Tälibewohner nur eigene und vor allem solche Gestalten umbrächten, regelten deren Gesetze dort hinten das von alleine. Zudem hätte in diesen schweren Kriegszeiten das Korps nun weiss Gott andere Aufgaben zu erfüllen, als Verbrechen gegen Verbrecher aufzuklären. Damit war die Sache für ihn vom Tisch.

Doch schon bald ging das Gerücht um, dass der alte Haudegen, der Major, dem alten Gruber zuvorgekommen sei, um nicht mit eingeschlagenem Schädel irgendwo aufgefunden zu werden. Dass der Gruber mit seiner Drohung wahrscheinlich sein eigenes Grab geschaufelt hatte, schlug aber keine einzige Welle ausserhalb des Tälis, und Gras wuchs darüber. Der damals ermittelnde Wachtmeister Maissen schloss die Akte, als einzig Tatverdächtige blieb die schwarzhaarige Zigeunerin, die danach aber nie wieder gesehen worden war, wie im Nachhinein klar wurde.

Major Kübler hatte damals prophezeit und sich bis zum heutigen Tage aber geirrt, dass es nicht lange dauern würde, bis der Mörder vom Gruber irgendwo tot aufgefunden würde – wahrscheinlich gar am Fundort der Gruberleiche unterhalb des Totengutbrücklis im Bachbett der Plessur – als Zeichen der Gruber-Rache. Dass bis zum heutigen Tage diese Rache ausgeblieben war, erstaunte alle, denn es wurde noch lange darüber gerätselt, bis es mehr oder weniger in Vergessenheit geraten war.

«Simmi», führte Caminada das Gespräch weiter, «die andere Serviertochter, diese Möckli, wurde letzte Nacht an der roten Laterne erhängt aufgefunden, nachdem der verreckte Trubel um den ersten Auftritt dieser neuen Tänzerin zu Ende gegangen war, und da frage ich mich doch – wo ist z'Käthy? Und genau deshalb ist mein Ermittlungskamerad hier, der mit seiner Schläue übrigens euch alle in den Sack steckt.»

Simmi griff sich nachdenklich an die Nase, die der eines Boxers nach vielen Kämpfen ähnlich war. «Also, schlau sieht er schon mal aus mit der Brille, wie ein Erstklässler, das muss ich zugeben. Aber glaub mir, Landjäger, niemand würde es jemals wagen, unserer Käthy was anzutun. Was meinst du, warum die seit Jahren erhobenen Hauptes auch in tiefster Nacht durchs Täli mit dem Velo fährt oder auch zu Fuss stolziert, und das könnte sie auch füttlablutt tun.»

«Stimmt, Simmi.» Caminada, der mit ein Meter achtzig eher gross war, blickte zu dem Zwei-Meter-fünf-Riesen hoch. «Die Gedanken habe ich mir selbstverständlich auch gemacht, als wir von der ‹Falla› hierhergefahren sind. Aber wegen dem Schützenfest sind jetzt schon viele Fremde hier, und der gestrige Abend hat solche angezogen, wie wir mittlerweile wissen – die kennen euch Grubers nicht, und z'Käthy ist eine auffallend Hübsche, dazu ein aufgewecktes Fräulein.»

Caminada hatte damals, bei den abschliessenden Ermittlungen, als alle vier Grubers im Domleschg versorgt wurden, das Käthy vernommen. Sie war achtzehn gewesen, mit Augen, aus denen die Verschmitztheit eines blitzgescheiten Lusmaitlas funkelten.

«Aufgeweckt?» Simmi machte bedrohlich einen Schritt auf Caminada zu, sodass er nun wie ein Eichenschrank direkt vor ihm stand. Nero schlug dabei wütendes Gebell an und riss zwei Meter dahinter an der Kette. Maruggs Hand glitt an seine Ordonnanzpistole, wie Caminada aus dem linken Augenwinkel erkannte.

Caminada war zwar deutlich kleiner als Simmi, aber er war ein zäher Hund, der eine unbändige Kraft aus seinem nicht übermässig muskulösen Körper explodieren lassen konnte. Von Kindesbeinen an hatte er in Samnaun, wo er aufgewachsen war, seinem strengen Vater Hermann, der eine Fuhrhalterei besessen hatte, geholfen, die Pferdewagen zu beladen. Eine knochenharte Arbeit, die ihn mit den Jahren aber zäh werden liess, und das hatte Simmi vor sieben Jahren bei dem Einsatz zu spüren bekommen, als Caminada den Riesen gemeinsam mit Wachtmeister Maissen gebodigt hatte. Noch immer zeugte eine Narbe an Simmis linkem Auge von dem einen Hieb des Landjägers, der ihn damit zu Boden gedonnert hatte.

«Willst du mit ‹aufgeweckt› etwa sagen, dass sie a Wentala ist?» Simmi baute sich noch weiter vor Caminada auf, der nach aussen hin, wie es seine Art war, ruhig blieb, sich aber nicht sicher war, ob der Riese nicht hier und jetzt die alte Rechnung damit begleichen wollte.

«Nein, sie ist sicher keine Bordsteinschwalbe, aber eine, die schnell mit jedermann ins Gespräch kommt, wie du weisst, und deshalb möglicherweise, was wir nicht hoffen wollen, mit dem Falschen», stellte Caminada in ruhigem Ton fest. «Deshalb will ich wissen, wo sie jetzt ist und wie's ihr geht. Sollte auch in eurem Interesse sein, und jetzt mach gefälligst wieder einen Schritt zurück.»

«Soso, wenn ein junges Maitli verschwindet, dann ist die Landjägerei sofort zur Stelle. Aber als unser Vater umgebracht wurde, da habt ihr euch einen Dreck darum geschert, herauszufinden, wer es gewesen war, damit der Sauhund zur Rechenschaft gezogen werden konnte. Ich warne dich, Landjäger Caminada. Wir werden irgendwann den schon noch ausfindig machen, und dann schauen wir, wer da Dreck am Stecken hat – ob dieser nicht doch bis ins Landjägerkorps reicht …» Nach diesen Worten machte er den geforderten Schritt zurück.

«Du glaubst also immer noch, dass wir am Tod von eurem Vater selig schuldig sind? Dies, weil ihr vier zwei der Unseren verprügelt habt?» Caminada hielt kopfschüttelnd Blickkontakt. «Simmi, falls du das Wort Rache mit ins Spiel bringen willst – wir haben euch doch damals, nur einen Tag nach eurer Tat, den Meister gezeigt und euch alle vier ins Loch gesteckt. Das war richtig so und auch angemessen, denn tags zuvor waren die beiden Wachtmeister wegen den gestohlenen Kupferkesseln aus Sapün zu euch gekommen, die sie ja auf dem Schrottplatz versteckt gefunden hatten, und ausserdem – wer hatte Selbstgebrannten gleich fassweise hergestellt?»

«Die Kupferkessel habt ihr, oder wer auch immer, uns untergejubelt, um euren Einsatz zu rechtfertigen. Das haben wir damals gesagt, und es stimmt auch heute noch. Da wollte uns einer, und es hat ja geklappt, ein gar dreckiges Strickli drehen. Und es mag vielleicht für dich, Walter, stimmen, dass nach der Prügelei die Sache erledigt war …» Er tippte mit seinem Finger über sein linkes Auge an die Narbe, die von Caminadas Rechter verursacht worden war. «Ihr wart zwar zu zweit, doch das ging schon in Ordnung. Ich trage dir gewiss nichts nach. So bin ich nicht, und der andere spuckte ja bestimmt eine Weile Blut, und auch du hast einstecken müssen. Aber vergiss nicht, du bist nicht der einzige Landjäger bei euch.»

«Du meinst, die, welche noch mehr eingesteckt haben, hegten Rache? Das kann ich mir nicht vorstellen, auch wenn dem Max eine Handvoll Zähne fehlt und die Nase vom Rudolf noch immer schief im Grind hockt und du dem Maissen den Grind blutig geschlagen hattest. Aber deswegen euren Vater gleich umbringen? Das macht keinen Sinn. Und meine Rippen sind auch seit Jahren wieder ganz. Wir hatten das damals auf eure Weise, mit euren Mitteln geklärt – klären müssen.»

Simmi gab keine Antwort, deshalb fuhr Caminada fort: «Ich sag dir jetzt öppis, und das zählt. Wir wissen, die Möckli wurde von jemandem brutal erhängt. Ein grausamer Tod. Womöglich hat sie was gesehen, was gewusst oder was ausgefressen, das zu ihrer Ermordung geführt hat. Aber ich bin erst beruhigt, wenn ich weiss, dass dem Käthy nichts passiert ist – immerhin schafften die beiden zusammen, auch gestern Abend. Und nur darum sind wir hier, trotz des Wissens, dass wir alles andere als willkommen sind.»

Simmis Gesichtszüge wurden etwas weicher. «Walter, du wärst kein ungrada Siach, wärst du nicht a Schrooter», antwortete er.

«Simmi, ich bin ein Schrooter geworden, weil es Ungrade gibt. Also, wenn ihr vom Käthy was hört, lasst es uns schnell wissen. Könnt ja ins Asyl fahren und es telefonisch ausrichten lassen.»

Simmi nickte, und Maruggs Hand entspannte sich, während er sie langsam von der Waffe nahm, bevor sie sich verabschiedeten. Caminada sah, dass sich Schweisströpfchen auf Maruggs Stirn gebildet hatten, und klopfte ihm beim Gehen auf die Schulter. «Guat kmacht.»

«Und?» Marugg blickte Caminada an, der auf seinem Velotöffli, ebenfalls ohne den Motor angetreten zu haben, aus dem Täli trampte. Rechts vor ihnen erhob sich der Mittenberg. Direkt über den Häusern der Altstadt thronte in dessen Flanke der mittelalterliche bischöfliche Sitz mit dem Hof, der Kathedrale und dem Priesterseminar mit seinen Rebbergen im Hang. Alles lag im warmen Sonnenschein, wie auch das Churer Rheintal, das sich mit dem mächtigen Calanda im Hintergrund vor ihnen öffnete. Auf dessen fast dreitausend Meter hohen Gipfeln hatte sich der letzte Schnee zurückgezogen und gab mit jedem Hitzetag schneller die Geröllhalden frei.

«Lass uns zum Willi Martschitsch fahren, dem Junior, meine

ich, und lass uns hoffen, dass das Käthy dort ist», schlug Caminada mit dem Blick auf die Bergwelt vor, mit der er so tief heimatlich verwurzelt war.

Knappe zehn Minuten später, sie waren der Plessur und dem Geleise der Arosabahn entlang gefolgt, bogen sie nach dem Obertor in die Obere Plessurstrasse ein und hielten vor dem ersten Haus auf der linken Seite, in dem sich ebenerdig die Malerwerkstatt Martschitsch befand, wie das Werbeschild es auf dem Holztor zeigte: «Gutes Handwerk – ehrliche Preise».

Martschitsch senior stand in seinem Malerschurz in der Werkstatt und strich soeben einen Fensterrahmen hellbraun, als sie eintraten.

«Hat er was ausgefressen?», fragte er stirnrunzelnd und wischte seine Hände an einem Lumpen ab, nachdem Caminada nach Willi gefragt hatte.

«Nai, nüt derrigs. Wir müssen nur kurz mit ihm reden», beschwichtigte Caminada den drahtigen Fünfzigjährigen, der seinen hellbraunen Haarkranz kurz geschoren trug.

Zufrieden schien sich der Martschitsch damit aber nicht zu geben. Zumindest verriet dessen Gesichtsmimik dies Caminada.

Dennoch führte er die beiden Ermittler anstandslos zur kleinen Einliegerwohnung, die im Parterre des Nebengebäudes lag.

Den jungen Willi mussten sie aus dem Schlaf poltern, entsprechend sah er aus, als er die Türe öffnete.

«Landjägerkorps Caminada. Ruf bitte das Käthy.» Caminada steckte ihm kurz und bündig seine Ausweiskarte unter die Nase, wollte das Überraschungsmoment nutzen.

Willi fuhr sich verschlafen durchs volle gekrauste Haar. Er stand mit einem Unterleibchen und einer zu grossen Unterflöta im Gang. Durch das einzige Fenster warf die morgendliche Sonne einen gleissenden Kegel, in dem der Staub tanzte.

«Z'Käthy? Sie ist nicht da. Ich habe gestern Nacht vergebens auf sie gewartet. Dachte, es wäre zu viel los gewesen in der Roten Laterne – wegen dieser Lola … dieser Tänzerin.» Er glaubte, sich erklären zu müssen. Erst jetzt sah er seinen Vater, der sich im Hintergrund hinter den beiden Ermittlern gehalten hatte, und zuckte zusammen, aber bestimmt nicht, weil er nur in seiner Unterhose dort stand.

Caminada nickte und bat, einen Blick in die kleine Wohnung werfen zu dürfen, die aus einem grossen Zimmer bestand. Nichts Verdächtiges fiel den beiden Beamten auf, und z'Käthy schien tatsächlich nicht anwesend zu sein, auch nicht im Schrank. Deshalb verliessen sie das Gebäude, das direkt über der eingepferchten Plessur stand, und hörten, wie der Alte mit seinem Junior wetterte: «Sternasiach no mol, Willi! Du huara Schlufi. Ich habe dir doch mehr als deutlich gesagt, dass du dich nicht mehr mit so einer Tschättara einlassen sollst. Jetzt haben wir wegen der die Landjägerei im Hause. Zum Schämen ist das, du fertiga Galöri, du! Was sollen auch die Nachbarn denken? Reicht denn noch nicht, was passiert ist?»

«Papa, das Käthy isch doch kai Schlächti, nur weil sie aus dem Täli kommt.»

«Jetzt hör aber auf. Wievielmal willst du mir das noch sagen? Ha? Wer kennt denn die Grubers nicht? Hä? Das sind Glünggis und Schniffbückla in einem – verreckts Zigeunerpack. Mit solchen Leuten hat man besser nichts zu kutschieren. Die bringen nur Unglück über einen.»

«Z'Käthy schafft aber recht und ist eine Fleissige, und wir haben uns gern.»

«Schäm dich, Willi. Du weisst schon, was man über die Serviertöchter der Roten Laterne so alles verzellt. Lass dich von der nur nicht um da kli Finger wickla!»

«Jo äba, Papa – verzellt. Die Leute reden doch immer. Aber du kennst von dahinten nicht eine. Z'Käthy schafft recht, und das seit vier Jahren im Restaurant Meiersboden, und wenn sie anderswo eine Arbeit findet, dann geht sie dahinten – egal, wann's ist, sie hat's mir fest versprochen.»

«Bin ja nicht blöd. Solches Pack hält ihr Wort wie ein durchlöcherter Kessel das Wasser, und nenn dä Schpunta ruhig beim richtigen Namen. Die Rote Laterne ist kein anständiges Restaurant, darum hat sie auch diesen Namen mehr als verdient. Und eine aus dem Täli bleibt eine aus dem Täli, auch wenn die im ‹Steinbock› servieren würde. So eine kommt mir nicht über die Schwelle, das ist schon mal so sicher, wie dass die Plessur nicht das Schanfigg hochfliesst. Da würde ja der Pfarrer rot werden, wenn wir mit so einer am Sonntag in den Gottesdienst hockten.»

«Kurios, Vater, und Käthys Brüder wollen so einen Mehrbesseren wie mich nicht in ihrer Familie haben.»

«Jetzt bist du aber sofort still, du frecha Lümmel!» Der alte Martschitsch erhob drohend seine Stimme, und dem Geräusch nach zu urteilen, bekam der Willi soeben eine geschellt. «So eine Wentala kommt mir nicht noch einmal über die Schwelle. Verstanda? Sonst kannst du deine Siebensachen packen und schauen, wo du bleibst. Dir haben nur ihr gutes Aussehen und die grossen Tüti einen sturmen Grind beschert. Schau nur zu, dass die nicht noch ein Popi von dir bekommt, sonst bist du dann geliefert. Es gibt weiss Gott genug Hübsche und vor allem anständige Maitla in Chur, als dass du im Täli grasen müsstest», entlud sich das Donnerwetter.

Eine Türe schlug zu, dann eine zweite, dann kehrte Ruhe ein.

«Und jetzt?» Marugg verzog vor dem Haus vielsagend sein Gesicht und konnte sich ein Schmunzeln nicht verkneifen, als er Caminada durch seine runde Nickelbrille anblickte.

«Abwarten. Ich hoffe schwer, die taucht noch auf. Aber weisst du, was mich wundert?» Ohne Maruggs Antwort abzuwarten, fuhr Caminada fort: «Der Willi hat keinen Mucks gemacht und gefragt, warum wir überhaupt an seiner Türe stehen. Da würde doch unsereiner nachfragen.»

«Das stimmt. Spätestens dann, als wir ihn aufgefordert hatten, dem Käthy mitzuteilen, dass es sich umgehend beim Landjägerkorps zu melden hat», pflichtete ihm Marugg bei.

«Na gut, vielleicht war's wegen seinem Vater, aus Angst, dass was rauskommt, das dem Alten sicher nicht gepasst hätte. Warten wir bis am Abend ab, und wenn wir nichts von ihr hören und sie sich nicht auf dem Posten meldet, dann fahren wir heute nochmals in die Rote Laterne. Wir müssen sowieso die Wirtin genauer befragen.»

Noch hatte Landjäger Caminada sich nicht an den neuen Heimweg gewöhnt, seit er im Frühling nach so vielen Jahren vom Küblereiweg in die Loëstrasse gezügelt war.

Professor Dr. Küenzli, Chefarzt im Kreuzspital, hatte ihm und Menga ein kleines Haus mit grossem Gemüsegarten verkauft, in dem vier gesunde, kräftige Obstbäume standen. Genauer gesagt hatten sie es hauptsächlich mit dem Geld von Menga gekauft, deren Eltern in St. Moritz das grösste Hotel besassen und einen kleinen Teil des Erbes bereits ausbezahlt hatten. Caminada war dies alles andere als recht gewesen, doch seit er Menga vor zwei Jahren am Tiefpunkt seines bisherigen Lebens kennen- und lieben gelernt hatte, war viel geschehen. Dass sie jetzt schwanger war, freute ihn besonders, denn er liebte sie und wünschte sich schon lange Kinder.

Da Menga an diesem Samstagmorgen im Dienst als Ärztin stand und er sowieso auf dem neuen Nachhauseweg erst am Kreuzspital vorbeifahren musste, stellte er sein Vehikel vor dem Gebäude ab, vor dessen Südfassade ein riesiger Garten angelegt war, den die fleissigen Nonnen hegten und pflegten. Von den langen Innenbalkonen aus, mit ihren schönen Säulen und Rundbogendecken aus weiss gestrichenem Holz, konnten die Patienten auf diesen hinunterblicken oder weit ins Bündner Oberland.

Eine in ihre Ordenstracht gekleidete Kreuzschwester verschwand auf Caminadas Bitte im Gebäude, dessen Böden nach Schmierseife rochen, um Menga zu rufen.

Die schwarzhaarige Engadinerin, mit ihrer gebräunten Haut und den klaren Augen wie Bergseen, kam sichtlich erfreut in ihrem weissen Kittel die Treppe herunter auf Walter zu und führte ihn in den kleinen Pausenraum.

«Schön, dich zu sehen, mein Liebster.» Sie küsste seine formschönen Lippen und fuhr ihm zärtlich über die Wange. Auch in ihren Augen lag noch immer dieselbe Liebe, die die beiden vor einem Jahr hatte heiraten lassen. Ein schönes Fest im Engadin im engsten Familienkreis war es gewesen, so wie sie es sich beide gewünscht hatten. Am hoteleigenen Strand am See assen und feierten sie, das Wetter hatte mitgespielt, es war ein warmer Junitag gewesen. Am Abend brannten Fackeln am Ufer des schlafenden Sees, als drei Geigenspielerinnen musizierten.

«Strenge Nacht und Morgen gehabt?», fragte Menga.

«Ja, war nicht einfach. Ein junges Fräulein fiel einem Verbrechen zum Opfer.»

«Ich hab's leider gehört. Sie liegt noch immer unten in der Leichenhalle.» Mengas Augen schimmerten plötzlich traurig. «Unfassbar, was Menschen manchmal Menschen antun, und du musst Opfern, Hinterbliebenen und Tätern in die Augen blicken können.»

«Es ist nicht immer leicht, das gebe ich zu, aber jemand muss es ja machen. Hast du übrigens den Bargätzi gesehen?» Walter strich ihr liebevoll über die Schulter.

«Der ist noch immer nicht aufgetaucht, soviel ich weiss.»

«Menga?» Er sah ihr in die Augen. «Ich glaube, das ist nur der Anfang von noch Schlimmerem.»

«Wieso glaubst du das? Du bist doch sonst nicht so ein Schwarzmaler?» Sie griff nach seinen schönen Händen.

«Das kann ich dir nicht sagen, mein Schatz, aber ich habe ein ungutes Gefühl in diesem Fall. Hoffentlich liegt's nur daran, weil ich wegen dem Eidgenössischen, das jetzt schon ein Riesenbrimborium erahnen lässt, in der Pflicht stehe. Das Fest wird grösser als gross werden. Zehntausende Gäste werden erwartet, und wir sind so wenige Beamte und verfügen nicht mal über Fahrzeuge. Dazu die Affenhitze und der Wind, der allen langsam einen sturmen Grind beschert.»

«Und jetzt? Was gedenkst du zu tun?»

Caminada nahm einen langen Atemzug, als müsste er die Antwort erst überlegen. «Hauptsache, ich habe dich jetzt kurz gesehen.» Seine angespannten Gesichtszüge hellten sich auf. Sie war wunderschön, fand er, und eine, die wusste, was sie wollte, das mochte er besonders an ihr. «Jetzt geh ich erst mal heim und esse was. Allenfalls muss ich am Abend wieder los, sollte das andere Fräulein, das wir suchen, sich bis dahin nicht gemeldet haben.» Er sah Mengas fragenden Blick. «Es ist die zweite Serviertochter der Roten Laterne, diese Käthy Gruber, aber die kennst du wahrscheinlich nicht.»

«Nein, nur die Grubers als solche sind mir ein Begriff, aber wer sie ist, weiss ich nicht. Daheim kannst du übrigens das Voressen wärmen, und mach dir doch Patati dazu. Kannst ruhig genug Kartoffeln kochen, dann haben wir noch für Maluns oder kalte Kschwellti vorig. Mein Dienst endet erst um vier Uhr am Nachmittag. Ich hoffe, wir sehen uns danach noch.» Sie berührte sanft sein Gesicht, während er ihr liebevoll über den Bauch streichelte, obwohl von der Schwangerschaft noch nichts zu sehen war.

Vor ihrem Einfamilienhäuschen im Hang des Loëquartiers, von dem man über Chur bis ins Bündner Oberland blicken konnte, stiess er das Gartentörchen auf, das von der Strasse in den Garten führte, den er nicht nur schön, sondern auch patent fand, denn er würde ihnen viel frisches Gemüse und Kräuter schenken. Die vier schon älteren, aber kräftigen Obstbäume, so hatten sie von Professor Dr. Küenzli erfahren, würden reichlich Äpfel und Kirschen, Birnen und Zwetschgen tragen und die Sträucher viele Beeren, die Menga einmachen konnte. Bei ihrem Einzug im Frühling hatten zwei der Bäume in voller Blüte gestanden und ihren Duft verströmt. Tagsüber summte es aus den beiden Bäumen vor lauter Bienen.

An seinen ersten elektrischen Kühlschrank hatte sich Walter noch immer nicht gewöhnt. Er ertappte sich dabei, wie er, wie die vielen Jahre zuvor, das Resteis kontrollieren wollte, um es rechtzeitig mit einem neuen Block vom Eismann aufzufüllen.

Nach dem Essen legte sich Caminada ein wenig in der Stube aufs Gutschi, das neben dem Esstisch stand, und schlief ein, als ihn das Telefon, an das er sich ebenfalls noch nicht gewöhnt hatte, aus dem traumlosen Schlaf schellte. Er ging in den Flur beim Hauseingang, wo es bei der Garderobe an der Wand hing.

In der Leitung war der Landjägerposten: Das Käthy Gruber habe sich telefonisch gemeldet, vernahm er von Fräulein Rosemarie. Käthy habe erklärt, sie sei wegen dem alten Malermeister Martschitsch am Morgen aus dem Fenster gestiegen und habe gewartet, bis Caminada und Marugg gegangen seien.

Erleichtert legte sich Caminada zurück aufs Gutschi und

blickte noch müde durch die beiden Fenster ins üppige Grün, das der Südwind lebendig werden liess. Er würde eine Schaukel an den dicken Ast des Kirschbaums hängen, wenn es dann so weit wäre. Er wollte ein guter Papa werden, das besser machen, was sein strenger Vater falsch gemacht hatte, und das Gute, das er von ihm geschenkt bekam, weitergeben.

Irgendwie konnte Caminada sein neues Leben noch gar nicht richtig fassen. Bis vor etwas mehr als zwei Jahren war er noch voll Trauer und Verbitterung über den Tod seiner ersten Frau Jolanda gewesen, hatte sich über ein Jahr lang dem Alkohol hingegeben und mehr schlecht als recht im Küblereiweg gehaust, als er am Tiefpunkt seines Lebens Menga begegnet war. Und nun lag er hier im neuen Haus und erwartete mit seiner neuen Liebe ein Kind.

Das Einzige, was von seinem Leben zuvor geblieben war, das waren die schönen Erinnerungen an Jolanda, seine Arbeit und die Bösen, denn die würde es jederzeit und überall geben.

4

«Im Namen des Vaters, des Sohnes und des Heiligen Geistes.»

Ein gemeinsames tiefes Amen der Geistlichen ertönte gegen neunzehn Uhr an diesem Samstag. Die allabendliche Andacht in der St. Luziuskirche war vorüber. Das Gotteshaus gehörte zu den Gebäuden des Priesterseminars, welches angrenzend über dem bischöflichen Hof in die Bergflanke eingebettet ob Chur thronte.

Diakon Anselmo Veranzze schritt in seiner schwarzen Soutane aus dem Gottesdienst, die Hände dabei gefaltet und im Geiste im Gebet zu seinem HERRN vertieft.

Seit er vor drei Jahren, erst mit siebenunddreissig, endlich die erste der drei Stufen des Weihesakraments erhalten hatte, war ihm von Priester Niklaus Casotti offiziell die Seelsorge und Missionierung des Tälis zuteilgeworden. Seine Herkunft hatte zwar möglicherweise eine Rolle gespielt, glaubte er zu ahnen, doch ausschlaggebend mussten sein geistliches Feuer, seine Treue gegenüber dem himmlischen Vater gewesen sein, dessen war er sich hingegen sicher.

Die italienischen Emigranten, die ausnahmslos erzkatholisch waren, stellten eine feste Glaubensgemeinschaft im Täli dar im Gegensatz zum liederlichen Treiben im Loch hinten, wie Veranzze schon vor seiner Amtsübernahme feststellen musste. Vor allem in der Roten Laterne ging die Hurerei nicht nur ein und aus, wie das graufarbene Arosabähnli durch die Schlucht es tat, sie hauste dort. Dazu kamen die Jenischen, das listige Zigeunerpack, das sich angesiedelt hatte und ihn verlachte, sobald er nur in deren Nähe kam, um das Wort Gottes zu verkünden. Die wenigen verarmten Künstler, vorwiegend Maler oder Bildhauer, dazu ein Schriftsteller, wohnten inmitten dieser Vaganten: Scherenschleifer, Kesselflicker, Korbmacher und der alte Bürstenbinder, der Buschauer, und nicht zu vergessen die Grubers – allesamt mehr oder weniger Taugenichtse, fand Veranzze. Aber genau die hätten das Wort des himmlischen

Vaters am nötigsten gehabt. Nur deshalb nahm er jedes Mal den Weg gerne auf sich und versuchte dem Spott mit Liebe und mahnenden Worten zu begegnen.

Nur beim Taleingang, im Bodmer, dort, wo die meisten Häuser, und zwar beidseitig der Plessur, standen, wurde sein Kommen und nicht sein Gehen von den fleissigen Italienern begrüsst. Sie vertrauten ihm, und wenn er in der Abdankungskapelle des Totenguts einen seiner zweiwöchentlich stattfindenden Täligottesdienste für sie auf Italienisch hielt, dann wusste er ebenso, warum er vom himmlischen Vater als Achtzehnjähriger berufen worden war. Auch wenn das Abendmahl, die Feier der Eucharistie, das Busssakrament oder die letzte Ölung noch den Priestern vorbehalten blieben, umso mehr brannte sein Herz für seine heilige Aufgabe. Irgendwann würde er Priester oder sogar ein Märtyrer werden, so Gott es noch immer wollte – so wie dieser es ihm als Jugendlichem in einer Vision in der Ruine von San Gaudenzio, zuhinterst im Bergell, verheissen hatte.

Doch wie jedem von Gott berufenen Mann steckte auch ihm ein Dorn tief im Fleisch, damit der HERR ihn formen und führen konnte, damit nicht der Hochmut Überhand gewann.

Veranzze war sich sicher, das musste auch seine Exzellenz Bischof Kamber zu Chur persönlich erkannt haben, als dieser vor drei Jahren, während einer persönlichen Unterredung mit Priester Casotti, vom heiligen Missionsauftrag der Kirche im Täli gesprochen hatte, um damit dem Sündentempel zuhinterst im Talschlitz ein Ende zu bereiten. Der Bischof hatte zwar nicht diese Worte gebraucht, aber es mit Sicherheit so gemeint.

Er, Anselmo Veranzze, konnte nicht mehr zählen, wie viele Male er seither bei Wind und Wetter und jeder Tages- und Nachtzeit in seiner schwarzen Soutane steckend zu Fuss ins Täli geschritten war, ausgesandt und gestärkt mit dem Wort Gottes und voll Zuversicht, mit den Sündern das Gespräch zu finden. Inbrünstig hatte er dabei gebetet, dass das Sodom und Gomorra mitsamt den Felsen einzustürzen vermöge, dass der Finger Gottes im heiligen Zorn der Liebe herniederfahren täte wie der Pflug durch die Erde und damit die Rote Laterne, das

Sinnbild des Höllenfeuers, auslöschte, um den Boden für neue Saat fruchtbar zu machen.

In diesen Jahren hatte Veranzze am meisten von jenen einstecken müssen, bei denen der göttliche Samen am wenigsten oder gar keine Früchte hervorbrachte, als wäre er auf steinharte Herzen gesät worden.

Doch gottlob, und dafür dankte er dem HERRN auf Knien in jeder Tagesfrühe in der St. Luziuskirche auf den so steinharten Holzbänken, als kniete er auf den Sünderherzen, hatte er, Veranzze, einen so kräftigen Körper geschenkt bekommen. Deshalb wurden ihm nur selten Prügel angedroht.

Diese Hermine Montalta, die Wirtin der Roten Laterne, mit ihren drei Höllenhunden, die sie schon zweimal auf ihn gehetzt hatte, als er sich beide Male gerade noch auf einen Baum flüchten konnte, war bestimmt dem Teufel ab dem Karren gefallen. Kein Wunder, verabscheute sie ihn wie das Weihwasser, wenn er mit einer ihrer immer wieder wechselnden Serviertöchter vor dem Gasthaus hatte reden wollen, um sie vor noch Schlimmerem zu bewahren. Und da waren noch die Gruberbrüder, die sich einen schlechten Spass mit ihm erlaubt hatten und ihn in ein leeres rostiges Ölfass steckten, darin mit Pech übergossen, danach federten, nur weil er mehrmals versucht hatte, das Käthy auf den rechten Weg zu bringen. Irgendwann aber würde er dafür belohnt und sie ihrer gerechten Strafe zugeführt werden, das musste Lohn genug sein. Denn was war dies im Vergleich zur Pein des Herrn Jesus Christus am Kreuz, sagte er sich stets und fühlte sich dem himmlischen Vater dadurch noch näher, denn wenn einer ihn verstand, so war es gewiss der HERR.

Diese Gedanken kreisten einmal mehr in Veranzzes Geist, als er an diesem frühen Abend von seiner Kammer unter dem heissen Dach des Priesterseminars auf Chur blickte, das zu seinen Füssen vor ihm kniete. Langsam folgten seine Augen dem aus Häusern geformten Finger, der sich von der Stadt ins Täli streckte, als wäre es ein Gotteszeichen, dorthin zeigend, wo schon lange dunkle Abendschatten lagen, obwohl die mittelalterliche bischöfliche Hofanlage noch gut eine Stunde im abendlichen Sonnenschein gebadet bliebe.

Mit dem Blick in die Schlucht kam eine unglaubliche Dankbarkeit und Nähe zum himmlischen Vater auf, denn selten durfte ein Geistlicher, so wie er einer war, Zeugnis von dessen Handeln so unmittelbar erleben, war er sich gewiss. Der HERR hatte nämlich gesprochen und als Zeichen am siebten Tag nach der Ankunft dieser Zürcher Hure den Tod über die Rote Laterne gebracht.

Veranzze schloss sanft seine Bibel, aus deren Altem Testament, dem Buch Exodus, er soeben gelesen hatte: Kapitel zweiundzwanzig, Vers siebzehn. «Eine Hexe sollst du nicht am Leben lassen!»

Genau vor einer Woche war es gewesen, als er hinten im Täli auf seinem Fahrrad hockte, als ein grosses, teures schneeweisses Automobil neben ihm hielt, nachdem es mehrmals heiser gehupt hatte, damit er bremse.

Aus dem Wagen, der ein Zürcher Nummernschild trug, stieg diese zu Fleisch gewordene Sünde aus: blonde Haare, rote Lippen, dazu dieses frohlockend frohe Lachen, das jedermann arglos und deshalb wehrlos werden liess.

Inbrünstig hoffte er, dass sie sich verfahren hatten, bestimmt auf dem Weg nach St. Moritz.

«Grüezi wohl, Herr Pfarrer.» Sie hatte ihm die weiss behandschuhte Rechte gereicht und deutete krampfhaft lächelnd einen Knicks an. «Äxgüsi, aber wir haben uns glaub verfahren.» Sie richtete ihren kleinen schicken Hut, doch sie konnte den Schrecken in ihrem Gesicht nicht verbergen, als sie seines sah.

Er hatte sich an diese Art von kurzem Erstarren, ja gar Entsetzen gewöhnt, denn seine rechte Gesichtshälfte war durch Brandnarben vollkommen entstellt, die Augenbraue und das Kopfhaar fehlten auf dieser Seite völlig, das betroffene Auge war weisstrüb und blind. Ebenso hälftig verbrannt waren seine Lippen und der rechte Teil des Halses, seine Gesichtsmimik liess rechtsseitig nur ein verzerrtes, monsterhaftes Grinsen zu.

Ganz im Gegenteil dazu seine andere Gesichtshälfte – diese zeugte von der Schönheit eines aussergewöhnlich attraktiven Mannes: formschön vollendete Lippen, ausdrucksstarkes Auge, eine ausgeprägte männliche Kinnpartie, die Haut makellos, die Nasenhälfte gradlinig edel geschnitten, das volle schwarze Haar glänzte.

Und genau dies löste beim Gegenüber grosse Irritation bei der ersten und auch weiteren Begegnungen aus, wusste er aus Erfahrung.

Seine linke Gesichtshälfte lächelte an diesem Tag der jungen Dame anstandshalber zurück, die rechte verzog es gleichzeitig zu einer monströsen Fratze, sodass sie ihre Verwirrung nicht zu verbergen vermochte.

Kinder, fand er, die machten es richtig. Ihre Augen waren so ehrlich, wenn sie ihn mit offenen Mündern anstarrten oder ihm Fragen stellten. Einige der grösseren wollten sein Gesicht sogar berühren – die zerstörte Seite, tasteten über die ledrige rote Haut, die dicken und dünnen Vernarbungen. Und danach war es damit für die meisten von ihnen erledigt. Es gab nur zwei, die ihm trotzdem böse Worte nachgerufen hatten und hänselnd lachend davongerannt waren. Ihnen war er eines Tages nachgerannt, bis er beide erwischt hatte. Mit aufgerissenen Augen standen die zwölfjährigen Buben dann vor ihm, als er ihnen je ein in Papier eingewickeltes Stück Kuchen schenkte. Damit waren auch sie Freunde geworden, und sie riefen ihm bald schon von Weitem freundlich zu und winkten, und hin und wieder hatte er wieder was Leckeres für sie dabei. In ihren Augen sah er den himmlischen Lohn, denn in den Kindern, so fand er, war neben der Natur die göttliche Schöpfung am fühlbarsten zu erkennen. Was hatte der HERR so unmissverständlich in seiner Heiligen Schrift gesagt? «Lasset die Kinder zu mir kommen und wehret ihnen nicht, denn solchen gehört das Reich Gottes. Wahrlich, ich sage euch: Wer das Reich Gottes nicht empfängt wie ein Kind, der wird nicht hineinkommen.»

Nun blickte Veranzze in das makellose Gesicht dieses blonden Fräuleins. Auf der einen Seite schmeichelte es ihm, dass sie glaubte, einen Pfarrer vor sich zu haben, auf der anderen Seite sah sie genau so aus, als würde sie nur sehr selten, wenn überhaupt, ein Gotteshaus betreten, und glaubte daher bestimmt, dass jeder, der eine Soutane trägt, somit ein Priester sei.

«Der HERR segne Sie. Wenn Sie mir sagen, wohin Sie fahren möchten, dann kann ich Ihnen womöglich einen Rat geben», antwortete er ihr höflich.

«Wo ist denn dieser Meiersboden? Ich stelle fest, hier hinten wird's immer enger, da passt ja nur noch knapp ein Automobil aufs Mal auf die Strasse.» Die blonde Frau blickte sich noch immer irritiert um, während der Fahrer sein Seitenfenster etwas herunterschob, um zuzuhören.

«Meiersboden? Ja, da sind Sie richtig. Sie müssen weiter dieser Strasse ganz ins Tobel folgen, dann rechts übers Brückli und auf der anderen Schluchtseite einige hundert Meter die Strasse den Berg hoch. Was wollen Sie überhaupt dort hinten?» Er ahnte es bereits.

«Ach, Herr Pfarrer, ich bin eine Tänzerin und werde bis nach dem Schützenfest dort auftreten – in der Roten Laterne. Und keine Sorge, nichts grusig Unanständiges.» Sie lächelte entschuldigend, während ihre Augen hin und her seine Gesichtshälften anschauten, als wollten sie beide zu einem Ganzen zusammenfügen.

Veranzze schwieg darauf, bis sie unsicher im Zürcher Dialekt fragte: «Äxgüsi, Herr Pfarrer, habe ich was Falsches gesagt?» Ihr Lächeln, das Veranzze widerwillig mochte, umspielte zaghaft ihr helles Gesicht.

«Nicht nur an dem, was wir sagen, vor allem an dem, was wir tun, misst uns der HERR, mein wertes Fräulein.»

Lächelnd sah die Schönheit erst Veranzze an, dann zum Wagen, aus dem missmutig der junge Fahrer stierte, der seinen Hut lässig schräg nach hinten geschoben hatte.

«Lola, lass den komischen Pfaff nur schwafle. Bravi Meitli chömed i Himmel, aber solche wie du überallhin. Komm, steig endlich ein, ich muss noch die drei Stunden zurück nach Zürich fahren, und das heute noch», tönte es unwirsch vom jungen Mann, der seinen Zigarettenstummel respektlos vor die Füsse Veranzzes spickte, der dies mit einem kurzen Augenkontakt quittierte.

Lola schien das Verhalten ihres Begleiters peinlich zu sein. «Also denn, Herr Pfarrer. Nüd für unguet, gälled Sie, und danke schön für d'Uskunft. Uf Wiederluege, Herr Pfarrer.» Sie stieg ein und verschwand nach einem letzten Blick auf Veranzzes Gesicht im Innern des Wagens und dieser weiter hinten in der Schlucht. Nur die Abgaswolke schwebte noch einen Moment in der warmen Luft.

Veranzze schnürte es das Herz zusammen; die viele Arbeit der letzten drei Jahre und nun das. Das war also diese Tänzerin, deren Ankunft er schon lange befürchtet hatte. Als schwarzer Schwan würde sie einem Magneten gleich noch mehr Sünde in die Rote Laterne ziehen, das Täli weiter damit vergiften.

Bilder begannen in seinem Kopf zu entstehen: Er sah sie auf der Bühne stehen, wie sie mit tanzenden Bewegungen und diesem schüchternen, angehauchten Lächeln sich auszog, sodass er so fest seine Augen zusammenkniff, dass es ihn schmerzte. Doch die Bilder liefen weiter. Er sah sich aufstehen, mitten aus der gierigen Zuschauermasse von ihr angezogen, als ihre roten, feuchten Lippen «Anselmo» flüsterten. Er hielt sich deshalb seine Ohren zu, schüttelte seinen Kopf, dann machte er kehrt, als hätte sich vor ihm eine Staumauer durchs Täli gezogen.

Er eilte hin zum grossen Felsen am Eingang der Schlucht. Unter der Adlernase, wie dieser hiess, drückte er sich mit dem Rücken an die Felswand und stiess ein inbrünstiges Gebet gen Himmel, das in ein innerliches Flehen nach Gerechtigkeit überging, sodass der Allmächtige ihn gebrauchen solle, auch wenn ihn sogar der Märtyrertod erwarten täte.

Beobachter, die ihn in diesem Moment nur von rechts anschauten, hätten schaudernd eine Art Monster in schwarzer Soutane dort stehen gesehen, diejenigen von links einen zu schönen Mann, um ein Gottesmann zu sein.

Er aber hatte der Hexe Gesicht, deren rote Lippen gesehen und gewusst, ja gefühlt, welche vermaledeite Kraft nun sich gegen seinen Missionsauftrag stemmen würde, ein satanisches Bollwerk des Bösen war im Täli angekommen – er musste sich rüsten.

Das war vor einer Woche gewesen. Und letzte Nacht hatte der HERR in seiner unglaublichen Gerechtigkeit, seiner barmherzigen Güte, aber auch in seinem heiligen Zorn ein Zeichen gesetzt. Bischof Kamber würde deshalb die Fortschritte im Täli bald mit einem würdevollen Nicken und Worten kommentieren wie: «Diakon Anselmo Veranzze, Sie sind wahrlich ein Gottesmann vor dem HERRN – ein Segen für unser Bistum. Ihr Platz im Himmelreich sei Ihnen gewiss.»

Veranzze kehrte aus seinen Gedanken zurück in das klerikale Gemäuer, in seine Kammer, in der eine tiefe Stille und Zeitlosigkeit lag. Er legte die Bibel achtsam auf den kleinen Holztisch am Fenster und verliess nach einem letzten Blick aufs Täli seine kargen vier Wände.

Die schwere Eingangspforte des Priesterseminars schloss sich hinter ihm, als er in die Hitze des Abends hinaustrat. Blüten- und Kräuterduft schwebte im bischöflichen Garten, als er die lange Treppe zum «Marsöl» hinunterlief. Er trug wie immer ausserhalb der Gottesdienste seine schwarze Soutane, ausser er arbeitete handwerklich in einem der bischöflichen Betriebe mit, dann trug er blaue Hosen und Hemd wie alle Arbeiter.

Seine Eingebung sagte ihm, dass es jetzt Zeit war, in aufrichtiger Dankbarkeit die zwei Kilometer durch die Schlucht hoch zum Meiersboden zu gehen, dabei in Stille dem HERRN für sein Eingreifen von letzter Nacht zu danken.

Wie ein dunkler Geist wirkte dabei der Vierzigjährige. Seine Halshaltung wirkte seltsam, weil die verbrannte Haut diesen auf eine Seite hin hatte steif werden lassen. Sein Hut mit der tellerartigen Krempe war ebenso schwarz wie seine Kleidung. Nur der weisse Römerkragen seines Collarhemdes hob sich hell ab.

Er schritt gleichmässig, einem Metronom ähnlich, neben der rauschenden Plessur Richtung Loch, als wäre es ein einsamer, fahnenloser Siegesmarsch einer verlustreich geschlagenen Armee. Der wilde lila Flieder blühte reich, verströmte üppig seinen honigsüssen Duft. Beäugt wurde Veranzze dabei nur von einem Grüppchen Tälibewohner, die die Köpfe zusammensteckten, wie sie es oft taten, als nähmen sie ihn nicht wahr. Sie sprachen mit Bestimmtheit über die Tote, wie er zu wissen glaubte.

Anfang Täli, bei der Brücke zum Bodmer, kam ihm Renato

Spinelli entgegen. Spinelli, der es als einziger Emigrant in den Fussballclub Domat/Ems geschafft hatte, der immerhin in der zweithöchsten Liga der Schweiz mitmischte, winkte ihm von Weitem fröhlich zu.

«Buon giorno, Signore Veranzze.» Dabei hatte er den Lederball unter seinem rechten Arm eingeklemmt und lachte übers ganze Gesicht wie ein Junge, der sich auf ein Fussballspiel freut.

Spinelli schien einer der wenigen zu sein, die vom Tod Möcklis noch nichts gehört hatten, denn er sprach Veranzze nicht darauf an, oder es war ihm zu unangenehm, folgerte Veranzze daraus. Spinelli war unterwegs zur kantonalen Turnhalle, die neben dem Krankenasyl Sand stand, um auf dem kleinen Fleckchen Wiese zu tschutten und auf der Aschenbahn, trotz Hitze, einige Runden zu laufen, wie er sagte.

Als Veranzze den Tod Möcklis ansprach, gab sich Spinelli erschrocken. «Mamma mia! Ist diese wahr? So eine kleines Fräulein tot? Ise kaum zu glaube», gab er im holprigen Deutsch zur Antwort, als hätte er vergessen, dass er sonst mit Veranzze immer in der gemeinsamen Muttersprache redete.

Das Gespräch endete damit, dass Spinelli dem Diakon versprach, am nächsten Tag in den sonntäglichen Gottesdienst zu kommen.

Als Veranzze wenig später beim Totengutbrückli vorbeikam, zog es ihn über dieses auf die andere Schluchtseite, hin zur Abdankungskapelle, in der er morgen den Gottesdienst für die Italiener abhalten durfte.

Bei jedem Betreten sah er hoch auf die goldene Schrift über dem Eingangsportal: «DEM LICHT ENTGEGEN».

Irgendwann würde es auch für ihn endlich so weit sein, und er dürfte im himmlischen Licht entschweben und alles hier zurücklassen, ausser der Liebe. Doch bis dahin musste er sich seinen Platz im Himmel erarbeiten. Sein morgiges Predigtthema würde indirekt auch davon handeln, über Schuld, Sühne und Strafe – und das Himmelreich.

Die Totengutkapelle war zwar keine richtige Kirche, in der er eigentlich auch nicht predigen durfte, es wurde stillschweigend vom bischöflichen Hof toleriert. Aber auch darin sah er ein Zeichen Gottes, denn in einem Gotteshaus, das viele Jahrhunderte schon keine Kirche mehr war, wurde er zur Mission erweckt …

… es war im Jahre 1927 gewesen, an seinem achtzehnten Geburtstag. Der Sonntagnachmittag im Mai, zuhinterst im südbündischen Bergell, im kleinen Bergdorf Casaccia, war so gähnend träge gewesen, dass die Langweile Anselmo wehtat, ja seltsam bedrohlich auf ihn wirkte. Die Zeit schien einmal mehr stillzustehen. Das Leben, das zweifellos irgendwo hinter den vielen Berggipfeln blühte, wie der Frühling hier im Tal, war so weit weg wie der Mond. Sein älterer Bruder war vor zwei Jahren nach Italien gegangen, nach Chiavenna, um Priester zu werden, und kam kaum noch nach Hause.

Seine Eltern Gelsomina und Lorenzo Veranzze waren schon immer strenggläubige Katholiken gewesen, wie nur noch drei der Familien in dem sonst protestantischen kleinen Dorf, das traditionell ausnahmslos aus Steinhäusern erbaut war und dessen Dächer mit Steinplatten gedeckt wurden, die zu den steinernen Bergkämmen passten.

Die Bergflanken über der Waldgrenze und die Gipfel rund um das Tal, das bei Casaccia auf tausendfünfhundert Meter Höhe lag und sich von dort gemächlich bis hinab zum norditalienischen Villa di Chiavenna zog, steckten noch unter einer dicken Schneedecke. Hingegen die stotzigen Wiesen an den Südhängen im Tal lagen in der Wärme der Frühlingssonne, die Bäche sprudelten munter über vor lauter Schmelzwasser. Das Licht und die Wärme kehrten zurück ins abgelegene Tal.

Als Anselmo die Ziegen versorgt, die Lateinaufgaben gewissenhaft erledigt und sein Vater sich zum Bibelstudium ins kleine Arbeitszimmer zurückgezogen hatte, während die Mutter auf der Holzbank vor dem Haus sass, um in den warmen Strahlen Hosen zu flicken, zog es ihn hinaus.

Der Frühling streckte seine Fühler aus, sodass auf den Südhängen, unterhalb des Mischwaldes, in dem Robinien, Birken und Lärchen wuchsen, die weissen und blauen Krokusse das Grün verschwenderisch übersäten. Im Dorf sprossen Kamelien, Forsythien und Primeln und verbreiteten ihren Duft. Die kleinen Eidechsen kletterten munter auf den warmen Natursteinfassaden der Häuser, und die Katzen schnurrten träge in der Sonne liegend. Der harte Winter war nicht vergessen, aber vorbei.

Anselmo hatte seine Hemdsärmel nach hinten gekrempelt, als er die Passstrasse des Maloja hochging, die weiter oben sicher noch einen Monat lang für Fuhrwerke wegen des Schnees gesperrt blieb.

«Anselmo, wohin so eilig?» Die dreissigjährige Schäferin winkte ihm lachend unterhalb des Pfades zu.

Sein Vater hatte ihn schon mehrmals vor ihr gewarnt, ihr Mann war vor zwei Jahren mit dem Sohn nach Italien verschwunden, seither lebte die Frau alleine im Haus, am Rand des Dorfes, und verdiente etwas Geld, indem sie die Geissen und Schafe im Tal hütete und auf den Alpenweiden sömmerte. Dazu verkaufte sie ein Sammelsurium an Kräuter- und Pflanzenmixturen, meist nur im nahen Italien, denn im Tal vertraute ihr kaum noch jemand.

Eindringlich hatte Vater ihn vor des Fleisches Lust gewarnt, viele Male mit ihm deshalb gebetet, damit Anselmo eine von Gott gewollte Ehe erwarten konnte, ohne sich zuvor im Fegefeuer der Triebhaftigkeit zu verbrennen.

Die Schäferin war keine Schönheit, aber auch nicht hässlich. «Unscheinbar» war ebenso eine unpassende Beschreibung, denn sie strahlte eine falsche Fröhlichkeit aus, das hatte er sofort gespürt. Alles an ihr liess ihn eigentlich sich von ihr abwenden, doch sie war ihm gewissermassen überlegen, denn sie war eine erwachsene Frau und er ein Sprössling, der wie der Frühling hinaus ins Leben trieb und nicht alles verstand.

«Anselmo, nun warte doch endlich.» Sie hob den Rocksaum und eilte lachend den Berg hoch, während er weiterging, wenn auch langsamer.

Sie hielt ihn am Arm fest, als sie ihn erreicht hatte. «Anselmo, mache ich dir Angst?» Sie trug den strengen Parfümgeruch an sich, den sein Vater immer sofort an ihm roch, wenn er ihr, wenn auch nur kurz, im Dorf begegnet war. Zu Hause hatte dann Vater jeweils Fragen gestellt und Anselmo ehrlich darauf geantwortet, sodass es immer in langen Gebeten geendet hatte.

Anselmo konnte sich keinen Reim darauf machen, warum er sich nicht von der Schäferin abwenden konnte, einfach davoneilte. Er mochte ihre dunklen Locken ebenso wenig wie ihre seltsamen nervösen Augenzuckungen und ihre Unruhe, die sie dann bekam, wenn sie ihm zu nahe kam. Dabei zog sie manchmal die Oberlippe hoch, sodass die beiden Eckzähne auf der Unterlippe aufstanden. Sie wirkte dann dümmlich und konnte ihre Gefühlswelt nicht verbergen.

«Anselmo, der Frühling ist so schön wie dein Gesicht», begann sie zu reden, damals war er ja noch nicht der Gezeichnete gewesen. Schmeichelnd erzählte sie, wie wunderbar er doch wäre, doch er fühlte schnell, es ging einzig und allein um sie, um das, was sie suchte. Sie zog ihn an den Waldrand, und sie setzten sich ins warme Grün. Sie redete nervös, ihre Augenlider zuckten, während sie seine Hand unter ihren Rock schob.

Noch nie war er einem Mädchen, geschweige einer Frau so nahe gekommen. Nicht mal annähernd. Sein Körper reagierte angespannt: Eine Mischung aus Sündenlust, Abwehr und Ekel, weil sie stank, überkam ihn. Das war schlimmer als falsch – es war Sünde. Doch die Schäferin dachte nicht daran, es langsamer anzugehen. Sie schob ihm seine Hose hinunter und zog ihn auf sich. Der Kampf zwischen Gut und Böse begann sich in seinem Innersten zu formen, ganze Armeen, so schien es ihm, marschierten gegenseitig auf.

In ihren Augen sah er nun die Gier, das zu bekommen, was sie wollte, ihr krampfhaftes Lächeln, während er aus einer seltsamen zerstörerischen Gefühlsmischung ihr nachgab, als wäre er zu nahe am Abgrund gestanden und deshalb in sie gefallen.

Keine Minute später packte ihn das blanke Entsetzen, sodass er sich schnell aufrichtete und sich beschämt und voller Ekel die Hose hochzog, als in diesem Moment sein Vater mit einem Stock in der Hand nur wenige Meter von ihm entfernt auftauchte.

Erzürnt hob der Vater den schweren Stecken und liess diesen

auf die Teufelshure, wie er sie dabei anschrie, hinunterfahren, immer wieder, bis sie blutend und wankend Richtung Dorf flüchtete.

Anselmo selbst floh in grosser Angst den Pfad hoch und verschwand zwischen den Bäumen. Vögel zwitscherten munter aus den Zweigen, als er wenige hundert Meter oberhalb Casaccia die nur aus Stein erbaute Wallfahrtskirche San Gaudenzio völlig ausser Atem erreichte.

Seit Jahrhunderten stand sie dort, nun war sie baufällig, und der Himmel war ihr Dach geworden. Doch wer sie betrat und unter den intakten Chorbögen weiter ins Innere schritt, den überkam das Gefühl von Heiligkeit.

Seit Anselmo denken konnte, hatte Vater ihm und seinem älteren Bruder, der den Namen des heiligen Gaudentius trug, die Geschichte dieser Wallfahrtskirche erzählt, die doch so eng mit der ihrigen Familiengeschichte verknüpft war, wie er darin erfuhr.

«Wisst ihr, meine lieben Söhne, wir dürfen es niemals vergessen», so fing der Vater immer an, meist an den langen dunklen Winterabenden, wenn die Tiere versorgt waren und sie um den warmen Ofen sassen und er sich die Pfeife gestopft hatte, während draussen der Schnee sich leise türmte und eine tiefe, alles einhüllende Stille das Tal füllte. Die Holzscheite knackten im Feuer, in der beengten Stube war es behaglich warm. Auch wenn Anselmo die Geschichte bereits viele Male gehört hatte, so konnte Vater sich immer seiner ganzen Aufmerksamkeit gewiss sein. Bilder entstanden dann vor Anselmos innerem Auge, und er hatte sich stets gewünscht, dabei gewesen zu sein, als damals alles geschah.

«Also, meine braven Buben, hört gut zu, damit ihr gute Menschen vor dem HERRN werdet und er euch für sein Himmelreich reichlich rüsten kann.» Er zog an seiner Pfeife und blies den aromatischen Rauch in die kleine Stube.

Ohne Zweifel, sein Vater war ein Mann Gottes, ein rechtschaffener dazu, wusste Anselmo und hörte gebannt zu.

«Im 4. Jahrhundert kam ein gottesfürchtiger Mann, genannt Gaudentius von Novara, aus Norditalien das Tal hoch, um auch unser Casaccia, das hinterste und kleinste Dorf im Bergell, vom Heidentum zu befreien. Ungeachtet dessen, dass seine Gottesbotschaft nicht von allen Einheimischen gehört werden wollte, predigte er mitten im Dorf und verkündete die Heilige Schrift im Auftrag des päpstlichen Stuhls in Rom. Ihr müsst euch das mal vorstellen. Damals glaubten diese Heiden noch an Geister, machten Feuerzauber und beteten Steine an. Einen Fremden wollte man damals nicht im Tal haben. Er hätte ja die Kinder stehlen können oder die Frauen schänden. Doch Gaudentius von Novara liess sich von nichts und niemandem aufhalten und blieb standhaft.» An dieser Stelle legte der Vater meist eine theatralische kurze Pause ein und zog an seiner Pfeife.

«Eines Tages, er war erst wenige Wochen im Tal und predigte mutig an einem Sonntag, auf dem Rand des Dorfbrunnens stehend, das Wort Gottes, ergriffen ihn aufgebrachte Einwohner und schleiften ihn einige hundert Meter ausserhalb des Dorfes Richtung Malojapass hoch. Neben dem Saumpfad wurde er in einem Kieferwäldchen auf einen Baumstumpf gelegt. Der Schmied des Dorfes erhob die geschärfte Axt und köpfte den Gottesmann mit einem einzigen Hieb, der, ohne zuvor zu jammern, damit den Märtyrertod erlitt.» Dabei blickte Lorenzo Veranzze seine Söhne eindringlich an, damit sie das Unfassbare so gut wie möglich erfühlen konnten. Und es war nicht der Ausdruck von Schrecken, der in seinen Augen lag – es war Stolz auf die Stärke Gaudentius' in ihnen zu lesen, die alleine dem Herrgott entstammte, wie er erklärte.

«Doch dann geschah es!»

Aus der Stille des Raums erschraken sie anfangs, als er einem Paukenschlag gleich weiterfuhr: «Gaudentius erhob sich kopflos vor den erstarrenden Augen seiner Peiniger, fasste mit beiden Händen sein abgetrenntes Haupt, erhob es wie eine Laterne, schritt andächtig den Hang hoch zu einer kleinen Lichtung und legte es ab und sich daneben zur ewigen Ruhe. Der Mob bekam einen Heidenschrecken. Die feigen Mörder rannten Hals über Kopf hinunter ins Dorf, fürchteten, der Zorn seines Gottes würde sie nun treffen, sodass die Bergflanken ihr Gestein deswegen einmal mehr auf sie herunterdonnern lassen würden, als wäre es ein steinerner Fluss, der sie allesamt begraben würde. Mittlerweile waren glücklicherweise einige der Einwohner zu barmherzigen Christen geworden, das Wort des HERRN ging wie ein wunderbarer Samen in ihrer Heidenseele auf und hatte sie zu wertvollen Christen gedeihen lassen. Sie begruben den Leib des Märtyrers an Ort und Stelle und errichteten aus Dankbarkeit für sein Wirken eine kleine hölzerne Kapelle, aus der im Mittelalter eine fast dreissig Meter lange gotische Kirche erbaut wurde. In deren Innern standen einst fünf Altäre, an den Wänden hingen prächtige Heiligenbilder», schwärmte der Vater.

«San Gaudentius' Gebeine wurden ausgegraben und in einen kleinen steinernen Wandsarkophag gelegt, der in der Kirche seinen Platz fand – er wurde vom Papst heiliggesprochen, und die Kirche erhielt seinen Namen. Das Wirken von San Gaudentius hielt nach seinem Märtyrertod weiter an: Ein Hospiz wurde angrenzend errichtet, ein beliebter Wallfahrtsort erwuchs, sodass aus allen umliegenden Ländern Gläubige den beschwerlichen Weg durch die Berge zu uns pilgerten.»

Der Vater schenkte sich Wein ein, während die Mutter den Buben eine Tasse warmer Geissenmilch reichte, sich die Schürze zurechtstrich und sich strickend neben sie setzte.

«Doch alles änderte sich, als Pietro Paolo Vergerio das Bergell erreichte», Vaters Stimme verfinsterte sich, «der ehemalige katholische Bischof von Modruš und Koper wurde zuvor durch den Papst exkommuniziert, weil er ein glühender Reformator geworden war, nachdem er in Deutschland Martin Luther kennengelernt hatte. Als nun reformierter Pfarrer verkündete Vergerio von Vicosoprano aus den neuen Glauben im gesamten Tal. Dabei hatte er auch Böses im Sinn.» Bei diesen Worten runzelte der Vater immer die Stirn.

«Dieser Vergerio stiftete am 6. Mai 1551 die Bevölkerung im Tal an, mit ihm zusammen unsere Wallfahrtskirche zu entweihen. Und jetzt stellt euch vor: Die Bilder und heiligen Reliquien San Gaudentius' wurden von ihnen zerstört und achtlos in die Orlegna geworfen, die mit ihren Fluten alles an unserem Dorf vorbei mitgerissen hat. Der aufgebrochene Wandsarkophag zeugt noch immer davon.» Mit drei langen Schlucken leerte der Vater den Becher Roten und stellte ihn gedankenversunken auf den Tisch. Um seine Mundwinkel spielte unversehens Zuversicht in Form eines Siegerlächelns.

«Doch drei Familien, darunter unsere Vorfahren, hielten standhaft und treu am katholischen Glauben fest – bis heute! Und das, obwohl das ganze Tal reformiert wurde. Stellt euch das mal vor, was dies für Nachteile für uns katholische Minderheit mit sich gezogen hatte.»

Auch die Schlussworte blieben über die Jahre hinweg dieselben und hatten sich in Anselmos Gedächtnis eingeprägt: «Gaudentius und Anselmo, Gottes Kraft ist in uns zu allem fähig und allgegenwärtig, wenn wir sie nur zulassen!»

Manchmal redete Anselmo mit seinem Bruder noch danach, nach dem Gutenachtgebet, das stets die Mutter in der kleinen Kammer hielt, während sie alle vor der einfachen Bettstatt knieten, in der ihre Strohsäcke und die Schaffelle lagen.

An der Wand vor ihnen hing das von Vater selbst geschnitzte Kruzifix, das er vom katholischen Priester in Maloja hatte segnen lassen, daneben das Bildnis der Heiligen Jungfrau Maria Muttergottes mit seinem goldfarbenen Rahmen.

Das war nun alles lange her.

Nun war Anselmo Veranzzes Vater achtundsiebzig und überraschend schnell gebrechlich geworden, wie er letztes Jahr bei seinem Besuch im Bergell feststellen musste. Seinen Bruder Gaudentius hatte Anselmo dann auch angetroffen, denn es war die Beerdigung ihrer Mutter gewesen.

Vater hatte bei der Abdankung mit leiser Stimme erzählt, wie er 1889 als Achtzehnjähriger das Tal verlassen hatte, um nach Chur zu wandern, um an der Kantonsschule das Lehramt zu erwerben. Nur mit einem kleinen Bündel an einem Stecken hängend geschultert, war er zu Fuss über den langen Septimerpass ins Oberhalbstein, nach Bivio, gewandert. Er hatte später davon gesprochen, dass es wie eine Art Pilgerreise gewesen sei, auf den abgeschiedenen Saumpfaden zu marschieren, die

die Römer ausgebaut hatten. In insgesamt vier Tagen wanderte er weiter, über Savognin, Tiefencastel und via Lenzerheide bis nach Chur.

Während diesen Jahren in der grossen Kantonshauptstadt mit deren über neuntausend Einwohnern lernte er Gelsomina kennen. Sie heirateten 1901, und er kehrte mit ihr nach Casaccia zurück und übte gewissenhaft sein schlecht bezahltes Lehramt aus. Die kleine Landwirtschaft, die ihm sein Vater überliess, half ihnen in den Jahren des Ersten Weltkriegs, nicht zu verhungern, auch wenn der Hunger ein ständiger ungebetener Gast im Hause war. Als dann noch die Spanische Grippe im kleinen Tal an manche Tür klopfte und das Totenglöcklein zu viele Male läutete, da hatten sie als Familie im festen Glauben weiter darauf vertraut, dass der Herrgott ihnen ihr Himmelreich zur rechten Zeit öffnen würde.

Das alles erzählte Vater, während sie am offenen Grab standen. Es roch nach warmer Erde und dem einzigen Blumengebinde, das die alte Signora Giacometti, die fast blind war, mit ihren knorrigen Fingern gebunden hatte, vielleicht ahnend, dass sie nur eine Woche später daneben beigesetzt würde.

Gaudentius, der drei Jahre älter war als Anselmo, war in Chiavenna, in der italienischen Provinz Sondrio, zum Priester ernannt worden, und das zum grossen Stolz ihres Vaters. Er folgte deshalb dessen Wunsch und hielt eine Abdankungspredigt vor der Handvoll Trauernder, die aus dem Dorf kamen.

Ihr Grab fand die Mutter, wie es ihr letzter Wille war, auf dem alten Friedhof neben der Wallfahrtskirche San Gaudenzio.

Es war ein kraftvolles Gefühl für Anselmo gewesen, in der von der Sonne lichtdurchfluteten zerfallenen Kirche zu stehen, auch wenn die Mutter soeben zu Grabe gelassen wurde. Ein sonderbarer Schimmer bekleidete Vaters Augen. Er hatte seine Gelsomina immer geschätzt und respektvoll behandelt und war sich sicher, das wusste Anselmo, dass sie nun beim himmlischen Vater die ewige Heimat gefunden hatte.

Nun war er, Anselmo Veranzze, weit weg vom Bergell in Chur, auch wenn die ersten Automobile tatsächlich nicht nur den Julierpass rauchend und stöhnend erklommen und die

Rhätische Bahn zuhinterst in die Haupttäler fuhr, sodass kaum jemand mehr solche Wegstrecken zu Fuss zu gehen brauchte.

Was, dachte Anselmo, würde sein Vater voller Stolz von ihm denken, wenn das alles hier im Täli vorüber war? Was, wenn er erführe, wie er sich für das Himmelreich aufopferte? Der geistige Samen, der seit Jahrhunderten in ihrer Familie eingepflanzt worden war, würde nun endlich auch in ihm, Anselmo, aufgehen, damit er reiche Frucht für den HERRN erbringen konnte und seinen Vater ebenso stolz machen könnte, wie Bruder Gaudentius es bereits getan hatte.

5

Die Neue Bündner Zeitung brachte wie erwartet am Montag, dem 20. Juni, einen Artikel zum Mord vom Samstag. Doch die umfangreiche Berichterstattung über die letzten Vorbereitungen des Eidgenössischen Schützenfestes, die zeitnah kurz vor Eröffnung erst abgeschlossen werden würden, rückten den Mord auf eine der hinteren Seiten, dazu nur als mageren Einspalter und unaufgeregt gehalten: «Totes Fräulein aus dem Thurgau im Täli aufgefunden ...»

Pünktlich um sieben Uhr begann in Küblers Arbeitszimmer eine Besprechung mit Caminada und Marugg.

Der Major begrüsste die beiden mit den Worten: «Guten Morgen, die Herren. Vielleicht ist es gar nicht mal so schlecht, dass schon am Donnerstag die eidgenössische Fahne in Chur eintrifft und damit die Eröffnungsfeier stattfinden kann. Das wird den Mord spätestens dann ganz in den Hintergrund schieben. Denn wer ist nicht irgendwie mit dem Fest verbunden und kann dessen Beginn kaum erwarten? Wir haben alles getan, dass unsere kleine Stadt das grosse Fest gut ausrichten wird, und das wird uns nun zum Vorteil gereichen.»

Damit hatte er zweifelsohne recht, dachte Caminada. Schon vor Wochen hatten die Stadt und einige der umliegenden Gemeinden ihre Schulen geschlossen, damit die Kinder für die Hilfsdienste geschult werden konnten, und sei es nur als Patronenhülsensammler, in der Warnerjugend oder im Bereitstellen der Turnhallen für die vielen zu erwartenden Gäste. Insgesamt standen deshalb tausendsiebenhundert aktive Helfer im Einsatz.

Zudem machte ein weiteres Stadtgespräch, gemischt mit den ersten Gehässigkeiten, die Runde. Die gepfefferten Preise der Hotels und Gasthäuser sorgten an den Stammtischen für hitzige Diskussionen und zündrote Grinder. So manch einer glaubte überdies, grossspurig zu wissen, dass die kleine Stadt mit dem grossen Fest überfordert sei, und tat seine Weisheiten dazu kund. Das heisse, trockene Wetter staute die Hitze in den riesigen Festzelten schon jetzt unangenehm. Der warme Südwind wehte zudem täglich zügig durchs Tal und somit auch durchs Festgelände, was die Schützen alles andere als schätzen würden, wurde des Weiteren auf und ab diskutiert. So mischte sich die Vorfreude mit Anspannung.

Ab diesem Montag hatte das Landjägerkorps zusammen mit dem Stadtpolizeiamt für Recht und Ordnung auf dem Festplatz zu sorgen. Bei den erwarteten über einhunderttausend Besuchern während der drei Wochen kämen sie mit ihren wenigen Mannen mit Bestimmtheit an den Anschlag. Deshalb mussten sie erst recht bereit sein, mahnte an diesem Morgen der Major Caminada und Marugg, als wüsste es nicht schon längst ein jeder Landjäger im Kanton, denn auch aus den Seitentälern wurde der eine oder andere vorsorglich tageweise dafür abgezogen.

Vor allem der schwer abzuschätzende Mehrverkehr bereitete allen zunehmend Sorgen. In Chur selbst besassen erst einige hundert Einwohner ein Fahrzeug, doch als Verkehrsknotenpunkt zwischen Norden und Süden und als Hauptstadt Graubündens zog die kleine Stadt zwangsläufig viel Verkehr von ausserhalb an. Die einzige Durchfahrtstrasse, die ausserdem mitten durchs Städtchen führte, ging zeitweise im Trubel fast unter – und das schon bevor das Eidgenössische begonnen hatte. Immerhin hatten die Stadtväter vor drei Jahren beschlossen, sofort die meisten Strassen zu teeren, um die Staubverschmutzung in den Griff zu kriegen, ohne dauernd Sulfitlauge auf die Naturstrassen zu versprühen, damit sich eine bindende Schicht bilden konnte.

Dazu kam, dass seit Kriegsende der Verkehr monatlich zunahm, und das rasant. Im Herbst 1947 hatte das Stadtpolizeiamt, das vor einem Jahr endlich aus dem kleinen Wachtstübli im Rathaus in das grosse Gebäude an den Kornplatz umziehen konnte, einen BMW-Seitenwagentöff erhalten. Letzte Woche wurde sogar der zweite angeliefert, welchen der Stadtratsausschuss aufgrund des Eidgenössischen angeschafft hatte. Das Landjägerkorps erhielt hingegen noch immer kein Fahrzeug zugesprochen, was für zünftig Unmut in seinen Reihen sorgte. Gemäss Begründung der Kantonsregierung fehlte es nicht an den nötigen Finanzen, aber an einem eidgenössischen Verkehrskonzept, das aktuell in Bundesbern ausgearbeitet würde und das im nächsten Jahr auf dem Tisch liegen würde und dann kantonal umzusetzen sei.

«Also», die tiefe Stimme des Majors, in der immer ein militärischer Kommandoton mitschwang, riss Caminada aus den Gedanken, «wir bleiben selbstverständlich am Mord dran, aber im Moment hat das Eidgenössische oberste Priorität. Und da diese Möckli aus Amriswil im Kanton Thurgau stammt, haben wir hier vor Ort kein so grosses Kschnorr, als wenn es eine Einheimische gewesen wäre.» Er blickte den Landjäger und Marugg an. «Ihr wisst, wie ich's meine?»

«Major», meldete sich Caminada zu Wort, «wir bekommen beides unter einen Hut. Natürlich werden wir rund ums Fest für Recht und Ordnung sorgen, doch solange der Mörder frei rumläuft, können wir keine Ruhe geben, müssen dem ins Genick steigen – Politik hin oder her.»

«Jaja, Caminada. Aber sind wir ehrlich. Was wissen wir denn schon über diese Möckli, ausser dass die mit grosser Sicherheit mit den liederlichen Gestalten aus dem Täli angebandelt haben wird, und schon ist's passiert. Ausserdem bin ich mir ziemlich sicher, da wissen einige im Täli bereits, wer sich mit diesem Mord derart versündigt hat, dass der Herrgott die Himmelspforten für denjenigen auf ewig geschlossen hält. Schau, Landjäger Caminada, das ist wie damals mit dem Fall des alten Gruber, auch darüber wird Gras wachsen.»

«Und die Stola?»

«Was soll mit der schon sein?»

«Sie muss einem Geistlichen gehört haben. Und da stellt sich mir die Frage – wie wird diese zur Todesschlinge?», insistierte Caminada, denn Mord blieb für ihn Mord, egal, wer das Opfer war.

«Landjäger Caminada!» Der Major stand auf. «Mir hat der Bischof am Samstag doch persönlich garantiert, dass sie gestohlen wurde – dem Täli-Diakon Veranzze, der hat genau so eine besessen und hält sich öfters dort hinten auf.»

«Gut, dann befragen wir den. Mir ist nämlich erst gestern zu

Ohren gekommen, dass dieser Diakon sich spätabends, als diese Lola tanzte, in der Dunkelheit in den Meiersboden aufgemacht hatte, und ich wüsste gerne den Grund. Ein guter Freund von mir, er ist Lokführer, ist am besagten Abend kurz vor dem letzten Brückli beim Sassal mit der Arosabahn an Veranzze vorübergefahren, wie schon oft, und hat ihn zum Meiersboden hochlaufen sehen. Er hat mich deswegen angerufen, als er von der Geschichte gehört hatte.»

«Nein!» Der Major schlug dabei resolut seine Faust auf den Tisch.

«So, und warum nicht?» Caminada gab sich keine Blösse, er kannte den Major, seit er vor über zwanzig Jahren den Dienst unter dessen Kommando angetreten hatte. Er hielt es, wie ihm sein strenger Vater es immer wieder gesagt hatte: «Walti, wer anständig fragt, der hat ein Recht auf eine anständige Antwort.»

«Das ist ein frommer Gottesmann, und der Bischof bürgt persönlich für seine Gefolgschaft.»

«Na ja, wenn man sich so umhört, muss dieser Anselmo Veranzze sich hin und wieder mit einigen im Täli angelegt haben. Dass der kein Wässerchen trüben kann, will ich mal bezweifeln. Anscheinend ist er öfters wortmässig ausfällig geworden bei seinen –»

«Sternawettersiach no mol!», unterbrach mit donnernder Stimme der Major, «hier geht's um Mord und nicht um Wässerlitrüben, Walter. Versündige dich nicht vor dem Herrgott, indem du den Ruf der Kirche besudelst. Dass ein ehrbarer Katholik dort hinten nicht willkommen ist, ausser bei den Tschinggen, das versteht sich ja von selbst.»

«Vor Gott und dem Gesetz sind wir alle gleich. Das wäre es ja noch, dass wir hier einen Bogen um die Kirche machen müssten. Ob Hans oder Heiri, um den Mord zu lösen, müssen wir alle befragen können, und deswegen wird keiner gleich zum Mörder gestempelt. Und ausserdem bin ich meines Wissens dem Mann noch nie begegnet.» Caminadas Stimme blieb fest und ruhig. Er würde sich bei seinen Ermittlungen niemals einen Maulkorb aufbinden lassen, dafür war sein Rückhalt im gesamten Korps zu gross und sein Gerechtigkeitsempfinden zu stark ausgeprägt.

Das schien auch der Major wieder zu begreifen, obwohl sein Gesichtsausdruck noch immer zornig blieb. «Respektvoll und diskret, wenn es denn schon ums Verrecken sein muss. Aber diese Woche kümmert ihr euch um das Eidgenössische wie schon lange geplant. Wir brauchen jeden verfügbaren Mann für einen gelungenen Auftakt. Denkt daran, die ganze Eidgenossenschaft blickt auf Chur! Vernehmen könnt ihr den auch danach.» Er drehte sich von den beiden ab, und Caminada und Marugg verliessen sein Büro.

Die nächsten beiden Tage reisten immer mehr Schützenvereine an, bis sich am Mittwoch das Städtchen mit derart viel Volk gefüllt hatte, dass es aus allen Nähten platzte.

Chur war tatsächlich bereit, als am Donnerstag, dem 23. Juni, ein weiterer schwülheisser Morgen anbrach.

Das kleine Städtchen hatte sich so schön für das grosse Fest herausgeputzt, als wäre es eine Braut, und prangte in reichem Festschmuck der Blumen, Girlanden, Fahnen, Bänder und Standarten, dass es kaum wiederzuerkennen war.

Mit dem feierlichen Einzug der eidgenössischen Fahne setzte sich der riesige Umzug, bestehend aus allen Schützenverbänden und Ehrengästen, kurz vor Mittag in Bewegung. Hinter dem Fahnenträger folgten in den Trachten ihrer jeweiligen Heimatkantone die Blumensträusse tragenden Ehrendamen, die ihr Lachen der ganzen Welt zu verschenken schienen. Aus allen Regionen und Tälern der Schweiz und sogar aus der ganzen Welt waren die Schützen angereist. Unter dem stahlblauen Himmel Graubündens marschierten sie gemeinsam im Fahnenmeer durch die engen Gassen, während die Churer freudig Blumen streuten und ihnen zujubelten. Eine Kapellenformation nach der nächsten zog im Freudentaumel an den Zuschauern vorüber.

Reden wurden auf den einzelnen Plätzen gehalten, immerhin lag ein verheerender Weltkrieg zwischen dem letzten und dem jetzigen Eidgenössischen: Würde, Vaterland und der Zusammenhalt des stolzen und gwehrigen Schwyzerländlis wurden hochgehalten. Nach dem Schlussapplaus verteilten sich die Massen in den Gassen und Strassen, bis die Fahne feierlich den

Weg aus dem Städtchen hinunter zum Rossboden fand, wo der riesige geschmückte Festplatz wie mit offenen Armen für die Menge bereitstand.

Doch es zeigte sich schnell das erste grosse Problem: Eine erschreckend lange Kolonne von Automobilen staute sich von der Stadt hinunter zur neuen Schützenstrasse am Rossboden und auf dieser weiter bis vor die Tore des Festes.

Rasch mussten deshalb mehrere Bauern davon überzeugt werden, dass sie die angrenzenden Wiesen in aller Eile mähten, damit die Fahrzeuge dort abgestellt werden konnten – per Handschlag wurde eine grosszügige Abschlagszahlung dafür abgemacht. Ein Hilfspolizeimann hatte bis zum Ende des Tages über achttausend Automobile, darunter auch viele dieser neuen Autocars, gezählt, in denen bis zu fünfundzwanzig Personen Platz fanden. Viele der Besucher schenkten auch dem riesigen Meer aus Automobilen fassungslose Blicke. Väter mit ihren Kindern an den Händen liefen staunend durch die in Reih und Glied parkierten Wagen.

Doch das tat der Feststimmung keinen Abbruch. In den überfüllten Festzelten wurde gegessen und getrunken und alte Freundschaften neu und neue frisch begossen, während die Musik fröhlich aufspielte.

Dass nur fünf Tage zuvor ein grausamer Mord in Chur geschehen war, wurde bloss hie und da an wenigen Tischen kurz zum Thema. Der weit gerühmte Geist des Schützenfestes umgab einen jeden und eine jede und liess den Alltag vergessen.

6

Donnerstag, 30. Juni 1949

Landjäger Caminada blickte über das grosse Festgelände des Eidgenössischen Schützenfestes. Der Rossboden brütete wie schon seit Wochen vor der Eröffnung in der Mittagshitze, und der kräftige Südwind trieb die Temperaturen täglich weiter in die Höhe, sodass die Schattenplätze heiss begehrt blieben.

Den Fall um den Mord des Fräulein Möckli hatte Caminada wie befohlen zurückstellen müssen, und der war tatsächlich in der Öffentlichkeit kein Thema mehr.

Am Nachmittag stand das Pistolenschiessen der Polizeikräfte der Eidgenossenschaft auf dem Einsatzplan, und er war einer der über tausend Teilnehmer dieser Kategorie. Vor einer guten Stunde hatte er sich deshalb am Trainingsstand eingeschossen – er war mit dem Resultat zufrieden. Der starke Wind hatte nicht so viel Einfluss, wie er befürchtet hatte.

Vor einer Viertelstunde war pünktlich, wie jeden Mittag um zwölf Uhr, die Feuerwerksrakete hinter dem fast einen Kilometer langen Scheibenwall ins Himmelblau hochgestiegen, um mit einem sehr lauten Knall die Mittagspause zu verkünden, sodass die Felswände des mächtigen Calanda diesen widerhallten. Dann erschienen sie: Hunderte von Männern, Frauen, Buaba und Maitla, die im Dienste des Schiesskomitees standen und sich nun unter die Schützen und Gäste mischten, um Zmittag zu essen.

Obwohl der Schweizerische Schützenverein in diesem Jahr sein hundertfünfundzwanzigstes Jubiläum feierte, hatte niemand mit derart vielen Besuchern gerechnet – sowieso nicht im beschaulichen Alpenstädtchen, dachte Caminada noch immer ungläubig, als er in die dicht gedrängte Menschenschar sah, die mit lautem Stimmengewirr die Festzelte wie ein rauschender Fluss umschloss. Sechzigtausend Schützen und Schützinnen hatten sich eingetragen, und Tag für Tag kamen über zehntausend Besucher aus der ganzen Eidgenossenschaft angereist. Fast das Dreifache wie von den Organisatoren erwartet. Das Überraschendste war für ihn neben dieser unfassbaren Zahl: Viele davon reisten jeden Tag in diesen neuen Autocars oder in ihren privaten Automobilen an und wieder ab, statt in Chur zu übernachten. Deshalb standen südlich hinter dem Festgelände täglich mehrere tausend dieser Vehikel in der gemähten zundertrockenen Wiese und viele der Hotelbetten leer.

«Herr Landjäger Caminada. Kömmand Sie bitte – ganz kschnäll!»

Toni, ein dunkelhaariger Bub mit verschreckten Augen, zupfte Caminada aufgeregt am Hemdsärmel und riss ihn so aus dessen Gedanken.

Caminada, der sich soeben die kleine Glasflasche Sassal-Orangina an den Mund stützen wollte, um in dieser elendigen Hitze seinen brennenden Durst zu löschen, schaute verwundert seitlich hinunter auf den zwölfjährigen Burscht. «Was isch dänn, Toni?», fragte er und versuchte, den zuvor verhinderten Schluck zu nehmen.

Als hätte sich der Bub verschluckt, brachte dieser aber keinen Ton mehr hervor, stattdessen zog er so zünftig am linken Arm von Caminada, dass dieser die Flasche in der Bewegung abrupt absetzen musste und vom Inhalt etwas an seine Nase spritzte.

«He, Bürschtli! A bizli patschifig.» Doch der Ausdruck im Bubengesicht liess Caminada anstelle ärgerlich stutzig werden. Diesen hatte er schon öfters gesehen, doch noch nie in einem Kindergesicht und ebenso wenig im Zusammenhang mit etwas Gutem.

«Wart einen Moment.» Sein Ton war nicht mehr streng, nur noch bestimmt, dabei stützte er die Flasche nochmals an den Mund. Das grelle Sonnenlicht badete das Sassal-Orangina hinter dem Glas in leuchtendem Gelborange, bis er sie geleert und mit einem kurzen «Ah» vor sich auf die hölzerne Bar fürs Leergut gestellt hatte.

«Kschnäll, Herr Landjäger – etwas grusig Schlimmes ist passiert! Kömmand Sie bitte, kömmand Sie.» Diesmal griff der

Burscht verzweifelt nach Caminadas Hand, um ihn wegzuziehen.

Mit einer Handgeste zu Menga, die nur wenige Meter daneben in einer der langen Reihen vor einem der Zelteingänge anstand, um an zwei Teller gefüllt mit Speck, Bohnen und Patati zu kommen, zeigte er an, dass er kurz wegmusste.

Der kleine Toni führte ihn zielsicher durch die Massen, vorbei an den vielen von Fahnen und Wimpelgirlanden geschmückten Festzelten, aus denen Musik, munteres Geplauder und Lachen ertönte, hin zum nördlichen Rand des Festplatzes.

Abseits des Rummels blieb der Bub stehen. Der Duft von würzig Gebratenem lag in der Luft, und ein Lied, von einer der Kapellen gespielt, wehte in Schüben vom schwülen, aber kräftigen Südwind getragen mal lauter, mal leiser herüber. Wortlos zeigte Toni auf die halb geschlossene Türe einer verwitterten Holzhütte.

Caminadas Blick blieb kurz an der Türe, dann fragend im Gesicht des Buben hängen. Der schüttelte ängstlich seinen Kopf, schien gleich davonlaufen zu wollen.

Caminada trat deshalb alleine an die Türe und stiess sie vorsichtig nach innen auf. Die im Zenit stehende Sonne warf beim Öffnen nur einen Streifen Strahlen über die Türschwelle ins Innere, doch der Raum war auch so hell genug, dass Caminada zusammenzuckte: Vor ihm sass am Boden, halb aufgerichtet und mit dem Rücken zur Hüttenwand gelehnt, Laraina Capaul, die beste Schützin Graubündens und der gesamten Eidgenossenschaft. Aufgrund ihrer immensen Überlegenheit trug sie den Ehrentitel Helvetia. Das alleine wäre nicht der Schrecken wert gewesen, hätte nicht ein grosses Loch in deren Stirn geklafft! Der Einschuss hatte auf der Holzwand dahinter ein blutiges Spritzmuster hinterlassen.

Caminada trat aus der Hütte, hin zum Toni: «Säg, Buab, hast du sie grad jetzt gefunden?» Seine Stimme klang ruhig, um dem Buben Halt zu geben.

Toni nickte, und Caminada zog ihn ein wenig zur Seite, damit dieser nicht nochmals das Antlitz der Toten sehen musste.

Er kannte Toni, dessen Vater ein Fuhrhaltergeschäft in der

Salvatorenstrasse führte. Zwei Tage vor dem Mord an Fräulein Möckli war er mit Marugg dienstlich dort gewesen – es war eingebrochen worden.

«Hast du jemanden gesehen?»

Der Bub nickte.

«Hast du denjenigen erkannt?»

Schnell schüttelte Toni den Kopf.

«Also, dann verzell, wo hast du ihn gesehen, und wie sah er aus?»

«Ich sah, wie der aus der Hüttentüre spähte, dann sich davonschlich, als hätte er was angestellt. Deshalb wurde ich neugierig ...»

«Und dann wolltest du natürlich wissen, was in der Hütte ist. Hätte ich auch gemacht. Bist du alleine hier am Herumstrielen gewesen?» Caminada sah ihn fragend an und legte dem Bub seine kräftige Hand väterlich auf den Kopf, um ihm die Angst zu nehmen.

«Nein, Herr Landjäger – ich bin als Hülsensammler und in der Warnerjugend am Helfen. Als die Rakete zum Mittag donnerte, bin ich sofort hierhergerannt.» Seine dunkelbraunen Augen blickten ehrlich, aber angespannt in Caminadas Gesicht hoch.

«Wieso denn das? Es gibt doch Zmittag für alle Helfer, und das erst noch gratis obendrein, und du siehst aus, als ob du tüchtig spachteln kannst. Bist ja ein wackara Burscht.»

«Es ist, weil einer vom Aargauer Schützenverein seine teure Uhr auf dem Weg oder an seinem Mittagsplätzli beim Wäldli hinten verloren hat – es gibt ein Zehnernötli und sogar noch einen Fünfliber obendrein für denjenigen, der die Zwiebel findet. Das hat man uns heute beim Morgen-Rapport versprochen. Und essen kann ich ja auch nachher. Hat ja sicher noch genug.»

«Ach, und du wolltest als Erster den Weg absuchen? Recht hast du, so kommst du weiter im Leben. Aber ab jetzt ist das Ganze Landjägersache – es ist deshalb sehr wichtig, dass du mir alles sagst. Gell?», mahnte ihn Caminada und wuschelte mit seiner Hand durch dessen dichten Haarschopf. «Also, kannst du mir den Mann beschreiben? War er jung oder alt, gross oder klein ...?»

«Er war so mittelalt.»
«Was heisst das?»
«So wie der Herr Polizist, der mit Ihnen wegen dem Räuber bei uns gewesen ist.»
«Ach, den Marugg meinst du, der mit den roten Haaren?»
«Ja, so, aber er hatte dunkle Haare und war grösser.»
«Sehr gross oder grösser?»
«So wie Sie, Herr Landjäger.»
«Hast du sein Gesicht gesehen?»
«Ja.»
«Würdest du den Mann wiedererkennen, wenn er vor dir stände?»
«Ja.»
«Das ist sehr gut.» Er lächelte dem Toni anerkennend zu. «Gab es etwas Besonderes an dem Mann, an dem auch ich ihn von anderen unterscheiden könnte, wenn ich ihn in der Menge suchen müsste?»
Toni schien nachzuhirnen, sodass Caminada ihm etwas auf die Sprünge helfen wollte. «Hinkte er, hatte er einen Riesenzinken im Gesicht, oder fehlte ihm ein Zahn oder solche Sachen meine ich.»
«Nur einen Schlüsselbund.»
«Wie meinst du das?»
«Er trug den Schlüsselbund aussen am Gurt, und an dem hing etwas, das so schön blitzte im Sonnenlicht.»
«Sehr gut, Toni. Also etwas Metallenes.»
«Ich glaube schon. Es schimmerte und blinkte einige Male blendend auf.»
«Das ist doch schon mal was. Bravo, Toni.» Caminada hob seine Stimme anerkennend und wuschelte ihm erneut durchs Haar. «Sonst noch was zu berichten?»
Toni schüttelte seinen Pölli, der nicht nur wegen der Hitze dieses aussergewöhnlichen Sommers glühte. Die Aufregung stand ihm noch immer ins Gesicht geschrieben.
«Bevor ich es vergesse – hat der fremde Mann dich gesehen?»
«Nein.»
«Sicher nicht?»

«Ganz sicher nicht», kam prompt die Antwort des Jungen.

Caminada kramte fünfzig Rappen aus seinem Geldseckel und drückte sie dem Kleinen in die Hand. «Spitz jetzt deine Ohren. Kauf dir ein Güterliwasser und sag im Moment niemandem was. Verstanden?»

Toni nickte und wollte davonstürmen, als Caminada ihn zurückpfiff.

«A biz patschifig. Ich hab doch noch einen Auftrag für dich, sozusagen einen offiziell polizeilichen.» Caminada verlieh seiner Stimme einen Ton von Wichtigkeit, damit Toni konzentriert seine wachen Augen aufsperrte.

«Also, so hör jetzt gut zu. Geh zurück zum Festgelände und melde dich beim ersten Offiziellen, der dir über den Weg tschalpt. Verstanden? Hat ja genug davon.»

Eifrig antwortete Toni: «Verstanden, Herr Landjäger. Und dann?»

«Dann sagst du ihm, dass ich dich in offizieller Polizeiangelegenheit geschickt habe. Sie sollen das Landjägerkorps und das Stadtpolizeiamt alarmieren und mir zwei wackere Männer herschicken. Dazu den Marugg, und das ein bisschen zackig. Verstanden? Ach ja, und falls du den Mann auf dem Schützenfest sehen solltest – dann komm sofort zu mir zurück.»

Der Bub wiederholte die Anweisung und wieselte davon.

Caminada blickte ihm kurz hinterher. Er mochte Kinder. Dann nahm er kurz seinen Hut ab und rieb sich mit dem Nastuch Stirn und Nacken trocken, bevor er die Hütte wieder betrat, durch deren Bretterspalten das Sonnenlicht wie ein leuchtendes Gitter schimmerte.

Das Fräulein Helvetia musste gewiss erst vor wenigen Minuten zu Tode gekommen sein, so wie die klaffende Wunde aussah und da noch keine Fliegen um sie schwirrten. Ausserdem war ihr Blut noch nicht mal überall geronnen.

Ihre rechte blasse Hand hielt eine Pistole kraftlos umgriffen, dass es den Anschein eines Selbstmordes bei Caminada erweckte. Davon hatten sie jedes Jahr mehrere, selten von Frauen, und wenn, nie durch Erschiessen. Wobei, das hier war eine glühende Schützin gewesen, da konnte der Fall durchaus anders liegen.

Er betrachtete die Tote und bekam das Gefühl nicht los, dass der Fall nicht so klar war, auch ohne dass dafür ein einziges Indiz im ersten Augenschein zu erkennen gewesen wäre.

Caminada schaute sich weiter in der einfachen Hütte um, die nicht mehr als fünfzehn Meter im Quadrat mass und völlig aus Holz bestand. Sein Blick fiel dabei auf die nach innen geöffnete Türe, unter deren Türspalt eine dunkle Flüssigkeit rausdrückte. Das dunkle Dahinter war seiner Sicht versperrt, und zuvor hatte die Tote im Vordergrund seine gesamte Aufmerksamkeit gebündelt.

Vorsichtig zog er nun die Türe zur Seite.

«Sternasiach no mol!», entfuhr es ihm. Gleichzeitig machte er einen Schritt zurück, als hätte ihm jemand eine Schlange vor die Füsse geworfen. Auch diese Leiche kannte er, und auch diese wies eine tödliche Schusswunde an der Stirn auf. Vor ihm lag seitlich zusammengesackt Stadtpräsident Cadlini, der kleine schlaue Fuchs, vor dem man sich in Acht zu nehmen hatte!

Der blutige Fleck an der Holzwand bezeugte es – Cadlini musste gestanden haben, als ihn die Kugel traf, doch eine Waffe sah Caminada auf Anhieb keine, und solange der Tatort nicht in einer Fotografie festgehalten wurde und Marugg, der einzige Erkennungsoffizier im Landjägerkorps, nicht vor Ort war, rührte er nichts an.

Caminada stemmte die Hände in die Hüfte, sodass seine Rechte seinen im Holster steckenden Revolver berührte. Er konnte es nicht fassen, doch er wusste jetzt schon, was für ein Riesenaufschrei durchs Eidgenössische hallen würde und von da hinaus bis in den hintersten Winkel, zum abgelegensten Gehöft im Schwyzerländli.

Wenn das stimmte, was ihm der erste Eindruck vermittelte, so hatte Fräulein Helvetia den Stadtpräsidenten erschossen – warum auch immer – und sich danach selbst gerichtet.

Caminada trat vor die Hütte und umlief sie, um einen ersten Augenschein von der unmittelbaren Umgebung zu nehmen, bevor er etwas abseits im Schatten eines Kastanienbaums stehen blieb und die Türe im Auge behielt. Das einzige Fenster war durch einen sperrigen Balken von innen verriegelt, somit konnte niemand durch dieses in die Hütte gelangen.

Wer weiss, dachte er, manchmal kommen die Täter nochmals zurück oder beobachten den Tatort etwas aus Distanz, vielleicht so auch heute. Der wilde lila Flieder bot ihm Sichtschutz. Dessen süss nach Honig duftende Blüten passten nicht ins Geschehen.

Caminada stand heute nicht im Dienst, dennoch trug er seinen Dienstrevolver sichtbar an der Hüfte, des Schiesswettbewerbs wegen. Am Nachmittag stand sein Wettbewerb auf dem Programm: das Pistolenschiessen aller eidgenössischen Polizeibeamten. Seinen Tschoopa hatte er in dieser Hitze deshalb getrost zu Hause gelassen, denn so viele Waffen auf einmal wie in diesen Tagen hatte in Friedenszeiten bestimmt kaum jemand zu Gesicht bekommen.

Er linste weiter aus seinem etwas kühleren Versteck. Der kräftige Föhn drückte in heissen Schüben dennoch durch die Stauden, trocknete aber so sein verschwitztes Hemd, dessen Ärmel er zurückgekrempelt trug. Das Wetter spielt in den letzten Jahren verrückt, dachte er, als er in die flirrende Hitze starrte. Schon im Dreiundvierzig, als fast der gesamte Bergwald des Calanda in so einer Föhnlage niederbrannte, und im Siebenundvierzig wurde die Eidgenossenschaft von so einer Hitzedürre geplagt und nun schon wieder. Doch noch viel schlimmer wog, so fand er, dass es in den beiden anderen Hitzesommern jeweils ausgerechnet auch eine Mordserie gab.

Aufmerksam, seine Sinne geschärft, wartete er weiter ab. Der Lärm vom Festplatz drang gedämpft zu ihm, es duftete nach Gekochtem und Gebratenem. Die Gedanken an den üppigen Teller Speck und Bohnen mit schmackhaften Patati, der auf ihn wartete, schob er zur Seite.

Eine halbe Stunde später traf die Verstärkung ein. Es war kurz nach eins, wie ihm seine Uhr am Handgelenk verriet, die ihm Mengas Vater zur Hochzeit geschenkt hatte. Mehrere kleine Gruppen und vier Einzelpersonen waren bisher in der Nähe der Hütte durchs trockene Gras gelaufen, unverdächtig, so schien es ihm, und ohne einen Blick an die Hütte zu verschwenden.

Ihre Stimmen wurden vom starken Föhn verwaschen, dessen unstetiger Geräuschpegel alles überlagerte. Die dösten nun bestimmt mit prallen Bäuchen im Schatten des kleinen Kastanienhains hinter der Zeltstadt, war sich Caminada sicher, als er auf die Verstärkung zuging.

Mit roten Grindern und verschwitzt eilten zwei uniformierte Stadtpolizeimänner ihm entgegen, um deren schicke schwarze Uniformen sie bestimmt niemand in diesen heissen Tagen beneidete und er schon gar nicht.

Sie rissen die Augen ungläubig auf, als Caminada ihnen einen Blick in die Hütte gewährte, damit sie wussten, wie ernst die Lage war.

Er befahl den beiden ihm ranghöheren Beamten des Stadtpolizeiamtes, Posten zu beziehen, obwohl er selbst nach so vielen Jahren noch immer nur den Grad eines Landjägers bekleidete und diesen im Dienste des kantonalen Landjägerkorps. Mehrmals wollte Major Kübler, ja sogar zwei Regierungsräte ihn befördern, dies aus unterschiedlichen Gründen, doch er lehnte ab, denn er sah, welche Schreibarbeiten ein Leutnant Fässler zu bewältigen hatte. Er, Caminada, gehörte auf die Landstrasse, musste bei den Leuten sein, und so hatten sie sich darauf geeinigt, dass nur seine Besoldungsstufe jeweils etwas angehoben wurde.

Von Marugg fehlte noch jede Spur, und die beiden Stadtpolizisten wussten auch nicht, wo dieser sich gerade befand, als Caminada den Rotschopf vom Festplatz her über die Wiese eilen sah, in der vereinzelt mannshohe Büsche standen. Er trug seine grosse Ledertasche in der Rechten, das war gut.

Ausser Atem und von der Hitze gezeichnet, trat er vor Caminada und zog seinen beigen Hut ab, um den Schweiss abzuwischen.

«Walter, ich bin so schnell ich konnte hergelaufen.» Seine helle Haut war von einem Schweissfilm bedeckt. «Was ist passiert?» Er stellte seine Tasche ins Gras und rieb mit seinem Nastuch das Schweissband im Hut trocken, ehe es der Wind tat.

«Weisst du noch, Peter, was wir beide gesagt hatten, als wir vor knapp zwei Wochen in der stürmischen Nacht das Täli verliessen?» Caminada sah Marugg vielsagend an.

«Dass der Mord am Fräulein Möckli nur der Anfang sei …»

«Präzis! Und nun wirf einen Blick in die Hütte …» Caminada deutete mit einer Handbewegung zu der Türe, neben der die beiden Uniformierten postiert standen.

Verwundert und sichtlich angespannt blickte Marugg kurz vor dem Betreten zu Caminada zurück, ehe er in der Hütte verschwand, um nach einer halben Minute wieder rauszukommen.

«Ja, genauso ist es mir auch ergangen», stellte Caminada fest, als er Maruggs Fassungslosigkeit sah. «Bis jetzt hat niemand die Toten berührt. Es kann deshalb sein, dass unter der Leiche des Stadtpräsidenten dessen Waffe liegt. Im Moment kann ich daher einen erweiterten Selbstmord nicht ausschliessen, doch es sieht mir eher nach Mord und Selbstmord aus. Aber es wird vielleicht noch komplizierter …» Er berichtete, was ihm der kleine Toni erzählt hatte. Marugg schrieb es in sein Notizbuch, dessen Inhalt später ins Rapportbuch niedergeschrieben würde.

Marugg hob seine Tasche vom Boden und betrat mit Caminada die Hütte. Drinnen holte er den Fotoapparat aus der Tasche, den das Landjägerkorps auf Geheiss von Marugg für den Erkennungsdienst angeschafft hatte.

«Walter, ich bin doch heute im Auftrag der Kantonsregierung am Fest, um Fotos zu schiessen, sonst hätte ich erst ins Korps hochfahren müssen, um meine Ausrüstung zu holen. Heute steht ja das Schiessen der Polizeibeamten an. Du bist doch auch am Nachmittag an der Reihe, wenn ich mich recht erinnere.»

«Ungefähr um vier Uhr», präzisierte Caminada.

«Es ist wirklich verrückt, in diesem Moment sind über eintausend Landjäger, Wachtmeister, Korporale, Leutnants – kurzum alle Dienstränge aus der Schweiz in Chur versammelt. Stell dir das mal vor, und dann passiert das hier vor unser aller Nase!»

«Ja, es ist verrückt», kommentierte Caminada nachdenklich die Situation und öffnete auf Maruggs Bitte dabei den Fensterladen, damit dieser mit den Aufnahmen beginnen konnte.

Gewissenhaft fing Marugg das Drama aus verschiedenen Blickwinkeln ein, bevor er mit Caminada die Leiche von Cadlini vorsichtig zur Seite drehte. Eine Waffe kam dabei nicht zum Vorschein. Somit war klar, zumindest er musste erschossen worden sein: ein weiterer Mordfall!

Marugg zog zwei Paar Gummihandschuhe aus seiner Tasche und reichte eines Caminada, der sich noch immer nicht an diese Dinger gewöhnt hatte, aber verstand, warum das Tragen für die Arbeit von Marugg so wichtig war. Sie leerten daraufhin die Taschen der beiden Toten und verstauten das wenige wie Geldseckel, Schlüssel und Uhr sowie die kleine Handtasche von Fräulein Helvetia in der Ledertasche von Marugg, zwecks der weiteren Untersuchung. Ebenso verschwand auch die Waffe darin, an der Caminada sofort beim Analysieren der Lage geschnuppert hatte. Der typische Schwarzpulvergeruch belegte, dass kurz zuvor damit geschossen worden war. Ebenso roch Helvetias Hand danach, wenn auch nur schwach.

«Es sieht ganz danach aus, als hätte die Helvetia den Stadtpräsidenten erschossen», sinnierte Caminada halblaut, während Marugg konzentriert durch seine runde Nickelbrille auf deren Leiche blickte.

«Könntsch rächt ha. Im Magazin fehlen zwei Patronen. Oder der Unbekannte hatte das Feuer auf beide gerichtet, und die Helvetia hatte noch zwei Schüsse abfeuern können, bevor der Täter sie erschoss.» Er schwieg einige Sekunden, schien nachzudenken. «Ich möchte aber erst noch die Waffe genau prüfen, dazu die Projektile, falls sie nicht zu deformiert sind, und die Hülsen. Möglicherweise finden wir sonst noch Spuren. Ich stelle jetzt die ganze Hütte auf den Kopf, wenn's recht ist.»

«Du meinst, wegen möglicher Fingerabdrücke?»

«Beispielsweise, oder Schmauchspuren an den Händen, oder wenn wir Glück haben, stecken die Kugeln in weichem Holz, denn beide Leichen tragen Austrittswunden am Hinterkopf.»

«Wobei, das können wir sofort nach alter Manier prüfen wie bei Helvetia», wandte Caminada ein und kniete sich zu Cadlini runter und roch an dessen beiden Händen, obwohl sie wussten, dass er kein Linkshänder war.

Caminada schüttelte den Kopf und nahm die rechte Hand von Fräulein Helvetia in seine Hand und wiederholte sein Tun.

«Eindeutig, da ist ein klarer Unterschied. Sie hat vor Kurzem erst geschossen, und zwei Patronen fehlen in der Waffe. Und sie kann heute Morgen nicht im Einsatz gestanden haben, denn sie hat vor zwei Tagen ihren Wettbewerb ja als Siegerin abgeschlossen.» Caminada richtete sich wieder auf.

«Ich notiere es mir trotzdem als offenen Punkt. Wer weiss, vielleicht hat sie am Einschiessstand eine neue Waffe ausprobiert, so waffenverrückt, wie die war. Ich werde mich dazu später umhören. Einverstanden, Walter?»

«A biz patschifig, Peter. Heute Morgen stand das Einschiessen nur für uns Polizeibeamte zur Verfügung. Ich schoss gegen elf Uhr. Natürlich war ich auch nur kurz dort. Palaverte danach noch mit einigen Freunden der Bundespolizei aus Bern, die wir übrigens beide kennen. Aber ich schliesse aus, dass das Fräulein Helvetia dort gewesen ist, und sonst wissen wir das zackig, denn die ist ja bekannt wie ein roter Hund. Ihr strahlendes Siegerlächeln-Gesicht prangt ja seit gestern aus jeder Zeitung. Doch das mit dem Die-Hütte-auf-den-Kopf-Stellen ist gut, damit du dir schnell ein Bild machen kannst. Alles Weitere müssen wir beide aber erst mit den Oberen absprechen. Ich sag dir, das wird einen Riesenauflauf geben, sobald das bekannt wird. Das darf ich mir gar nicht vorstellen. Fräulein Helvetia – tot! Das ist eine Sache, die wollen die Höchsten in die eigenen Finger nehmen, und das wird auch Major Kübler zu spüren bekommen.»

«Ist der schon informiert?»

«Wahrscheinlich nicht, und wenn überhaupt, hat der höchstens erfahren, dass was Zünftiges los ist, weil ich kommentarlos Verstärkung angefordert habe. Ich werde mich deshalb sogleich auf den Weg machen müssen und auch den Bargätzi auf Platz bestellen. Ich muss jetzt telefonieren.» Caminada rückte seinen Hut zurecht, damit er nach dem Verlassen der Hütte nicht gleich im Wind davonflog.

«Gut, bis der da ist, werde ich so viele Spuren wie möglich sichern. Ich nehme an, der Bargätzi wird die beiden Toten für die Leichenschau sofort in die Leichenhalle des Kreuzspitals bringen lassen. Wer weiss, vielleicht findet der dabei noch was, aber für mich ist die Todesursache mehr als nur offensichtlich.»

«Stimmt, Peter, aber jetzt dürfen wir keine Fehler machen. Wir sind wie vor zwei Jahren gefordert, aber wir sind auch ein gutes Gespann. Vergiss nicht: Erstens liegt hier der tote Stadtpräsident, der sehr viel für das Fest getan hat, aber auch sonst überall seine Griffel drinstecken hatte, und zweitens das Fräulein Helvetia … was für ein trauriger Anblick unserer so stolzen Schützin! Das tut im Herz gleich doppelt weh.»

«Walter, glaub mir, ich hab die Tragweite doch bereits in der ersten Sekunde begriffen, als ich die Hütte betrat.» Marugg hielt seine Hand vor den Mund. «Und kein Wunder, hatte die Helvetia für den ganz grossen Wirbel gesorgt. Weisst du, mit ihrem dermassen überlegenen Sieg von vor zwei Tagen und dem Glanzresultat, das beim letzten Eidgenössischen sogar bei den Männern zum Schützenkönig gereicht hätte, ist ihr Unglaubliches gelungen.»

«Äba, aber in den Augen nicht weniger alter Haudegen oder besser gesagt Ewiggestriger hätte man die Weibsbilder, wie die sagen, gar nicht erst zulassen dürfen. Für die war das Glanzresultat Spott und Hohn, und manch einer hat die Faust im Hosensack geballt. Die behaupten, dass irgendwann die Frauen auch noch das Stimmrecht fordern.»

«Das wäre ja beim Eid nicht so lätz.» Marugg zuckte mit den Schultern.

«Der Meinung bin ich auch. Aber das wird sowieso irgendwann für rote Köpfe sorgen, vor allem auf dem Land. Als ob die Frauen dümmer als wir wären. Menga ist bestimmt gescheiter als mancher der Herren, die glauben, Frauen hätten keine Meinung zu vertreten. Aber so oder so, wir müssen jetzt so patschifig wie möglich das Ganze angehen, bevor der Trubel losbricht. Wenn die Radioleute von Beromünster das nämlich jetzt schon mitkriegen, dann wird das bereits in der allabendlichen Sendung landesweit ausgestrahlt, und damit ist der Zapfen dann sofort ab. Spätestens übermorgen steht's aber sowieso in jeder Zeitung. Die ‹Wochenschau›, die seit Beginn des Schützenfestes immer wieder mit ihrem Kamerateam von hier berichtet, wird dies bestimmt auch zum Thema machen und in ihrem Dreiminüter am Wochenende vor jedem Kinofilm ausstrahlen. Drum gehe ich jetzt los und sorge dafür, dass die Regierung noch vor den Journalisten Bescheid weiss.»

Caminada überliess den Tatort dem dreissigjährigen Marugg, der in den letzten beiden Jahren einen unvergleichlich schnellen Aufstieg im Landjägerkorps durchlaufen hatte, nachdem er in Bern den halbjährigen Lehrgang zum Erkennungsfunktionär mit Bestnoten abgeschlossen hatte. Jetzt musste Caminada als Erstes dringend telefonieren, deshalb schritt er zügig gegen den ruppigen Südwind Richtung Festgelände.

Das kräftige Flattern der vielen Fahnen mischte sich lauter mit der Musik und dem Lärm aus den Festzelten, als er den Eingang passiert hatte. Er wusste, im zentralen Organisationsbüro gab es drei Telefonleitungen, welche das Festkomitee entlang der neuen Strasse extra dafür hatte ziehen lassen.

Caminada sah Menga zusammen mit Freunden an ihrem Tisch sitzen, während er weiter ins Festplatzgelände schritt. Als sie seinen Blick erwiderte, stand sie auf, während er mit den letzten Schritten auf sie zuging und an den Tisch trat.

«Walti, was isch dänn? Das Essen ist jetzt leider kalt.»

«Menga.» Er streckte seine Hand aus, die sie mit fragender Miene annahm. Er führte Menga abseits zu einer Stelle, an der er ungehört anderer mit ihr reden konnte.

«Meine Liebe, ich stehe ab sofort im Dienst. Ein grausames Verbrechen ist geschehen, das bin ich mir ziemlich sicher.»

Er erzählte, wie er die beiden Leichen vorgefunden hatte, welche Schlussfolgerungen er bis jetzt daraus zog und was er zu tun beabsichtigte. Da die Opfer mit Sicherheit tot waren, verzichtete Menga darauf, als Ärztin vor Ort zu gehen, um Hilfe zu leisten. Der dicke Kantonsarzt Dr. Werner Bargätzi würde sowieso die Leichenschau durchführen, so wie seit vielen Jahren schon, sagte Caminada, er bräuchte ihn nur noch zu finden.

Menga unterbrach Walter und deutete auf einen der Tische. «Schau, dort hinten hockt der Doktor.»

«Du bist die Beste.» Er führte sie an der Hand haltend zu ihrem Tisch. «Wart schnell, ich komme gleich wieder.»

Caminada trat an den langen Tisch von Bargätzi, um den zwanzig Personen unter hellgelben Sonnenschirmen sassen, die den grünen Schriftzug trugen: «Trink Saft vom Fass = Volltreffer!» Im stürmischen Wind bewegten sich die Schirme bedrohlich, doch das vermochte die ausgelassene Stimmung dem Anschein nach nicht zu trüben.

Seit im Jahre 1948 das Kriegsernährungsamt die letzten Rationierungen aufgehoben hatte, kam Bargätzi seinem Ruf als Gourmand auch in der Öffentlichkeit wieder voll gerecht. Er sass vor einem überfüllten Teller mit Schinken, Speck und Patati mit Bohnen und ass, als ob es sein letztes Mahl wäre. Caminada war dies grundsätzlich egal – jeder sollte tun und lassen, was ihm beliebte –, aber es war ihm ein Rätsel, wie man sich in so einem der Völlerei wegen fast platzenden Körper wohlfühlen konnte – und das als Doktor.

Über das feiste Gesicht Bargätzis rann der Schweiss in kleinen Bächen, sodass er wiederholt seinen Stiernacken und das Gesicht trocken wischen musste, dabei munter kauend; die Lippen glänzten schwer vor Fett.

«Grüaziwohl und an Guata mitanand.» Mit diesen Worten trat Caminada, dem der Magen knurrte, an den Tisch.

«Jo luag au do a, der Herr Landjäger Caminada persönlich.» Bargätzi drehte sich zu ihm. «Hock doch ab und iss mit uns etwas, oder hast du schon gefuttert?»

Caminada beugte sich zu Bargätzi hinunter und flüsterte ihm das ihm bisher Bekannte als Kurzfassung ins Ohr.

Dies wurde natürlich in der Runde wahrgenommen, vor allem das Stirnrunzeln Bargätzis als Antwort darauf.

Mehli Max, der beste Schwinger im Kanton, der an der linken Stirnseite am Tisch sass, hob seine Flasche Churer Bier.

«Hoho, der Landjäger in geheimnisvoller Mission unterwegs? Komm, Walti, genehmige dir kschieder eins mit uns und verzell auch uns allen, was los ist.»

Mit einer dankenden Geste lehnte Caminada lachend ab. «Schpöter, versprocha, und sonst machen wir einen Hosenlupf.» Er lachte, alle lachten, denn der Mehli Max, der Kranzschwinger aus Trimmis, war über zwei Meter gross und bestimmt einhundertfünfzig Kilo schwer, aber dennoch ein Gemütsbrocken von einem Riesen, auch wenn er einen Grind wie ein Muni hatte.

Bargätzi leerte sein Glas Rotwein in einem Zug und wischte sich mit der Serviette den Mund flüchtig sauber, schob danach seinen noch halb vollen Teller beiseite und verabschiedete sich mit den Worten: «Meine Herren, so leid es mir tut, die leidige Pflicht ruft ausgerechnet jetzt.»

Verwunderung machte sich in der Runde breit. Obwohl es Bargätzis zweite Portion war, die er am Verspeisen war und nun von sich schob, musste dennoch Aussergewöhnliches passiert sein.

Schwerfällig erhob sich der Kantonsarzt von der Holzbank und zog seinen Hosenbund unter den dicken überhängenden Ranzen hoch und lief träge alleine Richtung der alten Hütte, so wie es ihm Caminada erklärt hatte.

Caminada hingegen strebte zurück Richtung Tisch, an dem Menga sass, als sie ihm entgegenkam. «Walti, das wird viel, sehr viel Staub aufwirbeln, weil alle Augen der Schweiz auf uns gerichtet sind. Gib bitte auf dich acht. Erstes Gerede geht schon um, wie ich mitbekommen habe.»

Caminada nickte. «Danke, mein Schatz. Das wird so sein. Darum müssen der Major und Regierungsratspräsident Roth umgehend auf Platz kommen. Ich muss deshalb jetzt dringend telefonieren.» Er küsste sie liebevoll auf die Wange.

«Aber Walti, bitte iss danach schnell etwas, das kann ja weiss der Kuckuck wie lange dauern.»

Nochmals küsste er Menga, aus deren Augen das Licht der Bergwelt zu leuchten schien. «Bist eben die Beste. Gerne nach dem Telefon. Wenn ich auf den Major warten muss, habe ich wahrscheinlich einen Schniffel Zeit.»

«Also gut, ich setze mich wieder zu Margrit und Köbi und warte, bis du kommst. Das Essen bekommst du dann sicher wieder schön heiss …» Sie umarmte ihn und fuhr ihm wie so oft mit ihrem Handrücken über sein sorgsam rasiertes Gesicht, das er auch ihr zuliebe noch immer schnauzlos trug, bevor er in der anderen Richtung in der Masse verschwand.

Im Zentralbüro des Organisationskomitees, das zur Mittagszeit nur mager besetzt war, zeigte Caminada seine Ausweiskarte und schickte die drei Anwesenden aus dem kleinen Büroraum, in dem die drei klobigen Apparate standen. Kübler erreichte er in dessen Amtsstube nicht und wählte daher die Nummer der «Schmiedstube», in der dieser oft zu Mittag ass. Er fand ihn aber schliesslich im «Weissen Kreuz».

Die Nachricht schien den zweiundsechzigjährigen Major wie ein Paukenschlag zu treffen, dünkte es Caminada, während er weiter mit ihm sprach. Zuerst hatte dieser ihn gar nicht recht verstanden, die Leitung war schlecht gewesen. Der Major versprach, sofort den Regierungsratspräsidenten zu informieren und zum Tatort zu kommen, da er sowieso nächstens aufgebrochen wäre, um dem Schiesswettkampf der Polizeimänner beizuwohnen.

Das würde dennoch seine Zeit brauchen, wusste Caminada, und da Marugg den Tatort zwischenzeitlich untersuchte und dieser von den Beamten vor unbefugtem Betreten gesichert war, holte er aus einem der riesigen Küchenzelte eine zünftige Portion Essen, dazu eine Flasche kühlen Süssmost.

Caminada wusste, dass Menga recht hatte, das würde noch ein langer Tag werden, und mit knurrendem Magen wurde er zunehmend unleidig, wie sie galanterweise nicht gesagt hatte, aber es aus Erfahrung wusste. Deshalb setzte er sich mit einem vollen Teller ihr gegenüber an den Tisch.

Noch immer dachte er hin und wieder in solchen Momenten zurück an die Kriegsjahre, in denen er sorgsam das Essen mittels Rationierungsmärkli hatte einteilen müssen, um über die Runden zu kommen. Für ihn blieb seither ein so üppiges Essen etwas Besonderes, das es in Dankbarkeit zu schätzen galt.

Wie erwartet dauerte es eine halbe Stunde, bis der Major im Vauxhall des Stadtrates vorfuhr. Zwei Wachtmeister und Leutnant Fässler stiegen mit ihm aus dem Automobil. In Küblers sonst schon strenger Miene haftete angestrengte Konzentration.

Caminada nahm seinen letzten Schluck Süssmost, bevor er die drei zum Tatort führte, nicht ohne Menga beim Gehen einen lieben Blick zugeworfen zu haben.

Bargätzi stand draussen im Schatten des Kastanienbaums an den Stamm angelehnt und schwitzte. Der Südwind war noch stärker geworden, blies Caminada fast den Hut vom Kopf, bevor er mit den anderen die Hütte betrat, in der Marugg noch immer bei der Arbeit war. Wortlos, als könnten die Neuankömmlinge das Bild nicht fassen, starrten sie auf die Szenerie.

Kübler nahm aus Respekt gegenüber den Toten seinen Majorshut ab und wischte sich mit einem Nastuch die feuchte Stirn und das kurz geschnittene graue Haar trocken.

«Das hat uns Gopferdeckel gerade noch gefehlt.» Er schaute zu Dr. Bargätzi, der sich zu ihnen gesellt hatte, dann zu Marugg. «Und was sagen die Spuren?» Er sprach in einem Ton, als trüge dieser die Schuld an dem Verbrechen.

«Tod durch Erschiessen, Mord und Selbstmord», kommentierte ungefragt Bargätzi, der seitlich im Hintergrund stand. Auch Kübler musste der kritische Blick von Marugg dabei nicht entgangen sein, bemerkte Caminada.

«Und wieso?» Kübler richtete die Frage wieder an Marugg, aber diesmal so, dass Bargätzi wissen musste, dass seine Meinung noch nicht gefragt war.

«Herr Major, ich hege da meine Zweifel. Es wäre ja nicht der erste Selbstmord, den ich sehe und untersuche. Doch die Hand mit der Waffe darin, die könnte nie und nimmer so daliegen, hätte das Fräulein sich selbst gerichtet, denn niemals fiele die Hand ihr auf diese Weise in den Schoss.»

«Ausser jemand hat die Leiche danach bewegt», mischte sich Bargätzi ein.

«Theoretisch ja, aber in diesem Fall spielt es sowieso keine Rolle, denn wenn wir, ohne die Leiche zu bewegen, diese betrachten, dann zeigen die Blutspritzer eindeutig, dass von schräg oben, also im Stehen, nach unten aufs Fräulein Helvetia geschossen wurde, und das kann sie unmöglich selbst getan haben, sonst hätte sie die Waffe anders halten müssen. Kurzum, sie wurde mit grosser Wahrscheinlichkeit am Boden sitzend von einer vor ihr stehenden Person erschossen. Möglicherweise ist sie aus Angst auf den Boden gesessen, weil sie bedroht oder dazu aufgefordert worden war.»

«Und der Stadtpräsident?» Kübler sah zu dem nun auf dem Rücken liegenden Toten.

«Der wurde im Stehen von einer Kugel erwischt, wie Sie gut an dem Blutfleck an der Wand erkennen können.»

«Sagen Sie mir jetzt aber nicht, dass der zuerst die Schützenkönigin ermordet hat und sich dann selbst gerichtet hat!»

«Nein, nein, das ist ausgeschlossen, denn die einzige Waffe hielt das Fräulein Helvetia in der Hand. Ausserdem gibt es beim Stadtpräsidenten keine Schmauchspuren an keiner seiner Hände. Jemand muss die beiden hier drin getötet haben. Und dieser Jemand hat dilettantisch versucht, dies der Helvetia als Mord in die Schuhe zu schieben.»

Alle blieben nachdenklich im Raum stehen, hingen kurz ihren Gedanken nach, bis Caminada die Stille durchbrach. «Die Frage, die sich mir als erste aufdrängt: Was hatten die beiden hier drin überhaupt zu suchen, und das gemeinsam?»

Der Major verschränkte seine Arme. Caminada schien es, dass dieser nicht wusste, wie er mit der Situation umzugehen hatte.

«Major, konntest du den Roth informieren? Der Politik wegen.» Caminada sagte dies so beiläufig, damit es nicht belehrend wirkte, denn das mochte der alte Haudegen noch weniger als Unpünktlichkeit.

«Den Roth also ... ich hatte ja bereits versucht, ihn zu erreichen.» Kübler schien in seinen Gedanken woanders zu sein, presste die Lippen zusammen und nickte in kleinen Bewegungen. «Das wird einen Riesenwirbel geben, und das ausgerechnet, wenn alle Blicke auf uns gerichtet sind. Damit wird für immer ein Schatten über diesem Eidgenössischen zu liegen kommen.»

Der Knall der Feuerwerksrakete verkündete in dem Moment das Ende der Mittagszeit – es war zwei Uhr.

7

Eine grosse Schar Neugieriger stand, von den beiden uniformierten Wachtmeistern zurückgedrängt, um die kleine Hütte, als eine Stunde später ein Traktor mit hölzerner Ladebrücke über die Wiese direkt vor die Türe fuhr.

Die Meldung, dass die Schützenkönigin Helvetia und der Stadtpräsident von Chur erschossen aufgefunden worden waren, und das am Eidgenössischen, fegte schneller als der Südwind durchs weitläufige Festgelände. Caminada musste sich eingestehen, dass er die Dynamik des Ganzen unterschätzt hatte.

Dem schlimmen Ereignis zum Trotz lief der Schiessbetrieb weiter, doch nach jedem Einsatz streckten die Schützen die Köpfe zusammen, und damit begann die Gerüchtesuppe weiterzubrodeln.

Das Bild der lächelnden Helvetia, der schönen und ihres Sieges vor zwei Tagen wegen strahlenden Eidgenossin, prangte ausgerechnet in der heutigen Ausgabe der Neuen Bündner Zeitung verstörend von der Titelseite, der Titel fett gedruckt: «Potz Blitz! Unser Fräulein Helvetia zeigte allen den Meister».

Am Tatort versuchte derweil der Major, den Schaden nicht noch grösser werden zu lassen, und hatte deshalb resolut zwei Fotografen weggewiesen. Erst danach schafften sie die beiden Toten aus der Hütte und hievten sie auf die hölzerne Ladefläche, auf der so viel Stroh geladen war, um darin die beiden Leichensäcke zu verbergen.

Bilder der Erschossenen in einer der Tageszeitungen zu finden hätte ihnen gerade noch gefehlt. Das Kschnorr würde sich deswegen zwar auch nicht so schnell legen, aber Bilder blieben im Kopf länger haften, wusste Caminada.

Gegen vier Uhr, die Salven krachten, als wäre nichts geschehen, trat Kübler an Caminada heran, der sich am Schiessstand aufhielt. «Walter, du bist bald dran. Im Moment ist Regierungsratspräsident Roth mit der Mordsache vollauf beschäftigt. Sein

Departement bereitet eine Medienmitteilung vor, damit wir von dem unbelastet den Fall verfolgen können. Du hast also genug Zeit für deinen Einsatz. Wohlan!»

Caminada hatte nicht mehr mit einem Einsatz gerechnet und musste abwägen. Eigentlich war er gekommen, um sich anstandshalber rechtzeitig abzumelden.

«Walter, fast alle im Landjägerkorps stehen heute im Schiessstand, und du bist einer unserer guten Schützen an der Faustfeuerwaffe. Wir wollen uns doch nicht blamieren lassen vor den andern Korps. Denk dran, wenn's um die Rangliste geht, wollen wir weit vorne stehen.»

Caminada wollte kein Spielverderber sein, ausserdem hatte er sich auf den Schiesswettkampf gefreut. Deshalb stand er kurz nach Viertel nach vier im Schiessstand und schoss mit ruhiger Hand ein weiteres gutes Resultat. Es drängte sogar die Tat etwas in den Hintergrund. Doch während er in einer der Wettkampfpausen mit den Kameraden aus anderen Korps zusammenhockte, wurde er sofort auf diese angesprochen. Viele Varianten des Tatablaufes machten mittlerweile die Runde, wie er feststellen musste. Caminada handhabte es wie immer und schwieg eisern.

Kurz vor halb neun Uhr, die Dämmerung legte sich übers Tal, sass der Landjäger in der altehrwürdigen Amtsstube von Regierungsratspräsident Roth. Mit am Tisch hockte auch der junge Peter Marugg, der von so vielen Leuten wegen seines milchbubihaften Aussehens, seiner roten Haare und der vielen Märzatüpfli im Gesicht unterschätzt wurde.

«Meine Herren Caminada und Marugg. Eure Einschätzung bitte.» Roth kam wie immer direkt auf den Punkt.

«Erkennungsfunktionär Marugg und ich haben uns zuvor unterhalten und sind gleicher Meinung. Wir gehen davon aus, dass die beiden heute Mittag gezielt von jemand Drittem getötet wurden und es so arrangiert wurde, als hätte Fräulein Helvetia den Stadtpräsidenten erschossen. Aber …» Caminada ahnte, was Roth gleich fragen wollte. «… über die Gründe, ein plausibles Motiv tappen wir in brandschwarzer Nacht.»

Der grauhaarige Roth stopfte nachdenklich und gewohnt

sorgfältig seine Pfeife, als es an der Türe klopfte. Seine Sekretärin stand nach einem «Herein» im Türrahmen, entschuldigte die dringliche Störung und bat Caminada ans Telefon, denn sie könne nicht mit dem Apparat in der Amtsstube verbinden.

Caminada schwante Böses, als er ihr folgte.

Keine zwei Minuten später erschien er zurück und blieb vor dem grossen Arventisch stehen. «Ja, ist denn heute die ganze Welt verrückt geworden? Das Landjägerkorps hat sich gemeldet. Vor einer halben Stunde sind Schüsse gefallen, hinten im Meiersboden, wie die Wirtin dem Korps soeben gemeldet hat, nachdem sie sich ins Krankenasyl Sand geflüchtet hatte. Das Käthy Gruber sei verfolgt worden. Sie wollte ihr zu Hilfe eilen, als auch sie angeschossen wurde, und einer ihrer Hunde sei ausserdem tot. Wir müssen dringend los, Herr Regierungsratspräsident, denn es ist nicht klar, was mit dem Käthy Gruber passiert ist und wo der Schütze steckt.»

Caminada drückte sich den Hut auf den Kopf und eilte mit Marugg aus dem Neuen Gebäu in die Dämmerung des lauen Sommerabends.

Nur einhundert Meter vom Regierungsgebäude entfernt standen ihre beiden Velotöfflis im alten Karlihof vor dem Landjägerkorps.

Caminada schraubte eilends den Benzindeckel des kleinen Tanks auf, der im Motor integriert war, und füllte Sprit aus dem dabei glucksenden Kanister nach, der in einem der Kellerräume des Landjägerkorps lagerte.

Marugg, auf seinem Pfüpfli hockend, fuhr neben ihm los, vier bewaffnete uniformierte Männer des Landjägerkorps folgten auf ihren Fahrrädern, ihre Gewehre geschultert.

Kurz vor dem alten Krankenasyl angekommen, fühlte Caminada anstelle des schwülwarmen Abendwindes den kühlen Atem der Schlucht aus dieser wehen, als hätte jemand ein Tor zu einer Gruft geöffnet.

Hermine stand bereits am Strassenrand, ihre Flinte fest mit den Händen umschlossen, als müsste sie jederzeit das Feuer erwidern können. Hinter ihr verschlang die Schlucht soeben das letzte Dämmerungslicht.

Caminada und Marugg hielten direkt neben ihr, blieben aber auf ihren Gefährten hocken und liessen die beiden knatternden Motoren laufen.

Aufgeregt blickte Hermine um sich und legte gleich los: «Gut, seid ihr so schnell gekommen. Es ist einfach unglaublich, was passiert ist … einfach furchtbar.»

«Jaja, schon recht.» Die sympathisch klingende Stimme Caminadas unterbrach sie, bevor ein unkontrollierter Redeschwall losbrechen würde. «Eins nach dem anderen, Hermine, wie in Paris. Was ist passiert?» Er stellte den Motor nun ab, Marugg tat es ihm gleich.

«Vor etwa einer Dreiviertelstunde krachten Schüsse so nah am Gasthaus, dass ich sofort vor die Türe lief. Ich sah noch, wie z'Käthy Gruber Richtung Schlucht hinunterflüchtete, als einer der Schüsse sie ins rechte Bein traf, sodass sie kurz zu Boden ging, bevor sie sich schreiend aufraffte und …» Ihr Atem stockte.

«Hermine, haben Sie gesehen, wer der Schütze war?» Caminada legte ihr zur Beruhigung seine Hand auf die Schulter.

«Nein, eben nicht.» Ihr schwerer Körper bebte.

«Ob männlich oder weiblich, auch nicht?», fügte er schnell an.

«Gar niemanden. Der muss aus dem Hinterhalt geschossen haben. Aber ohne nachzudenken, eilte ich instinktiv hinter Käthy her, als auch mich ein Schuss traf.» Sie deutete auf den rechten Arm, der notdürftig verbunden war und aus dessen weissem Verband ein grosser dunkelroter Fleck drückte, der Caminada sofort aufgefallen war.

«Ohalätz, das hätte ja bös ins Auge gehen können.» Er blickte den verbundenen Oberarm an.

«Äba darum blieb mir nichts anderes übrig, als zurück ins Haus zu flüchten und über den Hinterausgang zum Zwinger zu eilen, um die Hunde loszulassen. Doch der Cäsar wurde unweit der Roten Laterne von einer Kugel getroffen und liegt regungslos bestimmt noch immer dort.»

«Und die beiden anderen?»

«Brutus und Romulus habe ich sofort aus einem Fensterspalt hinaus zurückgepfiffen und ins Haus gelassen. Mit meiner Flinte habe ich anschliessend einige Male in die Luft gefeuert, um den Täter hoffentlich in die Flucht zu jagen.»

«Anhand der Schüsse, was glauben Sie, war es ein einzelner Täter gewesen? Ich meine damit, sind mehrere Schüsse gleichzeitig abgefeuert worden wie aus zwei oder mehreren Gewehren?»

«Wie gesagt, ich habe leider niemanden zu Gesicht bekommen, alles ging so schnell, und ich war völlig überrumpelt. Doch es wurden nur einzelne Schüsse aufs Mal abgefeuert. Deshalb bin ich mir ziemlich sicher, dass es nur ein Einzelner gewesen ist.»

«Gut, danke, und nun lassen Sie sich weiter verarzten und bleiben Sie hier im Asyl, bis wir zurückkommen. Hier sind Sie in Sicherheit», forderte Caminada Hermine auf, denn er sah, wie ihr die Angst noch immer ins Gesicht geschrieben stand.

Sein Velotöffli bockte beim Anlassen, wie so oft, und nur mit aller Mühe bekam er sein altes Pfüpfli wieder in Gang. Immer wieder verschob er es, bei der Garage Städeli deswegen kurz vorbeizuschauen, und ärgerte sich ein weiteres Mal, es noch nicht getan zu haben.

Als sie hinten beim Brückli im Sassal ankamen, dort, wo die Schienen im schwarzen Schlund des Berges verschwanden, wurde aus der Dämmerung Dunkelheit. Die angenehme Kühle in der Schlucht nahm Caminada der Anspannung wegen kaum wahr, auch wenn die Sommerhitze seit Wochen schon wütete und die Nächte schwülwarm blieben. Er liess einen Mann dort Posten beziehen, um jeden, der rein- oder rauswollte, anzuhalten und zu kontrollieren. Da sie noch immer keine Funkgeräte erhalten hatten, wurde abgemacht, dass dieser bei einem Vorkommnis dreimal, im Abstand von zwei Sekunden, in die Luft schiessen würde.

Gespenstisch tauchte nur Minuten später das Gasthaus als schwarze Silhouette vor ihnen auf. Die Waldlichtung, umrahmt vom schwarzen Baumkranz, lag dahinter im trügerischen Frieden der anbrechenden Nacht. Die letzten hundert Meter gingen sie zu Fuss, die uniformierten Beamten hielten dabei ihre Gewehre schussbereit.

Der Hund lag wie erwartet einem dunklen Erdhaufen gleich auf der mit hellem Kies ausgelegten Zufahrt, dahinter schien das schummrige Rot der Laterne. Im Blätterwerk der alten und mächtigen Bäume verfing sich rauschend der warme Nachtwind.

Caminada zog seinen Revolver. Marugg, der vom Schiessen so viel Ahnung hatte wie Caminada von einer Schreibmaschine, hielt etwas unsicher seine Ordonnanzpistole in der Hand, dass es eher für seine Kameraden bedrohlich wirkte als für einen allfälligen Angreifer.

Im Licht der Taschenlampe zeigte sich, dass ein Kopfschuss den grossen Schädel des Hundes getroffen hatte. Er musste auf der Stelle tot zusammengebrochen sein.

Vorsichtig durchsuchten sie anschliessend das Gasthaus: erst das Restaurant im Parterre, dann jede Kammer, die Vorratsräume und den Keller zuletzt. Dabei riefen sie Käthys Namen. Doch die Geflohene war nicht zurückgekehrt.

In der Finsternis, nur der nächtliche Sommerhimmel hob sich etwas ab, suchten sie die angrenzende Umgebung und den schwarzen Wald ab, bevor sie, zur Plessurschlucht hin, die Bergflanke in Angriff nahmen.

Obwohl sie ein perfektes Ziel für den Schützen abgeben würden, schalteten sie dabei ihre Lampen nicht aus, um in den Lichtkegeln das unwegsame Gelände überhaupt durchkämmen zu können. Caminada war sich sicher, dass, falls der Angreifer noch vor Ort wäre, dieser mit Sicherheit nicht mit einem Schuss auf sich aufmerksam machen würde, ausser er wäre ein Irrer. So oder so, sie mussten es wagen, ohne Deckung weiterzusuchen, denn das Käthy könnte angeschossen irgendwo ums Überleben kämpfen.

Sie begannen abwechselnd mit ihren tiefen Stimmen regelmässig laut Käthys Namen zu rufen, in der Hoffnung, dass sie sich vielleicht aus Angst verkrochen hätte und so Antwort gäbe. Doch die Nacht war menschenstill wie ihre Schatten, nur das füllige Rauschen der Plessur und das des Windes blieben ihre Begleiter.

Gegen ein Uhr in der Nacht legten sie eine halbe Stunde

Pause ein und teilten das Suchgebiet neu auf, um einen letzten Versuch zu unternehmen, die Serviertochter doch noch zu finden.

Als es kurz vor halb vier Uhr in der Früh dämmerte und der Morgen sein scheues Licht über den schwarzen Bergkämmen des Montalins, Fürhörnlis und der Roten Platte zeigte, kamen sie schneller voran.

Kurz nach fünf Uhr gab Caminada den Befehl, abzubrechen.

Wohin die Gruberin geflohen war oder ob sie doch noch vom Täter erwischt worden war, konnten sie in diesem Moment nicht klären, denn sie hatten jeden Stein bis zum Brückli im Sassal unten umgedreht, hinter jeden Baum geblickt und jedes Gebüsch durchkämmt. Ausserdem waren sie mittlerweile alle hundemüde und brauchten erst etwas Erholung. Frische Kräfte würden deshalb im Laufe des Morgens erneut die Suche vorantreiben.

Gemeinsam zogen sie ab, der Posten beim Brückli rapportierte pflichtbewusst, es habe die Schlucht Richtung Meiersboden weder jemand verlassen noch von der anderen Seite passieren wollen. Während der gesamten Wachtzeit sei nichts Augenfälliges gewesen, ausser dass er die Rufe der Suchtrupps gehört habe.

Gemeinsam fuhren alle Beamten das Täli hinaus, als Marugg so abrupt seine Velotöfflibremsen betätigte, dass der dahinterfahrende Wachtmeister Kollegger mit seinem Göppel fast auf den Latz fiel.

«Was spinnsch dänn du zämma?», wetterte Kollegger. Doch Marugg eilte wortlos zwanzig Meter voraus und lehnte sich in der Mitte des Totengutbrücklis übers Geländer.

Caminada hatte sein Velotöffli am Strassenrand abgestellt und beeilte sich, zu Marugg zu gelangen. Er stützte sich neben ihm am Geländer ab, beugte sich vor und riss die Augen auf: Unter ihnen lag vom rauschenden Bach überspült die Leiche von Käthy Gruber!

«Sternasiach no mol! Das wird zünftig Ärger geben», murrte er betroffen. «Das Fräulein Gruber liegt aufs Loch an der Stelle, wo wir damals die Leiche ihres Vaters fanden», fügte er nachdenklich an, als würde er es nur zu sich selber sagen.

Er starrte, als müsste er sich vergewissern, dass seine Sinne ihm keinen Streich spielten, weiter hinunter. Immer wieder überspülte die Plessur auch das Gesicht der Toten, sodass es in der Morgendämmerung geisterhaft schien, als tauche es hin und wieder selbstständig aus den Fluten auf, um einen Atemzug zu holen.

Marugg drehte sich langsam seitlich Caminada zu. «Heieiei, was sternafüfi ist eigentlich los?»

Caminada rieb sich das Gesicht. Erschöpfung und Ernüchterung machten sich nun breit. «Ich weiss es schlichtweg nicht. Aber das ist gar nicht gut – gar nicht! Da hat jemand den Grubers den Krieg erklärt.» Seine Stimme klang besorgt. «Und wir müssen es rausfinden, bevor es noch weitere Tote gibt.» Er drehte sich ab und schickte zwei der Uniformierten voraus, um Hilfe zu holen, damit die Leiche aus dem Kanal geborgen werden konnte, als plötzlich das Glöcklein der Totengutkapelle läutete, als fände eine Beerdigung statt.

Es mutete die Beamten etwas unheimlich an, in dieser seltsamen Abgeschiedenheit des Totenguts in der Morgendämmerung die hellen Klänge des Glöckleins zu hören. Die klangen durchs Schattentäli, als klagten sie das Leid heraus, während die Beamten dabei auf die Leiche starrten, die an einem Ast eines am Rande im Kanal liegenden Baumstammes festhing und in den Fluten weiter auf und nieder wippte.

Caminada gab Marugg ein Zeichen, dass er auf die andere Uferseite gehe, in der das Krematorium und die Abdankungskapelle samt dem Friedhof so gerade passend im Schattenloch ihren Platz gefunden hatten. Er wollte nachschauen, wieso das Totengutglöcklein läutete und vor allem, wer der Glöckner war.

Das Krematorium, der Friedhof und die Kapelle, nur durch das kleine Brückli mit dem Tälieingang verbunden, wirkten bedrückend in ihrer seltsamen Abgeschiedenheit.

Die alten Bäume, die vielen zeitlos wirkenden Sträucher, die auch im steilen Abhang des Berghangs vor den Tannen wuchsen und alles dicht umschlossen, drückten die Verlassenheit, die Einsamkeit des Ortes auf seltsame Weise aus. Dass dieser kleine Flecken Land bereits im Mittelalter während der Pestzüge, noch lange bevor das Krematorium oder eine Kapelle dort standen, das Totengüatli hiess, wunderte Caminada nicht, als er mit diesen Gedanken Richtung Kapelle lief. Denn damals hatten die Churer all die Leichen und damit den Pesttod aus der Stadt ins Täli und übers Brückli getragen, um sie auf grossen Scheiterhaufen zu verbrennen.

Die Eingangspforte war unverschlossen, die kleine Glocke läutete im selben Rhythmus weiter. Caminada brauchte nicht lange, um in einem der wenigen angrenzenden Räume die schwarze Gestalt zu finden, die den Handzug der Glocke kraftvoll betätigte. Der Raum war von zwei Kerzen schwach erhellt, und durch ein Seitenfenster sickerte etwas Morgendämmerung herein.

«Was tun Sie da?» Caminada erhob laut seine Stimme, denn im kleinen Turm im Dach über ihm schwang das Glöcklein, das nun gar nicht mehr so klein erschien und dessen Klang in seinen Ohren brummte und seinen Körper zum Vibrieren brachte.

Unbeirrt schien der Geistliche, in seinem schwarzen Kirchengewand steckend, sein Werk vollenden zu wollen, schaute nicht mal zu Caminada hin, sodass dieser den Mann resolut aufforderte, Antwort zu geben.

Doch erst als er an dessen Talarärmel zog, drehte dieser sein Gesicht ihm zu und liess das Seil los, sodass sich das Läuten der Glocke unrhythmisch verlangsamte.

«Gesegnet sei der HERR», antwortete der Mann mit kräftiger Stimme.

Caminada sah dessen zu einer Hälfte zerstörtes rotes Narbengesicht und versuchte sich sein Erstaunen darüber nicht anmerken zu lassen, was ihm aber nicht recht gelang. «Ja, ganz recht. Und wer sind Sie?»

«Mein Name ist Anselmo Veranzze – ich bin der Täli-Geistliche im Auftrag des Bischofs, aber vor allem in dem unseres HERRN. Und wer sind denn Sie?»

Aha, dachte Caminada, das trifft sich ja gut, denn die violette

Stola gehörte in dem Fall diesem Gottesmann, den er aufgrund von Major Küblers Anweisungen noch immer nicht hatte vernehmen dürfen.

«Ich bin Landjäger Caminada. Was tun Sie um diese Uhrzeit hier – läuten das Totengutglöcklein. Wieso?» Caminada konzentrierte sich auf dessen unversehrte linke Gesichtshälfte, doch der Kontrast war unmöglich auszublenden.

«Ja, haben Sie denn nicht die Tote in der Plessur liegen gesehen?» Veranzzes linke Gesichtshälfte zeigte Verwunderung, während die rechte maskenhaft ausdruckslos blieb.

«Haben wir, aber in so einem Fall ruft man doch die Polizei.»

«Tat ich ja, wie Gott befohlen, Sie sind ja nun hier.»

«Ja, weil wir zufällig in der Nähe waren.» Caminada konnte den Mann nicht verstehen.

«Zufall?» Veranzzes verbrannte Gesichtshälfte verzog sich zu einem schauerlichen Grinsen, während die andere fast herzhaft lachte. «So kann nur jemand reden, der von Gottes Führung keine Ahnung hat. Ich habe der Stimme des HERRN Folge geleistet und ihn mit der Glocke zudem gepriesen. Und keine fünf Minuten später stehen Sie nun da – ein wackerer, aufrichtiger Landjäger, den mir der Herrgott geschickt hat.» Aus dem verbrannten rechten Mundwinkel rann etwas Speichel. Die Glocke schlug nur noch vereinzelt, sonst war es totenstill in der Abdankungskapelle.

«Ihnen fehlt eine violette Stola?» Caminada wechselte das Thema, um weiterzukommen.

«Es war sogar meine Lieblingsstola. Ich hatte sie zur ersten Weihe erhalten.»

«Wie ist es dazu gekommen, dass Sie Ihnen fehlt?»

«Wenn ich das wüsste. Jemand muss sie im Priesterseminar aus meiner Kammer gestohlen haben, oder, noch wahrscheinlicher, jemand hat sie mir hier entwendet. Ich weiss es aber nicht.»

«Sie wohnen also dort?»

«Ich bin auf dem Weg, die Priesterweihe zu erhalten.» Der Stolz über diese Aussage war Veranzze anzusehen.

«Kann denn jeder in Ihre Kammer – ist sie unverschlossen?»

Vereinzelt schlug das Glöcklein über ihnen, als bekäme es nochmals einen allerletzten Schupf.

«So ist es. Es wohnen nur Männer Gottes im Priesterseminar, die die Heilige Schrift verkünden wollen, da braucht es keine verschlossenen Türen, aber offene Herzen.»

Caminada nickte zurückhaltend, denn er hatte eines schon lange gelernt: Mensch bleibt Mensch, egal, welches Amt oder welchen Beruf dieser bekleidet. «Und was tun Sie zu dieser», fast hätte er Herrgottsfrühe gesagt, «frühen Stunde hier?»

«Fühlen Sie denn nicht, wie das Täli unter der Sünde Last leidet? Wie das Böse hier hinten haust? Es ist ja schon am Schluchteingang zu fühlen. Und das macht mich traurig.»

«Glauben Sie mir, Diakon Veranzze, als Landjäger findet man das Böse und das Gute überall dort, wo Menschen leben. Also, was tun Sie hier?»

«Seit dem Tod des jungen Fräuleins, das erhängt am Samstag vor einer Woche aufgefunden wurde, gehe ich jeden Morgen bis zum Loch hinten und zurück und bete für die Menschen hier und für die Seele der toten Serviertochter.»

Da gab es nichts einzuwenden, fand Caminada.

«Und heute Morgen sah ich im Gebet versunken diese arme Seele im Wasser liegen, während ich übers Totengutbrückli ging. Da sie tot schien und es mir nicht möglich war, in das Flussbett hinunterzusteigen, die Steinmauern sind schlichtweg zu hoch, hat mir der HERR aufgetragen, um Hilfe und um Segen zu läuten.»

Caminada blickte auf Veranzzes zerkratzte linke Hand. Dessen Rechte war wie die Gesichtshälfte vollkommen von Brandnarben überzogen. Auch schien ihm Veranzzes schwarze Soutane gar verschlissen zu sein und zudem nass.

«Bitte kommen Sie morgen auf den Posten im alten Karlihof.»

«Warum?» Der Geistliche legte seine Hände in die grossen Ärmel, als hätte er Caminadas Blick darauf gesehen.

«Wir müssen Ihre Aussagen zu Protokoll nehmen. Und noch eine Frage: Was ist mit Ihrer linken Hand geschehen?»

«Meiner Hand?» Veranzze schien überrascht, was wiederum den Landjäger überraschte, denn trotz des schummrigen Lichtes sah er einige und vor allem tiefe Kratzer, die dieser sich vor Kurzem, vielleicht sogar vor Stunden erst zugezogen haben musste.

Veranzze fuhr sich mit seinen langen vernarbten Fingern über den linken Handrücken. Tastete diesen ab wie ein Blinder einen Gegenstand. Er schien nachdenklich. «Ich kann es Ihnen beim besten Willen nicht sagen.»

«Diakon Veranzze, das ist schwer zu glauben. Die Kratzer sind tief, und es sind mehr als eine Handvoll.» Caminada hob seine offene Hand, um seine Aussage zu unterstreichen. Mit einem prüfenden Blick musterte er im dämmrigen Licht den Geistlichen. Die beiden Kerzen flackerten kurz, als er dessen Schuhe bemerkte, die stark verschmutzt und ebenfalls nass waren. Veranzze musste durch den kleinen Seiteneingang in den Glockenraum gekommen sein, sonst hätte Caminada mit Sicherheit dessen Fussspuren im Eingangsbereich und in der Halle gesehen.

«Diakon Veranzze, kommen Sie bitte kurz nach draussen, wo das Licht besser ist.» Caminadas Stimme liess keinen Zweifel darüber aufkommen, wer nun das Sagen übernommen hatte.

Veranzze schwieg. Er schien krampfhaft nachzudenken, dann schritt er vor Caminada aus dem Portal, über dem in goldener Schrift stand: «DEM LICHT ENTGEGEN». Nasse Abdrücke blieben in der Stille der Kapelle zurück, als sich die Türe hinter den beiden schloss.

«Was ist mit Ihrer Kleidung passiert? Sie ist an diversen Stellen zerschlissen, und Ihre Schuhe zeugen davon, dass Sie irgendwo abseits gewesen sein müssen und zudem auch im Wasser.» Das Morgenlicht auf dem Vorplatz zeigte Caminada nun ein genaues Bild.

Veranzze blickte auf seine Kleidung und hob ein Bein an, als wäre es nicht seines, und schwieg, obwohl es vom Hosenbein her tropfte.

«Dann müssen wir das auf dem Posten klären», unterbrach Caminada die Stille. «Kommen Sie jetzt mit mir mit.»

Als die beiden vor dem Totengutbrückli ankamen, in dessen

Mitte noch immer Marugg stand, zog Veranzze an Caminadas Ärmel. «Sehen Sie nicht die Gaffer hinter dem Brückli?»

«Ja, und?»

«Was glauben Sie, was das für ein Gerede gibt, wenn Sie einen Gottesmann wie mich auf den Posten abführen. Der Bischof wird keine Freude haben, und ausserdem habe ich mir nichts Weltliches zuschulden kommen lassen.»

«Dumms Züg. Sollen die palavern, was die wollen, das machen die doch sowieso. Ich nehme Sie zur Befragung mit – was dann weiter auf dem Posten passiert, das werden wir dann ja sehen.»

Bei Marugg angekommen, pfiff Caminada zwei Landjägern zu, die vor der Brücke Posten bezogen hatten.

«Bringt mir den Herrn Diakon Veranzze in die Wachtstube. Wir müssen ihn befragen. Habt ein Auge auf ihn, bis auch ich da bin.»

Zwanzig Minuten später traf die weitere Verstärkung ein, um die Tote zu bergen. Noch mehr Neugierige, Churer und Tälibewohner, lehnten sich in der Zwischenzeit auf der Täliseite über das eiserne Geländer. Sie starrten diskutierend neben den Schienen stehend auf die in den Wellen wippende Leiche, als das graue Arosabähnli sie mit einem heiseren Pfiff aufscheuchen musste, damit sie Platz machten, um nach dem Passieren sofort wieder ans Geländer vorzurücken.

Fast eine Stunde dauerte es, bis es zwei an Stricken gesicherten Landjägern gelang, die Tote in einen Jutesack zu stecken und diesen fest zu verschnüren, damit diese über die aus grossen Steinquadern bestehende Mauer und anschliessende steile Böschung hochgezogen werden konnte. Von der Altstadt her schlug die Glocke der St. Martinskirche dabei sieben Uhr, die Stadt lag schon seit Längerem in der warmen Morgensonne, während das Täli in dunklem Schatten steckte.

Die Tote wurde im noch immer triefend nassen Jutesack mit einem «Hauruck» auf eine hölzerne Handkarre gehievt und von zwei Beamten auf direktem Weg ins Kreuzspital gezogen.

Bevor Caminada Major Kübler persönlich über das Geschehene informieren konnte, hatte er einen schweren Gang vor sich: Er musste ins Loch zurück – zu den Grubers.

Als hätten die drei Kerle ihn erwartet, standen sie breitbeinig auf dem gekiesten Vorplatz des Schrottplatzes und der alten Sägerei, als der Landjäger alleine auf sie zuging.

Caminada wusste zwar nicht, wie die Sache ausgehen würde, aber glaubte, dass, wenn er mit mehreren Beamten einfahren würde, die schlimme Nachricht erst recht den Zorn bei den Brüdern anstacheln könnte. Dass der Fundort ausserdem derselbe war wie derjenige, an dem ihr Vater vor sieben Jahren erstochen aufgefunden worden war, machte alles nicht einfacher, denn es war eine klare Botschaft der Täterschaft an die Grubers.

«Am Grind an kommst du mit nichts Gutem!» Simmi warf achtlos ein rostiges Wellblech auf einen Haufen anderer und strich sich die Hände an einem dreckigen Lumpen sauber.

Caminada nickte betroffen, und das war nicht mal geheuchelt. Ihm tat das Käthy leid, auch wenn er sie nicht gut gekannt hatte. Ihre Augen, ihr Gesicht, wie sie zuvor im Bach gelegen hatte, als die Plessur sie überspülte, schienen so fassungslos zu sein. Und ihm taten die drei Brüder leid, weil ihre kleine und einzige Schwester umgebracht worden war.

«Ich muss mit euch dreien reden – leider.» Caminadas Stimme blieb ruhig und fest.

«Habt ihr gehört», Simmi blickte sich zu seinen beiden kleinen, stämmigen Brüdern um, die wie er einen wild aussehenden Bart trugen, «der will mit uns schnorra.»

Mit verschränkten Armen postierten sie sich vor Caminada, einem menschlichen Bollwerk gleich.

«Und, was hat die Schrooterei heute auf Lager?» Simmi kaute auf einem Zahnstocher, der zwischen seinen Backenzähnen klemmte.

An die verschiedenen Übernamen für das Landjägerkorps hatte Caminada sich längst gewöhnt. «Fast auf den Tag genau vor zwei Wochen wurde die Möckli erhängt aufgefunden, ich war ja deswegen auch hier, und ich hatte meine Befürchtung wegen dem Käthy euch gesagt.»

«Und?» Seine Miene verhiess nichts Gutes. «Sie ist ja noch am selben Tag aufgetaucht. Wo ist das Problem?»

«Gestern haben wir spätabends die Meldung der Roten-Laternen-Wirtin bekommen, dass jemand aufs Käthy geschossen habe und diese Richtung Tobel geflohen sei.»

Die drei schauten sich verwundert an. «Und das wird uns erst jetzt gesagt? Wir hätten uns sofort auf den Weg gemacht, um ihr zu helfen», unterbrach Simmi.

«Weiss ich, aber wir sind ja selber sofort losgefahren, wollten keine Zeit verlieren. Insgesamt sechs Beamte haben danach die ganze Nacht hindurch die rechte Tobelseite bis zum Brückli durchkämmt. Dort stand ein Posten von uns, achtete darauf, dass niemand über die Brücke oder am Flussufer entlang fliehen konnte. Denn falls es Käthy hätte angeschossen aus der Schlucht schaffen sollen, wäre Hilfe zur Stelle gewesen.»

«Falls?», fragte Simmi. Seine Gesichtszüge verfinsterten sich, als zögen dunkle Wolken in ihm auf.

«In der Morgendämmerung haben wir sie leider tot aufgefunden.» Caminada wollte die schlimme Nachricht nicht noch länger hinauszögern.

«Was?», tönte es von den beiden jüngeren Brüder wie mit einer Stimme, die sonst nie ein Wort redeten und nun Simmi anblickten, der nach langen Sekunden fragte: «Wo?» Seine Stimme hatte sich verändert, passte nun nicht mehr zu dem Berg von Mann. «Wo?», wiederholte er diesmal noch leiser, aber umso bedrohlicher.

«Simmi, das macht mich wirklich betroffen, und dass wir sie auch noch am Fundort, wo euer Vater damals tot gelegen hatte, auffinden mussten, ist nur schwer zu glauben und noch weniger zu verstehen.» Caminada blieb angespannt ruhig. «Mein aufrichtiges Beileid euch allen, und ihr könnt versichert sein, dass wir alles tun werden, um den oder die Mörder zu fassen. Wie ihr wahrscheinlich schon wisst, wurden gestern, nur etwa acht Stunden zuvor, bereits zwei weitere Menschen erschossen, darunter ebenfalls eine junge Frau und dazu der Stadtpräsident – ich glaube deshalb an keinen Zufall.»

Verwunderung wich einen Moment der Bestürzung, und

wieder schwiegen die Grubers, ehe Simmi nochmals mit leiser Stimme fragte: «Sie wurde also erschossen?»

Caminada nickte.

Einige Sekunden später nickte wie zur Bestätigung auch Simmi, bevor er sich langsam und wortlos abdrehte, um in die alte Sägerei zu gehen. Die beiden Brüder folgten wenige Meter dahinter.

Caminada blieb noch einen Augenblick stehen, er würde die drei ein anderes Mal genauer zu ihrer toten Schwester befragen, jetzt war mit Sicherheit der lätzeste Moment dazu.

Als er auf seinem Vehikel zum Täli hinaus in das in der Morgensonne liegende Chur vor ihm fuhr, warf er einen Blick zum bischöflichen Hof und zum Priesterseminar hoch. Mit diesem Veranzze stimmte mit Sicherheit so einiges nicht. Ausserdem war Caminada gespannt, was der Major zu der plötzlich von ihm angeordneten Einvernahme des seltsamen Geistlichen zu sagen hatte. Zu vieles sprach dafür, dass dieser irgendwie in den Fall der Gruberin, möglicherweise sogar in den der Möckli verwickelt war.

Müde betrat Caminada zehn Minuten später das alte Gebäude des Landjägerkorps, dessen Holzböden seit vielen Jahren ihm vertraut knarrten. Er hätte gerne erst einen Schluck Kaffee getrunken, doch er sah es an den Gesichtern seiner Kollegen, dicke Luft herrschte, und da er nirgends Veranzze sah, wusste er, was der Grund dafür war.

«Der Major erwartet dich bereits in seinem Arbeitszimmer», richtete Rosemarie, die einzige Sekretärin, Caminada aus und zog dabei ein vielsagendes Gesicht, damit er wissen sollte, was er sowieso schon ahnte. Wie immer, wenn sie aufgeregt war, richtete sie mehrmals ihre schief sitzende Brille im hageren Gesicht.

«Gopferdeckel, Landjäger Caminada.» Kübler stand hinter seinem Schreibtisch auf, kaum stand Caminada im Türrahmen. «Was fallt diar aigentlich i?»

«Was mir einfällt?» Caminada schloss die Türe ruhig hinter sich. Seine Geduld war trotz der nun fast zwanzig Stunden im

Dienst noch nicht überstrapaziert, doch diesen Ton musste er sich nicht gefallen lassen. Während er auf den Major zuging, antwortete er: «Einen Diakon, der mehr als nur verdächtig ist, einzuvernehmen – das fällt mir ein. Und das schleckt Gopferdeckel nun mal keine Geiss weg, das wäre schon lange überfällig gewesen!» Seine Stimme war kräftig und laut.

Kübler presste seine dünnen Lippen zusammen, sodass sie zu einem weisslichen Strich wurden. «So was müssen wir erst mit dem Bischof absprechen. Da kannst du nicht so eigenmächtig vorgehen. Der fühlt sich sonst zu Recht übergangen. Habe ich dir das nicht klar und deutlich gesagt?»

«Und passiert ist – nichts! Jeden anderen hätte ich in Anbetracht des angetroffenen Zustandes, der Kratzer an der Hand, des nassen und zerschlissenen Gewands, dazu der Vorgeschichte mit der Stola, sofort ins Güggi gesteckt und dann erst vernommen. Sag, was du willst, der war sehr wahrscheinlich sogar letzte Nacht im Wald unterwegs gewesen, ausserdem scheint er verwirrt zu sein. Und so einen lässt du ohne Rücksprache mit mir laufen? Sternasiach no mol, vor dem Gesetz sind wir alle gleich!», wetterte er einmal mehr zurück, und dies nicht erst seit die Macht des alten Haudegens gestutzt worden war, da sein Regiment, das lange Jahre auf bedingungslosen militärischen Gehorsam ausgerichtet war, am Zusammenfallen war.

«Der ist ja nicht ab der Welt. Ich werde heute noch persönlich auf den Hof hochgehen und eine Vernehmung in die Wege leiten – aber in Absprache mit dem Bischof.»

«Und warum erst jetzt? Vor genau zwei Wochen haben wir die Möckli erhängt vorgefunden – an Veranzzes Stola. Das nur zur Erinnerung. Und das Fest läuft auch schon seit mehr als einer Woche. An der nötigen Zeit, den Hof aufzusuchen, konnte es also wahrlich nicht gelegen haben.»

Caminada war sicher, bevor der Mord an Helvetia und dem Stadtpräsidenten geschah, wollte der Major den Fall Möckli bis nach dem Eidgenössischen zur Seite schieben. Und nun hatten die neuen Ereignisse alles geändert, und trotzdem schonte er die Kirche erneut. Hier ging es aber um Menschenleben, und das allein zählte. Politik und Glaube hatten im Fall nichts mitzumischen, ärgerte sich der Landjäger, auch wenn vor allem die Politik schon mehrmals in seiner Laufbahn die Karten neu gemischt hatte. Doch bis jetzt hatte die Gerechtigkeit immer gesiegt.

Als Antwort erntete Caminada nur den erzürnten Blick von Kübler und hakte nach: «Major, einverstanden, dann klär du dies aber bitte noch heute auf dem Hof, denn vor dem Gesetz sind wir, wie gesagt, alle gleich. Das sollten wir uns zualleroberst auf die Fahne schreiben, und das zu jeder Zeit. Ich werde nun nach Hause gehen, muss etwas essen und mich kurz hinlegen. Die Untersuchung an dem toten Käthy soll der Bargätzi diesmal doch bitte zügig an die Hand nehmen und schnellstmöglich einen Bericht an Marugg abliefern. Spätestens seit gestern ist der Zapfen nämlich ab! Und dann erfahre ich also heute Nachmittag, wann ich Veranzze vernehmen kann? Denn ich warte höchstens noch bis morgen. Wochenende hin oder her», beharrte Caminada und verliess das Arbeitszimmer.

Nur wenige Minuten später fuhr er im Sonnenschein nach Hause, während sein Ärger sich langsam legte. Marugg hatte sich bereits auf dem Weg zum Landjägerkorps von ihm verabschiedet und war beim Obertor auf seinem Velotöffli hockend in die Obere Gasse eingebogen. Dort wohnte er mit seiner Mutter nur noch, bis er in diesem Herbst heiraten würde, denn nach zwei Jahren Warten hatte er endlich eine geeignete Wohnung finden können. Ohne Trauschein in wilder Ehe zu leben hätte nämlich für einen Riesenwirbel gesorgt, und kein Vermieter hätte ihm dafür eine Wohnung zur Verfügung gestellt. Dass er überhaupt eine Wohnung ergattern konnte, dafür hatte Caminada gesorgt. Das alte Haus am Küblereiweg, in dem er viele Jahre gewohnt hatte, wurde über den Sommer renoviert. Marugg würde danach in Caminadas alte Wohnung einziehen, dort, wo die beiden sich zum ersten Mal begegnet waren. Wer hätte dies vor zwei Jahren gedacht? Ein Lächeln huschte dem Landjäger übers Gesicht, als er im Geiste den jungen Marugg frühmorgens wieder an seine Wohnungstüre hämmern hörte. Und wieder sah er, wie aufgeregt dieser seine Mütze in den

Händen drehte, während er ihn unleidig zurechtpfiff, weil ihm der Schädel vom schlechten Wein noch zünftig brummte.

Als Walter vor seinem schmucken, aber einfachen Häuschen ankam, auf dessen Fenstersimsen Blumen in den Kästen blühten, eilte Menga aus dem Haus und durch den im Sonnenschein liegenden Garten, in dem es süsslich nach Blüten duftete. Das Summen von Bienen und Insekten lag leise in der warmen Luft, zwei zitronengelbe Schmetterlinge tanzten im Garten vom warmen Wind getrieben wie lebendige Blätter.

«Walter, ich habe mir nun doch etwas Sorgen gemacht, vor allem als ich heute Morgen hörte, dass eine weitere Frauenleiche ins Kreuzspital gebracht wurde. Geht's dir gut?», fragte sie nach der ersten Begrüssung.

Walter blickte in ihre hellwachen Augen. Er war nicht der grosse Redner, und seine Liebeserklärungen fielen daher mager aus, auch wenn sein Herz jedes Mal einen Gump vor Freude machte, wenn er seine Liebe sah. Er mochte ihren Willen, etwas im Leben zu verändern, etwas zu erreichen, sich für die eigenen Ziele einzusetzen. Zudem war sie sehr klug, und das auch in Bezug auf Lebensweisheit. Und er fand sie natürlich schön, und vor allem würde sie eine wundervolle Mutter werden.

«Alles gut, meine Liebe. Eine traurige Sache, wirklich. Aber mir geht's gut, nur ein wenig auf dem Hund bin ich, das ist alles – und ich habe Hunger.» Er lächelte sie an und küsste sie zärtlich auf ihren Mund.

Menga briet ihm Spiegeleier mit Speck und etwas von der Rösti von vorgestern, dazu brühte sie ihm einen kräftigen Malzkaffee, während er sich am kleinen Lavabo neben dem WC mit einem groben Waschlappen sorgfältig wusch. Das kalte Wasser wirkte wohltuend erfrischend auf ihn.

Draussen auf der hölzernen Veranda setzte er sich in die Morgensonne und ass mit Menga Zmorga, die auch noch nicht dazu gekommen war, wenngleich aus anderen Gründen.

Während er seinen Kaffee trank, eine Scheibe Brot, einen Schniffel Bergkäse und Salsiz ass, berichtete er über das Vorgefallene. Nie ein Wort zu viel verlor er dabei, Geschwätz war ihm fremd.

Nachdem sie das Geschirr verräumt hatten, legte er sich aufs Gutschi, das in der guten Stube, in dem auch der Esstisch am Fenster stand, seinen Platz gefunden hatte. Einen wohligen Seufzer liess er spasseshalber gar laut hören, sodass Menga zu ihm hinlächelte und im Garten verschwand.

Walter hörte noch den Pöschtler mit dem Velo ans Haus fahren, weil dieser dabei immer die Fahrradklingel schellte und die Klappe des Briefkastens schepperte, danach tauchte das rhythmische Ticktack der Pendeluhr in den Hintergrund, bevor er einschlief.

8

Walter hatte vier Stunden wie ein Stein geschlafen, als Menga ihn wach rüttelte. «Walti, Telefon. Der Major ist dran.»

Caminada hockte sich erst verschlafen auf, strich sich sein Haar mit einer Handbewegung zurecht und ging hinaus in den kleinen Flur, in dem der schwarze Apparat an der Wand hing. Er hatte keine Ahnung, wie spät es war, seine Uhr hatte er vergessen aufzuziehen, und die Pendeluhr stand in der Stube.

Irgendwie erstaunte es ihn nicht, als er von Kübler erfuhr, dass der Diakon verschwunden sei. In dessen Kammer fehle so einiges, habe ihm der Priester Casotti gesagt, der Veranzze betreute, schloss Kübler, und dass keine Fahndung rausgehe, sondern vielmehr solle Caminada den Flüchtigen zusammen mit Marugg diskret jagen. Über das Wieso bräuchten sie jetzt weder zu streiten noch zu reden, was Caminada nur mehr als recht war, denn es würde rein gar nichts an der Situation ändern.

Doch zum Schluss kam noch Entscheidendes vom Major – es fehlte auch Veranzzes Gewehr, das seit Einzug ins Priesterseminar verstaut im Schrank gelegen hatte.

Auf Caminadas Erstaunen darüber, dass ein Geistlicher eine Waffe besitzen durfte, erhielt er zur Antwort: «Das ist nichts Ungewöhnliches, selbst Bischöfe gehen ab und an zur Jagd, und gemäss Priester Casotti ist Diakon Veranzze mit seinem Vater im Bergell schon früh auf die Jagd gegangen. Vor allem auf Gämsen hatten sie es damals abgesehen, des Fleisches wegen, um dieses im Italienischen zu verkaufen, um das magere Einkommen aufzubessern. Zur Jagdzeit hätte Veranzze übrigens auch schon Wild für den Bischof geschossen, und das immer zuverlässig und weidgerecht.»

Doch das war nicht alles. «Landjäger Caminada, Priester Casotti hat mir im Gespräch im Vertrauen mitgeteilt, dass der Diakon selbst Seelsorge brauchte, und das in den letzten Monaten zunehmend.»

«Aha», antwortete Caminada trocken, denn noch immer fühlte er sich vom Major übergangen. «Und in welchem Sinne?»

«Schwer zu erklären. Es liegt, so wie ich es verstanden habe, im Übereifer seines Glaubens. Wie du richtig gehört hast, hat er sich mit einigen im Täli öfters angelegt, mit dem Fegefeuer gedroht und seine Weltuntergangsprophetien verkündet, sodass Klagen bis zum Hof gelangt sind. Doch mit den Tschinggen im Quartier gab es anscheinend nie Probleme, gewissenhaft habe er die zwei Predigten im Monat auf Italienisch gehalten und sei sogar zu einem Halt für die Erzkatholiken so fern der Heimat geworden. Und nur deshalb liess man ihn überhaupt in der Kapelle gewähren.»

Nun war Caminada hellwach, die Uhr in der Stube zeigte kurz vor halb vier Uhr. Er rief im Kreuzspital an, um von Bargätzi dessen Meinung zum Tod vom Käthy Gruber zu erfahren. Telefone sind wirklich praktisch, dachte er, als er danach die Nummer von Marugg wählte und diesen aus dem Schlaf schellte. Dieser besass erst seit zwei Wochen einen solchen Fernsprechapparat, deren Verbreitung so rasant zunahm, dass die «Wochenschau» bereits im Februar berichtet hatte, dass es in der Schweiz nun die unglaubliche Zahl von einer halben Million Apparaten gab.

Aufgrund der neuen Informationen zu der Waffe von Veranzze fuhr Caminada kurz vor halb fünf Uhr mit Marugg ins Täli, in dem bereits beim Totengutbrückli die ersten Schatten länger wurden, obschon Chur und das Rheintal vom hellsten Sonnenschein übergossen wurden.

Beim Vorbeifahren an der Gerberei und bei den Gruberbrüdern warf Caminada einen nachdenklichen Blick auf Schrottplatz und Schreinerei, die beide verlassen wirkten.

Oben im Meiersboden begannen sie sofort den Wald und Abhang hin zum Tobelbrückli, die bereits in dunklen Schatten lagen, nochmals in Augenschein zu nehmen. Nur das Gasthaus mit der grünen Waldlichtung lag noch wie eine leuchtende Oase im milden Sonnenschein, da an dieser Stelle die Sonne einen Weg über St. Hilarien hinunter gefunden hatte.

Wie vom Major befohlen durfte Caminada die Informationen

zu Veranzze nur mit Marugg teilen und nur mit diesem die weiteren Ermittlungen dazu vorantreiben, bis mehr Klarheit über dessen Schuld bestünde. Dies, damit unter keinen Umständen die Kirche in ein unrechtes, ein schlechtes Licht gerückt würde, erklärte er Marugg, der darüber nur die Schultern zuckte. Sobald sie stichhaltige Beweise für Veranzzes Schuld fänden, könnten sie offiziell die Jagd nach dem Geistlichen starten, so zumindest hatte es der Major verlangt.

Es dauerte nicht lange, bis sie fanden, nach was sie Ausschau gehalten hatten: schwarze, kleine Stofffetzen, die an abgebrochenen Ästen im Unterholz oberhalb der Schlucht hingen und die in der Nacht nicht zu finden gewesen waren.

«Egal, auf wie viele Heilige der schwört, der war mit Sicherheit letzte Nacht hier. Dazu kommt, dass beim ersten Mord seine Stola die Tatwaffe war.»

«Aber Walter, so blöd kann doch kein Täter sein, ausser er hätte im Affekt gehandelt, oder er schaut uns beide für zwei Galöris an.»

«Richtig, oder er ist unzurechnungsfähig, wie mir scheint, oder jemand will es dem Pfaff anhängen. Aber Tatsache bleibt, dass ich Kratzer, frische Kratzer an seiner linken Hand gesehen habe und auch in welchem Zustand sein Gewand war. Und diese kleinen Stofffetzen hier ...», er hielt einen vor Maruggs Gesicht, «brauchen wir nur mit dem Stoff seines Gewandes oder was immer er trug, zu vergleichen, aber das Resultat weiss ich jetzt schon. Dazu kommt, der muss im Wasser gestanden haben. Er war bis zu den Oberschenkeln hin nass.»

«Lass uns nochmals mit der Wirtin reden, wenn wir schon hier sind», schlug Marugg vor, und Caminada nickte.

Sie schoben ihre Vehikel im Schattenlichtspiel der Bäume, in deren Zweigen der warme Wind spielte, auf dem gekiesten Weg aufs Gasthaus zu.

Als hätte Hermine sie erwartet, kam sie ihnen von der Roten Laterne her entgegen. Sie war noch ein wenig durcheinander und trug um den angeschossenen Arm einen dicken Verband, in der anderen Hand hielt sie einen dunkelbraunen, sperrig wirkenden Koffer.

Den toten Hund habe sie in die Abdeckerei bringen lassen, denn hätte sie ihn selbst am Waldrand vergraben, so wie den letzten, so hätten ihn nur die Wildtiere ausgegraben, sagte sie als Erstes. Nun sei sie auf dem Weg zu ihrer Schwester, die in Bad Ragaz wohne. Sie schien zuvor den Blick von Caminada auf den in die Jahre gekommenen Koffer bemerkt zu haben. «Das Gasthaus bleibt für eine Woche geschlossen, und der Schwinta-Hitsch vom Täli unten schaut derweil nach den Tieren. Vom Pöschtler habe ich nämlich heute Morgen erfahren müssen, was mit dem Käthy geschehen ist, und das ist einfach zu viel gewesen – zwei tote Serviertöchter in zwei Wochen, wer hält dänn so öppis auch aus. Auf jeden Fall kein normaler Mensch alleine.»

«Und wo genau können wir Sie erreichen, wenn weitere Fragen auftauchen sollten?»

«Meine Schwester führt den ‹Löwen› direkt am Bahnhof. Die hat sogar ein Telefon, aber die Nummer weiss ich nicht, Landjäger Caminada.»

«Wir werden diese von der Vermittlung in Chur schon erhalten. Wir möchten uns aber jetzt noch einmal ums Gasthaus umsehen.»

«Ja, tun Sie das. Dann treffen Sie bestimmt auch noch Lola, die Tänzerin, die ist ihre Siebensachen am Zusammenpacken, denn ich habe nämlich keine Arbeit mehr für sie. So, und nun will ich gehen, ich habe im Moment genug von dem Ort hier hinten.»

«Nur noch eine Frage.» Caminada hob die Hand, als wollte er ein Automobil zum Halten bringen. «Das Käthy – können Sie sich vorstellen, wer einen Grund haben konnte, sie zu erschiessen? Ich weiss, sie war die einzige Ihrer Angestellten, die schon mehrere Jahre hier hinten servierte, so kannten Sie sie vielleicht gut genug, um diese Frage zu beantworten.»

«Das stimmt, aber sie schaffte auch nur freitags und samstags abends.»

«Und wie verdiente die ihr Geld? Schaffte sie noch auf dem Schrottplatz oder in der Sägerei der Brüder mit?»

«Ja, die Grubers, die haben allerlei … ähm ‹Arbeiten›, wenn ich es so sagen darf. Das Käthy war halt schon eine gwehrige und schlug ganz dem Alten selig nach. Die gab unten den Ton an.»

«Ach was?»

«Ja, die war nicht zu unterschätzen. Sie wusste, was sie wollte und vor allem, was sie nicht wollte.» Ihre Stimme wurde matter. «Aber sie war halt auch jung und ungestüm.»

«Und jetzt konkret. Gibt es etwas, das wir wissen müssten? Etwas, das wir, sagen wir so, ohne Namen des Vögelchens, das uns das gezwitschert hat, brauchen könnten, um im Fall voranzukommen?»

Hermine senkte kurz den Kopf und hob ihn jedoch gleich wieder. «Von mir habt ihr das aber nicht. Vergesst nicht, ich wohne dahinten – sozusagen in der Nähe der Grubers!»

Caminada und Marugg nickten.

«Die hatte sich mit dem alten Martschitsch angelegt. Dem Malermeister, dessen Sohn Willi ihr Freund gewesen war.»

«War? Weil sie nun tot ist? Oder wie ist dies gemeint?»

«Am Sonntag bevor Gisela erhängt wurde, also vor knapp drei Wochen, tauchte der Willi hier hinten auf. Hat wie ein Häuflein Elend ausgesehen und nach Käthy gefragt und seinen Liebeskummer an der Bar ungehemmt rausgelassen. Ihr wisst ja, wie wir Wirtsleute die Kummerkasten von einem jedermann sind, je nachdem, wie viel einer intus hat.»

«Das heisst, die waren schon länger nicht mehr zusammen?»

«Genau. Das war ja aber auch ein kurioses Paar. Der Willi ist ein Braver und gewiss ein Flotter. Aber das Käthy war halt eine Gruberin. So einer konnte die nicht lange halten.»

«Hm ...» Caminada überlegte. «Und gab's einen Grund für die Trennung?»

«Z'Käthy nahm sich die Männer, die sie wollte, und liess sie fallen, wann immer es ihr passte. Wohlgemerkt, erst nachdem sie das, was sie wollte, bekommen hatte und nichts mehr weiter zu holen war. Sie war a bsunders hübschas Maitli gewesen und verdrehte seit jeher den Männern den Grind. So einfach ist das.»

«Und der Willi? Ist der danach nochmals aufgetaucht?»

«Nein, ich habe ihm einen Kafi Schnaps offeriert und Klartext geredet und ehrlicherweise gesagt, dass das Käthy sich bestimmt schon einen anderen geangelt habe und er einfach das, was gewesen war, in schöner Erinnerung behalten oder eben vergessen und sich eine aus der Stadt anlachen solle. Churer-Täli-Liebeleien haben seit jeher immer ungut geendet.»

Als Caminada nicht gleich was dazu sagte, fragte sie: «Kann ich jetzt gehen? Und wie gesagt, auch wenn so ein schweres Vögelchen wie ich so was pfeift – es bleibt trotzdem unter uns.»

«Unser Wort zählt, aber ich glaub, das Vögelchen hätte noch mehr zu zwitschern gehabt.»

Hermine schwieg.

«Hatte das Käthy ihn ausgelaust?», wollte Caminada wissen, denn es wäre nicht der erste Fall, in dem ein ungleiches Paar nur des Geldes wegen scheinbar zusammenfand, und meist war es der Mann, der dabei ausgesaugt wurde.

«Wenn das die Grubers erfahren, bin ich fertig hier hinten.» Sie machte eine Kopfbewegung zum Gasthaus.

«Nochmals, wir lassen alle Informationen so einfliessen, dass nur Erkennungsfunktionär Marugg und ich deren Herkunft kennen», versicherte Caminada ruhig.

Sie warf Marugg einen Blick zu, der nickte.

«Also gut.» Hermine sah sich kurz um, als müsse sie sich erst versichern, dass sie niemand belauschte, ehe sie weiterredete. «Der junge Martschitsch konnte einem leidtun. Der war ihr hörig. Ein Kerl aus gutem Hause und anständig, dass man in seiner Gegenwart das Gefühl bekam, man sei unanständig. Auf jeden Fall war er ein braver Burscht, und das Käthy hatte dem den Grind mehr als nur khörig verdreht.»

«Und so bestimmt Geld von ihm gekriegt?»

«Selbstverständlich, und der Gagalari hatte sich dabei am Geld vom Vater bedient. Der Willi hat mir im Vertrauen nach dem dritten Zweier Roten gesagt, dass er insgesamt über zehntausend Franken dem Käthy gegeben habe – für eine gemeinsame Zukunft. Sie hätte mit ihm durchbrennen und alles hinter sich lassen wollen, allein ihrer Liebe wegen.»

«Und als die Kuh keine Milch mehr gab – aus die Maus?»

Hermine nickte auf Caminadas Feststellung hin. Er war darüber nicht verwundert, denn er kannte viele solche Geschichten, in denen Hals-über-Kopf-Verliebte sogar ihr letztes Hemd noch hergegeben hatten, nur um dann bitterlich auf dem Boden der Dummheit aufzuschlagen. Und einige davon lernten es tatsächlich nie: rafften sich nur auf, um sogleich dem nächsten Unglück in die Arme zu rennen.

«Vielen Dank, und somit wollen wir Sie nicht weiter aufhalten.» Caminada wusste nun genug.

Mit etwas schwerem Gang und den einen Koffer in der linken Hand tragend, verschwand Hermine die schmale Strasse hinunter im Schatten der Schlucht Richtung Brückli.

Aufgrund dieser neuen Erkenntnis hatten sowohl der junge wie der alte Martschitsch grundsätzlich ein Motiv, fand auch Marugg, als Caminada ihn um seine Meinung bat, nachdem Hermine abgezogen war. Sie würden das später genau bereden, denn noch waren sie hier hinten nicht fertig.

Vor dem Gasthaus hatte Marugg abends zuvor ein Markierungsfähnchen in den Boden gesteckt, dessen Spitze die Richtung der Schnauze des toten Hundes anzeigte. Aus dieser Lage war es möglich, die Schussrichtung in etwa zu bestimmen, da das Tier sofort tot zusammengesackt war.

«Walter, wie gesagt, Bargätzis Leichenschaubericht hält fest, dass das Käthy Gruber mit fünf Schüssen niedergestreckt worden war, davon war nur der letzte tödlich. Und wenn wir uns so umschauen, weit weg kann der Schütze aufgrund der Örtlichkeit nicht gestanden haben, und gemäss den Projektilen in Käthys Körper handelte es sich bei der Tatwaffe um ein Gewehr. Ausserdem kann festgehalten werden, dass der Schütze nicht sonderlich treffsicher war.»

«Wahrscheinlich hat er aus dieser Richtung dort hinten geschossen.» Caminada zeigte mit einer Handbewegung in Richtung Waldrand, wo angrenzend zur Wiese viele Büsche wucherten.

Die Dornenbüsche zerkratzten ihnen Arme und Hände, als sie sich minutenlang durch das Dickicht in den Wald kämpften, bis Marugg einen weiteren schwarzen Stofffetzen hochhielt.

«Bin ja mal gespannt, was der Scheinheilige uns dazu zu beichten hat, wenn wir ihn dann haben.»

«Wortgewandt wie immer.» Caminada schmunzelte und rückte seinen Hut wieder zurecht, der an einem Ast hängen geblieben war.

«Wenn wir den an dieser Stelle niedergedrückten Waldboden anschauen, dann muss er hier eine Weile gestanden und womöglich das Opfer abgewartet haben. Wer weiss, vielleicht finden wir sogar noch die Hülsen», schlug Marugg vor und nahm den Waldboden unter die Lupe.

Und tatsächlich, sie brauchten nicht lange zu suchen, bis sie sechs Hülsen fanden und damit die Stelle, wo der Täter wie durch ein kleines Fenster freie Schussbahn durchs Gestrüpp hatte.

«Donnerwetter, Peter!»

Marugg hob, nachdem er einen seiner Handschuhe übergezogen hatte, die einzelnen Hülsen hoch, als er unter modrigem Laub eine unverschossene Patrone fand. Mit einem triumphierenden Lächeln hielt er sie Caminada vor die Nase, bevor er sie in einem separaten Stoffsäckli verschwinden liess.

«Grandios, und somit ist klar, von hier aus hat der Täter geschossen – schätze, hundert Meter», murmelte Caminada die letzten drei Worte und versank in Gedanken.

«Was ist? Stimmt was nicht?»

«Hm, ich frage mich, wenn das Käthy viermal getroffen wurde, sodass sie in ihrer Todesangst dennoch flüchten konnte und sich dabei immer weiter von diesem Hinterhalt hier entfernt hat, dann muss doch der finale Todesschuss aus grösster Distanz erfolgt sein.» Caminada deutete auf den Waldrand bei der Schlucht. «Denn Hermine hat uns gesagt, dass der Schuss ins Bein zuvor passiert ist.»

«Und was meinst du damit?»

«Ganz einfach. Der letzte Schuss wurde aus der grössten Entfernung abgefeuert und traf sie im Gegensatz zu den anderen tödlich – mitten ins Herz.»

«Ja meinst du am Ende, dass noch jemand in der Schlucht war, sie abgepasst hatte wie bei einer Treibjagd?»

«Genau, aber ich komme aus einem anderen Grund zu dem Schluss. Schau, fünf Treffer inklusive dem tödlichen Herzschuss trafen Käthy, einer den Hund und der Streifschuss von Hermine.»

«Alles klar. Ich hab nur mögliche Fingerabdrücke im Kopf gehabt. So gesehen fehlt ja sowieso eine Hülse, was eindeutig darauf hinweist, dass noch jemand von einer anderen Stelle aus geschossen hat.»

Caminada zündete sich eine Villiger-Krumme mit seinem Petroleumfeuerzeug an, das er mit einer lässigen Handbewegung auf- und zuschnappen liess. «Also waren sie zu zweit.» Er nahm einen kräftigen Zug. «Doch wer würde sich mit dem seltsamen Diakon zusammentun? Oder haben wir die möglicherweise fehlende Hülse einfach noch nicht gefunden?»

Sie suchten deshalb eine geschlagene halbe Stunde minutiös den Boden ab, um ganz sicher zu sein, dass sie keine Hülse übersehen hatten.

«Walter, da müssen in jedem Fall zwei Täter am Werk gewesen sein.»

Caminada richtete seinen Hut mit einer kurzen Handbewegung, so wie er es öfters tat, wenn er nachdachte. «Aber jetzt kommen wir zu einer weiteren Knacknuss. Hast du gesehen, wie wenig Wasser die Plessur führt?»

«Ja, kein Wunder in dieser elendigen Hitze.»

«Das Käthy wurde beim Totengutbrückli ins Wasser gelegt und nicht wie ihr Vater ab dem Brückli geworfen, wie seine Aufschlagsverletzungen es damals belegten. Der Täter in unserem Fall hat die Tote bewusst an dieser Stelle so platziert, damit man sie dort findet. Ein kräftiger Mann wie Diakon Veranzze hätte dies zwar sicherlich alleine schaffen können, falls er schon viel weiter oben ins Bachbett gestiegen wäre und sie bis hinunter zum Totengutbrückli getragen hätte. Schwer war die ja nicht. Doch er hätte dabei niemals unseren Wachtposten, der zuhinterst in der Schlucht beim Brückli postiert war, umgehen können. Er müsste deshalb die Tote, noch bevor wir kamen, am Fundort abgelegt haben. Wie auch immer. Dieser Veranzze war in dieser Nacht irgendwo im Wasser gewesen, der Kleidung wegen. Und einfach so tut das niemand.»

«Ich nehme an, du beziehst dich dabei auf die Aussage von Bargätzi, dass Käthys Leiche keine Verletzungen von Steinen oder vom Herunterwerfen übers Geländer erlitten hat wie eben damals ihr Vater, der übrigens ebenfalls durch Bargätzi obduziert wurde.»

Caminada nickte. «So, Peter, und jetzt lass uns nochmals einen Blick in die Rote Laterne werfen.»

Das Gasthaus schien verwaist, die Schatten wurden immer länger, das Licht weicher und goldener. Die grosse Wiese der Lichtung wirkte verschlafen schön, still und friedlich.

An der Eingangstüre der Roten Laterne hing ein Schild: «BIS AUF WEITERES GESCHLOSSEN!»

Aufs Klopfen und die Rufe Caminadas reagierte niemand, bis auf die Hunde, die im Zwinger hinter dem Haus tobten.

Als er einige Schritte von der Haustüre zurück machte, erkannte er im Augenwinkel, wie im zweiten Stock ein Vorhang sachte einen Spaltbreit zur Seite geschoben wurde, um schnell wieder fallen gelassen zu werden. Wahrscheinlich musste das diese Tänzerin Lola gewesen sein, folgerte Caminada.

«Peter, schau jetzt nicht geradeaus», sagte Caminada, weil er wusste, wenn er gesagt hätte, Marugg solle nicht in den zweiten Stock zum Fenster spähen, wäre dessen Blick automatisch, wie bei allen Menschen, präzis dorthin gewandert.

«Wo soll ich diesmal nicht hinschauen?» Jetzt war Marugg gefasst.

«Ich glaube, diese Lola beobachtet uns aus dem zweiten Stockwerk und hat unser Klopfen bewusst ignoriert. Wahrscheinlich hat die nur Angst. Du gehst jetzt zum hinteren Ausgang und sicherst diesen. Die Hunde bellen ja sowieso schon, fällt also nicht mehr auf.»

«Und du?»

«Ich gebe mich nochmals zu erkennen, hämmere wieder an die Türe und rufe, dass ich in zwei Minuten reinkomme, falls nicht geöffnet wird.»

Caminada tat wie abgemacht und hämmerte nervtötend an die Türe, bis hinterm Haus Krach ertönte und er hineilte.

Marugg hielt eine junge Frau an deren Handgelenken fest, als diese ihm einen so kräftigen Tritt in die Weichteile verpasste, dass er in die Knie sank, sie dabei aber weiter festhielt, sodass sie ihm ihr rechtes Knie ins linke Auge donnerte und er benommen zurückfiel, was die beiden Hunde nur noch mehr anheizte.

Wie ein geölter Blitz rannte das Fräulein davon. Caminada schoss in die Luft, sodass sie erstarrt stehen blieb und die Hunde erschrocken sich verkrochen, als wäre ihnen der Himmel auf den Kopf gefallen.

«Landjägerkorps! Jetzt bleiben Sie genau dort stehen. Keine Sperglament mehr. Verstanden?» Caminada steckte die Waffe ein, während er auf das ihm den Rücken zudrehende Fräulein zuging, das zum Zeichen ihres Einverständnisses genickt hatte.

Als er die junge Frau erreichte, fragte er sie mit kräftiger, klarer Stimme: «Wer sind Sie?»

«Lola, ich bin Lola, die Tänzerin.» Sie drehte sich vorsichtig mit erhobenen Händen um. Ein Schattenlichtspiel eines wehenden Zweiges lag auf ihrem Gesicht. Ihr blondes Haar fing das Sonnenlicht gleissend ein.

Caminada hielt Blickkontakt zu dem Fräulein, wandte aber den Kopf etwas zur Seite und rief dem sich langsam aufrichtenden Marugg zu: «Goht's?»

Aus dem Augenwinkel erkannte er, wie dieser mit einer Hand abwinkte, die Situation schien ihm peinlich zu sein. Seine Brille lag zudem auf dem schäbigen Hinterhofplatz.

«Ich bin Landjäger Caminada. Was tun Sie hier?» Caminada fokussierte sie erneut.

Das junge Fräulein Lola, das seine Hände wieder sinken liess, wirkte zierlich, trug auffallend blaue, klare Augen und blondes Haar. Sie duftete blumig nach einem Parfüm. Ihre Mund- und Augenpartie zeugten von einem ausgeprägten Charakter. Und dass sie sich wehren konnte, hatte sie soeben unter Beweis gestellt. Auch wenn Marugg körperlich nicht der stärkste Gegner war, so war sie sehr entschlossen vorgegangen und nicht überstürzt.

«Ich wollte nur meine Siebensachen packen, um zu verschwinden, bis Sie gekommen sind ...» Sie verschränkte genervt ihre Arme.

«Sachen?»

«Meine Kostüme habe ich im Zimmer oben deponiert, um nicht vor jeder Vorstellung diese im Wagen aus Chur herbringen zu müssen. Ist das neuerdings ein Verbrechen – Herr Landjäger?» Der letzte Satz hörte sich schnippisch an, doch Caminada ignorierte den Tonfall.

«Sie haben ein Zimmer in Chur?»

«Gehabt, Herr Landjäger – gehabt. Jetzt, wo das hier alles passiert ist, brauche ich es ja nicht mehr.»

«Wo?»

«Was, wo?»

«Ihr Zimmer – wo hatten Sie es?», präzisierte Caminada, obwohl er sicher war, dass sie ihn richtig verstanden hatte.

«Im Hotel Steinbock am Bahnhofplatz.» Sie tippte ungehalten mit der Fussspitze auf den Boden.

«Alles andere als günstig», kommentierte Caminada und ignorierte weiter die selbstgefällige Art und Weise von Lola. «Und warum haben Sie eben versucht zu flüchten?»

«Das fragen ausgerechnet Sie mich?» Ihr Lächeln als hämisch zu bezeichnen wäre übertrieben gewesen, aber es war nahe daran. «Sie als Landjäger sollten doch am besten wissen, was hier hinten passiert ist. Zwei tote junge Frauen reichen doch, da braucht's nicht noch eine Zürcherin. Und wer sagt mir ausserdem, dass Sie beide wirklich von der Polizei sind? Hab ja noch nicht mal Ihre Ausweiskarten gesehen. Wer weiss, vielleicht sind ja Sie beide die Mörder, und das hier ist Ihre Masche?» Sie blickte auch zu Marugg, der mittlerweile neben Caminada stand. Sein Auge war dick geschwollen, die kaputte Brille hielt er in der Linken. Er sah nicht gut aus, das defekte Brillenglas hatte ihm einen Schnitt über dem Auge eingebracht, und er schien noch etwas von Schwindel geplagt.

Caminada zückte seine Ausweiskarte und streckte sie Fräulein Lola unter die Nase. «Und da trauen Sie sich alleine hierher, um Ihre Sachen zu holen? Passt nicht zu Ihrer Aussage von vorhin.»

«Erstens wurde ich hergefahren, als Hermine noch da war, und zweitens hätte mein Fahrer schon längst wieder zurück sein sollen. Er hatte beim Michhierherbringen die Radkappe wahrscheinlich im Täli verloren. Kein Wunder bei dieser schlechten Strasse in dieser elenden Hinterhofgegend. Weiss der Kuckuck, wo der nun steckt.» Sie warf einen Blick auf die Zufahrt zurück.

«Soso, eine Radkappe?» Caminada sah zu Marugg, dessen Auge vom Treffer immer mehr eine andere Form annahm und sich weiter verfärbte, während er mit einem Nastuch die Blutung gestoppt hatte.

«Fräulein Lola, am ersten Abend, als Sie hier auftraten –»

«Sagen Sie es doch direkt, Herr Landjäger, am Abend, als der erste Mord geschah.» Ihre Stimme trug etwas Keckes in sich, ihre Art, die Stimmungen dabei zu wechseln, hatte was von einem verbalen Seiltanz, immer am Rande der Unhöflichkeit, gemischt mit Freundlichkeit, dann, wenn sie ihr Lächeln einsetzte. Es schien fast, als möchte sie dieses Spiel und hätte es schon öfters gespielt.

«So gesehen ja. Was ist Ihnen aufgefallen?»

«Hören Sie, mir ist in diesen wenigen Tagen nie was aufgefallen, was die Morde auch nur ansatzweise erklären könnte. Nie. Aber eines kann ich Ihnen versichern – Männer sind überall die gleichen, nur die Namen auf den Ortstafeln sind andere. Und wenn Sie nun nichts weiter dagegen haben, so lassen Sie mich fertig packen. Ich will aus diesem seltsamen Hinterhof wegkommen. Diese Gegend riecht förmlich nach Problemen.» Als hätte die Natur dies gehört, verschwand in dem Moment das letzte Sonnenlicht aus ihrem goldenen Haar hoch in die Kronen der Bäume über ihnen.

Caminada schwieg und strich sich übers Kinn. «Wo können wir Sie erreichen?»

«Ich werde zurück nach Zürich gehen. Dort trete ich normalerweise zwei Mal die Woche im ‹Lolamour› auf. Das hat auch ein Telefon.» Dann blickte sie zu Marugg und wechselte dabei schlagartig ihre Stimmung. Ihre Stimme klang nun weich, beinahe liebevoll: «Äxgüsi. Tuet's no weh? Ich bezahle auch die Brille. Konnte ja nicht wissen, was Sie für einer sind.» Sie lächelte ihn an.

Marugg, der hin und wieder in zu grossen Kleidern steckte, hob nur die Hand, dass die Entschuldigung angenommen sei, und lächelte etwas gequält. Er trug manchmal die wenigen Sachen, die sein Vater nicht mitgenommen hatte, als er sich auf- und davongemacht und ihn als kleinen Jungen mit der Mutter in Chur zurückgelassen hatte. Die Kleider schienen ihm seltsamerweise Halt zu geben. Eine andere Erklärung fand Caminada nicht, denn dafür schienen sie zu unbequem.

Marugg erwiderte Fräulein Lolas Lächeln nochmals. «Danke, Fräulein Lola. Ich werde im Landjägerkorps steif und fest behaupten, dass Sie deutlich in der Überzahl waren.»

Ein befreiendes Lachen ertönte von allen dreien.

Caminada klopfte Marugg anerkennend auf die Schulter. «Mach dir keinen Kopf. Ich wurde sogar mal von jemandem während eines Einsatzes hinterrücks gebissen und bin eigentlich nur deshalb verheiratet, aber das ist eine andere und lange Geschichte. Also Fräulein Lola, gute Reise.»

Lola setzte bereits ihr Lächeln breiter auf und tat einen Schritt, als Marugg fragte: «Ihre Sachen, die Sie da mitnehmen wollen, Fräulein Lola, ich würde gerne Ihre Kammer, in der die gelagert sind, sehen.»

Caminada war etwas irritiert, wusste nicht, auf was Marugg aus war, aber er wusste um dessen unglaubliche Schläue und schaltete sofort. «Das hatte ich doch glatt vergessen zu fragen.»

Fräulein Lola zuckte gleichgültig mit ihren Schultern und ging voraus.

In der Kammer, die sich direkt neben derjenigen von Fräulein Möckli befand, standen zwei grosse verschlossene und sperrige Koffer. Bereitwillig öffnete Lola diese und zeigte den Inhalt – fein säuberlich zusammengelegte Kostüme und Schuhe kamen zum Vorschein, sonst nichts. Der dritte Koffer war bereits aufgeklappt – aber auch in diesem befanden sich nur Kostüme aus sehr feinem, aufwendig verarbeitetem Stoff.

«Zufrieden, Herr Möchtegern-Landjäger? Haben Sie genug

gesehen? Hat ja ewig gedauert.» Schnippisch und frech war ihre Antwort, die Hände stemmte sie dabei in die Hüfte und blickte Marugg trotzdem mit einem charmanten Lächeln an, was diesen, der brillenlos weiterhin sein linkes Auge immer wieder mit dem Nastuch bedeckte, leicht irritierte.

«Mit nur einem Auge dauert's halt etwas länger», kommentierte er ihre Ungeduld mit seinem trockenen Humor. «Wenn Sie Ihr Hotelzimmer im ‹Steinbock› in Chur bereits aufgegeben haben, wo sind jetzt Ihre anderen Sachen?»

«Die sind bereits im Wagen. Warum hätte ich sie auch hier ausladen sollen, während ich meine Kostüme packe? Und bevor Sie fragen, der Wagen ist ja wie gesagt unterwegs hierher.»

«Dann warten wir auf diesen – vor der Roten Laterne», kam die Antwort von Marugg so bestimmt, dass Caminada nicht an dessen Vorgehensweise zweifelte, wenngleich er noch immer nicht wusste, auf was dieser hinauszielte.

Eine Viertelstunde und eine Zigarettenlänge später fuhr der schneeweisse Wagen vor. Ein junger Mann in elegant weissem Anzug und mit passendem Hut stieg aus. Dessen Umgangsformen waren aber weit weniger elegant, wie Caminada sofort feststellen musste.

«Was wollen diese zwei Hinterwäldler von dir?», kam er grusslos auf sie zu, blieb zwei Meter vor ihnen stehen, während er Caminada und Marugg weiter ignorierte, als wären sie gar nicht anwesend.

«Landjägerkorps, mein Name ist Caminada. Wir werfen nun einen Blick in Ihr Automobil.»

«So, und warum?» Der Mann machte demonstrativ einen Schritt vor die Fahrertüre, um diese zu versperren.

«Weil ich es Ihnen nur einmal sagen werde, und ein wenig Respekt, wenn ich bitten darf.» Caminada hatte keine Lust, mit dem jungen Mann zu palavern. Zudem erkannte er erste Anzeichen von Nervosität bei Lola.

«Soso, reine Schikane ist das doch bloss von euch Berglern. Man hört ja so einiges von euch Kuhwürgern und Hinterwäldlern. Ich bin übrigens der Sohn von Rechtsanwalt Schildhart in

Zürich, und das ist eines seiner Automobile. Da haben Sie nicht einfach das Recht, es zu durchsuchen. Was darin ist, geht euch einen feuchten Pfiffedeckel an.» Er spuckte Caminada vor die Füsse.

«Von mir aus können Sie auch der Sohn vom Papst sein. Ich zeige Ihnen gerne, wie wir solches im Bündnerland regeln. Wir haben da ein vereinfachtes Bewilligungsverfahren für seltsame Zürcher Vögel eingeführt», sagte Caminada, und ehe sich der junge Schnösel versah, lag er mit dem Oberkörper auf der weissen Haube und steckte im Schraubstockgriff kräftiger Arme.

«Auauauau, Sie tun mir ja weh», jammerte der Gepackte. «So war's doch nicht gemeint. 'tschuldigung», fiepte er, sodass Caminada ein Fremdschämen in Anbetracht von Fräulein Lolas Anwesenheit überkam.

«Soso, a grossi Schnorra, de huara Zürcher, aber keinen Schneid im Leib», machte Caminada sich Luft. «Also, schliess den Wagen auf, bevor ich grob werde», duzte er ihn nun.

In demütiger Haltung tat der Angeschlagene wie befohlen. Caminada konnte es nicht fassen. So was war ihm bisher noch nie untergekommen. Da hatte dieses Fräulein Lola zehnmal mehr Schneid im Leib, das war schon mal sicher, und das musste man ihr lassen.

Der junge Mann förderte zwei kleine Koffer zutage, als Caminada etwas im Kofferraum des Wagens entdeckte.

«Und was ist das?» Er hob ein Gewehr in die Luft, das in ein Tuch eingewickelt, zuunterst und anscheinend versteckt, im Kofferraum gelegen hatte.

«Das ist meins und ja nicht verboten. Wollte am Schützenfest am Trainingsstand ein wenig schiessen, wenn ich ja schon hier sein muss», antwortete der junge Mann kleinlaut und richtete sein blondes Haar, das er der neusten Herrenmode entsprechend seitlich nach hinten gekämmt getragen hatte, bevor Caminada ihn gepackt hatte.

«Und? Das auch getan?», hakte Caminada ein, denn er bezweifelte das.

«Nein, hatte doch keine Zeit gefunden. Die Geschäfte ruhen leider ja nie.»

«Aha, aber schon mal mit dem Gewehr geschossen?»

«Natürlich, schon viele Male», behauptete der junge Mann und versuchte wieder selbstbewusster hinzustehen.

«Dann zeig mir doch, wie es korrekt geladen wird. Und wenn wir schon dabei sind: Welchen Patronentyp verwendest du eigentlich?»

Der geschniegelte Kerl schwieg, seine eben eingenommene Körperhaltung wurde wieder schlaffer.

«Hab ich mir's doch gedacht. Peter, nimm du dem seine Personalien auf. Der weiss bestimmt nicht mal, wie ein Gewehr zu halten ist.» Dann drehte er sich Fräulein Lola zu. «Ich bin sicher, das ist Ihr Gewehr, und falls Sie es abstreiten wollen, warten Sie solange im Güggi, und das in einer grausligen Einzelzelle im mittelalterlichen Sennhof, bis wir alle Angaben dazu patschifig ermittelt haben.»

«Warum gleich drohen?» Wieder verschränkte sie die Arme abwehrend. «Wie wär's, wenn Sie mich einfach höflich danach fragen würden?»

«Warum zuerst lügen?», konterte Caminada. «Immerhin gebe ich Ihnen jetzt noch die Wahl, denn wenn ich mir das Gewehr etwas genauer betrachte, wurde mit genau so einem Kaliber das Käthy erschossen.»

«Jetzt schlot's aber dreizehn, Herr Landjäger Caminada.» Sie reagierte übertrieben entrüstet, musste zweimal nach Luft schnappen. «So e dumms Züüg aber au», entrüstete sie sich weiter.

«Dann raus mit der Sprache! Wozu braucht eine Tänzerin wie Sie ein Gewehr? Ich nehme ja nicht an, dass das Ihr Tanzpartner ist, oder gehen Sie damit auf Männerjagd?», spottete nun Caminada.

«Schu rächt, as dumms Meitli bin i jo scho nöd. Lassen Sie mich an meine Tasche, die der Einäugige bereits aus dem Wagen geholt hat.» Sie drückte sich an Caminada vorbei, ohne auf dessen Antwort zu warten, der sie dabei im Auge behielt.

Sie streckte ihm etwas Graues entgegen, das er sofort erkannte, denn es war ein Schützenbüchlein.

«Potz Blitz!», entfuhr es ihm ehrlich gemeint, als er die Resultate sah.

«Aha, da ist der Landjäger aber erstaunt. Hätten Sie einem Frauenzimmer wie mir nicht zugetraut.» Sie verschränkte mit selbstsicherer Miene die Arme.

«Meinen Sie? Ihnen traue ich so einiges zu und sogar ein bisschen mehr.»

«Was soll das nun wieder heissen?»

«So wie ich es gemeint habe. Also», er blätterte durchs Büchlein, «Sie standen für den Schützenverein Effretikon im Einsatz, und wie ich sehe, haben Sie bei den Frauen sogar den zweiten Rang hinter Fräulein Helvetia belegt – beim Dreihundert-Meter-Wettbewerb. Da darf man ja gratulieren. Aber sagen Sie mir, warum in Herrgotts Namen transportieren Sie Ihr Gewehr so versteckt?»

«Ganz einfach, damit es nicht aus dem Fahrzeug gestohlen wird. In Zürich haben die Diebe damit angefangen, die Scheiben kurzerhand auszuhebeln oder mit einem Geissfuss den Kofferraumdeckel aufzustemmen. Dann wird der Wagen ausgeräumt, und das geht ratzfatz.»

Das leuchtete Caminada ein. Die Diebstähle aus den schlecht gesicherten Automobilen hatten tatsächlich rasant zugenommen, sogar in Chur.

«Fräulein Lola?» Marugg drehte sich von dem jungen Mann ab, der seinen Ausweis wieder in seine Jackettinnentasche steckte. «Bitte geben Sie mir drei Patronen Ihres Gewehrs.» Er hielt ein Säckli vor ihr auf, in das sie, zwar etwas verwundert, aber dennoch ohne zu murren, die Munition reinfallen liess, die sie zuvor aus der kleinen Pappschachtel genommen hatte.

«Wo waren Sie übrigens gestern am Mittag, als das Fräulein Helvetia erschossen wurde, und wo am Abend kurz vor der Dämmerung?», fragte Marugg so beiläufig, als wollte er die Uhrzeit wissen.

«Sie beide glauben also ernsthaft, ich hätte was damit zu tun?» Ihr Blick zeigte Enttäuschung, keine Entrüstung. «Nun gut. Es nützt ja nichts, wenn ich Ihnen sage, dass dies blanker Unsinn ist. Ich war gestern im ‹Steinbock›. Schon am Morgen hatte ich mich nicht gut gefühlt und habe mich im Zimmer hingelegt. Fragen Sie ruhig dort nach. Erst heute Morgen bin ich wieder unter die Leute gegangen, nachdem Hermine kurz nach elf Uhr mir im ‹Steinbock› telefonisch mitgeteilt hat, dass ich wegen dem Tod von Käthy Gruber meine Siebensachen sofort abholen soll, sie schliesse das Gasthaus per sofort. Deshalb bin ich ja überhaupt hier.»

«Und eine letzte Frage noch.» Marugg hatte zuvor in ihrer Tasche gekramt. «Wie viel haben Sie hier hinten eigentlich verdient?»

«Fünfhundert Franken – pro Abend», sagte sie sichtlich stolz in ihrem unverkennbaren Zürcher Dialekt.

«Das ist eine sehr grosse Summe», kommentierte Marugg und verstand nun, wieso er eine derartige Geldmenge in dem Umschlag im Wagen entdeckt hatte, die bestimmt an der Steuer vorbeigeschleust werden sollte. Deshalb zählte er nun den Betrag nach – etwas über dreitausend Franken lagen darin.

«Können wir jetzt weitermachen, damit ich endlich aus dem Loch da komme?» Sie zückte eine Fünfzigernote aus dem Umschlag und reichte sie Marugg. «Für die Brille und die Umstände.» Sie lächelte Marugg so charmant zu, als flirte sie unverhohlen mit ihm, und er wirkte wie geblendet.

Caminada drückte ihr etwas ruppig das Gewehr in die Finger. «Halten Sie sich aber in Zürich zu unserer Verfügung. Wir werden uns bestimmt nochmals melden.»

«Nur nicht zu freundlich, Herr Landjäger. Sonst glaube ich noch, dass ich wirklich was verbrochen habe.» Wieder lächelte sie und stieg in den Wagen.

Als nur noch die Rauchwolke des Automobils über dem Platz schwebte, blickte Caminada Marugg mahnend an. «Martina wird dir noch das einzige Barthaar ausreissen, wenn du so weitermachst.»

«Ach, Walter, solche Sachen nimmst du zu ernst. Es ist doch nicht verboten, auf ein Lächeln mit einem Lächeln zu antworten. Die soll nur im Glauben bleiben, sie hätte einfaches Spiel mit mir. Das lässt sie doch nur unachtsam werden.»

«Wart nur ab. Glaub mir, wenn die von einer Schlange gebissen wird, stirbt die Schlange –»

«Aber du musst zugeben, sie hat was.»

«Papperlapapp, das ist doch gar nicht wichtig. Sie ist in erster Linie schlau und wahrscheinlich sogar durchtrieben. Denk daran, auch schöne Beeren sind manchmal giftig.»

Caminada wusste, dass Marugg ein treuer Verlobter war und seine Martina liebte – eine resolute junge Frau, die im Rathaus im Sekretariat arbeitete und meist modische Hosen trug. Doch der unscheinbare rothaarige Peter mit seinen Märzatüpfli um die Nase zog auf seltsame Weise viele Frauen an wie Blüten die Bienen, und da war es bestimmt auch schwierig für ihn, solchem Lächeln immer zu widerstehen. Caminada glaubte zu wissen, dass es wahrscheinlich an den Augen von Marugg lag und an dessen Gesichtsausdruck, der was Frisches, Freches und Neugieriges in einem ausstrahlte. Vielleicht aber auch an dessen Zurückhaltung und seiner höflichen Umgangsform. Und dem Kerl stand die Intelligenz ins Gesicht geschrieben.

Die Begegnung mit dieser Lola hinterliess aber auch anderweitig ein komisches Gefühl bei Caminada. Er konnte sich des Eindrucks nicht erwehren, dass sie sich nochmals über den Weg laufen würden.

Caminada sah auf seine Uhr, die er mittlerweile aufgezogen und gerichtet hatte. Es war bereits nach neunzehn Uhr. Die Schatten hatten nun auch das letzte Licht aus den Baumwipfeln getrieben. Als hockten er und Marugg auf dem Boden einer grossen dunklen Pfanne, blickte er über deren Rand hinaus: Die Sonne badete nur noch das hinter ihnen hochsteigende Bergtal Schanfigg in warmes Licht, als läge dort das Paradies.

Caminada zündete sich eine Krumme an. Die Vögel zwitscherten ihr friedliches Abendlied in den vielen Zweigen. Von Kindsbeinen an mochte er die Vögel und ihren Gesang. Seine Mutter hatte ihm als Bub gesagt, solange ein Mensch die Vögel noch singen höre, sei die Welt in Ordnung.

Das war, als der Erste Weltkrieg ausgebrochen war, da war er sieben gewesen, und der Hunger sass wegen der schlimmen Versorgungskrise auch nach dem Essen noch am Tisch. Mutter reichte ihm öfters zwar was von ihrem Teller, obwohl sie schon dünn war, doch er wollte es nicht essen, also teilte sie es.

Immer wieder achtete er nach ihren Worten darauf, die Vögel zu hören, und sie zwitscherten, bis der Krieg vorbei war.

Als der Zweite Weltkrieg die Welt in Atem hielt und unvorstellbaren Schrecken verbreitete, da war es ihm wieder in den Sinn gekommen, was seine Mutter zu ihm gesagt hatte, und er hatte sich gefragt, diesmal aus Sicht eines fünfunddreissigjährigen Mannes, was die Vögel in einer Stadt wie Stalingrad täten, die in Schutt und Asche lag, der Boden getränkt von Menschenblut.

Doch er begriff erst, was seine Mutter mit ihrem Satz gemeint hatte, nachdem die Vögel in Chur verstummt waren, damals, als seine Jolanda so plötzlich kurz nach dem Krieg verstarb und er fast zwei Jahre im Suff niederging. In dieser Zeit war es still in den Zweigen gewesen – still auch in ihm. Erst als ihm Menga am Tiefpunkt seines Niedergangs ihr Herz schenkte, da kehrte das Singen der Vögel in sein Leben zurück.

Das, was seine Mutter damals gemeint hatte, war, dass die Vögel immer da waren und ein jeder selbst sich aufzurichten versuchen musste, damit er sie wieder singen hörte. Manchmal reichte zwar das Glück jemandem dabei eine Hand oder ihm wurde gar ein Herz geschenkt – doch meistens mussten die Menschen es selber tun – das Aufstehen.

9

«Anselmo», rief die tiefe Stimme wiederholt seinen Namen. Sie hallte aus allem um ihn und war so kraftvoll, dass er sich niemals getraut hätte, nicht hinzuhören.

Anselmo rannte weiter dem Waldrand folgend bergwärts. Er keuchte schwer. Die Hitze des Sommers steckte in jedem Baum, die Wiesen atmeten sie schwallweise aus, um ihr Leiden zu lindern. Der Himmel schien so blassblau, als hätte die Sonne seine Farbe ausgebleicht. Anselmos Pupillen waren geweitet und starr, als er im dichten Wald verschwand. Die Äste der Nadelbäume schlugen ihm ins Gesicht, doch das war besser, als das andere zu fühlen und zu hören.

«Anseeeelmo!» Sein Name hörte sich seltsam gedehnt an, und es war ihm, als sprächen es die Bäume, was ja Sinn machte, denn auch sie waren Seine Geschöpfe. Ja, warum sollte der HERR nicht durch Bäume sprechen können.

«Ja, mein Gott?» Er blieb keuchend stehen.

«Was hast du getan?», hörte er mit Nachhall um sich herum, als wäre er das Zentrum einer Zielscheibe.

Anselmo blieb weiter stehen, seine Lungenflügel pumpten hektisch Sauerstoff. Verzweiflung machte sich in ihm breit.

«Es tut mir ja so leid. Sie ist tot und damit verloren. Ich bin leider zu spät gekommen. Zu spät, zu spät, zu spät …» Seine Worte verschwammen in seinem Schluchzen, während er auf die Knie sank.

Aufgewühlt sah er sich mit seinem linken Auge um, nachdem er sich die Tränen aus diesem gewischt hatte. Der Wald begann sich zu drehen, doch seine eigenen Worte von zuvor verhallten nicht, sondern fielen wie ein Echo auf ihn zurück, und das immer wieder und wieder und wieder, als hätten sie sich im Wald verirrt.

Er hielt es nicht mehr aus, presste deshalb die Handflächen fest an seine Ohren, doch damit sperrte er den Wald der Stimmen in seinen Kopf. Aufschreiend rannte er wieder weiter den

Berg hoch – ungeachtet des dichten Untergehölzes, das ihm dabei ins Gesicht schlug, und der abgebrochenen kleinen Äste, die so scharfkantig wie Waffen waren und Löcher in seine Soutane rissen, denn so fühlte er sein Innerstes – zerschlissen.

Alles hatte er getan, damit das Täli Gottes Gnade und Liebe erfahren durfte, und jetzt war er wie ein räudiger Hund auf der Flucht vor diesem Landjäger.

Seit ihn der Major an diesem Morgen hatte laufen lassen, war er nun unterwegs. Irgendwann, mit einem letzten Blick auf das Städtchen weit unter ihm, war er in den Schanfigger Bergen verschwunden. Gegen Abend, er war durch immer steileres Gelände gestiegen, da der Wildwechsel, dem er gefolgt war, durch eine Mure unpassierbar wurde, fand er sich in einer Felswand wieder, durch die er ohne einen Funken Angst weiter hochkletterte, bis er über die Kante steigen konnte.

Er traute seinen Augen nicht: Eine windschiefe Hütte stand am Waldrand der sanften Lichtung, die sich vor ihm wie eine Oase des Friedens auftat. Links und rechts fiel eine Schlucht derart steil hinab, dass nur die Bergweiden oberhalb des Schutzwaldes zu begehen waren.

Noch ausser Atem blieb er wie von Ehrfurcht gepackt stehen. Seinen Blick richtete er gen Himmel. Der steinerne Felsenkranz mit seinen schroffen Graten über ihm begann im Abendrot zu glühen, während die Sonnenstrahlen weiter die Wände hochwanderten, bis nur noch der höchste Gipfel eine Haube aus gleissend rotem Licht trug.

Langsam schritt er mitten durch die Weide Richtung Hütte hoch. Wie erwartet war diese unverschlossen und einfach gehalten, als hätte ein Eremit sie verlassen. Der Strohsack roch nicht faulig, das war gut. Über der Feuerstelle hingen ein vom Russ gefärbter Kessel und ein Schürhaken, eine Schale und ein Holzlöffel daneben.

Erst jetzt spürte Veranzze die Erschöpfung und setzte sich auf den Boden. Andächtig betrachtete er seine Wunden, seine von Blasen geschundenen Füsse, seinen zerkratzten Körper und fühlte seinen wunden Geist, der ihm am meisten zusetzte. Mit zitternden Händen holte er seinen Rosenkranz hervor, den ihm seine Mutter gemacht hatte, und begann zu beten: «Vater unser im Himmel – geheiligt werde Dein Name … Amen!»

Er wusste, all das hier war nur ein weiterer Schritt auf seinem Weg – seinem Glaubensweg, genauso wie die schlimme Sache mit dieser Schäferin, die ihn damals als Achtzehnjährigen auf dem Weg den Maloja hoch versündigt hatte, sodass sein Vater sie mit dem Stecken blutig schlagen musste. Sogar Jesus von Nazareth musste mit einer Peitsche das gottlose Händlerpack aus dem Tempel jagen. Diese Stelle in der Bibel gab ihm Trost, wie schwierig es doch manchmal war, mit Menschen, solchen Menschen wie den Händlern oder dieser Schäferin, zu reden.

Doch das, was sie ihm angetan hatte, war nicht das Ende gewesen – es war ein Anfang wie so viele Anfänge, die jedes Leben prägten.

Nur drei Tage später verliess er in jenem Frühling des Jahres 1927 mit Vater Casaccia. Mutter Gelsomina weinte bitterlich beim Geissenstall und umarmte Anselmo lange und gab ihm eine in ein Tuch eingewickelte Wurst und einen Laib Brot mit, und am Schluss drückte sie ihm den Rosenkranz in die Hände. Dabei lächelte sie mit vor Tränen glänzenden Augen und wünschte ihm Gottes Segen, Heilung und Führung.

Als er mit Vater danach gemeinsam die vielen Stunden den Septimerpass hochgestiegen war und weiter hinten in der Stille des Hochtals die kleine Bogenbrücke aus der Römerzeit überquerte, hielt Vater mitten auf dieser inne und richtete seinen Blick sekundenlang in den Himmel und sprach: «Anselmo, du bist nicht schlecht. Du brauchst nur die besondere Fürsorge unseres HERRN im Himmel, und dafür sind wir nun unterwegs.»

Nach diesen Worten senkte er den Blick hin zu Anselmo, der in Vaters Augen dessen Liebe für ihn sah, so wie noch nie zuvor. Was genau er mit seinen Worten aber meinte, wusste er damals wie heute nicht und hatte sich nicht getraut nachzufragen, bis heute nicht.

Viele Stunden liefen sie schweigend hintereinander ins Oberhalbstein, dorthin, wo der Weg breit genug war, nebeneinander. Dann schaute Anselmo auf die schweren Schuhe seines Vaters, wie dieser in gleichmässigen Schritten unbeirrt auch über Stock und Stein ging, so wie der Vater auch sein Leben meisterte.

Geld hatten sie gewiss nicht übrig, wie kaum jemand in diesen Jahren, doch sein Vater schlug den Weg nach Thusis ein, anstatt über Lenzerheide nach Chur zu gehen.

Zum ersten Mal sah Anselmo eine Dampflokomotive, die sie in schwindelerregender Geschwindigkeit durchs Domleschg, dann nach Chur brachte. Es war ein besonderes Geschenk seines Vaters an ihn, und dieser erfreute sich sichtlich am Staunen seines Sohnes über diese technische Errungenschaft, denn er lächelte ihn immer wieder an. Als Anselmo während der Fahrt die Rauchschwaden kraftvoll in die Luft pumpen sah und die Kraft und den Takt der Maschine spürte, da hatte er gewusst, dass er Gott nun näher kam.

In Chur angekommen, brachten die vielen Häuser und das emsige Treiben in den Strassen Anselmo erneut zum Staunen. So gross hatte er sich Chur niemals vorgestellt, und immer wieder fuhr eines der Automobile lärmend und stinkend durch dic Gassen, sodass man auf der Hut sein musste.

Am Eingang zur Poststrasse kehrten sie müde ins Restaurant Lukmanier ein.

Vater hielt nach einer kräftigen Suppe eine Rede über die Familienwerte, über das Mannwerden, das sich hauptsächlich auf die Verantwortung des eigenen Handelns bezog, bevor er über die Berufung eines jeden Einzelnen sprach und damit auf das Priesterseminar St. Luzi zu sprechen kam, in dem Anselmo verschiedene anfallende Arbeiten ausführen würde. Der Vater erzählte, er habe deshalb schon im Jahr zuvor einen Brief an den Bischof geschrieben und Wochen später die Bestätigung erhalten, dass jederzeit ein Platz für Anselmo bereitstände.

Als sie nach der St. Martinskirche über die lange Treppe hinter dem «Marsöl» hochstiegen, den bischöflichen Sitz erreichten und den ansteigenden Hofplatz durchschritten hatten, standen sie vor der Kathedrale, die sich wie eine Krone über Chur erhob. Anselmo überkam ein Gefühl von Geborgenheit und Glückseligkeit, während sie die Pforte passierten.

Vater hatte den Hut dabei abgenommen und hielt ihn in

der Hand, als sie sich mit Weihwasser bekreuzigten und sich in einer der hinteren Bankreihen hinknieten, um gemeinsam zu beten.

Der junge Priester Casotti, der ein schlichtes Holzkreuz über seinem Talar trug, nahm sich im Priesterseminar Anselmos an. Bei der Verabschiedung legte sein Vater seine Linke auf die Schulter seines Sohnes und blickte ihn wortlos an. Es schien Anselmo, als würden seine warmen Augen sagen: «Ich habe dir alles gesagt und gegeben, was mir wichtig erscheint, mein Sohn, und nun mach du das Beste daraus.»

Auf der einen Seite empfand es Anselmo als seltsam, seinen Vater für lange Zeit – wie lange, wusste er nicht, darüber hatten sie nicht gesprochen – nicht zu sehen. Auf der anderen Seite fühlte er, es war an der Zeit, Lebewohl zu sagen.

Er blickte seinem Vater noch nach, bis er durch die dunkelfarbene Holztüre verschwunden war, dann folgte er Priester Casotti, der ihm sein neues Zuhause, die Kammer unter dem Dach, zeigte.

Anselmo war in den ersten Tagen danach so aufgeregt, dass er kaum schlafen konnte, auch wenn die Heiligkeit des Ortes ihm eine besondere Art von Geborgenheit schenkte. Es regte sich ein Gefühl in ihm, endlich am richtigen Ort zu sein, und gleichzeitig stieg die Angst in ihm hoch, er könnte etwas verpassen.

Der erste Frühling in Chur war so ganz anders als im weit entfernten Bergell, so auch die Düfte und Pflanzen, und die meisten Einwohner sprachen nur Deutsch und waren besser gewandet, als er es kannte. Ausser seinem achtzig Seelen zählenden Dorf und dem nur wenig grösseren Maloja oben auf dem gleichnamigen Pass hatte er keinen andern Ort gesehen und konnte die Grösse dieser Stadt mit ihren fast vierzehntausend Bewohnern noch immer nicht fassen. Da seit zwei Jahren, seit 1925, das generelle Fahrverbot für Automobile in Graubünden aufgehoben worden war, sah er hin und wieder so ein faszinierendes Gefährt auf den Strassen.

An seinem freien Nachmittag in der Woche setzte er sich vor dem Volkshaus am Obertor auf die Bank, schaute dem Treiben auf der Kreuzung zu und wartete darauf, dass neben den Handkarren, Fuhrwerken und Velofahrern endlich wieder ein Automobil dahergefahren kam.

Die Wochen reihten sich zu Jahren, und die vergingen in Gleichmässigkeit. Pflichtbewusst ging er der landwirtschaftlichen Arbeit nach, half auf den Äckern, in den Gärten und Feldern mit und im Herbst bei der Wimmelten, der Traubenlese. Doch Gott am nächsten fühlte er sich, wenn er den Wanderweg hinter der St. Luziuskirche zum Mittenberg hochging. Nach zwanzig Minuten erreichte er die kleine Grotte, unter deren schützendem Felsüberhang die kleine Kapelle Sankt Luzi stand. Im zehn Meter im Quadrat grossen Raum war hinter dem Altar aus Granit ein schlichtes eisernes Kreuz in die Wand eingebracht worden, daneben hing das Bild des heiligen Luzius mit dem Wanderstab in seiner Rechten.

Meist war er alleine in der Stille dieses Ortes, als wäre er ein Mönch in tiefer Abgeschiedenheit hinter hohen Klostermauern, und das mochte er. Deshalb verbrachte er auch viele Stunden an diesem Ort, um das Wort Gottes zu lesen.

Und einmal im Monat, immer sonntagnachmittags nach der heiligen Messe und dem gemeinsamen Essen im Priesterseminar, unternahm er einen ausgedehnten Spaziergang.

In der warmen Jahreszeit führte dieser ihn unterhalb des Bahnhofs durch die blühenden weitläufigen Wiesen, die sich bis hinunter zum Rhein erstreckten. Am Gaswerk vorbei folgte er der Rheinpromenade hin zur Bettlerküche nach Masans. Im Restaurant Schwanen, dem letzten Gebäude am nördlichen Stadtrand, das einsam unterhalb des Waisenhauses stand, kehrte er immer gerne ein. Mit seinem kleinen Lohn, den er erhielt, bestellte er sich jeweils ein Glas Wasser, obwohl er es auch direkt vom Brunnen davor, direkt ab dem Hahnen hätte trinken können. Doch er zahlte gerne dafür zehn Rappen, um die Leute in der Wirtschaft beobachten zu können. Meist waren es Durchreisende, die von fernen Städten wie Zürich oder St. Gallen in ihren Pferdegespannen hergekommen waren und die Tiere am Brunnen tränkten. Hin und wieder hielt ein Automobil an der Deutschen Strasse, und Auswärtige betraten das Gasthaus.

Am 18. Juni 1939, einen Monat nach seinem dreissigsten Geburtstag und kurz vor Ausbruch des Zweiten Weltkrieges, hatte ihn dieser Fremde angesprochen. Anselmo hatte soeben sein Zwänzgerli für zwei Gläser Wasser auf die hölzerne Tischplatte gelegt – die von Kerben nur so durchzogen war –, wollte aufstehen, um den «Schwanen» zu verlassen, da sah er ihn hereinkommen.

Dessen Blick fiel, ohne links und rechts abzuschweifen, direkt in Anselmos Gesicht, als hätte er ihn genau an diesem Platz zu dieser Stunde erwartet.

Ohne zu fragen, setzte er sich ihm gegenüber, legte seine braunen, ausgemergelten Hände, die wie sonnengegerbtes Holz aussahen, auf den Tisch.

«Du bist ein Gottgesandter», sagte der Fremde als Erstes, und als hätte er Anselmos Zweifel gemischt mit Misstrauen erfühlt, sprach er weiter: «Du musst wissen, ich bin viele Tage unterwegs gewesen, nur um dir das hier und jetzt zu sagen. Du bist ein von Gott Gesandter. Du wirst noch viele grosse Taten vollbringen – alles zu Seiner Ehre, für Sein Gottesreich und alles zu Seiner Zeit.»

Der Mann wirkte auf Anselmo wie ein Pilger. Es ging eine besondere Kraft von ihm aus, und Anselmo fühlte sich augenblicklich angezogen von dem Mann, dessen gütige Augen blau und wässerig schienen.

Auch der alte Mann bestellte nur ein Glas Wasser. Die Schwanen-Wirtin hatte sichtlich irritiert ein weiteres Glas auf den Tisch vor Anselmo gestellt, wie dieser bemerkte.

«Ich weiss von deiner Begegnung mit Gott in der San-Gaudenzio-Wallfahrtskirche.» Der Alte, dessen Kleider staubig waren und den Lumpen eines Landstreichers ähnelten, lächelte. «Da staunst du, Anselmo. Doch ich kenne dich schon dein und mein ganzes Leben lang.»

Von diesem Erlebnis konnte niemand etwas wissen, denn

Anselmo hatte es niemandem erzählt, und das verwirrte ihn. Auch nicht den Grund, warum er damals hinaufgeflüchtet war, während sein Vater die Schäferin im heiligen Zorn mit dem Stecken ins Dorf getrieben und immer wieder dumpf laut auf Italienisch «Puttana, puttana» gerufen hatte.

Wie sie damals in Vaters und seinen Augen die Hure war, so war doch er, Anselmo, ebenfalls ein Sünder gewesen, wenngleich er die Sünde nicht gesucht hatte. Doch wie hatte Vater ihm mal gesagt: «Mein Sohn, die Sünde hat viele Gesichter, und oft klopft sie im Sonntagsgewand dann an deine Türe, wenn du wehrlos oder überheblich bist.»

Doch als die Schäferin ihm damals lächelnd die Hose geöffnet hatte und Dinge mit ihrem Mund tat, da war er wie versteinert gewesen. Er schaute auf ihr lockiges dunkles Haar in seinem Schambereich, und sie kam ihm in ihrer Gier wie eine Irre vor, dazu der Gestank ihres Parfüms, der danach an ihm klebte wie der schlechte Ruf an ihr. Und doch war er unfähig gewesen, sich sofort loszureissen.

Nicht dass er der hübschen Clementina, mit ihren schönen langen Zöpfen, keine Blicke im Dorf zugeworfen hätte. Nein, so war's nicht. Sie war auch gleich alt wie er, doch leider eine Protestantin und die Tochter des Schmieds ausserdem. Aber die Schäferin, das hatte er gespürt, sie war eine Falle, eine lächelnde dazu und seltsam hässlich, vor allem ihre Augen, denn die logen. Ekel stieg während dieser Gedanken erneut hoch, und er roch im Geiste überall wieder ihren Hurengestank.

«Du fragst dich bestimmt, ob ich auch weiss, warum du an jenem Nachmittag die heilige Stätte aufgesucht hast.» Als hätte der Alte seine Gedanken gelesen.

Anselmo senkte beschämt seinen Blick.

«Sei unbesorgt, ich weiss es. Die Last wurde dir von Gott während deiner Beichte ja genommen, doch die Scham bleibt, weil du ihr Platz schenkst.»

«Aber ich schäme mich noch immer, denn: Ist es nicht nur die Zeit, die mich von dieser Sünde trennt?», hinterfragte Anselmo in resigniertem Tonfall.

«Anselmo. Wenn Gott vergibt, ist es bei ihm auch vergessen

wie niemals geschehen. Was für ein Geschenk! Nur wir Menschen können das eine nicht vom anderen trennen. Komm, lass uns draussen am Waldrand weiterreden», sagte er und deutete mit einer Kopfbewegung Richtung Wirtin, die zusammen mit einem Mann die ganze Zeit zu ihnen herübergestarrt hatte.

Oberhalb der Waisenhaus-Güter, am Rande des Fürstenwaldes, setzten sie sich. Die weiten Felder und bestellten Äcker rund um Chur breiteten sich im milden Sonnenschein unter ihnen aus. Eine Kinderschar arbeitete auf dem Feld, brachte mit Knechten und einem Pferdewagen einen weiteren Schnitt Heu ein. Ihre hellen Stimmen klangen wie Menschenglocken.

Anselmo getraute sich nicht, nach dem Namen des Mannes zu fragen, der seinen Brotsack öffnete und Speck, Brot und zwei gekochte Eier hervorholte, dazu eine Flasche Rotwein.

«Lass uns essen wie Brüder im Geiste unseres HERRN. Anselmo, vergiss nicht, es gibt eine Zeit der Stärkung, eine der Sättigung, doch die immerwährende ist die des Hungers.»

«Aber seit dem Ersten Weltkrieg ist doch der Hunger aus dem Schwyzerländli verbannt worden», entgegnete Anselmo und nahm dankend eine Scheibe Brot entgegen.

«Ach, mein Lieber, du musst noch viel lernen. Der Hunger in dieser Welt ist grösser als die Angst, und er wird immer alles verschlingen, und er kann niemals, vor allem nicht mit Essen, gestillt werden.»

«Ist es wirklich so schlimm?»

«Anselmo, der Hunger hat so viele Gesichter, wie Menschen sie tragen. Ich sage dir, dein Hunger wird reiche Frucht aus dir bringen. Vergiss das nie – du bist auserwählt.»

Der feiste Speck und das Ei füllten zusammen mit dem Brot wohltuend Anselmos Bauch, sodass er sich nach einigen Schlucken Wein aus der Flasche an einen Baumstamm anlehnte und die sonnigen Wiesen betrachtete, in der Blumen ihren Duft verströmten und Insekten ihr Summen erhoben. Die Wärme machte ihn träge, und nur kurz schloss er seine Augen, doch als er sie wieder aufschlug und sich umsah, war der Alte verschwunden.

Anselmo besass keine Uhr, doch dem Sonnenstand nach

zu urteilen, war er nur einen Moment eingenickt. Das Churer Rheintal lag weiter im Glanz des Sommertages, zarter Dunst schwebte im Bündner Oberland bei Domat/Ems, und die Waisenkinder arbeiteten noch immer auf dem Feld.

Von Zizers herkommend ratterte fauchend eine Dampflokomotive Richtung Chur und pumpte eine gewaltige Rauchfahne in das Churer Rheintal. Nur Minuten später folgte eine elektrifizierte. Sein Blick folgte dem schwarzen Zug, der kurz vor dem Bahnhof mitten in den Feldern des Wiesentals einen heiseren Pfiff ausstiess.

Anselmo blieb noch eine Weile am Waldrand sitzen, doch der Alte kehrte nicht zurück.

Die nächsten Tage und Wochen war Anselmo noch gewissenhafter an der Arbeit als je zuvor. Im Priesterseminar fegte er die langen Gänge, reinigte die Aborte und half fleissig im Garten mit oder wo sonst eine helfende Hand gebraucht wurde. Immer trug er dabei ein Summen auf den Lippen. Während der Andachten und Predigten hörte er noch genauer hin. Dank dem, dass sein Vater Lehrer war, hatte er Lesen und Schreiben, Deutsch und Latein gelernt, und das besser als die meisten Priesteranwärter. Das kam ihm nun zugute – er fing an, Predigten zu schreiben.

Warum er sich in seinem bisherigen Leben als Aussenseiter gefühlt hatte, verstand er nun, denn auch hier, im Priesterseminar, war er ein solcher, was ihn aber nicht störte – im Gegenteil. Ausserwählte waren nun mal zwangsweise Aussenseiter, glaubte er nun sicher zu wissen, denn der alte weise Mann hatte es ihm ja verheissen. Seine Zeit war jetzt schon gekommen, auch wenn er noch warten musste. Denn Warten konnte ein wichtiger Beginn von etwas Grossem sein.

Doch dass Geduldhaben schwer war und er auf eine so harte Probe gestellt würde, bis er die erste Weihe erhielt, das hätte er damals nicht gedacht. Die Bibel hatte es ihm ja klar aufgezeigt, wie lange Gott Geduld von einem Menschen abverlangen konnte, er hätte es nur richtig deuten müssen.

Ein lautes Knacken hinter der kleinen Hütte riss ihn aus seinen Gedanken. Doch die Bilder der Vergangenheit musste er erst mit einem Kopfschütteln aus seinem Hirn werfen.

Jetzt war er hier, irgendwo zwischen zwei Schluchten und einer Felswand im Vordergrund, die steilen Berggrate im Hintergrund – und gejagt von diesem Landjäger Caminada. Er hatte dessen Blick gesehen. Wie ein Adler hatte er ihn angeschaut, und bald würde er seine Kreise über dem Tal ziehen.

Er starrte wieder auf seine Wunden, die vielen Kratzer, das zerschlissene Gewand. Das gute Gefühl eines Märtyrers stieg in ihm hoch.

Mit zitternden Händen betastete er seine vernarbte rechte Gesichtshälfte hoch zur haarlosen Kopfseite, dann hinunter zum ebenfalls vernarbten Hals, der sich wie hartes Leder anfühlte und ihn schlecht den Kopf drehen liess.

Er kontrollierte sein Gewehr und stellte es neben die nur mit einem groben Fensterladen, einem Pälka, verschlossene scheibenlose Wandöffnung. Seinen Durst hatte er unterwegs in einem spärlich fliessenden Bächlein gelöscht und seine grosse bauchige Fellflasche dabei aufgefüllt.

Er zog den Strohsack zum Fenster und setzte sich. Er blickte auf die Lichtung. Der Hitzesommer dörrte die Landschaft, doch das Grün war hier oben noch nicht dem Gelbbraun gewichen wie an den Waldrändern im Churer Rheintal.

Er dachte an seinen alten Vater und fragte sich, ob der überhaupt verstehen würde, wie auserwählt er, Anselmo, war und dass er deshalb das hier alles erdulden musste. Und was würde sein älterer Bruder, Priester Gaudenzio, zu alldem sagen?

Er war eben nicht fehlgeleitet, auch nicht irre, wie es ihm im Täli schon öfters an den Kopf geschleudert worden war. Er durfte einfach nicht zweifeln, denn die Bibel war voll von solchen Schicksalen von Männern und Frauen Gottes, die sogar ihr Leben verloren, nachdem sie Spott und Hohn ertragen hatten. Was hatte Noah alles über sich ergehen lassen müssen, als er die Arche gebaut hatte und weit und breit kein Meer, ja nicht mal ein See in Sicht gewesen war? Doch Noah war stark geblieben, hatte unbeirrt weitergemacht, auf den HERRN vertraut, und die Wellen hatten die bösen Zungen allesamt verschlungen. Das machte Anselmo Mut.

Ein Reh trat in der Dämmerung scheu in die Bergweide und lenkte Anselmos Aufmerksamkeit auf sich. Angespannt blickte es nach allen Seiten, während es schrittweise die Deckung des Waldes gänzlich verliess, um zu äsen. Anselmo nahm sein Gewehr, das neben ihm angelehnt an der Wand stand, und zielte auf das Tier. Es hob seinen Kopf und verharrte still, fast schien es ihm, als würde es ihn sehen. Noch war sein Rucksack voll mit Vorräten, die er aus der Vorratskammer des Priesterseminars genommen hatte: Würste, Käse, Brot, sogar drei Kilo Patati trug er darin mit, denn er mochte Kartoffeln besonders gerne. Langsam senkte er den Lauf.

Die Nacht legte sich über das Tal. Ein Käuzchen schrie, der Mond erhob sich über einem Berggrat. Sein silbernes Licht füllte die Lichtung wie göttlicher Atem, die Tannen schienen zu glänzen.

Im Frieden dieser Stelle sprach er ein Gebet, bevor er leise Lobpreislieder sang.

10

Der Tod von Fräulein Helvetia, aber auch der des Stadtpräsidenten füllten an diesem Samstag, dem 2. Juli, die Tageszeitungen der gesamten Eidgenossenschaft. Sogar die «Wochenschau» hatte tags zuvor, nur einen Tag nach dem Tod der beiden, einen weiteren Filmemacher nach Chur geschickt. Deshalb würde der mehrminütige Bericht bereits am Abend in allen Kinos der Schweiz zu sehen sein, das ganze Wochenende hindurch und wie immer als Vorspann vor jedem Streifen.

Die Flaggen in Chur und auf dem Schützenfest wehten auf halbmast, doch man entschied, am Programm weiter festzuhalten. Der Krieg hatte gezeigt, wie wichtig es war, der Bedrohlichkeit und der Trauer nicht jeden Meter Alltag zu opfern.

Die Beerdigung der Nationalheldin und die des Stadtpräsidenten sollten schon morgen, ausnahmsweise an einem Sonntag, in der Kathedrale zu Chur erfolgen. Wie tags zuvor Caminada von Regierungsratspräsident Roth erfahren hatte, würde neben vielen wichtigen Leuten sogar Bundesrat Inauen mit einem Extrazug aus Bundesbern anreisen, der das Fest mit seiner Eröffnungsansprache beehrt hatte.

In diesen Gedanken versunken betrat Landjäger Caminada das Regierungsgebäude in Chur.

Roth hatte um Punkt zehn Uhr zum Gespräch im Neuen Gebäu gebeten. Der Druck auf die ermittelnden Behörden sowie auf die Politik hätte nicht grösser sein können, und das bekamen auch Caminada und Marugg zu spüren.

Wie immer vor einer Sitzung stopfte Roth sorgsam seine Pfeife, während er redete. Caminada rauchte seine Krumme, während Kübler einen Stumpen im Mund hatte.

Marugg sass daneben und schrieb auf Roths Geheiss das Protokoll auf der Schreibmaschine, denn die Unterredung sollte vorerst vertraulich bleiben.

Roth, der einen gepflegten grauschwarzen Bart und grau melierte Haare trug, wirkte in seinem Anzug und seinem Auftreten weltmännisch. Caminada schätzte dessen Gradlinigkeit und Verlässlichkeit. Wenn der sein Wort gab, zählte dies mehr als jede Unterschrift.

«Landjäger Caminada, wie steht's um die Ermittlungen?», wollte Roth als Erstes wissen.

Caminada wusste, dass der Major diese Art von Besprechungen gar nicht schätzte, doch der hatte sich wie alle im Raum zu fügen, die Machtablösung war in Planung, und alle rechneten damit, dass der fünfzigjährige Ferdinand Fässler in drei Jahren der neue Kommandant werden würde.

«Vorweg, wir gehen verschiedenen Spuren nach, doch eine Verhaftung steht noch nicht an.» Caminada wusste, Roth mochte wie er selbst keine langen Reden.

«Im Detail.» Roth paffte Glut in seine Pfeife.

«Mit Peter Marugg habe ich mich abgesprochen. Die Frage nach den Motiven haben wir an die erste Stelle gestellt. Ein Motiv führt am ehesten zum oder zu den Tätern. Sicher ist, die erste Tote, das Fräulein Gisela Möckli aus Amriswil im Thurgau, wurde erhängt – mit der Stola des Diakons Anselmo Veranzze.»

«Das ist mir bekannt. Und eine Ahnung, wie dies im Zusammenhang zu werten ist? Der Major hat mich im Vorgespräch informiert, dass der Diakon auf der Flucht ist. Grundlos wohl kaum.»

«Es ist verzwickt. Lassen Sie es mich bitte so erklären. Dreizehn Tage nach der Ermordung von Fräulein Möckli fanden wir Fräulein Helvetia und den Stadtpräsidenten Cadlini in einem Stall am Rande des Schützenfestes tot auf. Nur knappe acht Stunden später, am Abend, wird im Meiersboden, hinten bei der Roten Laterne, das Käthy Gruber angeschossen, dann irgendwo im Wald erschossen und ihre Leiche anschliessend dort abgelegt, wo ihr Vater vor sieben Jahren erstochen aufgefunden worden war. Das hat mit Sicherheit seinen Grund.»

Roth sog nachdenklich an seiner Pfeife. Das Sitzungszimmer, das komplett aus Holz bestand und an dessen einer Wand ein grosses Gemälde des Piz Beverin hing, lag im Dunst der Rauchenden.

«Sie glauben also an eine Verkettung der drei Fälle mit dem alten, der vor wie vielen Jahren passierte?»

Caminada kratzte sich am Genick. «Vor sieben. Ob alle drei aber zusammenhängen?» Er zuckte mit den Schultern. «Ich weiss es schlichtweg nicht. Aber es ist durchaus möglich. Die beiden toten Fräuleins im Meiersboden weisen auf jeden Fall Gemeinsamkeiten auf: Sie kannten einander von der Arbeit her, und bei beiden Taten war dieser seltsame Diakon im Meiersboden gewesen. Wir haben Fetzen seiner Soutane an der Stelle gefunden, von der aus geschossen wurde. Die ebenfalls dort entdeckten Hülsen und eine Patrone belegen das. Des Weiteren, als wir am Morgen die Leiche des Fräulein Gruber in der Plessur sichteten, da hatte er verwirrt das Totenglöcklein im Totengut geläutet – seine linke Hand war verkratzt, die Schuhe schmutzig, die Soutane an diversen Stellen zerrissen und nass. Dazu kommt – beim ersten Mord wurde seine Stola zum Erhängen benutzt.»

«Und wieso haben Sie den denn nicht in Haft genommen, damit er nicht fliehen konnte?» Roth blickte streng in die Runde.

Caminada schwieg, er wollte dem Major die Möglichkeit geben, aus seiner Sicht den Fehler einzugestehen.

Kübler meldete sich. «Ich habe angeordnet, diesen erst später zu befragen. Wegen des Bischofs. Ich wollte sozusagen erst den Segen von diesem einholen. Ich hätte nicht gedacht, dass der Diakon sich aus dem Staub macht, denn ich glaube noch immer an dessen Unschuld. War bestimmt nur eine Flucht aus Angst. Mein Entscheid war im Nachhinein gesehen trotzdem ein Fehler.»

«Ist der nun dringend der Tat verdächtig oder nicht?» Roth ging nicht weiter auf den Fehler des Majors ein. Caminada war sich sicher, dass dies hinter den Kulissen geregelt würde, und übernahm wieder das Antworten.

«Ja, was zumindest die beiden Morde im Täli betrifft. Aber um mehr dazu zu sagen, hätte ich diesen gerne verhört, sowieso jetzt, wo wir wissen, dass er ein Gewehr besitzt, das er übrigens auf die Flucht mitgenommen hat, was eine Verhaftung schwieriger machen wird.» Caminada trank einen Schluck Sassal-Mineral. «Aber es ist auch in sich widersprüchlich.»

«Ich bin ganz Ohr.» Roth blieb interessiert.

«Warum sollte der Geistliche mit dem Glockenläuten auf sich und die Leiche in der Plessur aufmerksam machen, wenn er der Mörder wäre? Oder versucht er das so raffiniert zu vertuschen? Wir werden es rausfinden müssen. Erkennungsfunktionär Marugg wird noch heute versuchen, Fingerabdrücke auf der Patrone und den Hülsen zu finden, denn dann müssten wir diese bloss noch mit denen der Verdächtigen abgleichen, und der Täter sitzt in der Falle.» Caminada nahm einen Zug seiner Krummen und nochmals einen grossen Schluck Wasser. Diese elende Hitze auch an diesem Morgen machte bestimmt einen jeden im Raum bereits um diese Uhrzeit schon mürbe, war er sich sicher. «Aber was mit den beiden Toten auf dem Schützenfest passiert ist, erklärt das in keiner Weise. Ich muss zugeben, ich habe keine Ahnung. Noch steht ein Gespräch mit den Eltern von Helvetia aus, das hole ich nach der Beerdigung nach. Die sollen erst in Ruhe ihre Tochter zu Grabe tragen.»

Caminada sagte nicht, dass auch in diesem Fall der Major eine sofortige Einvernahme der Hinterbliebenen untersagt und sie bis einige Tage nach der Beerdigung aufgeschoben hatte. Caminada verstand die Gründe der Rücksichtnahme zwar schon, aber er wusste aus anderen Fällen, solche Gespräche mussten nur sorgsam und respektvoll geführt werden, dann gab es in den allermeisten Fällen keine Probleme damit. Die Hinterbliebenen waren auch Opfer und somit daran interessiert, dass er schnell den Übeltäter ermitteln konnte. Doch davon wollte der Major nichts hören und wollte lieber Wachtmeister Maissen schicken, denn dieser war ein Cousin der Mutter von Fräulein Helvetia und gut befreundet mit der Familie. Und genau deshalb hatte sich Caminada in einer aufreibenden Diskussion durchgesetzt, die Befragung mit Marugg zusammen vornehmen zu dürfen.

Roth fuhr sich durch sein Haar, lehnte sich in seinem Stuhl zurück und liess sich Zeit. Er schien nachzudenken. «Etwas haben wir, meine Herren – immerhin. Dennoch stehen wir am Anfang.» Er setzte sich wieder gerade hin. «Brauchen wir Unterstützung – ausserkantonal, ich meine, von der Bundespolizei? Oder stemmen wir das alleine?»

Der Major legte seinen Stumpen in den Aschenbecher. «Ich weiss, der Druck ist sehr gross, jeder Eidgenosse blickt auf uns, aber ich bin mir sicher, wir lösen den Fall selbstständig. Landjäger Caminada und Erkennungsfunktionär Marugg haben vor zwei Jahren bestens bewiesen, zu was sie imstande sind. Und Marugg ist, was das Erkennungsdienstliche betrifft, schweizweit auf demselben Stand wie Bundesbern, das ihn nach der Ausbildung voll des Lobes zu uns zurückgeschickt hat.»

Caminada wunderte sich, zum ersten Mal wurde Marugg, wenn auch nur indirekt, grosse Anerkennung von Kübler gezollt. Doch er glaubte, dass es den Major vielmehr im Stolz verletzen würde, Hilfe aus Bundesbern anzufordern, und dieser sich deshalb so für Marugg einsetzte.

«Gut. Ich werde entsprechend den Medien nur so viel sagen, dass wir mit den Ermittlungen auf gutem Wege sind – aber ihr müsst schnell Handfestes auf den Tisch legen. Und übrigens, ich werde heute Abend im Kino Rex sein, der ‹Wochenschau› wegen. Die haben auch mich zu diesem Fall gefilmt.» Er lehnte sich, seine Pfeife im Mund haltend, wieder zurück.

«Herr Regierungsratspräsident – ich weiss, Sie mögen es nicht mehr hören», fing Caminada an. «Aber wir brauchen dringend mindestens ein eigenes Fahrzeug. Wir alle fahren mit den eigenen Velos oder den Töfflis umher und müssen Fahrzeuge erst bei Privaten ausleihen, was zu seltsamen Szenen führt. Auch der Funk fehlt uns, den andere Kantone schon seit mehreren Jahren einsetzen. Wir verlieren viel Zeit, wenn wir erst einen Telefonapparat suchen müssen, obwohl es zum Glück nun immer mehr gibt. Aber oft erreichen uns wichtige Mitteilungen erst, wenn wir zurück in der Wachtstube sind.»

Dass das Landjägerkorps Graubünden noch immer zwei Mal täglich Polizeinachrichten von den Funknetzen der Polizei St. Gallen und Zürich auf dem einzigen Empfänger im Kommando empfangen musste, um auf dem Laufenden zu sein, was überkantonal und schweizweit passierte, mochte er nicht mehr erwähnen. Der diensthabende Wachtmeister hörte diese wenige Minuten dauernden Funksprüche an und rapportierte das Wichtige an die anderen weiter. Um aber ihre eigenen Meldungen an die Nachbarkantone St. Gallen, Uri und Glarus und das Tessin zu vermelden, stand ihnen nur das Telefon zur Verfügung. Selbst das an Graubünden grenzende Ausland, mit Liechtenstein sowie Österreich mit seinen Bundesländern Vorarlberg und Tirol im Norden, dem italienischen Südtirol im Osten und der Lombardei im Süden, war da weiter als der grösste Kanton der Schweiz. Auch bei Fahndungen über die Landesgrenzen hinaus konnten sie deshalb nicht auf Funksendungen zurückgreifen und breit informieren. Es blieb dabei, dass jeder einzelne Polizeiposten, ob im In- oder angrenzenden Ausland, telefonisch über die Lage informiert werden musste.

Roth nahm die Pfeife aus dem Mund. «Da habe ich gute Nachrichten, Landjäger Caminada. Und ja, ich verstehe Ihre, eure Lage vollauf. In spätestens zwei Jahren werden wir uns zwei Automobile anschaffen», er lächelte, «und, das ist die noch bessere Nachricht, drei Motorräder möglicherweise schon früher, viel früher.» Und als hätte er Caminadas Gedanken gelesen: «Ein eigenes Polizeifunknetz ist ebenfalls in Planung und wird in Bälde kommen.»

Caminada wollte seine Freude und sein Erstaunen darüber nicht verbergen und nickte Marugg optimistisch zu, als Roth weiterfuhr: «Wir arbeiten schon länger an einem Konzept, welches das Landjägerkorps, wie bereits in anderen Kantonen längst geschehen, in eine moderne Kantonspolizei-Struktur überführen wird. Wir nehmen Genf und Zürich als Vorbild, erste Gespräche hatte ich mit Regierungsrat Bachmann aus Zürich vor zwei Wochen geführt. Grosse, sehr grosse Veränderungen werden uns in den fünfziger Jahren bevorstehen. Ich weiss, von was ich spreche. Ich habe an diesem Treffen die Strategiepapiere des Bundesrates gesehen und bin als Mitglied der kantonalen Sicherheitskonferenz an der Ausarbeitung auf Bundesebene mitbeteiligt. Das heisst aber auch im Falle der Fahrzeugbeschaffung …», seine Stimme erhielt einen mahnenden Ton, «dass auch Sie, Landjäger Caminada, zuvor nach Biel müssen, um die Verkehrskunde und die Fahrerprüfung zu absolvieren.»

Caminada wusste, dass Roth über seine Wortblindheit Bescheid wusste und nur deshalb darauf hinwies. Für Caminada war aber schon länger klar, irgendwann würden solche Aufgaben auf ihn zukommen. Irgendwie würde er dann den Stier schon bei den Hörnern packen, auch wenn er jetzt noch nicht wusste, wie.

«Landjäger Caminada, Sie müssen wissen, die nationale Strassenverkehrsordnung macht grosse Fortschritte, muss aber kantonal richtig umgesetzt werden. Eine einsatztaugliche Verkehrspolizei muss in Graubünden entstehen, und das rasch. Doch auch das ist nur ein Beginn. Daneben werden die unterschiedlichen Aufgaben des Landjägerkorps in verschiedene, neu geschaffene Dienste dieser neuen Kantonspolizei überführt werden müssen. Vergessen Sie nicht, meine Herren», dabei hob er mahnend den Finger, «wir leisten in einhundertfünfzig Tälern Dienst. Und dazu braucht es Beamte, die das Ganze verstehen, um es umsetzen zu können. Mit der Einführung des Erkennungsdienstes und der Arbeit von Erkennungsfunktionär Marugg haben wir einen schon längst überfälligen, wenn auch nur kleinen Schritt in die moderne Polizeiarbeit gemacht. Aber die Büroarbeit wird für alle entsprechend zunehmen …» Er blickte zu Caminada, der dies nach aussen ungerührt zur Kenntnis nahm.

Damit war die Unterredung geschlossen, und Caminada fragte sich, wie er all das Schriftliche erledigen sollte, das da auf ihn zurollte. Roth sprach von umwälzenden Veränderungen, und Marugg bekam selbst immer mehr auf den eigenen Tisch, deshalb konnte Caminada nicht auf ewig und einen Tag den jungen Beamten zusätzlich mit seinen administrativen Arbeiten belasten.

Es war Punkt elf Uhr, als sie das Neue Gebäu verliessen und Marugg sich in sein Labor zurückzog, wie er seinen Raum nannte, in dem sich auch die Dunkelkammer und die Kartei mit allen erkennungsdienstlichen Informationen befanden wie Täterfotos mit Körpermassen. Dazu gehörten der Kopfumfang und die Länge mehrerer Finger inklusive Handballen. Und eine Kartei mit Fingerabdruckskarten. Das Lob von Kübler und Roth schien Marugg beflügelt zu haben, er summte eine Melodie, bevor er die Türe hinter sich schloss.

Caminada freute sich einerseits, dass diese Veränderungen in absehbarer Zeit auf das Landjägerkorps zukamen, vor allem auch, dass endlich Fahrzeuge und ein Funknetz zur Verfügung stehen würden. Andererseits hatte der Rest mit Sicherheit mit viel Papierkram zu tun. Das Problem war, dass er nichts gegen seine Wortblindheit tun konnte. Sosehr er sich auch immer wieder anstrengte und las, das Buchstabenwirrwarr blieb ein Gegner, den er nicht am Schlawittli packen konnte. Er hatte bereits mit Menga darüber geredet, die auch im Kreuzspital schon bemerkt hatte, wie die Moderne in grossen Schritten Einzug hielt. Vieles wurde nun am Telefon besprochen, und es wurde erwartet, dass das Gegenüber sofort die nötigen Informationen niederschrieb und als Aktenbeilage korrekt erfasste. Caminada wollte aber eines nicht, ein Bremser werden, der die Moderne aufzuhalten versuchte aus Angst, nicht mithalten zu können.

1927 hatte er seinen Dienst als zwanzigjähriger Hilfspolizeimann angetreten. In den vergangenen zweiundzwanzig Jahren waren unter Major Kübler lediglich das Telefon und die Schreibmaschine eingeführt worden, und das auch erst in den letzten drei Jahren und nur gegen anfänglichen Widerstand des Majors. Doch es war zu spüren, seit Kriegsende drückte die Moderne, wie Menga ihm in einem gemeinsamen Gespräch an einem Abend im Garten gesagt hatte, wie die Blumen im Frühling ins Leben – in einem Tempo wie niemals zuvor.

Wenn er nur das verflixte Lesen und Schreiben richtig beherrschen könnte, dann wäre er problemlos für das, was kam, gewappnet, hatte er dabei gedacht und fühlte sich wie eines der Pferdefuhrwerke, die immer weniger auf den Strassen zu finden waren.

Caminada schob diese Gedanken beiseite und brütete in der Wachtstube weiter an einem der freien Schreibtische sitzend über dem Fall, als kurz vor halb eins Marugg aus dem Erkennungsdienstbüro kam.

«Walter, an den Patronen sowie an den Hülsen konnte ich

einen guten und einen weniger guten Fingerabdruck darstellen!»

Caminada wusste, wie schwierig die Arbeit von Marugg war. Er hatte ihm schon mehrmals neugierig über die Schulter geblickt. Die Affengeduld, die Marugg dabei aufbringen musste, um die fürs Auge unsichtbaren Spuren zu finden und sichtbar zu machen, war bemerkenswert.

«Bin gespannt.» Caminada sah es an Maruggs Gesicht, dass er etwas Wichtiges gefunden hatte.

«Was meinst du, zu wem gehören die Fingerabdrücke auf der Patrone?» Maruggs Gesichtsausdruck trug etwas Schelmisches.

Caminada zuckte mit den Schultern. «Von Veranzze können die nicht stammen, denn von dem hast du ja noch keine Vergleichsabdrücke nehmen können. Und sonst – ich müsste raten.» Caminada mochte aber keine solchen Ratespiele, und das wusste Marugg.

«Lola!»

«Ach was?»

«Ja. Es ist ihr rechter Zeigefinger und partiell ein Teil des Daumens darauf. Sie muss diese gehalten haben, bevor sie ihr hinuntergefallen ist.»

«Du schlauer Fuchs, stimmt. Deshalb hast du ja gestern Nachmittag dir von ihr drei Patronen geben lassen – so kamst du an einen Vergleichsabdruck.» Caminada rieb sich nachdenklich am Kinn. «Sie hat, ausser zum Stadtpräsidenten, nachweisbar zu den drei getöteten Fräuleins eine Verbindung gehabt: Helvetia war eine unschlagbare Konkurrentin, die beiden andern arbeiteten mit ihr in der Roten Laterne. Hm …» Er atmete hörbar lange aus, schwieg aber.

«Walter, lass uns deren Alibi genauer überprüfen. Sie hat ausgesagt …», Marugg netzte seine Fingerspitzen mit der Zunge und blätterte raschelnd zur entsprechenden Seite in seinem kleinen Notizbuch zurück, «sie sei im Hotel gewesen, als die tödlichen Schüsse im Rossboden fielen, und das auch noch bis zum nächsten Morgen, da sie sich nicht wohlgefühlt habe.»

«Einverstanden, lass uns in den ‹Steinbock› gehen. Aber einen Haftbefehl holen wir uns wegen der Fingerabdrücke in jedem

Fall, wenn du dir, von der Auswertung der Spuren her gesehen, sehr sicher bist.»

«Bin ich, es sind eindeutig ihre Abdrücke, sie muss geschossen haben. Ich bin ja gespannt, was die dazu sagen wird, denn auf den Mund ist die nicht gefallen, wie mir scheint.»

Kurz nach zwei Uhr, die Stadt, in der zuvor noch nie derart viel Volk unterwegs gewesen war, brütete in der Ofenhitze, und der böige Südwind liess die Hüte reihenweise wehen. Der private Mehrverkehr war spürbar. In jeder Strasse standen am Strassenrand abgestellte Automobile kreuz und quer. Ihre Nummernschilder stammten aus allen Teilen der Eidgenossenschaft.

Da hatte Roth schon recht, es fehlte an einem gescheiten einheitlichen Verkehrskonzept, dachte Caminada, als er das Puff in den Strassen sah. Das Stadtpolizeiamt regelte dies in Chur so, wie sie dachten, dass es am besten für das Städtchen sei, doch die vielen undisziplinierten Verkehrsteilnehmer schienen nur ein Gesetz zu kennen – das des Schnelleren oder Stärkeren oder beides. Fussgänger und Velofahrer hatten das Nachsehen. Es wurde immer schwieriger, die Hauptverkehrsstrasse, die über den Postplatz führte, nicht jedes Mal fast fluchtartig überqueren zu müssen, um dabei das Leben nicht zu riskieren. Und es krachte zudem immer öfters. Alleine in diesem Jahr gab es in Chur bereits mehrere Verkehrstote, dazu viele Verletzte. Menga hatte ihm davon berichtet, welche grauenhaften Schäden die messerscharfen Karosserien am Leib der Verunfallten hinterliessen. Bei jedem Unfall wurden die Insassen wie Geschosse ungebremst durch den Wagen geschleudert und nicht selten durch die Frontscheiben hindurch sogar in den anderen Wagen.

Am Bahnhofplatz angekommen, stellten sie ihre Velotöfflis vor dem imposanten Bau des «Steinbocks» ab, der mit seiner reichen Fassade jedem Ankömmling am Bahnhof zeigen sollte, dass auch in der Provinz anspruchsvolle Gäste bewirtet werden konnten. Das Gebäude strahlte etwas vom Glanz grosser Städte wie Wien oder Berlin aus. Auf den reservierten Parkplätzen davor standen ausnahmslos teure, glänzend polierte Karossen. Wer auch immer hier abstieg, hatte keine Geldsorgen.

Eine Komposition der Arosabahn, die nächstens durch die Stadt und durchs Täli ins Schanfigg nach Arosa fuhr, stand zur Abfahrt bereit. Auch hier am Bahnhof lag emsiges Treiben in der Luft. Rufe von Reisenden und des Bahnpersonals ertönten wild durcheinander, Güterwaggons wurden beladen, davon einer mit Kohlesäcken, ein Handwagen mit Koffern wurde von einem Bahnmitarbeiter zum Arosabähnli gezogen, um verladen zu werden. Seitlich neben dem Hauptgebäude warteten drei Postautos mit offenen Türen auf ihre Fahrgäste, um sie in die umliegenden Täler zu kutschieren.

Direktor Klaus Holdener empfing die beiden Ermittler im Parterre in einem kleinen Nebenzimmer eines noblen Konferenzraumes, dessen Holzwände reich verziert waren. Der olivgrüne Teppich mit opulentem goldenen Muster wirkte altehrwürdig, die verschnörkelten Lampen, die symmetrisch verteilt an den Seitenwänden hingen, zeitlos.

«Der Fall ist gar tragisch», kommentierte Direktor Holdener, der einen hellgrauen Anzug, dazu ein weisses Hemd mit grauer Krawatte trug, bevor er auf die erste von Caminada gestellte Frage Antwort gab.

«Das Fräulein Lola hatte tatsächlich hier logiert.» Auf sein Verlangen hin hatte ihm eine Rezeptionistin das Gästebuch vorgelegt. «Ja genau, und gestern kurz nach Mittag ist sie abgereist.» Er zeigte auf den entsprechenden Eintrag mit Lolas Unterschrift.

«Wissen Sie, Herr Holdener, ob am letzten Donnerstag, dem 30. Juni, das Fräulein Lola den Tag bis zum nächsten Morgen im Hotelzimmer verbracht hat? Sie behauptet es, da es ihr nicht gut gegangen sei. Womöglich hat sie ja mehrmals Tee oder Essen aufs Zimmer bestellt?»

«Das können wir nicht genau sagen, denn die Zimmermädchen betreten nur am Morgen die Gästezimmer, um für Ordnung und Sauberkeit zu sorgen. Natürlich kann ich beim Personal nachfragen, aber wir liefern grundsätzlich kein Essen aufs Zimmer, dafür steht unser wunderschönes Restaurant Steinbocksaal im Erdgeschoss den Gästen zur Verfügung. Aber es ist schon seltsam, dass ein Gast und eine ehemalige Angestellte von uns irgendwie in den Fall verwickelt zu sein scheinen», fügte er beiläufig an.

«Angestellte?» Sowohl Caminada wie auch Marugg waren gleichermassen hellhörig geworden.

«Ja, das Fräulein Möckli, das hatte doch hier gearbeitet. Nicht sehr lange, nur ein halbes Jahr, dann haben wir sie hochkant rausgeschossen.»

«Und wie kam's?», fragte Caminada.

«Wir mussten sie von einem auf den anderen Tag fristlos entlassen.»

Marugg zückte seinen Stift und sein Notizbüchlein und begann aufzuschreiben.

«Na ja, das Fräulein Möckli war zu Beginn pflichtbewusst und rechtschaffen, doch dann kursierten schnell die wildesten Gerüchte über sie.»

«In Bezug auf was?» Caminada blickte nochmals zu Marugg, der mitschrieb.

«Na ja, dass sie eine Diebin sei.»

«Konkret?» Caminada wusste, dass man vom Hörensagen lügen lernte.

«Konkret? Sie hat während einer der Stadtratssitzungen, die hin und wieder bei einem Essen bei uns stattfinden, sich an die aufgehängten Tschööpa rangemacht, einen Geldseckel gestohlen und dabei ausgerechnet den von Stadtpräsident Cadlini erwischt.»

«Ohalätz. Wurde sie in flagranti erwischt?»

«Von Olivia Parpan, der Gouvernante. Die kann aber nichts für sich behalten, und so hat es rasch die Runde gemacht.»

«Hat Möckli der Gouvernante die Umstände gebeichtet, wie das Ganze zustande gekommen sein soll? Wenn die so neugierig und redselig ist, wird die mit Sicherheit die Geschichte etwas ausgeschmückt haben», folgerte der Landjäger.

«Damit haben Sie nicht unrecht, und den Diebstahl des Geldseckels stritt Möckli auch nicht ab, nachdem wir sie damit konfrontiert hatten.»

«Wann war das?»

«Vor knapp einem halben Jahr. Das genaue Datum müsste ich raussuchen.»

«Danke, ist im Moment nicht nötig, sie können es später telefonisch dem Landjägerkorps zu Händen von Peter Marugg melden. Was mich im Augenblick mehr interessiert, ist: Wissen Sie, wohin sie gegangen ist, nachdem sie geschickt worden war?» Caminada hörte den heiseren Pfiff der Arosabahn, die soeben auf dem Bahnhofplatz lärmend abfuhr.

«Ich bin mir nicht sicher, aber ich glaube, zurück in den Thurgau, nach Amriswil; dorthin, woher sie gekommen ist.»

«Gibt es Dokumente, eine Anzeige oder interne Papiere zum Diebstahl?», schaltete sich Marugg ein.

«Nein, das Ganze wurde bewusst nicht weiter aufgebauscht. Verstehen Sie, unser Ruf hätte gelitten. Wir haben dem Stadtpräsidenten eine Wiedergutmachung angeboten und es so regeln können. So haben wir für alle eine Lösung gefunden, sogar für die Möckli.»

Die beiden Ermittler verliessen das Hotel Steinbock, nachdem sie sich vom Personalbüro alle nötigen Angaben hatten aushändigen und Marugg sie in seiner kleinen ledernen Aktentasche hatte verschwinden lassen.

Im Wind draussen, der in dieser Hitze kaum Abkühlung brachte, drückten die beiden ihre Hüte fester auf den Kopf, als Caminada Marugg vielsagend anblickte und sagte: «Ich glaube, der Fisch fängt an zu stinken.»

«Die Möckli scheint mit allen Wässerli gewaschen zu sein. Lass uns mal im Thurgau bei den Kollegen nachfragen, was die zu Hause so alles ausgefressen hat, dass die danach in der Roten Laterne arbeitete, sagt ja so einiges.» In dem Moment blies Marugg eine Böe fast den Hut vom Kopf.

«Gute Idee. Sei du so gut und fordere rasch einen Leumundsbericht im Thurgau an, damit wir wissen, mit wem wir es bei der Möckli zu tun haben. Doch als Nächstes müssen wir diese Lola holen.»

11

Erst um kurz nach siebzehn Uhr stand der LaSalle dem Landjägerkorps zur Verfügung. Der Major hatte bei Oberstaatsanwalt Melchior Berther zwischenzeitlich einen Haftbefehl für Fräulein Lola erwirkt und per Telefon die Zürcher Kollegen über den baldigen Zugriff informiert.

Am Nachmittag hatte Marugg noch mit dem Polizeiposten in Weinfelden telefoniert, wie er nach dem Einsteigen in den LaSalle Caminada berichtete. Amriswil selbst war nur ein kleines Dorf, erfuhr Marugg, den zuständigen Landjäger dort, der für sieben Dörfer im Umkreis verantwortlich war, konnte man telefonisch gar nicht erreichen, auch zu Hause nicht, da er über keinen Anschluss verfügte. Marugg fand aber heraus, dass die Leumundsberichte, wie auch in Graubünden üblich, in den jeweiligen Heimatgemeinden abgelegt wurden. Der Weinfeldner Landjäger hatte angeboten, das Leumundszeugnis einzuholen und dieses per Post nach Chur zu schicken, was aber bis zu zehn Tage dauern könnte. Falls es schneller gehen müsse, richtete er Marugg aus, solle er versuchen, den Gemeindeschreiber telefonisch zu erreichen. Dieser hocke immer am Montag- und Donnerstagabend im Hinterzimmer des «Ochsen», in dem sich auch das Büro der Gemeindeverwaltung befinde, riet er abschliessend.

Caminada nahm dies zur Kenntnis und kippte das Seitenfenster der Hitze wegen auf, nachdem sie zuvor den Wagen mit offenen Türen gelüftet hatten.

Nun kam ihnen zugute, dass Marugg während der Zeit in Bundesbern die Fahrerprüfung abgelegt hatte, somit waren sie nicht mehr auf einen Chauffeur angewiesen und konnten sogleich losfahren.

Drei Stunden Wegstrecke nach Zürich lagen nun vor ihnen, und das in dieser Affenhitze. Ihre Hüte hatten sie auf der Rückbank abgelegt, genauso wie ihre beiden Tschööpa.

Die Fahrt führte über mehr oder weniger gute Landstrassen und zmizt durch jedes Dorfzentrum zwischen Chur und Zürich, und immer wieder hinderten langsame Fuhrwerke sie am zügigen Vorankommen, als wenige Kilometer nach dem Walensee, in Schänis, der Kühler überhitzte. Sie mussten aus einem nahen Bach Wasser mit dem Kanister holen, den sie vor der Wegfahrt vergessen hatten aufzufüllen.

Caminada schob seinen Hut zurück, krempelte die Hemdsärmel nach hinten und zündete sich eine Villiger an, während sie bei offener Kühlerhaube warteten und über den Fall redeten.

Es war bestimmt fast fünfunddreissig Grad heiss, und das mochten die Fahrzeuge gar nicht. Es dauerte seine Zeit, doch nachdem sich der Motor genug abgekühlt hatte, beschlossen sie, etwas langsamer zu fahren.

Der schöne Zürichsee lag in der tief stehenden milden Abendsonne, die malerischen Dörfer mit den von bunten Blumen geschmückten Fenstersimsen gefielen Caminada. Auch wenn die Zeit drängte, fanden sie etwas ausserhalb eines Dorfes einen guten Rastplatz.

Für Caminada waren die fünfzehn Minuten wie Ferien, während er auf den Zürichsee blickte, in dessen Wasseroberfläche sich die Sonnenuntergangsfarben spiegelten. Der Föhn reichte selten bis ins Unterland, und deshalb war es für einmal angenehm windstill. Wenn man wie Caminada die ganze Zeit in den Bergen lebte und nur sehr selten ins Unterland reiste, dann war der Blick in diese Weite, in der eine zarte Milde lag, etwas Besonderes. Friedlich zog ein letztes Dampfschiff über den See Richtung Hafen, die Dörfer auf der anderen Seeseite schmiegten sich zwischen Feldern und Wald eingebettet ins harmonische Bild. Leise schlug eine Glocke acht Uhr – es wurde Zeit, weiterzufahren.

Erst nach halb neun Uhr fuhren sie in der Dämmerung in die Stadt an der Limmat ein, die mit ihren dreihundertfünfzigtausend Einwohnern ein Vielfaches grösser war als das beschauliche Chur. Ein riesiges Wirrwarr aus Bauten und Strassen und erst recht der Verkehr vereinnahmten Caminada, Marugg war sich aus seiner Zeit in Bern bereits Ähnliches gewohnt.

Mehrmals mussten sie Passanten nach dem «Lolamour» fragen, bis sie dieses in der Dunkelheit endlich erreicht hatten.

Ein grosses, aber nicht zu anzügliches Plakat von Lola hing gut beleuchtet an der Fassade, der Parkplatz davor war berstend voll mit Automobilen zugestellt. Sie parkierten daher direkt vor dem Eingang.

Dem Türsteher, breit wie ein Gorilla, zeigten sie ihre Ausweiskarten und betraten das Innere.

Musik, die von draussen schon leise zu hören war, wurde laut, als sie die Türe zur Vorstellung öffneten und sofort hinter sich schlossen, da sich Gäste nach ihnen umdrehten.

Als wollte es der Zufall, fing die Vorstellung in diesem Moment an.

Ein Pianist spielte auf, geschätzte dreihundert Gäste starrten gebannt an den geschlossenen Vorhang der Bühne.

Ein Saxophon ertönte heiser, das Licht im Saal wurde gedimmt, dann ausgemacht, die Bühne in rote Farbtöne getüncht, als sich der Vorhang zur Seite schob und Applaus aufbrandete, als wüssten die Zuschauer bereits, was sie erwartete.

Mitten auf der Bühne befand sich ein weisser, übergrosser Vogelkäfig mit Kuppeldach – darin stand Lola im farbigen Federkleid, den Rücken ihnen zugewandt.

Sie begann im Takt der Musik sich geschmeidig zu bewegen, rhythmisch wie Wellen vom linken Fuss ausgehend, die nach und nach ihren Körper erfassten und formten, als wäre er aus warmem Wachs.

Direkt neben der Eingangstüre blieben Caminada und Marugg stehen, hatten sich dazu entschlossen, die Darbietung abzuwarten, um einen Auflauf zu vermeiden, die Leute hatten ja Eintritt bezahlt.

Während des rhythmischen Tanzes löste Lola zwei der Gitterstäbe und trat mit wippenden Bewegungen aus dem Käfig auf die Bühne, ihre Augen strahlten dabei eine seltsame Glückseligkeit aus, als wäre sie selbst gar nicht anwesend, sondern schwebte über ihnen. Mit den Melodien, den Höhen und Tiefen und dem Anschwellen und Absenken der Lautstärke begann Lola mit ihrem Körper eine Geschichte zu erzählen. Das zumindest glaubte Caminada zu erkennen, denn Menga hatte ihn in die Vorstellung eines Ausdruckstheaters mitgeschleift, und dort hatte die Körpersprache auch eine Rolle gespielt, wie sie ihm im Nachhinein erklärt hatte.

Die von Lola so ertanzte Freiheit geriet dramatisch in Gefahr, die Musik wurde düster und bedrohlich, die Bewegungen verlangsamten sich, wurden ängstlich, während sie immer mehr von ihren langen farbigen Federn verlor, bis sie ihren Oberkörper entblösste, nur die Brustwarzen blieben mit Blumensymbolen geschmückt. Auch ihr Beinkleid opferte sie im Takt der Musik, sodass sie nur noch eine, für Caminada seltsam anmutende, den Namen nicht mehr verdienende, Unterhose trug, aus der die Füttlabacka rausschauten.

Dem nicht genug, sie lenkte mit kreisenden Beckenbewegungen und lasziven Blicken die Augen der Betrachter in ihren Schambereich, der nur noch mit dem kspässig weissen Höschen bedeckt war. Ihre Hände schienen zu Händen eines Liebhabers geworden zu sein, als sie ihren Körper zu streicheln begann: Beine, Bauch, Schultern und ihren Hals, während sie den Kopf in den Nacken legte. Caminada kratzte sich etwas verlegen am Genick. Er hatte nicht mal gewusst, dass es so was gab. In Futzenstuben hatte er auch schon Einsätze gehabt, aber das hier, das war was anderes.

Die Darbietung steigerte sich im Takt der Musik und damit in Lolas Bewegungen, bis diese ermattet Haupt und Hände vornüberhängen liess wie eine Marionette, deren Fäden durchgeschnitten wurden. Das Saxophon spielte heiser den Abgang, dass ein Gefühl von Sehnsucht und Abschiedsschmerz die Brust von Caminada füllte.

Applaus brandete in einer einzigen grossen Welle auf, Blumensträusse wurden auf die Bühne geworfen, und zum Erstaunen von Caminada waren viele Frauen unter den jubelnden Gästen. In Chur unvorstellbar!

Er hatte mehr als genug gesehen und zog Marugg aus der Vorstellung, der ohne Brille nicht sehr gut sehen konnte, was, so fand Caminada, beim Autofahren hinderlich war, im Gegensatz zu hier.

Hinter der Bühne bezogen sie Stellung und warteten ab.

Es dauerte fast eine Stunde, ehe Fräulein Lola glücklich strahlend, aber erschöpft und nicht minder verwundert auf sie traf. «Jetzt bin ich aber überrascht, meine Herren. So schnäll hätte ich Sie nicht im schöne Züri erwartet. Und sagen Sie, wie fanden Sie meine Vorstellung?» Sie lächelte etwas angespannt, doch in ihren Augen lag dieser besondere Glanz, als hätte sie eine lange Reise hinter sich und daher viel zu erzählen.

Marugg wollte, noch sichtlich angetan vom Gesehenen, gleich antworten, sodass Caminada ihm einen Puff in die Seite versetzte.

«Fräulein Lola. Wir kommen, um Sie zu holen», sagte er.

Mit nun einem angefrorenen Lächeln säuselte Lola: «Wirklich, Landjäger Caminada? Wieso denn das?»

«Sie sind des Mordes verdächtig an Käthy Gruber», antwortete Caminada sachlich trocken.

«Das meinen Sie nicht im Ernst? Sie erlauben sich ein Spässli mit mir – oder?» Sie stemmte die Hände in die Hüfte und blies sich eine Strähne aus dem rotwangigen Gesicht, doch die Antwort konnte sie bestimmt aus seinem Gesicht lesen, dachte Caminada.

Irritiert schüttelte sie deshalb den Kopf und bat, sich wenigstens umziehen zu dürfen, während Caminada mit Marugg vor der Türe stehen blieb, nachdem er sich vergewissert hatte, dass sich dahinter ein fensterloser Raum befand, der zudem keine Türen in andere Räume hatte.

Zwanzig Minuten später hockte Fräulein Lola neben Caminada auf der Rückbank, während Marugg durch die Nacht Richtung Chur fuhr, das sie erst kurz vor halb zwei Uhr erreichten.

Im Sennhof steckten sie die Tänzerin in eine Einzelzelle, vernehmen würden sie sie am Sonntagmorgen früh, denn um elf Uhr war die Beerdigung angesetzt, an der beide teilnehmen würden.

Sie hatte keine Sperglamente gemacht, das musste man ihr lassen. Bevor die Zellentüre zuging, hatte sie nur gesagt: «Landjäger, Sie machen einen Fehler. Aber das hier werde ich auf einer

Füdlibagge absitzen. Nur Sie, Sie werden schneller Probleme kriegen, als dass Sie Calanda sagen können.»

Dann hatte sie gelächelt und sich auf die alte Pritsche gesetzt, als wäre es eine noble Couch im «Steinbock».

Erst gegen halb drei Uhr kroch Caminada ins Bett. Menga lag Minuten später mit offenem Haar auf seiner Brust, während er sie in Gedanken versunken zurück in ihren Schlaf streichelte. Er liebte ihren Duft, die Art, wie sie schlief, und dass sie Mutter wurde sowieso.

Irgendwie, dachte er, war es ihr gegenüber unrecht gewesen, die Lola tanzen gesehen zu haben, auch wenn er dienstlich dort gewesen war. Er hätte die Vorstellung früher verlassen können.

Vor dem Verhörrichter stritt Lola am Sonntagmorgen um acht Uhr alles ab, lachte lauthals, als sie als mögliche Täterin beschuldigt wurde, und dies nur aufgrund ihrer Fingerabdrücke auf der einen Patrone.

Marugg nahm ihr in der Zelle, diesmal direkt an ihren Fingern, Abdrücke ab, obwohl er sich sicher war, dass es am Resultat nichts ändern würde, doch die untersuchenden Behörden forderten dies.

Lola beharrte weiter auf ihrer Unschuld und dass sie zudem eine viel zu gute Schützin sei, als dass sie so gottsjämmerliche fünf Schüsse benötigen würde, was einer Beleidigung gleichkäme. Sie würde auf hundert Meter eine Augenwimper treffen und bestand darauf, dass dies im Protokoll genauso Erwähnung finden würde.

Wieso aber ihre Fingerabdrücke auf der Munition zu finden waren und wo sie wirklich am letzten Donnerstag gewesen war, als der Mord an der Helvetia geschah, dazu schwieg sie. Bestimmt würde sich nächstens «Zürich» einschalten, sagte sie siegessicher, wie auch immer sie dies genau meinte, liess sie offen. Die Untersuchungshaft wurde dennoch für drei Tage verlängert, bevor sich die Zellentüre wieder schloss.

Sämtliche Kirchenglocken in Chur riefen kurz vor elf Uhr zur Beerdigung. Zuletzt war das gemeinsame Geläut von katholischen und reformierten Kirchen am Ende des Zweiten Weltkrieges ertönt, als alle Kirchenglocken in ganz Europa eine geschlagene Viertelstunde damit den Frieden verkündeten.

Der Platz auf dem Hof und die Kathedrale selbst waren von der Trauergemeinde regelrecht überschwemmt worden. Hunderte Schützen befanden sich darunter. Die Opferfamilien standen ganz in Schwarz gehüllt vor den aufgebahrten Särgen.

Der Bischof persönlich sprach die Predigt des ökumenischen Gottesdienstes, obwohl nur Fräulein Helvetia katholisch war. Alle Stadtpräsidenten waren seit jeher reformiert gewesen, und so würde auch Cadlini seine letzte Ruhe auf dem Friedhof der Martinskirche finden. Auf Wunsch seiner Familie im Anschluss der Trauerfeierlichkeiten und nur im engsten Familienkreis.

Nachdem der mit Blumen übergossene Sarg Helvetias ins Erdreich gelassen worden war und die Fürbitte und der Segen zu Ende waren, postierten sich achtundzwanzig Männer und Frauen des Schützenvereins Chur zum ehrenden Andenken an Fräulein Helvetia in Reih und Glied auf dem Hofplatz. Nacheinander feuerten sie für jedes ihrer Lebensjahre je einen Schuss in die Luft. Eine Schweigeminute später, um zwei Minuten vor ein Uhr, begann die Kathedrale ihr Geläut, als um Punkt ein Uhr, wie in der «Wochenschau», Radio Beromünster und in den Zeitungen verkündet, alle Kirchenglocken im Land den Tod von Helvetia mit einem Fünf-Minuten-Geläut betrauerten, um ihrer Nationalheldin so die letzte Ehre zu erweisen.

Am Rande der Trauerfeier trafen sich Roth, Oberstaatsanwalt Berther und Caminada, der wie alle einen schwarzen Anzug mit ebenso schwarzer Krawatte trug, die ihm Menga perfekt umgebunden hatte und danach gefunden hatte, dass er darin rassig aussehen würde.

«Auf ein Wort, meine Herren. Es gibt ein Problem.» Berther lief einige Schritte zur Seite, unter einen der Bäume in der Hofanlage, damit sie ungestört blieben.

«Inwiefern?» Roths linke Hand steckte im Hosensack, die andere hielt die Pfeife.

«Den von mir ausgesprochenen Haftbefehl gegen dieses Fräulein Lola werde ich zurücknehmen müssen», sagte Berther.

«Dafür gibt es bestimmt einen triftigen Grund?», fragte Roth in seiner gewohnt besonnenen Art.

«Ja, den gibt es, und er trägt einen gewichtigen Namen. Dr. Karlheinz Schildhart, seines Zeichens Inhaber der grössten Anwaltskanzlei in Zürich, hat heute Morgen persönlich interveniert, und das an einem Sonntag. Sein Sohn Louis ist mit diesem Fräulein Lola verlobt und hat sich über die schlechten Manieren von Landjäger Caminada beschwert», er warf kurz einen Blick Caminada zu, der dies regungslos zur Kenntnis nahm, «zudem wurden unsere Methoden für die Feststellung von Fingerabdrücken in Frage gestellt. Wir in Chur stehen ja erst am Anfang, was den Erkennungsdienst betrifft, und nur ein Mann kann dafür garantieren, dass korrekt untersucht wurde. Kurzum, er wird sowieso gegen uns Klage einreichen, und gleichzeitig bürgt er für die Unbescholtenheit dieser Lola.»

Caminada verschränkte seine Arme. «Peter ist mit den neuesten Verfahren und Methoden vertraut. Ausserdem hat er extra noch mal einen Durchgang gemacht, indem er die Fingerabdrücke von Fräulein Lola direkt ab ihren Fingern abgenommen hat. Die hatte die Patronen mit Sicherheit in den Fingern gehabt, und somit lass ich dies nicht gelten.»

«Mag sein, Landjäger Caminada, mag sein», hielt sich Berther bedeckt, «aber wir haben kein Motiv und sonst auch keine Beweise. Das mit den Fingerabdrücken wird, wie gesagt, bei uns im Kanton erst seit wenigen Monaten praktiziert und hat deshalb noch wenig Rückhalt bei Gericht. Zudem gibt es schon einige Fälle in der Schweiz, in denen Justizirrtümer aufgrund schlufiger Fingerabdruckverfahren geschehen sind.»

Caminada fühlte, wie er missmutig wurde, als Berther nachhakte. «Dr. Schildhart garantiert persönlich für die Unschuld Fräulein Lolas. Sie wird uns übrigens dennoch jederzeit telefonisch oder persönlich weiter zur Verfügung stehen.»

«Ein Schwein bleibt ein Schwein, auch wenn man ihm mit

Lippenstift eine rote Schnauze malt», konterte Caminada. «Somit bleibt aus meiner Sicht der Tatverdacht bei ihr klar bestehen, und es ist ein Fehler, sie gehen zu lassen.»

«Das mit dem Schwein will ich nicht gehört haben. Wir müssen das Ganze mit diesem Fräulein, das anscheinend grosses Gewicht in die Waagschale legen kann, langsamer angehen. Sie wurde bereits entlassen und ist auf der Heimfahrt nach Zürich.»

«Das war doch nur ein Wortspiel mit dem Schwein, ein zwar nicht gelungenes, zugegeben, aber ich wollte damit sagen, dass sie, egal was für einen Zürcher Auflauf sie veranstaltet, weiterhin die Tatverdächtige bleibt», stellte Caminada klar, «und ausserdem macht man es uns nur unnötig schwer: erst die Freilassung des verdächtigen Diakons, dann die zeitliche Aufschiebung von Befragungen, sodass ich die Hinterbliebenen von Helvetia und des Stadtpräsidenten noch immer nicht aufsuchen konnte, und nun das.»

«Landjäger Caminada», fuhr Oberstaatsanwalt Berther fort. «Wie lange kennen wir uns schon? Zwanzig Jahre oder mehr? Auf jeden Fall seit ich nach meinem Studium als Praktikant im Untersuchungsrichteramt meine Arbeit aufgenommen habe und Sie auch als Grünschnabel in den Dienst des Landjägerkorps eingetreten sind. Das hier, das ist Politik, ich weiss, Sie mögen das nicht, aber es ist nicht zu ändern.»

Caminada blickte auch zu Roth, der seine Pfeife im Mund stecken hatte, konzentriert zuhörte und sich nun ruhig wie immer zu Wort meldete: «Meine Herren. Wir werden eine Lösung finden. Schaffen wir mit dem weiter, was wir haben. Ihre Arbeit, Landjäger Caminada, ist unverzichtbar.»

«Ohne Erkennungsoffizier Peter Marugg wären moderne Ermittlungsmethoden erst gar nicht möglich – aber danke, Herr Regierungsratspräsident Roth», schloss Caminada.

12

Caminada konnte nicht sagen, warum, doch es zog ihn nach der Beerdigung und der Unterredung trotz der Hitze des Sonntagnachmittags ins Täli. Einmal mehr brauste der schwülwarme Südwind ruppig durchs Bündnerland. Die Alten vermochten sich nicht zu erinnern, wann jemals so eine lange Zeit stürmischer Südwind geherrscht hatte, und das bei solch hohen Temperaturen.

Menga hatte Sonntagsdienst und würde erst gegen sechs Uhr am Abend heimkommen. Die Beerdigung fürs Käthy Gruber war auf den morgigen Montag um vierzehn Uhr im Totengut angesetzt – er würde auf jeden Fall auch daran teilnehmen.

Im Gegensatz zur Gluthitze in Chur war es im Täli fast schon angenehm, während er im Fahrtwind seines Pfüpflis zur Roten Laterne knatterte und sich einmal mehr ein Motorrad wünschte.

Vor dem verwaisten Gasthaus angekommen, erblickte Caminada den Schwinta-Hitsch, der so hiess, weil er vor vielen Jahren von einer Serviertochter so kräftig eine Ohrfeige, eben eine Schwinta, eingefangen hatte, dass er, halb betrunken, wie er war, vom Stuhl fiel und sich dabei an einem metallenen Tischfuss eine lange Narbe quer über seine linke Gesichtshälfte verlaufend zuzog.

Seinen Unterhalt sicherte sich der windige Fünfzigjährige mit seiner Gerberei, die an den Schrottplatz der Grubers angrenzte.

Er verstand sein Handwerk hervorragend. Wegen seiner Pelzveredelungen waren die Kunden früher von weit her angereist, doch davon war nun nichts mehr zu spüren. Beim Vorbeifahren an der heruntergekommenen Gerberei, von der immer ein fauliger Gestank ausging, war dies kaum zu glauben, wüsste man nicht, dass Schwinta-Hitsch fast alles dem Suff geopfert hatte und so Kunde um Kunde vergrault hatte, bis nur noch das übrig blieb, was der Alkohol nicht ertränkt hatte.

«Hermine ist nicht da.» Schwinta-Hitsch wischte seine Hände an seiner hellgrauen Arbeitshose sauber und kam auf

Caminada zu. «Ich luaga hier nur zum Rechten.» Dabei reichte er dem Landjäger seine Hand zur Begrüssung.

«Ich weiss, sie ist in Bad Ragaz. Kein Wunder bei dem ganzen Schrecken der letzten beiden Wochen. Das ist bestimmt nicht spurlos an ihr vorübergegangen.»

«Ja, und dem Tüfel as Ohr ab. Ihr fehlen jetzt zu alledem, so hart es tönt, nun auch die nötigen Arbeitskräfte, um die Beiz wieder aufzumachen, und das ausgerechnet während des Eidgenössischen, wo der Rubel rollt.»

«Ich habe gehört, dass du und Hermine seit einigen Monaten ein Paar seid. Stimmt das? Immerhin hat sie dich ja in der Nacht, in der Gisela Möckli ermordet wurde, sofort hergeholt, und das soll schon was heissen, meine ich.»

«Was die Leute alles reden, aber ja, in diesem Fall stimmt es ausnahmsweise. Wir sind seit einigen Monaten ein Paar.» Er versuchte, mit dem Rücken zum Wind gedreht eine Zigarette anzuzünden, doch auch das zweite Schwefelzündholz erlosch, sodass ihm Caminada mit seinem Feuerzeug aushalf.

«Hitsch, hast du mir zu dem allem dahinten nicht was zu sagen? Ich bin sicher, du hast das eine oder andere bestimmt schon gehört. Sag, was verzellt man sich im Täli so über die Morde?»

Der blonde Schwinta-Hitsch, der ein hellrotes, aufgedunsenes Gesicht hatte, hob träge die Schultern. «Auch du weisst ja, wie das ist. Alles kann man nicht glauben, aber der Täli-Diakon hat Dreck am Stecken. Dass der spinnt, weiss ja jeder hier hinten. Und ausserdem ist er schon mal mit einer der Serviertöchter aneinandergeraten. Ob der deswegen was mit den Morden zu tun hat, weiss ich nicht.»

«Aha, und wieso weiss ich davon nichts? Ich meine, das mit der Serviertochter?»

«Was weiss ich? War damals glaub ein Fall für das Stadtpolizeiamt gewesen.»

«Was war passiert und wann?»

«Es geschah, glaube ich, vor fünf, sechs Jahren, als er einmal mehr missionierend durchs Täli zog und am Ende wieder mal hier hinten, in der Roten Laterne, ankam. Hermine hat es mir nach dem Mord an der Möckli erzählt. Ich weiss den Namen der Servierdüse nicht mehr genau. Theresa, glaube ich. Egal, die hat auf jeden Fall den heutigen Diakon dabei erwischt, wie er sich an ihr Fenster im ersten Stock geschlichen und durch die Spalten der Fensterläden ihr beim Ausziehen zugesehen hat.»

«Ach was? Hatte sie ihn also dabei gestellt?»

«Nein, er ist beide Male auf und davon. Was man damals aber hörte, er sei danach völlig ab der Rolle gewesen, nachdem sein Getue im Hof auf den Tisch gekommen war. Deshalb habe er gedroht, alle Huren der gerechten Strafe zuzuführen. Was immer er auch damit gemeint haben mag. Aber das war noch nicht alles.»

«Aha, und was willst du mir damit sagen?»

«Den hat der Teufel doch persönlich geritten. Nach diesem Vorfall drehte er komplett durch. Eines Tages, keine drei Wochen danach, drang er in meine Gerberei ein und hatte sich mit einem Schwamm Säure auf den Kopf getan – das schlimme Resultat sieht man ja noch.»

«Deshalb das entstellte Gesicht. Ich hatte mich schon gefragt, was mit ihm passiert ist. Hatte er diese Tat begründet?»

«Ich kam erst dazu, als er den Schwamm seelenruhig zur Seite legte, als hätte er nur eine Seife in der Hand gehabt. Daher auch seine zerstörte rechte Hand. Er hatte irgendwelche Bibelverse dabei gemurmelt von wegen, wenn dich dein Auge verführt, reiss es aus. Aber eben, es ist einige Jahre her und sagt doch vor allem eins aus, der war ein armer Tüfel. Oder öppa nit?»

«Aber du traust ihm deshalb den ersten Mord zu, denjenigen an der Thurgauerin, meine ich, dieser Möckli?»

«Was heisst schon zutrauen? Das täte ich vielen, wenn ein triftiger Grund, ein Motiv besteht. Wer ist denn nicht fähig zu morden? Was sicher ist, dem Diakon fehlen ein paar Ziegel auf dem Dach, und somit ist der für mich in erster Linie unberechenbar. Das einer sich so entstellt, sagt doch schon viel über den aus.»

«Wirkt er nicht vor allem seither so, weil er so entstellt aussieht?»

«Schon, aber der Mann ist derart besessen von seinem Glauben, da gibt's nichts anderes mehr, stelle ich mir vor. Hermine hat mir da einige Geschichten verzapft, und in der ‹Falla› gibt's dertigi Geschichtli gleich im Zehnerpack.»

«Und trotzdem ist er ein Diakon geworden.»

«Ich bin überzeugt, der muss im Hof oben keinen Zampano aufgeführt haben, damit er das Täli zugesprochen bekam, denn welcher Pfaffe streckt sonst seinen Grind freiwillig zu uns rein? Aber dass die dem das Totengüatli, die Kapelle, zum Predigen gaben, das ist schon was.»

«Aber die Italiener schätzen ihn sehr, habe ich gehört.»

«Ach, diese Tschinggen.» Er winkte abschätzig ab. «Wenn einer den Namen Maria Muttergottes richtig aussprechen kann und ein Ave-Maria in der Kirche vorsingen kann, hinterfragen die nichts und niemanden. Für sie ist er wirklich eine Art Heiliger geworden – eben wegen seinem Grind. Aber wie gesagt, da war mal was mit einer Serviertochter ausgeartet.»

«Noch mal zum Abend, als die Möckli aufgehängt wurde. Hermine hat gesagt, dass du krank warst. Hast du den ganzen Tag im Näscht gelegen oder ihr vor dem Auftritt dieser Lola geholfen? Gab ja bestimmt einen Haufen Arbeit.»

«Hätte ich ja schon sollen, doch ich lag bereits den ganzen Tag davor im Näscht und noch zwei Tage danach. Hatte die Scheisserei und Fieber. Hermine hat mir extra noch eine Suppe an dem Abend vorbeigebracht, bevor es hinten losging. Und hat mich dann nur Stunden später aus dem Näscht gescheucht, nachdem sie die Erhängte gefunden hatte. Ich blieb dann bis am Morgen bei ihr hinten. Es war ihr wegen dem Mord zu kfürchig, um alleine im Haus zu bleiben, und das trotz der Hunde. Und nun schaue ich nach dem Rechten hier, füttere die Schweine und die beiden Hunde und erledige, was sonst noch alles anfällt.»

«Und zum Fall der Gruberin. Ihr seid ja direkte Nachbarn. Fällt dir da was ein?»

«Walter, willst du mich etwa in Teufels Küche führen? Den Grubers steht niemand freiwillig auf die Füsse, und wenn man daneben haust, erst recht nicht. Aber was ich dir im Vertrauen sagen kann, ist, dass das Käthy wie der Alte ist. Ich meine, war.

Die hatte die Finger überall drin und wusste ihre Reize bestimmt gewinnbringend einzusetzen.»

Caminada wollte nachfragen, als Schwinta-Hitsch weitersprach: «Und bevor du mehr wissen willst, Walter: Ich bin nicht blöd und will meinen Frieden im Täli wahren. Aber ich bin sicher, die ist nicht vor lauter Unschuld umgebracht worden, genau wie ihr alter Herr auch nicht den Freitod gewählt hatte.»

Caminada wusste, mehr war da nicht aus dem rauszuholen. «Gut, danke vorerst, und richte Hermine aus, dass sie, wenn sie zurück ist, auf dem Posten vorbeikommen soll.»

13

Anselmo wusste, dass es Sonntag war. Es war sein dritter Tag in Einsamkeit, und er hatte auf dem Strohsack schlecht geschlafen. In wirren Träumen war er durch die Nacht gejagt. Erst gegen Morgen schlief er wieder ein, und da war sie wieder da – Theresa!

Er hatte von ihr geträumt: wie sie ihr langes braunes Haar inmitten einer Sommerwiese bedächtig mit einem Kamm gekämmt und dabei mit einem Lächeln im Gesicht verträumt gesummt hatte. Ihre Stimme war lieblich, das Haar weich wie die Schönwetterwolke am Horizont, glänzend wie der sprudelnde Bach und duftend wie die Sommerblumen inmitten der Wiese. Sie hatte ihm gesagt, wie schön er sei, was für vollendete Lippen er habe.

Als er mit ihr über die Rote Laterne reden wollte, was für ein tiefer Falltrichter dieser Ort im Meiersboden doch sei, ein Fleischwolf für eine jede Menschenseele, der den schwarzen Tod mit sich brächte, da war sie aufgestanden und hatte gelacht und gelacht und gelacht. Ihr Lachen darüber hörte nicht auf, sondern widerhallte so eindringlich aus allem, dass sich die helle Wolke hinter ihnen schwarz verfärbte, das Sommerlicht wurde von ihr aufgesogen, das Bächlein gefror und die Farben entschwanden. In plötzlicher Kältestarre verharrte das Tal, Krähenschreie waren die einzigen Geräusche in der sonst so tauben Welt.

Anselmo griff nach ihrer kalten Hand, denn sie starrte ihn mit weit aufgerissenen Augen an, als eiskalter Wind ihr Haar kräftig wehen liess. Immer stärker zog er an ihrer Hand, damit sie mit ihm kommen würde, ihr farbloses Sommerkleid flatterte hektisch einer Fahne gleich im bissigen Sturmwind. Er vernahm das immer lauter werdende Bim-Bam-Bim-Bam der grossen Glocken der Kathedrale, das sich gegen den Sturm stemmte.

Er riss Theresa aus ihrer Starre, und sie begannen Hand in Hand zu laufen.

Sie flüchteten barfuss vom heftigen Sturm begleitet durch die nun schwarz-weisse Landschaft hinunter zum Meiersboden. Das rubinrote Licht der leuchtenden Laterne im Schwarz-Weiss stach in ihren Augen, wies ihnen wie ein See voller Blut den Weg, so rot, so tief, so eindringlich, als wäre es lebendig. Die Äste der Bäume senkten sich wie Arme und versuchten sie zu ergreifen. Anselmo hielt Theresas Hand noch fester, wollte ihr Mut zurufen, doch aus seinem Mund kam kein einziger Ton.

Irgendwie schafften sie es hinunter zum Brückli. Die Fluten der Plessur waren aus Pech, Grubers Rottweiler war zum mehrköpfigen Höllenhund Zerberus verwandelt, der an einer glühenden Kette tobte. Übers Totengutbrückli marschierte eine knöcherne Armee in der blassdunklen Dämmerungsstimmung auf, während sich die Glocken der Kathedrale weiter gegen den Sturm stemmten, um mit ihren heilvollen Klängen die Flüchtenden zu sich zu führen.

In der Altstadt angekommen, eilten die beiden über die lange Treppe hoch in den Hof, doch das Portal der Kathedrale war Mauerwerk gewichen. Die Armee der Toten erreichte durch den tunnelartigen Zugang, unter der Hofkellerei hindurch, nun ebenfalls die Hofanlage, als Anselmo leise ein Glöcklein zu vernehmen glaubte.

Er blickte hoch zum Mittenberg. Der Wald lag schwarz wie verbrannt, doch da war es wieder, das leise Geläut, einem Segen gleich.

In hellem Aufruhr zog er Theresa hinter sich her. Barfüssig, wie sie waren, flüchteten sie mit blutig aufgeschlagenen Füssen den steilen Wanderpfad hoch, die Knöchernen füllten hinter ihnen den Wald.

Endlich, im Schutze des schwarzen, überhängenden Felsens, erschien die Grotte. Im sanften Licht, das ihn an die Weihnachtszeit erinnerte, schimmerte die kleine Kapelle, als wäre darin soeben das Christuskindlein geboren worden. Theresa blieb wie angewurzelt stehen, als er vor ihr die kleine Pforte öffnete und das Kreuz Christi leuchten sah.

Sie schüttelte nur den Kopf, während sein Blick sie anflehte, doch er hatte es sofort in ihren Augen gesehen – sie würde draussen bleiben. Für das Wieso gab's keine Zeit.

Für einige Sekunden blieb alles still, das Tosen des Sturmes war seltsamer Ruhe gewichen, als hätte ein Flüstern einen Riesen besänftigt. Dann erhob sich mit nie da gewesenem Aufheulen der Ansturm des Bösen, und kurz bevor es Anselmo ergreifen konnte, schlug er die Türe von innen zu …

Einmal mehr schoss er schweissgebadet hoch, sein Herz hämmerte wie verrückt, seine Lungenflügel rangen nach Atem.

Er setzte sich auf, fuhr über die vernarbte Haut seiner rechten Kopfhälfte hin zu den schwarzen, verschwitzten Haaren.

Wieso konnte er sie nicht vergessen? Wieso jagten wieder diese Träume hinter ihm her, als hätte er es wirklich erlebt?

Heute war er zu müde, um die Gedanken an ihre gemeinsame Zeit von damals zu verbannen, und liess sie zu …

… er war überrascht gewesen, sogar sehr, als Theresa ihn damals vor sechs Jahren zu einem Spaziergang eingeladen hatte. Das war vier Jahre nachdem ihm der alte Mann im «Schwanen» in Chur-Masans seine Prophetie eröffnet hatte, und es war die Zeit, als sein Gesicht und die Hand noch unversehrt waren.

Anselmo hatte ihre Einladung gerne angenommen, nachdem sie zuvor hin und wieder kurz ins Gespräch gekommen waren, während er in der Roten Laterne jeweils nach siebzehn Uhr unter den Bäumen etwas trank.

Sie waren lange spaziert, bis zum St. Hilarien, dem alten und verlassenen Frauenkloster, wo ein kleiner Bach am Gebäude vorbei über die liebliche Wiese floss und zwischen den Tannen verschwand, um abrupt über den Felsen dahinter als kraftloser Wasserfall ins Täli zu fallen. Den Wibersprutz nannten ihn die Tälibewohner seit vielen Jahrzehnten, weil die Nonnen, die das Kloster bewirtschaftet hatten, ihr Abwasser direkt in den kleinen Bach leiteten und dessen Wasserfall so plätscherte, als wenn eine Frau ins Täli brunste.

Anselmo hatte noch nie mit einem Fräulein einen Spaziergang gemacht. Er wusste, das hatte bestimmt was zu bedeuten.

Er war bereits vierunddreissig, und von Theresa erfuhr er, dass sie siebenundzwanzig war, dass man ihr das Kind weggenommen hatte, weil es dazu keinen richtigen Vater gäbe, weshalb nun der Kleine in einem Heim irgendwo im Bernbiet versorgt sei, und bevor sie nochmals nach Hindelbank, ins Frauengefängnis, käme, sei ihr die Arbeit in der Roten Laterne mehr als nur recht.

Die Vergangenheit sei halt wie eine lange Katze, sagte sie lächelnd, wie eine viele, viele Kilometer lange Katze.

Als Anselmo fragte, wie sie das meine, blieb sie stehen und sah ihn an. «Wenn man dieser in den Schwanz beisst, dann miaut sie viele Kilometer entfernt genauso wie eine kurze Katze.»

Er hatte nicht richtig begriffen, was sie meinte, und traute sich nicht, nachzufragen, weil er nicht wollte, dass sie sich nicht verstanden fühlte. Aber möglicherweise meinte sie damit, dass das Leben einen irgendwann einholt, auch Ereignisse, die vor langer Zeit geschahen, als wären sie erst gestern passiert.

Die Gespräche mit ihr, wenn sie sich irgendwo draussen im Meiersboden trafen, veränderten ihn. Er hatte sich zwar darauf vorbereitet, der körperlichen Lust als Mann standhaft entgegenzutreten, denn was diese Schäferin-Hure im Bergell alles mit ihm angestellt hatte, wusste er ja. Auf was er nicht gefasst gewesen war, das war dieses andere Gefühl, welches noch viel stärker war und ihn ständig und überall an Theresa denken liess.

Es vergingen weitere Wochen, immer wieder zog es ihn Anfang Nachmittag zu Theresa, bevor um fünf Uhr ihre Schicht begann, die erst nach Mitternacht endete. Damals war er noch kein Diakon gewesen, hatte sich aber als Missionar gefühlt.

Als er Theresa, sie kam singend aus dem Gasthaus gelaufen, gesagt hatte, wie sehr er ihre Stimme mochte, da hatte sie ihm auf St. Hilarien inmitten der Sommerwiese Lieder gesungen. Es waren schöne helle Melodien voller Sehnsucht und Liebe gewesen.

Vater Lorenzo hatte ihm und seinem Bruder früh das Singen beigebracht, falls sie Priester werden sollten, denn es gäbe weiss Gott viele unter diesen, die derart jämmerlich sangen, dass sich der eine oder andere Gläubige bestimmt dabei bekreuzigen müsste, sagte er in einem Ton aus Spass und Ernst.

Deshalb traute sich nun Anselmo mit Theresa über dem Täli

gemeinsam zu singen, und sie sagte ihm, dass er eine wundervolle Gabe besässe – eben seine Stimme.

Als sie eines Tages dabei seine Hand nahm und sie sich singend in die Augen schauten und die Melodie ihre Herzen einer Blume gleich öffnete, da überflutete ihn eine so grosse Liebe, dass er glaubte, Gott zu betrügen, denn so intensiv fühlte er nicht, wenn er Loblieder für den HERRN sang.

Theresa streichelte ihm danach in der warmen Sommersonne sein Gesicht und fuhr mit einem Grashalm ihm neckisch über die Nase. Anselmo lag auf dem Rücken und hatte dem Summen der Insekten gelauscht und dabei die Wolken im Blau betrachtet, als ihre Finger seine Lippen sanft streichelten.

Ihr langes Haar fiel seitlich über sein Gesicht, als sie sich langsam über ihn beugte und ihre Lippen auf seine legte. Nur kurz berührten sie einander, er fühlte ihr Haar an seinen Wangen, das ihn wie ein lichter Kokon vor der Aussenwelt schützte. Dann hob sie ihren Kopf an, die Sonne blitzte durch ihr Haar, als sie flüsterte: «Anselmo, du bist wunderschön und gütig zugleich.» Ihr Antlitz, flankiert von dem himmlischen Licht, war das eines Engels, und er war unfähig, zu antworten, aus Angst, eine Seifenblase zum Platzen zu bringen.

Sie lagen noch lange gemeinsam im hohen Gras mit Blick über Chur, bis die Schatten lang wurden. Sie streichelte immer wieder sein Gesicht, kuschelte sich an seine kräftige Schulter und hielt eine Blume in der Hand, die sie hin und her drehte. Manchmal richtete sie sich seitlich wieder auf, strich dabei ihr Haar nach hinten, das, kaum hatte sie ihre Lippen auf seine gehaucht, nach vorne über ihn fiel. Er fühlte sich wieder umschlossen von ihren Haaren, die ihn wie ein schützendes Zelt umgaben.

Es war das erste Mal, dass er eine Frau küsste oder besser gesagt, dass ihn eine Frau küsste. Ihre Zungenspitze streichelte sanft seine Lippen, nur unterbrochen von Lippenküssen, bis er zaghaft beide erwiderte. Sie umarmten einander. Er mochte ihren Duft und sog ihn langsam und leise ein, fühlte dabei, wie sich ihre Brust hob und senkte, weil sie seitlich auf ihm lag.

Es war der schönste Tag in seinem Leben gewesen, als sie

sich, nachdem das Gras am Abend feucht geworden und eine angenehme Kühle von der Schlucht zu ihnen hochgestiegen war, langsam und barfüssig durch die dunkle Wiese auf den Heimweg machten. Sie hielt ihm dabei seine Hand.

Unter der roten Laterne blieben sie in deren Schein stehen, sie umarmte ihn und flüsterte: «Danke, Anselmo, es ist so schön, dass es noch so einen Mann wie dich gibt. Das hätte ich nicht gedacht und daher auch nicht erhofft.» Mit einem letzten Kuss verabschiedete sie sich.

Er schaute ihr im roten Licht stehend nach, wie sie ihre Sandalen in den Händen trug und mit sanften Hüftschwingungen und mit einem letzten Blick zurück im Gasthaus verschwand.

Als Anselmo damals aus dem Täli kam, der bischöfliche Hof und das Priesterseminar hoben sich dunkel gegen den helleren Nachthimmel ab, ging er gedankenversunken die schmale, mit Kopfsteinen gepflasterte Strasse zwischen den Rebbergen hoch. Die Natursteinmauer, die den Hang zur Strasse stützte, strahlte die gespeicherte Wärme der Sonnenstunden aus. Sie kam ihm vor wie ein gutes Menschenherz gefüllt mit Liebe, denn nur aus Liebe konnten Menschen Wärme schenken, wenn es auch mal kälter wurde, glaubte er darin zu erkennen.

Als er auf leisen Sohlen in seine Kammer schlich, die Gänge mit den vielen dunklen Türen schienen ihm noch länger als sonst, überkam ihn ein schlechtes Gewissen.

Das Abendgebet klemmte zwischen seinen Zähnen. Er legte sich deshalb auf seine Pritsche und versuchte nichts zu denken, doch die Gefühle für Theresa schmeichelten ihm wie der warme Nachtwind.

Mitten in der Nacht erwachte er, als er die Stimme des alten Mannes in seinem Kopf hörte: «Das ist Sünde, du kannst nicht ein treuer Diener Gottes sein, wenn du dich der Schwachheit deines Fleisches opferst.»

Schnell setzte Anselmo sich auf und blickte sich in seiner kleinen dunklen Kammer um, ob der Alte nicht auf dem Stuhl vor dem kleinen Tisch am Fenster sass. Doch alles lag schemenhaft leer und still vor ihm.

Lange lag er danach auf dem Rücken und starrte an die Decke, hörte, wie die St. Martinskirche die Stunden zählte, und hielt den Rosenkranz zwischen seinen Händen fest und dachte an Theresa.

Am nächsten Tag arbeitete er noch härter in den bischöflichen Gütern, sodass er am Abend nach einer Mehlsuppe, es war ein Fastentag, erschöpft auf seine Pritsche fiel.

Er konnte es nicht verleugnen, er sehnte sich nach Theresa, sodass es schmerzte. Was er auch versuchte, er konnte sie nicht aus seinen Gedanken, geschweige seinem Herz verbannen, als wäre sie eine Heilige.

Von nun an kam jede Nacht die Stimme des alten Mannes über ihn, die ihn ermahnte, die Prophezeiung zu erfüllen. Wiederholend sagte sie ihm, dass niemand zwei Herren zur gleichen Zeit dienen könne und er sich somit entscheiden müsse.

Anselmo vertraute sich darauf Priester Casotti an, widerwillig, doch er erzählte, was geschehen war, denn er hielt den Zwiespalt, als wäre er zwischen zwei Pferden eingespannt, nicht mehr aus.

«Mein Sohn», so fing Priester Casotti jedes Gespräch an, als wäre er sein Vater, doch Anselmo störte diese Floskel nicht, «der HERR hat dir kein Zölibat auferlegt, du darfst eine Frau kennenlernen und lieben und sie zum Altar führen, doch auch dieser Weg muss vom HERRN bestimmt und gesegnet bleiben. Enthaltsamkeit bis zur Trauung ist ein Zeichen, dass ein Mann auch danach fleischlicher Lust ausserhalb der Ehe entschlossen entgegenzutreten vermag. Denn die Versuchung bleibt immer bestehen, ob Priester oder verheirateter Mann, doch das vergessen die meisten.»

Anselmo beichtete, dass er Theresa bereits geküsst und es schön gefunden habe und dass er es gerne wieder täte und es ihm deshalb so gar nicht leidtue, wie er es sich eigentlich wünschte, um aufrichtig im Beichtstuhl sein Herz davon erlösen zu lassen.

Priester Casotti vergab ihm diese Schuld und ermahnte ihn, nicht zu streng mit sich zu sein, denn solche Erfahrungen wie das Küssen entstammten der menschlichen Natur, und weit Schlimmeres sei ja Gott sei Dank nicht geschehen.

«Anselmo, entscheide dich, welchen Weg du gehen willst. Hier bist du bei uns. In unserer Mitte bist du im Moment ein Arbeiter in den bischöflichen Gütern, und wir schätzen deine Treue zum HERRN. Doch du kannst jederzeit wieder in die Welt da draussen gehen, heiraten, Kinder kriegen und arbeiten und dabei auch ein gottgefälliges Leben führen. Aber wenn es dir eine Berufung ist, ein Priester zu werden, dann heisst das zwangsläufig Zölibat. Sei dir dessen bewusst.»

Doch es war zu spät!

Anselmo verliess den Beichtstuhl bereits in Gedanken an Theresa, an sündiges Verhalten, das, noch ehe das Amen gesprochen war, ihn lockte, und fuhr mit einem Velo auf direktem Weg zu ihr, und sie empfing ihn mit all ihrer Liebe und Nähe.

Wieder vergingen danach weitere Tage, in denen er hin- und hergerissen war, sich versuchte zurückzuziehen, doch es gelang ihm nur mit allergrösster Anstrengung.

Theresa stand eines Morgens im Hof, nachdem er sich eine Woche nicht mehr im Meiersboden hatte blicken lassen, und fragte nach ihm.

Sie hatte extra für ihn frisches Brot gebacken und es sogfältig in ein Tuch eingewickelt und in einem Korb hergetragen, der mit Kornblumen geschmückt war.

Sie unternahmen in den Tagen danach weitere Spaziergänge, Anselmo küsste sie nun, auch ohne dass sie ihn zuerst küsste. Am Waldrand des Fürstenwaldes schlenderten sie oft entlang und redeten, sprachen aber nie ein Wort über die Zukunft.

An einem Montag, es war Wirtesonntag, Hermine war in Bad Ragaz bei ihrer Schwester, führte Theresa ihn in ihre Kammer. Sie beide hatten zuvor auf der Waldlichtung gesessen und gesungen, und sie hatte sich an ihn gelehnt. Anselmos dunkelbraune Augen umspielte ein glückliches Lächeln, seine formschönen Lippen hauchten ihr einen Kuss auf die Stirn, und der Wind strich ihm durchs volle Haar.

Mit einem geheimnisumwobenen Blick schloss sie die Kammertüre hinter sich und lehnte sich mit dem Rücken einen Moment an diese und lächelte ihn vielsagend an.

Es war später Nachmittag Ende August gewesen, die Sonne schien mild zwischen den alten Bäumen vor dem Gasthaus, die immer längere Schatten warfen, als sie ihre Bluse aufknöpfte. Anselmo war sich sicher, Theresa wusste, dass er noch nie eine Frau so berührt hatte, und war deshalb angespannt, ja sogar ein Anflug von Angst stieg in ihm hoch.

Theresa war aber sanft und leise wie der Wind draussen. Mehr als die Knöpfe hatte sie nicht geöffnet. Ihre Brüste blieben verborgen, solange er die Bluse nicht selber zur Seite schieben würde.

Sie setzte sich halb aufrecht hin, und er legte seinen Kopf an ihre Brust und liess sich durch sein Haar streicheln.

Vor seinen Augen zog sie sich danach langsam aus. Sie streichelten einander liebevoll, die Zeit verschwamm in einen einzigen langen Moment, als sie sich wieder hinlegte und ihn zärtlich zu sich zog.

Anselmo lag danach mit seinem Kopf auf ihrer Brust, streichelte ihren Oberarm und küsste sie immer wieder sanft auf ihre Haut.

Er blieb, bis am nächsten Morgen die Sonne aufging.

Es war schwer für ihn, zu gehen, er wäre gerne geblieben, und ihre Augen sagten dasselbe, doch er musste zur Arbeit.

Als er wieder über sich den bischöflichen Sitz, diesmal in der Morgensonne, sah, fragte er sich, was Vater nun über ihn denken mochte, ob er ihn nun mit dem Stecken davonjagen würde wie damals diese Schäferin, die mittlerweile an Syphilis gestorben war, wie ihm sein Vater im letzten Brief geschrieben hatte.

In der folgenden Nacht wurde die Stimme des alten Mannes noch lauter, dann flehentlich, liess ihn von dieser Nacht an kaum mehr in Ruhe schlafen.

Die Schuld der Sünde wurde immer grösser wie ein Stapel gefällter Bäume, doch Theresas Augen leuchteten, wenn sie sich sahen und einander ganz nahe kamen. Er schenkte ihr selbst gepflückte Blumensträusse und schnitzte aus Holz einen Engel und verbrachte manche Nacht bei ihr, um in den frühen Morgenstunden mit dem Velo nach Chur zu trampen und dabei dem Zwitschern der Vögel zuzuhören, das neben dem Rauschen der Plessur ihn begleitete.

Bei der Kartoffelernte half Theresa sogar an ihrem freien Tag mit und erhielt einen vollen Tageslohn und eine Suppe am Hof wie die anderen Tagelöhner. Niemand stemmte sich gegen ihr Kennenlernen, aber er sagte dem Priester Casotti auch nicht alles.

Anselmo schlief keine Nacht mehr richtig, die Stimme plagte ihn, wie der Sünde Lust ihn gleichsam mit der Liebe zu verbrennen drohte.

«Anselmo», wiederholte die Stimme des Alten. «Es ist nur wegen deiner Schönheit, sie sagt es ja ständig selber. Zerstöre nicht deine Berufung, wähle nicht weiter den Weg zur Finsternis – ein Auserwählter muss opfern können, denn das unterscheidet ihn von den anderen, den Lämmern.»

Anselmo wusste, er würde Theresa niemals widerstehen können, denn noch nie wurde er so geliebt, auf eine sanft kraftvolle Art, ohne zu fordern, zu erdrücken, zu verlangen. Sie war das Beste auf Erden, was er bisher erleben durfte.

Doch da war auch seine Bestimmung, die ihn getragen hatte, und irgendwann glaubte er der Stimme, dass dies sein Opfer sei, sein Beweis, würdig zu sein, sein Stachel, seine Mauer und seine Schlucht, die es allesamt zu bezwingen galt. Er beschloss deshalb, wegzugehen, um der Liebe auf Nimmerwiedersehen zu sagen, doch wohin?

Er fand keine Lösung, denn egal, wohin er auch fliehen würde, er fühlte es, er nähme den längsten Weg auf sich, um die Liebe wiederzusehen, ihr nahe zu sein wie noch niemandem je zuvor. Er fühlte sich verzweifelt verliebt und hoffnungslos machtlos.

Als er zum wiederholten Male an der Gerberei vorbeilief – er wusste ja, was Säuren bewirkten, denn er hatte Schwinta-Hitsch bei gelegentlichen Gesprächen zugesehen –, da kam ihm ein Gedanke, einer Prophezeiung gleich: Er müsste das Schönste, das er hatte, zerstören, damit ihn seine Liebe nicht mehr wollte; denn er war zu schwach, sie willentlich zu verlassen.

Als in den kommenden Nächten die Stimme des alten Mannes ihn lobte, hervorhob, dass dies das einzig Richtige sei, um zu entkommen, fasste Anselmo einen Entschluss, der ihn sofort einschlafen liess.

Am nächsten Tag schlich er sich in die Gerberei, nachdem um kurz vor halb zehn Uhr Schwinta-Hitsch sich in «d'Falla» aufgemacht hatte, um sein morgendliches Bier zu trinken und ein Salamibrot zu essen.

Anselmo blickte sich um, bevor er einen Schwamm mit der rechten Hand entschlossen in die Säure tauchte und sich damit rechtsseitig sein Gesicht bis hinunter zum Hals einrieb und hälftig sein Kopfhaar.

Erst geschah nichts, ausser dass sein rechtes Auge sofort schmerzte. Die gelbliche Flüssigkeit trocknete ein, er war enttäuscht, hatte er sich doch etwas Märtyrerhaftes darunter vorgestellt. Die Säure wirkte nicht.

Schwinta-Hitsch kam früher zurück, warum auch immer, und als er ihn so ansah, wurde er sprachlos, sodass Anselmo an ihm vorbei hinaus ins Täli rannte.

Er trieb sich danach den ganzen Tag im Totengut rum. Als er im Dunklen zum Priesterseminar hochlief, da fing es ihn an zu jucken und zu brennen, als ob seine Haut mit heisser Kohle überschüttet worden wäre.

Gegen Morgen, als er vor höllischen Schmerzen aufstöhnte, kam ein Geistlicher in seine Kammer und erschrak ob seines Anblickes.

Viel kaltes Wasser gossen sie ihm über seine Wunden, die wie rohes Fleisch aussahen. Seine Haare lösten sich mitsamt der Haut vom Schädel, während er glaubte zu verbrennen. Priester Casotti wurde darauf sofort geweckt. Dieser veranlasste, dass man ihn unverzüglich mit einem Einspänner ins Kreuzspital einlieferte.

Noch heute hörte Anselmo die Hufe des Pferdes auf dem Kopfsteinpflaster und die Räder der Kutsche. Auch das «Brrrrr» des Kutschers, das die Stille der Nacht vor dem Kreuzspital durchbrach, und wie ihn Hände ins Innere geleiteten, fühlte er noch ebenso, als wäre es soeben geschehen.

Eine Woche lag Anselmo im Krankenbett, umschwärmt von Nonnen, als wären sie Bienen und er die Larve. Die wässrig eitrigen Wunden vernarbten zusehends. Sein rechtes Auge war verloren, seine schönen Lippen hälftig zerstört wie sein Gesicht, der Hals und seine rechte Hand.

Als er sich zum ersten Mal im Spiegel sah, erschrak er. Doch so wie er erschrocken war, so würden auch die andern erschrecken, und er wäre nun vor der Versuchung sicher. Niemand würde sich mit einem derart Entstellten einlassen, geschweige denn ihn begehren – dessen war er sich so sicher wie des Amens in der Kirche.

Nach einer Woche wurde er aber nicht etwa entlassen, wie er gehofft hatte. Zu seiner Scham brachte man ihn in die Nervenheilanstalt für Geisteskranke und pflegte ihn dort weiter.

Dem behandelnden Psychiater erzählte er von seinen Schlussfolgerungen, ohne die Stimme des Alten dabei zu erwähnen. Dies aus gutem Grund, denn, das wusste er, die hörte nur er, und genauso wie er das wusste, war ihm klar, dies zu erklären würde nur unnötigerweise Wasser auf die Mühlen all derer giessen, die ihn für verrückt hielten anstatt für einen Auserwählten.

Doch dann geschah das für ihn Unfassbare.

Nach zwei Wochen wurde er in das Besuchszimmer gerufen. Im kahlen Raum sass auf einem Stuhl Theresa in der für sie typisch aufrechten Sitzhaltung.

In ihren Augen sah er den Schrecken, als sie sein Gesicht sah, doch dann wich dieser Blick zusehends dem, den er von ihr kannte.

Er setzte sich angespannt ihr gegenüber. Der weiss gekleidete Pfleger blieb ebenfalls im Raum. Postierte sich stehend neben der Türe, seine kräftigen Arme, so dick wie Kegel, dabei verschränkt.

Theresa ergriff sofort Anselmos Hand, sogar die rechte, und liebkoste ihn mit ihren Augen, sodass er sich unsicher wurde, ob sie wirklich das sah, was er im Spiegel gesehen hatte und was seine linke Hand beim Ertasten seiner Narben erfühlte. Beim

Sprechen musste er sich zudem konzentrieren, denn wegen der starken Narbenbildung auf der rechten Lippenseite sprach er damals noch eine Zeit lang verwaschen.

Theresa kam jeden zweiten Tag um elf Uhr, als wäre nichts geschehen, und brachte das Leben von draussen mit. Er aber tat nach zwei Wochen, wie ihm der alte Mann in der Nacht zuvor eindringlich aufgetragen hatte, und sammelte alle Kraft und erklärte ihr, dass er Priester werden wolle und daher kein Platz mehr in seinem Herzen frei sei.

Es brauchte einen Moment, bis sie die Nachricht verstand. Um diese Zeit zu überbrücken, dankte er ihr mit leisen Worten für alles und stand auf und verliess ohne sich umzudrehen den Raum – sie blieb am kleinen Tisch sitzend zurück.

Als man ihn wieder auf seine Abteilung führte, sah er von einem Fenster im Gang aus, wie sie unter der einen grossen Blutbuche ein Taschentuch ans Gesicht hielt, bevor sie schnellen Schrittes das Gelände der Irrenanstalt verliess und dabei das Taschentuch in die kleine Tasche steckte.

Das war vor sechs langen Jahren gewesen. Nun war er auf der Flucht vor dem Landjäger und wusste nicht, warum er plötzlich in dieser Hütte weinen musste, anstatt zu beten, und wieso nun jetzt ihm all diese Erinnerungen so gewahr wurden.

Als wäre er um Jahre gealtert, verliess er die Hütte.

Inmitten der kleinen Waldlichtung atmete er die Bergluft in langen Zügen ein, sein Blick ging zum Tannenwald, der ihn seitlich und oberhalb der Wiese umschloss, als sich die Bäume zu verneigen begannen. Er verstand es nicht, auch nicht, warum der Himmel sich gleichzeitig rot und röter färbte, als würde er mit Blut getränkt, was aber bestimmt ein untrügliches Zeichen dafür war, dass bald etwas viel Schlimmeres geschehen würde.

Schnell lief er in die Hütte zurück und nahm das Gewehr. Er hatte zweihundert Schuss Munition im Rucksack mitgenommen. Hektisch lud er die Waffe und packte zusätzlich je eine Handvoll Patronen in seine Hosentaschen und eilte in die Mitte der Wiese zurück.

Langsam erhoben sich die Bäume, nur der Himmel blieb glühend rot.

Als hätte er ein scheues Wild im Visier, erhob er sein Gewehr und begann zwischen den Bäumen hindurch in die Dunkelheit des Waldes zu feuern. Er wartete jedes Mal, bis ein Schuss in der Einsamkeit der Berge verhallt war, und schoss erneut.

Jeder einzelne Schuss löste krachend diese Einsamkeit auf, tauchte wie ein Stein in einen See ein, in dem der Knall samt Echo wie dessen Wellen sich langsam glättete. Nach sechs Schuss hörte er auf.

14

«Walter», rief am Montagmittag um kurz nach dreizehn Uhr Peter Marugg über den hölzernen Gartenzaun hinweg. Hinter den Büschen und den Obstbäumen sass Caminada auf seiner Holzveranda.

«Was ist los?» Caminada, der seine hellblauen Hemdsärmel zurückgekrempelt hatte, kam ans Gartentor. «Willst du auf einen Kaffee reinkommen? Die Beerdigung fängt ja erst um zwei Uhr an.»

Menga brachte Kaffee und zwei grosse Stück Gugelhopf und liess die beiden Männer alleine, nicht ohne zuvor noch einen zufriedenen Blick auf Maruggs linkes Auge zu werfen, das sie nach dem Vorfall verarztet hatte.

«Walti, hör zu. Diese Möckli, die des Diebstahles im ‹Steinbock› beschuldigt wurde, da stimmt was nicht.»

«Und wieso?»

«Ach, du weisst, wie ich bin. Während der Ermittlungen vor Ort sage ich nicht viel, aber es lässt mir danach dafür keine Ruhe. Deshalb habe ich heute Morgen mit Clavadetscher vom Städtischen Polizeiamt geredet. Die Anzeige, die Direktor Holdener zuerst aufgegeben hatte, nahm dieser wieder zurück – ohne Angabe von Gründen! Ausserdem ist die Möckli fast zeitgleich zwei Mal im Rathaus gesehen worden. Wie du weisst, habe ich, seit meine Liebste dort arbeitet, beste Kontakte ins Sekretariat. Deshalb weiss ich auch, dass der Cadlini hinter verschlossener Türe die Möckli empfangen hat, wenn auch nur kurz. Ich betone, der Cadlini empfing ‹seine› Diebin!»

«War das vor oder nach dem Anzeigenrückzug?»

«Das war davor, denn Martina hat mir gesagt, dass an dem Tag auch noch die Finanzplanung anstand, und das war am Ersten. Gemäss Unterschrift des Anzeigenrückzugs somit nur einen Tag davor.»

Marugg sah ohne seine Brille gewohnheitsbedürftig aus, fand Caminada, als er in dessen wache Gesichtszüge blickte. Beim

Stadelmaier hatte Peter eine neue bestellt, aber das konnte dauern.

«Verstehe, und da fragst du dich, wie die den Cadlini, der ja härter als eine Nuss ist, dazu gebracht hat. Grundlos empfing der bestimmt keine Diebin.»

«Ganz genau.» Marugg nahm einen Bissen des Kuchens. «Vielen Dank, Menga, ich mag den so gerne und die Wibeerli darin sowieso», sagte er kauend und hielt die Hand vor den vollen Mund.

Menga lächelte und stellte einen Krug Wasser auf den Tisch, bevor sie wieder im Haus verschwand.

«Walter», Marugg musste den zu grossen Bissen erst runterschlucken, «vielleicht hat sie sich entschuldigt, höflich um den Rückzug der Anzeige gebeten, um keine Nachteile bei der Stellensuche zu bekommen.»

«Ach, Pfiffadeckel! Das glauben wir ja beide nicht mal zusammen.» Caminada trank fast das ganze Glas Wasser leer. Der Kartoffelstock und das würzige Voressen zum Zmittag hatten ihn durstig gemacht. «Wir kennen zwar beide diese Möckli nicht, und auch sonst kennt kaum jemand in Chur sie, denn so lange war sie ja nicht hier, und davon nur drei Monate im Meiersboden. Aber wir kannten den Cadlini. Und eins ist sicher, der hätte kurzen Prozess mit ihr gemacht, wenn er denn gekonnt hätte. Möglicherweise hatte sie etwas gegen den in der Hand, anders kann ich's mir nicht erklären. Vielleicht befand sich ja etwas im Geldseckel, das sie zu seinen Ungunsten gefunden hatte, und konnte sich so herauskaufen.» Caminada verdrückte seinerseits einen Bissen Kuchen und zündete sich danach genussvoll eine Villiger an.

«Das habe ich mir auch überlegt. Oder sie hat ihre Reize spielen lassen», mutmasste Marugg.

«Nein, nein. Dieser Ruf haftete dem Cadlini nie an. Der wusste, wo er zu Hause ist. Aber er hatte andere Schwachstellen, und eine davon war sein Ehrgeiz und eine andere seine Unnachgiebigkeit.»

«Womöglich hatte sie noch mehr als nur eine Entschuldigung rausgeholt – oder rausholen wollen. Doch jemandem war sie dabei auf die Füsse getreten, und zwar so zünftig, dass es mit dem grausamen Mord geendet hat.»

«Der Cadlini, so bin ich überzeugt, hatte zwar schon mehrmals bewiesen, dass er nicht immer gradlinig seine, sagen wir, Interessen verfolgte, aber einen Mord, den traue ich diesem nun doch nicht zu.» Caminada lehnte sich entspannt in den Stuhl zurück, sein Blick ging in den Garten, den er jetzt schon liebte. Er mochte es, den leisen Wind in dem Grün zu sehen und die verschiedenen Gerüche zu riechen, und er wusste von seinem früheren Garten, der hinter dem alten Haus im Küblereiweg lag, wie die Jahreszeiten diesen prägten und verwandelten.

«Da gebe ich dir recht, Walter. Und zudem geschah das Ganze vor über sechs Monaten. Wieso sollte erst jetzt alles eskalieren, nachdem die Möckli zuvor drei Monate in den Thurgau, in dieses Amriswil, verschwunden war, bevor sie in der Roten Laterne servierte? Heute Abend rufe ich übrigens im ‹Ochsen› an und frage nach dem Gemeindeschreiber. Der kann mir mit Sicherheit was über die sagen.»

«In so kleinen Kaffs, wo's mehr Miststöcke als Einwohner hat, kennt jeder jeden. Dennoch glaube ich, dass in den letzten Wochen, seit die in der Roten Laterne servierte, sich etwas an dem Gefüge verändert hat, falls es wirklich was mit dem Cadlini zu tun haben sollte. Und falls ja, dann frage ich mich, wieso nun auch der und die Helvetia tot sind? Und der Mord an der Gruberin passt dann auch weiterhin so gar nicht ins Bild.»

Maruggs unverbundenes Auge glänzte, als Menga mit noch einem Stück Gugelhopf aus dem Haus kam und es ihm mit einem Lächeln in den Teller legte, bevor sie erneut im Haus verschwand. Wieder mit vollem Mund antwortete er: «Es ist verzwickt, wieso wird dreizehn Tage nach Möcklis Tod der Mord am Stapi und an Fräulein Helvetia verübt und knappe acht Stunden später das Käthy Gruber im Meiersboden erschossen? Dazu wird ihre Leiche fast auf den Meter genau an der Stelle platziert, wo ihr toter Vater lag. Das kann alles kein Zufall sein. Ich glaube an eine seltsame Verkettung.»

«Peter, so wie du mich im Moment zwar nur mit einem Auge ansiehst, stellst du nicht nur eine Frage und tauchst bestimmt nicht grundlos um diese Zeit hier auf, ausser du hast den Kuchen bis in die Altstadt gerochen.» Caminada lächelte. «Also sag, was hast du noch herausgefunden? Warum spuckst du es nicht aus, sobald du deinen Kuchen runtergeschluckt hast?»

«Stimmt. Es ist wie der Kuchen, das Beste zum Schluss.» Er lächelte und trank von seinem Wasser. «Vor sieben Jahren, als der Gruber erschossen wurde, da wurde dies nicht so genau untersucht. Oder?»

«Stimmt, habe ich dir doch bereits gesagt. Nur der Wachtmeister Maissen hat die Tatortaufnahme gemacht und einige Leute befragt. Die Leiche wurde von dem Stadtpolizeiamt geborgen, und da es weder Zeugen noch Indizien gab ... kurzum – das Interesse seitens Major Kübler, viele Stunden in den Fall zu stecken, war gleich null. Nicht zu vergessen – es waren Kriegszeiten, und es wird immer noch eine Tat unter Gaunern vermutet.»

«Genau, Walter, so ist es. Das Einzige, was ich dennoch herausgefunden habe, ist Folgendes: Die Grubers brannten auch damals schon Schnaps – und nicht zu knapp.»

«Was hat das mit dem Schnaps zu tun?» Caminada wurde neugierig.

«Wer darf in Chur als einzige Firma mit Bewilligung und Beglaubigung der eidgenössischen Alkoholverwaltung Schnaps brennen?» Er wartete eine Antwort gar nicht ab. «Richtig, Helvetias Vater, der Capaul, der neben der Büchsenmacherei eine offizielle Schnapsbrennerei betreibt.»

«Auf was willst du hinaus?»

«Ich bin in der kantonalen Verwaltung aufs Steueramt gegangen und habe mir die Einnahmen von Capaul angesehen und bin auf Überraschendes gestossen.» Marugg lächelte spitzbübisch.

«Und das wäre?» Caminada wusste, Zahlen und Buchstaben gehörten in die Welt von Peter wie die Landstrasse zu ihm.

«Nach dem Tod des Grubers haben sich die Umsätze der Capaul-Brennerei um über fünfzig Prozent erhöht. Aber das ist noch nicht alles ...»

Caminada tauschte seine entspannte Sitzhaltung mit einer aufrechten.

«Ich habe im Archiv des Stadtpolizeiamtes einen Brief gefunden, in dem Monate vor dem Tod des alten Grubers sich der Capaul bei der Stadtregierung beklagte, namentlich bei Cadlini persönlich, dass der Gruber über den Schwarzmarkt sowohl Restaurants wie auch viele der Privaten beliefere und dies existenzgefährdend für die Capauls sei.»

Caminada rieb sich das Kinn, so wie er es manchmal tat, wenn er scharf nachdachte. «Hm.» Mehr sagte er aber nicht dazu.

«Walter, in dem Brief stand auch, dass Capaul mehrfach vom Gruber an Leib und Leben bedroht wurde, dass dieser ihn gar zu erpressen versucht habe.»

«Und jetzt lass mich raten, das war kurz bevor die beiden Beamten unseres Landjägerkorps Prügel im Täli bezogen hatten.» Caminada zündete sich eine weitere Krumme an.

«Stimmt. Aber es kommt noch dicker. Hast du dir mal überlegt, wann der Diebstahl der teuren Kupferkessel aus Sapün gemeldet wurde, der ja den offiziellen Anlass gab, um überhaupt bei den Grubers eine Durchsuchung einzuleiten? Und vor allem durch wen?»

«Wie gesagt, der Fall wurde nicht mir anvertraut.» Caminada zog den Aschenbecher näher zu sich.

«Ich weiss, ich weiss. Und auch das hatte seinen Grund. Es brauchte seine Zeit, bis ich gestern Nachmittag nach der Beerdigung im Archiv alles gefunden habe, aber es sieht wie folgt aus: Die Meldung des Diebstahls der Kupferkessel erfolgte am Dienstag, 12. Mai 1942. Nicht etwa vom Schanfigger Landjäger Hassler aufgegeben, nein, die Meldung wurde direkt von Wachtmeister Maissen aufgenommen.»

«Moment mal.» Caminada hob die Hand, als würde er im Restaurant der Serviertochter anzeigen, dass er noch was bestellen wollte. «Maissen ist ja der Cousin der Capaul, wie uns der Major vor Kurzem gesagt hat. Darum wollte er, dass er anstelle von uns die Vernehmung nach der Ermordung von Helvetia vornehmen sollte.»

«Warum, glaubst du, habe ich mich am Sonntag mehr oder weniger heimlich ins Archiv aufgemacht? Also, nachdem der Maissen die Anzeige verfasst hatte, wurden zwei der Unseren ins Täli geschickt, bezogen Prügel, und tags darauf seid ihr zu zehnt eingefahren und habt alles auseinandergenommen und die schwarze Schnapsbrennerei, von der jeder schon lange wusste, zerstört.»

Caminada rieb sich das Gesicht und rauchte zwei Züge, ohne was zu sagen.

«Konkret, ich glaube, das Ganze wurde im Auftrag von Cadlini an Major Kübler weitergereicht und der hatte Maissen damit betraut, und somit war die Brennerei vom Tisch. Ich glaube, Maissen hat mit den Kupferkesseln nachgeholfen, denn die dienten bloss als Vorwand. Was die Grubers mit Sicherheit wiederum wütend machte.»

«Das mit der Brennerei stimmt. Denn wer kannte die guten Preise im Täli nicht, um in den mageren Kriegsjahren ein paar Rappen zu sparen? Deshalb haben sich viele, auch Mehrbessere und höhere Tiere, heimlich eingedeckt – und irgendwann auch die Beizen. Für das fanden die bei Nacht und Nebel schon den Weg ins Täli. Das ging so lange gut, bis das Fass der Capauls im wahrsten Sinne des Wortes überlief – sie blieben auf ihrem Schnaps hocken. Aber wie das mit der Möckli zusammenhängt? Mir raucht der Grind, ich muss erst mal nachhirnen.»

«Die Möckli, die lassen wir im Moment aussen vor. Ich will eigentlich nur sagen, dass es eine Verbindung von den Grubers zu den Capauls gibt und dass Helvetia, Laraina Capaul, tot ist wie die Jüngste der Grubers, das Käthy! Was die Möckli oder der Diakon damit zu tun haben, ich habe keinen blassen Schimmer. Doch irgendwie müssen alle mit drinhängen. Es muss noch weitere Verbindungen geben, die wir nur noch nicht kennen.»

«Im Augenblick kann ich nur sagen, sehr gut gemacht, Peter. Wieso der Maissen da wahrscheinlich mit den Kupferkesseln nachgeholfen hat – wir werden sehen. Behalten wir das vorerst aber alles für uns. Und wenn du nicht schon zwei Stück Kuchen gehabt hättest, so würde ich dir glatt noch eins bringen.» Er lachte und blickte auf die Uhr. «Sternawetter, wir müssen los …»

Das Totenglöcklein bimmelte hell. Es war fünf vor zwei Uhr. Der heisse Wind drückte die Hitze bis zum Tälieingang, als Caminada mit Marugg über das Totengutbrückli schritt, um an der Trauerfeier der Käthy Gruber teilzunehmen. Es schien, als wären alle Tälibewohner gekommen, wie es ein Blick in die Menge Caminada verriet.

Die Gruberbrüder standen vor dem kleinen Portaleingang. Über ihnen schimmerte der goldene Schriftzug «DEM LICHT ENTGEGEN», während sie Kondolenzbezeugungen entgegennahmen.

Stillschweigend schüttelten sie dabei Hände, ihre Mienen blieben allesamt versteinert.

Ein seltsames Bild boten die drei: der über zwei Meter grosse Simmi, der alle überragte, in der Mitte, neben ihm seine zwerghaft anmutenden Brüder mit ihren Bärten und kräftigen Posturen.

Hermine und der Schwinta-Hitsch waren soeben an der Reihe und schüttelten die Hände der drei, als Caminada zu ihnen sah. Sie verschwanden danach im Innern der Kapelle.

Am Rande der Trauergemeinde entdeckte Caminada völlig überrascht Fräulein Lola, die extra aus Zürich angereist sein musste, oder sie hatte sich nach der gestrigen Entlassung ein Hotelzimmer genommen. Sie war todschick in Schwarz gekleidet und trug einen modernen Hut mit feinem Netz vor ihrem Gesicht. Fräulein Lolas und Caminadas Blicke trafen sich. Distanziert hielt sie einen Moment Blickkontakt, ehe sie sich scheinbar ungerührt seitlich abwandte.

Erst am Schlangenende reihten sich die beiden Ermittler in die Trauergemeinde ein und bezeugten ihr Beileid mittels kräftigen Händedrucks, der von den Grubers mit stoischen Mienen angenommen wurde. Einzig Simmi nickte dankend Caminada zu.

Die Bankreihen im Innern waren voll besetzt, die Abdankungspredigt hätte aber durchaus wärmer ausfallen können, fand Caminada, der den Priester nicht kannte, der diese hielt und den kurzen Lebenslauf der Käthy Gruber unsicher vorlas.

Auf einer kleinen Orgel spielte der Organist «Grosser Gott,

wir loben dich», während die Trauergemeinde bei der letzten Strophe bedächtig nach draussen schritt.

Im Schatten der Bäume, die im Wind rauschten, sodass ihre Blätter im Sonnenlicht glitzerten, sprachen Marugg und Caminada miteinander, als Fräulein Lola auf sie zukam. Der Duft der Blumen auf den nahen Gräbern und von blühenden Sträuchern lag in der Luft.

«Und wie geht's dem Auge?», fragte sie charmant lächelnd Marugg, als stände sie nicht im Verdacht, sondern wäre eine langjährige Freundin. Das dünne schwarze Netz vor dem Gesicht war verschwunden.

«Was wollen Sie?», fuhr Caminada etwas zu grob dazwischen und sah sie streng an.

«Ich kann Sie beide verstehen, wirklich. Auch den Ärger über mich. Wenn das mit den Fingerabdrücken stimmt, was hätten Sie auch anderes tun sollen?», gab sie sich verständnisvoll. «Ich habe deswegen keine Steine im Bauch. Die Anzeige werden wir deshalb nicht mehr einreichen.»

«Es sind zweifelsfrei die Ihrigen.» Marugg zupfte sich seine schwarze Krawatte zurecht. Sein Ton war wie immer höflich und von Freundlichkeit geprägt.

«Das glaube ich Ihnen gerne, darum komme ich ja auf Sie beide zu.»

«Was soll das hier?» Caminada wollte Antworten und zeigte unverhohlen sein Misstrauen ihr gegenüber.

«Hören Sie, ich kannte das Käthy zwar nur zweieinhalb Wochen lang, aber wir haben uns sehr gut verstanden und viel zusammen gschnädderet, deshalb wollte ich ihr die letzte Ehre erweisen, und ausserdem, überlegen Sie doch mal: Da meine Fingerabdrücke auf der Patrone sind, und nehmen Sie beide bitte einfach mal an, dass ich rein gar nichts mit dem grausamen Mord zu tun habe, da muss man sich doch zwangsläufig fragen: Wie kommen diese dahin? Und die zweite Frage, die sich mir aufdrängt: Wieso? Und als Letztes: Wenn ich Sie erschossen hätte, dann mit einem einzigen Treffer!»

Fräulein Lola, die ihr Haar zurückgebunden unter dem Hut trug, blickte die beiden Ermittler selbstsicher an. «Oder glauben

Sie, das alles sei eine Taktik von mir? Aber warum sollte ich mir das hier antun? Überlegen Sie bitte, oder was sagt Ihrer beider Gefühl?»

Caminada hatte genug gehört. «Also, wenn Sie schon so siebengescheit daherreden, dann nehme ich an, dass Sie nach der langen Fahrt durch diese elende Hitze bestimmt schon mögliche Antworten parat haben. Sie sind nicht eine, die mit leeren Händen und vollem Mund kommt.»

«Sehen Sie, ich habe Sie richtig eingeschätzt. Ein Menschenkenner. Sie haben somit recht. Ich habe mich weiter gefragt: Wo habe ich mich aufgehalten, als ich diese Patrone in die Finger nehmen musste, diese aber danach nicht selbst verschoss? – Genau, auf dem Schützenfest, das ja noch immer läuft.»

«Sie wollen damit sagen, jemand hat Ihnen Patronen entwendet?», fragte Marugg.

«Eigentlich nicht, denn ich nehme diese ja nur einmal in die Finger, dann, wenn ich das Gewehr lade und diese danach gleich verschiesse. Gestohlen worden können sie mir deshalb nicht sein. Aber ich habe jemandem zwei Patronen gegeben, der danach gefragt hat.»

«Und das wäre?» Caminadas Neugierde war geweckt, zugleich baute sich weiteres Misstrauen in ihm auf. Er bekam das Gefühl nicht los, dass da was nicht stimmte.

«Das ist ja das Seltsame, ich habe sie einem der Opfer, dem Fräulein Helvetia, gegeben!»

Das sass wie ein Paukenschlag. Caminada und Marugg blickten sich verwundert an.

«Mit dieser Reaktion habe ich gerechnet, und ich kann sie sehr gut nachvollziehen. Wie ja jedermann mittlerweile durch die ‹Wochenschau› vom letzten Samstag oder aus Zeitungen weiss, wurde die Käthy am Abend, also ungefähr acht Stunden nach Helvetia, erschossen. Also kann Helvetia, da sie bereits tot war, unmöglich die Schützin gewesen sein. Ausserdem hätte auch die wie ich mit Sicherheit nur einen einzigen Schuss dazu gebraucht. Und dennoch, irgendwie müssen diese Patronen, notabene mit meinen Fingerabdrücken darauf, von der Hand Helvetias in das Tatgewehr gekommen sein, ohne weitere Fingerabdrücke zu hinterlassen, und das bestimmt nur aus dem einzigen Grund, um mich zu belasten.»

«Sie meinen», meldete sich wieder Marugg zu Wort, «dass jemand extra eine falsche Spur gelegt hat, um Sie ins Ganze reinzuziehen und uns zu täuschen?»

«Ja, dass man sicher mich verdächtigt. Und dieser Jemand muss wissen, dass Sie, Herr Caminada und Herr Marugg, blitzgescheit genug sind, um die Spur mit den gelegten Fingerabdrücken zu finden, um mich so zu belasten – was ja auch geklappt hat. Immerhin sass ich sogar im Güggi.»

«Fräulein Lola.» Caminada wartete einige Sekunden, bis drei Trauernde an ihnen vorübergegangen waren. «Haben Sie denn solche Feinde? Der erste Mord geschah ja nach Ihrem ersten Auftritt, und auch für diese Tatzeit haben Sie kein glaubwürdiges Alibi, obwohl Sie uns im Sennhof weismachen wollten, Sie hätten eins. Ihr Fahrer behauptet zwar, Sie kurz nach halb zwei, nachdem Sie sich umgezogen hatten, mit dem Automobil in den ‹Steinbock› gefahren zu haben, doch ausser Ihnen beiden kann das niemand bezeugen, somit können wir dies nicht als gesichert anschauen. Ein weiteres grosses Fragezeichen bleibt daher stehen.»

«Sie haben recht, denn um ungefähr halb zwei Uhr war keiner der Gäste mehr auf dem Heimweg, weil keiner eine halbe Stunde braucht, um das Täli zu verlassen, sowieso nicht bei dem Sturm in jener Nacht. Hermine hatte sogar kurz vor ein Uhr das Lokal geschlossen, da konnte es keine Zeugen für meine Heimfahrt mehr geben, ausser meinem Fahrer.»

«Ja, ich weiss, Sie haben dies auch schon bei der Einvernahme im Sennhof zu Protokoll gegeben. Aber nochmals zu meiner Frage: Haben Sie Feinde? Sie scheinen mir eine nicht unumstrittene Person zu sein.»

«Ich nehme dies als Kompliment, denn nur tote Fische schwimmen mit dem Strom, und ich bin bekannt dafür, dass ich meine Meinung sage und Ross und Reiter nenne. Aber hier im Bündnerland war auch ich bestimmt zu kurze Zeit, um mir Feinde zu schaffen, ausser im Vorfeld hätte jemand was gegen meine Auftritte gehabt, ist ja schon alles vorgekommen. Was die

Helvetia betrifft, die kenne ich von anderen nationalen Schiesswettbewerben, und obwohl ich ja klar die zweite Frau im Lande bin, ist deren Schiessleistung so einzigartig, und somit bin ich nicht annähernd eine Konkurrentin für sie gewesen.»

«Ja, gerade darum», konterte Caminada trocken.

«Auch jetzt, da sie tot ist, wird niemals über meine Schiesskünste, die ja zweifellos sehr gut sind, auch nur annähernd so gesprochen werden wie über diejenigen von Helvetia. Helvetia überstrahlte nicht nur mit ihrem Können alles. Sie war in ihrer Gesamtheit das, was sie zum Fräulein Helvetia hatte werden lassen, und das schafft nach ihr niemand mehr, auch wenn sie tot ist, und das wissen Sie ja selber. Also würde mir ihr Tod in dieser Hinsicht rein gar nichts einbringen.»

Caminada musste ihr recht geben. Das war kein plausibles Motiv, doch vielleicht ging es ja um Persönliches zwischen den beiden.

«Wie war denn Ihr Verhältnis zueinander?»

«Sie trug die Nase schon immer etwas hoch im Wind. Deshalb hat es mich auch gewundert, warum sie ausgerechnet mich um eine Patrone bat, und das wenige Minuten vor dem Dreihundert-Meter-Distanz-Wettbewerb.»

«Hat sie es begründet?» Caminada blieb misstrauisch.

«Ich muss meine Aussage von zuvor korrigieren. Eigentlich wollte sie nur wissen, mit welchem Munitionstyp ich schoss, des Windes wegen, da habe ich ihr kurzerhand zwei Patronen in die Hand gedrückt.»

«Vielleicht hat sie damit gerechnet, dass sie so welche bekommt. Trug sie Handschuhe?»

«Ja, jetzt, wo Sie's sagen. Stimmt, ich legte sie in ihre schwarzen Handschuhe, in denen sie auch schiesst. Meine trug ich noch nicht, ich ziehe sie immer erst im Stand an und wunderte mich, dass sie diese schon anhatte.»

«Nochmals zur besseren Verständigung: Helvetia hat nicht nach Patronen gefragt, sondern nur, welchen Typ Sie verwenden? Sie haben ihr von sich aus zwei Patronen in die Hände gedrückt, in deren Handschuhe, die sie schon trug, was Sie wiederum irritierte. Richtig?»

«Richtig. Die Helvetia ist ja Büchsenmacherin und schiesst als Einzige mit ihren eigenen Patronen.»

«Und jetzt stehen wir vor der wichtigsten Frage.» Marugg richtete seinen Hut, der vom Wind verrückt worden war. «Wie kamen die Patronen in das Tatgewehr, und das, ohne weitere Fingerabdrücke zu hinterlassen?»

«Das überlasse ich gerne Ihnen.» Fräulein Lola zog ein goldenes metallenes Zigarettenetui aus ihrer Handtasche und schickte ein Lächeln an Maruggs Adresse.

Da dieser Nichtraucher war, schnippte Caminada anstandshalber sein Feuerzeug auf und schirmte mit der linken Hand den Wind ab, als er ihr Feuer anbot, bevor er sich danach eine Villiger anzündete.

«Und wenn Sie schon mit uns reden wollen, Fräulein Lola», er blies den Rauch in den Wind, «und Sie sich ja vor Käthys Tod mit ihr, wenn auch die Zeit nur kurz war, so gut verstanden haben, was können Sie uns über sie erzählen? Wie war ihr Verhalten?»

«Die Käthy war eine, die wusste, was sie wollte. Nur mit ihrem Ex-Freund gab's mal Ärger, mit diesem Willi, den habe ich mehrmals hinten gesehen. Aber das wäre keiner für mich gewesen, und ehrlich gesagt hat's mich auch gewundert, was die beiden zusammengebracht hatte, bis ich so eine Ahnung bekam ... aber ich möchte keine Gerüchte streuen.»

«Wieso?»

«Ich denke, es ging um Geld. Ausserdem war der Kerl eifersüchtig wie sonst was, und das, obwohl die Beziehung aus war.»

«Ach ja? Wie hat sich das gezeigt?»

«Er hatte ihr einmal eine gröbere Szene vor dem Gasthaus gemacht, die ich per Zufall mitbekommen habe. Habe nur gehört, dass sie einen Mann getroffen hatte, so warf er ihr das jedenfalls vor, und dass er deswegen in Rage war.»

«Aber um was es dabei genau ging, können Sie nicht sagen?» Caminada nickte Hermine zu, die beim Vorbeigehen misstrauisch zu ihnen blickte.

«Nein, es schien mir, dass er eifersüchtig war, sich betrogen fühlte.»

«Wie hat sie reagiert?»

«Gelacht, herzhaft gelacht hat sie und ihm klipp und klar gesagt, wo der Bartli den Most holt, und ihm die kalte Schulter gezeigt. Der ist wie ein begossener, aber auch verzweifelter Pudel noch einen Moment stehen geblieben, bevor er den Meiersboden saumässig wütend verlassen hat.»

«Auf gut Deutsch, das Käthy hat ihm den Tarif durchgegeben», hielt Caminada fest.

Fräulein Lola nickte, warf den Zigarettenstummel zu Boden und drückte mit der sich dabei drehenden Schuhspitze die Glut aus.

Marugg, der fleissig in sein Büchlein Notizen geschrieben hatte, räusperte sich. «Sie sind ja eine direkte Person, wenn ich das so sagen darf.»

«Dürfen Sie.» Fräulein Lola lachte ihn an, sie schien die sanfte Umgangsart von Marugg zu mögen oder versuchte mit ihren Reizen zu spielen. Der unscheinbare Marugg, so hatte Caminada festgestellt, zog genau solche Frauen, wie Lola es war, magisch an. Seine Verlobte, Martina, hatte zwar auch Haare auf den Zähnen, wenngleich dennoch das Herz auf dem rechten Fleck.

«Sie sind ja eine Woche vor dem ersten Auftritt nach Chur gekommen und haben somit auch mit der Gisela Möckli geredet», fuhr Marugg fort.

«Stimmt, die war eine Plaudertasche mit ihrem herzigen Thurgauer Dialekt.»

«Hat sie was durchblicken lassen, das etwas Licht ins Dunkel bringen könnte?»

«Was kann ich über sie sagen?» Sie blickte kurz zum Himmel, als stände im Blassblau die Antwort geschrieben. «Die Gisela redete wie gesagt viel, und nicht alles glaubte ich ihr, halt eine richtige Schnäddertante. Aber etwas erzählte sie mir mit einem verschwörerischen Ausdruck im Gesicht, sodass ich es glaubte.»

«Und das wäre?» Marugg, der nur heute ausnahmsweise einen schwarzen Hut trug, blätterte auf eine neue Seite seines Notizbüchleins.

«Dass sie bald dem Loch dahinten», Lola deutete mit einer

Kopfbewegung in die Schlucht, «den Rücken kehren werde. Sie hätte auch mal Glück im Leben verdient und käme nächstens zu viel Geld, um nach Zürich zu gehen. Sie wollte vieles über Zürich wissen und hat mir erzählt, dass sie bereits eine kleine Wohnung besichtigen war und wahrscheinlich sogar den Zuschlag erhalten würde.»

Caminada konnte somit das Drittklassbillett, das sie in ihrer Handtasche im Schrank gefunden hatten, nun zuordnen, behielt es jedoch noch für sich.

«Sie wollte Tänzerin werden so wie ich. Das schien ihr Ziel oder gar ein Traum gewesen zu sein.»

«Und konnte sie denn tanzen?» Caminada hob fragend die Augenbrauen.

«Sie hat mir vorgetanzt, und ja, sie tanzte gut, doch Burlesk ist viel mehr als nur tanzen, wie Sie ja nun wissen.» Sie lächelte vielsagend, und Caminada drängte die Bilder aus seinem Kopf.

«Das heisst», fuhr nun Marugg weiter und erwiderte ihr Lächeln, «sie hatte Pläne und was Greifbares in der Hand, wie mir scheint.»

«So wie sie sich verhalten hatte und was sie gesagt hatte, ja durchaus.»

«Hatte sie Männerbesuch?» Die Frage kam von Caminada, nachdem Marugg ihm signalisiert hatte, dass er seine Fragen gestellt hatte.

«Nein, sie ist nicht so eine, das merkt man sofort. Sie ist, glaube ich, sogar zu wählerisch, wartete auf den einen Prinzen. Na ja, sie hielt sich glaub für was Besonderes. Nur der Schwinta-Hitsch redete zweimal mit ihr, aber der geht ja als Freund der Hermine ein und aus in der Roten Laterne, wie es ihm beliebt. Aber ich finde, er ist ein windiger, schleichiger Typ, dem nicht zu trauen ist. Und bevor Sie fragen, ich weiss nicht, um was es ging bei den beiden, nur, dass sie eben zwei, drei Mal ein bisschen Geheimnistuerei-Gespräche geführt hatten, fast so, als führten die beiden was im Schilde.» Sie prüfte, ob sie die Handtasche richtig verschlossen hatte, nachdem sie das Zigarettenetui darin verstaut hatte. «So, mehr weiss ich beim besten Willen nicht zu erzählen, und jetzt habe ich Durst. Und, ach ja», ihr Blick ging zu Peter Marugg, «Ihnen würde eines dieser neuen Brillenmodelle sehr gut stehen. Ich meine diese schwarzen Hornbrillen, die der letzte Schrei sind.» Und wieder schenkte sie ihm ein Lächeln.

«Hast du das nicht bereits mit Martina, deiner Verlobten, ausgesucht?», tat Caminada scheinheilig.

«Ja, so ist es, Walter.» Marugg lächelte. «Und ich habe mich genau für so ein Modell entschieden.» Sein Gesicht spiegelte seinen Schalk wider.

«Gut gemacht. Ich hoffe, ich sehe Sie mal mit diesem.» Sie nickte den beiden zum Abschied zu, erst kurz Caminada, dann länger Marugg, mit einem vielsagenden Augenaufschlag.

Sie verliess mit elegant wippenden Hüftbewegungen den bedrückenden Ort, der wirkte, als läge er ausserhalb des gewohnten Lebens. Die beiden schauten ihr nach. Hinter dem Brückli stieg sie in das weisse, bestimmt sehr teure Automobil ein, das auf sie gewartet hatte, und fuhr fort.

Caminadas Blick galt nun der ohne Ausnahme ganz in Schwarz gekleideten Trauergemeinde, die sich während des hellen Totenglöckleingeläuts allmählich auflöste wie die dunklen Wasserlachen auf dem Vorplatz, wenn die Sonne nach dem Regen kam.

Vier Menschen mit so unterschiedlichen Leben, deren Lebensbuch so abrupt geschlossen wurde, hatte der Tod vereint, auch wenn sie in verschiedenen Friedhöfen bestattet worden waren. So viele Opfer, darunter drei junge Frauen, das wühlte Caminada auf und machte ihn traurig, doch zugleich auch kämpferisch.

Und noch ein Gefühl blieb an ihm haften. Er traute dieser Lola nicht einen halben Meter über den Weg. Spielte die gewiefte Zürcherin mit ihnen beiden, oder tat er ihr unrecht? Er entschloss sich deshalb, wie immer in solchen Fällen vorzugehen, und blieb vorsichtig, schloss nicht aus, dass sie unschuldig war, genauso wenig, wie dass sie in mindestens einem der Fälle die Täterin sein könnte.

Bewusst kehrte Caminada nach der Beerdigung alleine in «d'Falla» ein, nachdem er zu Hause den guten Anzug in den

Schrank gehängt und sich ein bequemes Hemd angezogen hatte, dessen Ärmel er, wie immer im Sommer, zurückgekrempelt trug. Marugg würde in dieser Zeit weiter seine eigenen Ermittlungen vorantreiben.

Der Landjäger hatte es erwartet, und so war es dann auch: «D'Falla» war übervoll mit Trauergästen. Er setzte sich an einen der Tische, wo einige noch enger zusammenrutschten, damit ein Platz frei kam. Die Sonne schien steil durch die beiden Fenster und liess den Zigarettenqualm an den vorderen Tischen aufleuchten. Die Luft war warm und roch abgestanden. Deshalb hatte er den Tschoopa samt Hut beim Eingang an einen freien Haken gehängt.

Er bestellte einen Becher temperiertes Bier. Auch wenn der Gesprächspegel im ersten Moment wegen seines Erscheinens auf fast Stillschweigen fiel, so begann der Spuntenlärm zaghaft wieder anzuschwellen. Nach einer halben Stunde schien es Caminada, als hätte man ihn ein wenig vergessen. Der Alkohol tat bei einigen bereits seine Wirkung, und darauf hatte er gesetzt.

Caminada kannte die Wirtshäuser nicht erst, seit er nach dem tragischen Tod seiner ersten Frau über ein Jahr lang in diesen rumgetorkelt war, um sich mitsamt dem Kummer zu betäuben. Er kannte die Wirtshäuser über die zwanzig Jahre hinweg von seinen vielen Einsätzen her. Meist traf er dabei auf die gleichen Leute, die vor den gleichen Tischen die gleichen Probleme zu ersäufen versuchten, die damit aber nie kleiner wurden. Doch in stumpfsinnigen und wortreichen Schicksalstiraden taten sie alles, ausser sich dem Problem zu stellen – so wie er es auch lange getan hatte, bis er Menga getroffen hatte und alles anders wurde.

Nach fünf Stunden, kurz vor halb zehn, draussen war es stockdunkel, hatte sich die Beiz etwas geleert. Caminada sass mit zehn Leuten am langen Tisch, hatte soeben eine Runde spendiert, als die Stimmung in die Richtung kippte, auf die er geduldig gewartet hatte.

«Los guat zu, Walti.» Der dicke Hauser legte seinen Arm kollegial um seine Schultern. «Bisch kai Ungrada, das sage ich dir. Weisst du, wir haben es auch nicht immer einfach hier hinten. Aber du bist nicht so wie die anderen in der Stadt, die nur die Nase rümpfen wegen uns. Waisch, zu schämen braucht sich doch niemand für unsereinen.» Seine Alkoholfahne reichte beinahe für einen Vollrausch.

«Präzis», lallte nun die alte Frieda, deren Finger allesamt abgefroren waren, weil sie im Rausch im Winter besinnungslos vor ihrem Haus liegen geblieben war. «Und du, Walti, bist der einzig Guati von all denen.» Sie hustete und verzog schmerzerfüllt ihre Miene dabei. «Sind doch alles zämme nütigi Hünd.»

Für Caminada gab es keine Menschen zweiter Klasse. Er selbst hatte an solchen Tischen den Kummer zu ertränken versucht und hätte zuvor niemals gedacht, dass er einmal so tief fallen würde. Er unterschied seit jeher nur zwischen guten und schlechten Menschen und nicht nach deren Stand oder deren Lebenssituationen, denn die konnten sich schlagartig ändern, doch der Grundcharakter, der blieb.

Keiner der Grubers sass in der Beiz, daher konnte er das Thema auf das Käthy lenken. «Es ist einfach nicht rächt, was dem Käthy passiert ist, und ich würde gerne den Saukhaib in die Griffel kriegen.» Das war die Sprache, die hier drin verstanden wurde und die auch er verstand.

Bruno, der schmächtige Kaminfeger mit hellbraunem Bart und den sanften Rehaugen, die immer etwas traurig schienen, gab ihm Antwort: «Sie hatte aber viel vom Alten. Das ist schon mal sicher. Und nicht nur das Ende.»

«Soso, wie meinst du das?» Caminada erwiderte den Prost, nachdem Rosetta die Getränke seiner spendierten Runde vor alle hingestellt hatte.

«Ach, das weiss doch jeder hier hinten. Der Alte wusste sogar, wie aus Steinen im Bach Geld zu machen ist. Nach dessen Tod hatte aber das Käthy die Hosen an. War genau wie der Alte. So machst du dir nicht nur Freunde …»

«Jo, hett öppa am Ende sich jemand in Sack gesteckt gefühlt und ihr deshalb das angetan?» Caminada gab sich unwissend.

Bruno lachte heiser in seinen Humpen Bier. «Dä Gagalari hett jo kai Ahnig.» Er drehte dabei den Kopf schräg zur Frieda hoch, die mit beiden Stumpfhänden eine Zigarette, eingeklemmt vom Aschenbecher, hochnahm und in den Mund steckte.

«Ja, der Landjäger hat wirklich keine Ahnung, aber vergesst nicht, er ist und bleibt ein Schrooter.» So tönte es mahnend vom Kopfende des Tisches. Ruedi Sax, der Nüchternste von allen, der sich einen Namen als lokaler Kegelmeister gemacht hatte, blickte misstrauisch zu Caminada.

«Ja, was meinst du denn, Ruedi? Soll das Käthy umsonst begraben worden sein?», forderte der Landjäger ihn heraus.

Der Angesprochene schüttelte mit geschlossenen Augen den Kopf. «Die Brüder, die Brüder werden es schon richten. Der Sensenmann ist schon auf dem Weg ins Täli. Ich weiss es.»

«Der Willi hat sich ja aber auch saublöd angestellt, dä huara Galöri, dä.» Frieda, die stechend nach Urin und altem Schweiss stank, hob den Blick zu Caminada, der ihren Wink verstand und mit einem Fingerzeig zu Rosetta einen Kafi Luz für sie bestellte, nachdem Frieda ihren Zweier von eben in einem Zug, des Hustens wegen, wie sie lachend betonte, runtergekippt hatte.

«Ihr Ex-Freund?»

«Paaah, sicher nicht, Walti, nicht der huara Tschapatalpi, der sich an der Nasa rumführen lässt wie ein kastrierter Muni mit Nasenring vom Metzger auf die Schlachtbank. Nein, den alten Willi Martschitsch meine ich, der ja wie üblich dem ältesten Sohn den Vornamen vererbt hat.» Sie schüttelte lachend den Kopf und blickte auf die Zigarette, die ihr auf den Tisch gefallen war, und da sie diese nicht wieder mit den Stummelhänden aufzuheben vermochte, schnappte sie mehrmals wie ein Fisch auf dem Trockenen mit ihrer Schnorra danach und fand es saukomisch.

Ruedi, der noch eben zur Vorsicht gemahnt hatte, meldete sich überraschend wieder zu Wort: «Der alte Martschitsch war bei den Gruberbrüdern, nur eine Woche vor Käthys Tod, und hat Geld geboten, aber auch gedroht.»

«Ach was? Und für was?»

«Jojo, er hätte tusig Stützli bezahlt, damit das Käthy den Junior in die Wüste schicken täte.»

«Wer verzellt das?» Caminada musste bei solchen Informationen Ross und Reiter kennen. Ausserdem wunderte er sich, denn gemäss Fräulein Lola war die Liebelei schon vorher aus gewesen.

«Der Schwinta-Hitsch hat fast das ganze Palaver mit angehört. Stand am Zaun daneben vor seiner Gerberei und hat's danach im Suff verzapft, und das lang und breit. Der Simmi habe lachend zehntausend gefordert, wusste er zu berichten. Da war der Alte, ist ja ein jähzorniger Saukhaib, wütend gegangen und hat dabei gedroht, dass es noch andere, günstigere Methoden gäbe, das Problem zu lösen.»

Frieda nahm einen zu grossen Schluck vom heissen Kaffee Schnaps, dass sie dabei ihre Schnorra verbrannte, und verzog ihr Gesicht entsprechend, doch das hinderte sie nicht daran, ihre Meinung weiter lautstark mit ihrer heiseren Stimme kundzutun. «Am Mordabend vom Käthy, da hat man den alten Malermeister übrigens in Araschga oben gesehen, wie er von der anderen Talseite Richtung Meiersboden schlich, und die hätten schwören können, dass er einen länglichen Gegenstand dabeihatte.»

Caminada wusste, der Martschitsch war für seinen Jähzorn bekannt, wenn er sonst auch ein rechtschaffener Bürger von Chur war, doch dieser war ihm schon einmal in die Quere gekommen. Weil er einen seiner Arbeiter wie ein Berserker verprügelt hatte, als dieser frech geworden war, musste er auf den Posten kommen.

«Und wer hatte ihn gesehen?»

«Der Sauludi.» Frieda paffte genüsslich an der Zigarette.

«Ach, du meinst den Ludwig, den Schweinebauer in Araschga?»

«Präzis, der hat es oben im ‹Hirschen› erzählt, und das ist im Fall kein Schnorri. Er behauptet steif und fest, dass keine halbe Stunde nachdem er den Martschitsch Richtung Meiersboden schleichen gesehen hat, die Schüsse im Täli gefallen sind.»

«Und der Schwinta-Hitsch, wo steckt der denn heute Abend?» Caminada hatte bereits aufmerksam seinen Blick in die kunterbunte Gästeschar geworfen, ohne ihn dabei zu entdecken.

«Ach der? Glaubt, ein Mehrbesserer geworden zu sein.» Frieda hustete, sodass spätestens jetzt jeder, der sie nicht kannte, um deren Lungenkrankheit Bescheid wusste. Sie behauptete aber, das käme nicht von ihren filterlosen Gauloises bleues, die sie, wenn sie Geld hatte, eine nach der anderen rauchte, sondern vom Staub in der Mühle Jenins, in der sie viele Jahre gearbeitet hatte, bis man sie wegen der Lunge geschickt hatte.

«Soso, und wieso der plötzliche Wandel?» Caminada wusste, dass jede Wirkung auch eine Ursache haben musste.

«Gieziga Khaib war er ja schon immer», nur unter Husten konnte Frieda weiterreden, «irgendwoher muss der aber zu vielen Rappa gekommen sein, aber er streitet es natürlich ab, damit er ja keins zahlen muss. Aber grossspurig vorgestern beim Städeli ein Motorrad gekauft ... blöd sind wir ja nicht.» Ein weiterer rasselnder Hustenanfall unterbrach sie.

«A Töff? Kostet ja so einiges ...», kommentierte Caminada betont zweifelnd, um im Gespräch zu bleiben.

«Röbi.» Frieda drehte sich nach hinten und stupfte mit ihrem Stummel an den Oberarm des Holzknechtes, der mit dem Rücken ihr zugekehrt sass. Er drehte sich um, als ginge es ihn nichts an. «Röbi, was koschtet dr Klapf vum Schwinta-Hitsch? Waisch, Caminada, der Röbi träumt Tag und Nacht, mal so einen fahren zu dürfen, als hätte der zwei schöni Kabis», sie deutete mit ihren Stummelarmen auf ihre Brust und lachte heiser, «aber als Holzknecht kommt der höchstens zu einem dreibeinigen Esel, der den Scheisser hat, aber nicht den Goldscheisser ...» Sie fand es so komisch, dass sie sich vor Lachen kaum mehr halten konnte, ehe sie dabei Auswurf hochhustete.

«Aber anschauen darf man solch einen Töff ja alleweil noch», konterte Röbi, und sein Interesse am Gespräch schien somit geweckt zu sein. «Ich weiss, was er gekauft hat: eine BMW R2 24, zweihundertfünfundzwanzig Kubik mit Vierganggetriebe und Ratschen-Fussschaltung. Ein Einzylindermotorrad mit zwölf PS. Ich habe sie blitzblank beim Städeli stehen gesehen. Füftusig Stutz und ein Träumli von einem Klapf!»

«Potz Blitz, ja dann hat einer aber wirklich den Geldscheisser, oder die Gerberei läuft wieder flott.» Caminada wusste, dass beides nicht stimmen konnte.

«Ach, sicher nicht, der hockt ja die halbe Zeit mit uns hier drinnen und säuft mehr als ein Brauereiross in dieser Hitze, sodass ihm in der Gerberei die Felle davonschwimmen. Woher er auch immer zu so unverschämt viel Geld gekommen ist, er bleibt ein verdammter Geizhals.» Friedas Blick verwässerte sich. Ihre Stimmung kippte in Sekundenschnelle, wie so oft bei Betrunkenen.

Caminada hatte genug gehört. Anstandshalber blieb er noch eine halbe Stunde am Tisch sitzen. Jemand hatte nochmals zwanzig Rappen in die Wurlitzer Jukebox geworfen, sodass fröhliche Musik erklang. Das dritte Lied, das dieser Jemand gewählt hatte, war «Hallo, kleines Fräulein Gisela – ich hab dich lieb», der Nummer-eins-Hit von vor zwei Jahren. Auf dieses folgte die «Räuberballade», als wäre es ein Wink für Caminada. Er wandte sich deshalb um – wer hatte wegen ihm dieses Lied gewählt?

Dicke Rauchschwaden hingen ob den Tischen um die Lampenschirme, die Aschenbecher quollen über, und es roch nach verschüttetem Alkohol. Keines der Gesichter verriet irgendeine Absicht. Morgen würden die meisten sich sowieso kaum mehr, wenn überhaupt noch, an seine Fragen erinnern, nur noch als Schatten spukte dann die Unterhaltung mit ihm in ihren Köpfen herum.

Caminada trat hinaus in die angenehme Nachtluft. Die Türe schloss sich hinter ihm. Nur noch gedämpft drangen die Musik und das Stimmengewirr nach draussen. Er blickte links ins Dunkel der Schlucht, dann nach rechts hin zum Totengutbrückli, dann zum Täli hinaus, in dessen Hintergrund sich leicht erhellt die Stadt Chur abhob.

Das Täli blieb eine ganz eigene Welt, und das seit jeher, und wer nicht hier wohnte, musste sich zwangläufig fremd, ja fast als Eindringling fühlen. Und obwohl Caminada in Chur wohnte, zu dem das Täli genauso gehörte wie jedes andere Quartier, so auch das Loëquartier, in dem sein Häuschen stand, so war das hier ein eigener Ort. Er verglich das Täli gerne mit einem alten Keller eines grossen Hauses.

Einmal mehr kam er spät heim. Menga schlief wie erwartet, wachte jedoch auf, als er zu ihr ins Bett kroch.

«Liebste», flüsterte er und küsste ihre Stirn und legte sanft seine Hand auf ihren noch flachen Bauch. Sie kuschelte sich in seine starken Arme und schlief ein, während er zur Decke starrte. In der Stille des Hauses lärmte einen Augenblick noch «d'Falla» in seinem Kopf nach, bis diese sich als leises Rieseln von ihm löste. Er war sich bewusst, welches Glück er jetzt leben durfte. Dankbarkeit erfüllte ihn deswegen, aber seine Gedanken schweiften wieder zum Fall ab. Er fragte sich deshalb: Lag vielleicht der Täter in diesem Moment auch wach, und dies, weil er wusste, dass er und Marugg ihn jagten und niemals nachlassen würden? Nicht umsonst waren sie Landjäger.

15

Am nächsten Morgen trafen sich Caminada und Marugg um neun Uhr beim Obertor. Der Verkehr war kaum auszuhalten, waren sich beide einig. Fast alle zehn Sekunden knatterte ein motorisiertes Vehikel über die Obertorbrücke, dem einzigen Nadelöhr, das den Norden mit dem Süden verband. Dazu die vielen Velofahrer, Fussgänger und Fuhrwerke. Bestrebungen waren zwar im Gange, die Ringstrasse auszubauen, die erst auf zweihundert Meter Länge auf der Höhe des Sportplatzes asphaltiert war. Doch die Verhandlungen mit den Landwirten, um die Feldwege zu kaufen, fielen nicht auf fruchtbaren Boden, und so blieb als Transitstrasse nur jene mitten durch die Stadt.

Marugg war schon um sieben Uhr in Araschga gewesen und konnte mit dem Sauludi reden und berichtete nun Caminada, während sie neben der Bierhalle standen und die Automobile an ihnen lärmend vorüberfuhren. Caminada hatte extra gestern Abend eine Ausrede vorgeschoben, damit Marugg diese Einvernahme alleine vornehmen musste, um nach und nach, trotz seiner schmächtigen Statur und seines feinen Auftretens, diesbezüglich Selbstvertrauen zu gewinnen.

«Walter, das ist ein ungepflegter Vierzigjähriger, der zum Himmel stinkt, und das hat nichts mit dem Schweinehof zu tun, wie sein Übername es vermuten lässt.» Marugg rümpfte spasseshalber die Nase. «Aber er hat mir bestätigt, und das interessiert uns ja, den alten Martschitsch ziemlich aufgeregt die Wiesen hinabschleichen gesehen zu haben, und kurz danach seien die Schüsse gefallen. Somit passt die Aussage von Schwinta-Hitsch, dass der alte Martschitsch zuvor den Grubers gedroht hatte, auch ins Bild.»

«Hat der Sauludi gesagt, wie viele Schüsse abgefeuert wurden?»

«Das kann er nicht mehr mit Sicherheit sagen, aber er schätzt, zwischen fünf und acht, und seine Zeitangabe stimmt, denn es geschah kurz bevor die Dämmerung einsetzte, und von weiteren Schüssen an dem Abend hat niemand berichtet.»

«Gut gemacht, Peter, dann lass uns gleich hören, was der Martschitsch dazu zu sagen hat, denn deswegen sind wir ja hier. Doch vorher sag mir noch, hast du den Gemeindeschreiber von Amriswil erreicht?»

«Nein, nur die Wirtin vom ‹Ochsen›. Ich solle es heute Abend nochmals versuchen, ansonsten müssen wir den Leumundsbericht der Thurgauer Polizei abwarten.»

«Gut.»

Sie schoben ihre Vehikel vom Obertor die fünfzig Meter zum Haus des Malermeisters hinunter und fanden ihn wieder in der Werkstatt vor, diesmal beim Farbenmischen.

Caminada übernahm das Reden und begann mit der Frage, was daran sei, dass er den Grubers Geld angeboten habe, und was der Grund dafür gewesen sei.

«Ja, ich war tatsächlich hinten im Täli, und ja, ich hatte tusig Stutz dabei. Es ging mir um meinen Sohn und unser Ansehen», gab er sofort unumwunden zu. «Wollte, dass das Käthy meinem Jungen nicht mehr den Grind verdreht, doch der Simmi Gruber hatte ein Vielfaches gefordert, und so bin ich abgezogen. Unverrichteter Dinge – leider.» Er legte den grossen Pinsel, mit dem er soeben den Farbton geprüft hatte, auf den metallenen Deckel.

Auf die Frage, ob und, falls ja, mit was er gedroht habe, verneinte Martschitsch, dies überhaupt getan zu haben. Das sei schlichtweg eine aalglatte Lüge dieser verreckten Vaganten-Sippe, ärgerte er sich sofort. Und ausserdem, betonte er, habe er kein Geheimnis aus seinem «Besuch» gemacht, da er ja an einem helllichten Tag ins Täli gefahren sei, und das in seinem neuen Lieferwagen der Firma, den er sich erst vor einem halben Jahr angeschafft habe und der sogar den Schriftzug mit seinem Namen trage. Diesen konnte jeder, der es wollte, auf dem kleinen Vorplatz der Grubers stehen sehen.

«Und wo waren Sie am Donnerstagabend, dem 30. Juni?» Caminada wusste, jedem Churer war bekannt, dass dies der Mordtag der Helvetia war und was ein jeder an diesem verhängnisvollen Tag gemacht hatte, ebenso, als die drei Morde geschahen.

«An diesem Abend arbeitete ich in der Werkstatt und hörte Radio Beromünster. Brachten sogar was über den Mord auf dem Schützenfest.»

«Sie waren also den ganzen Abend über in der Werkstatt?»

«Ja, von sieben bis kurz vor elf Uhr arbeitete ich in der Werkstatt, aber erst nachdem wir zusammen Znacht gegessen hatten und alle über den Tod der Helvetia und des Stapis geredet hatten.»

«Hat Ihre Frau Sie in der Werkstatt gesehen oder sonst jemand in den fraglichen Stunden?»

«Nein, ich arbeite abends immer allein. Auf was wollen Sie überhaupt hinaus?»

«Sie wurden an jenem Abend gesehen, wie Sie den Abhang Richtung Meiersboden runtergingen oder besser gesagt -schlichen, wie man es nimmt. Ausserdem trugen Sie gemäss Zeugenaussagen einen länglichen Gegenstand in der Hand, ein Gewehr?»

«Aha, jetzt hört es denn aber auf! Ihr wollt mich tatsächlich in Verbindung mit dem Mord an dieser Gruber-Tälihure bringen? So öppis au, und dies nur, weil ich einige Tage zuvor bei den Grubers war?»

Caminada ignorierte den Tonfall, nicht aber die Aussage. «Sie waren nicht nur bei den Grubers, Sie haben ihnen gedroht. Also raus mit der Sprache, was taten Sie an dem Donnerstagabend im Meiersboden – und lügen Sie mich nicht nochmals an, sonst reden wir auf dem Posten ein Wörtli zämma.»

«Dieser Ton gefällt mir gar nicht – verstanda? Ich lasse mir das nicht gefallen, sonst tscheberäz!» Martschitsch wurde wütend und stemmte die Hände in die Hüften.

«Ich bin nicht zum Galöri hier, also entweder hier und jetzt oder auf dem Posten.» Caminada blieb beharrlich und konnte zusehen, wie die Wut Martschitsch zusehends in den Kopf stieg, sodass die Gesichtsfarbe sich rötlich verfärbte. Marugg hielt sich angewiesen etwas seitlich hinter Caminada, was beiden in solchen Angelegenheiten nur recht war.

«Frecha Siach bisch», wetterte der Malermeister weiter, und versetzte Caminada einen Puff, doch dieser war gefasst und packte den Angreifer ohne Federlesens am Schlawittli, drehte ihm den Arm dabei auf den Rücken und drückte dessen Oberkörper auf die Werkbank. «So, jetzt aber dia frechi Schnorra zua. Ich bin kein Schualbuab. Verstanda? Au kai Schnuddernasa. Und Schweine haben wir zusammen auch noch nicht gehütet, dass ich mich ungefragt duzen lasse.» Dabei hielt er seinen Griff eisern. «Also, was hatten Sie mit dem Gewehr vor?»

Martschitsch stöhnte leise auf und schnaubte wie ein Pferd und verharrte in dieser Starre. «Ich habe versucht, den Hund der Grubers zu erschiessen, als Zeichen, damit die wissen, was los ist», presste er unter Schmerzen hervor.

Caminada lockerte nun etwas den Griff, sodass der Malermeister besser antworten konnte.

«Ich war so putzverruckt, und als ich von den Morden am Stapi und der Helvetia hörte, dachte ich, dass an diesem Abend bestimmt alle anderes im Grind haben und ich deshalb ungestört den Hund töten könnte», presste er es nochmals raus.

Caminada liess ihn langsam aus seinem Griff los. «Den Rottweiler erschiessen? Von der gegenüberliegenden Schluchtseite oberhalb des Meiersbodens etwa?»

«Ja, genauso war's geplant, doch als ich in Position ging, da fielen plötzlich Schüsse in der Dämmerung, und das ganz in meiner Nähe. Deshalb bekam es mit der Angst zu tun. Glaubte, dass man mich womöglich entdeckt hatte, und bin über St. Hilarien nach Hause gelaufen.»

«Und?»

«Nichts, und. Nachdem sich meine Wut im Ranzen gelegt hatte, bereute ich, es überhaupt versucht zu haben. Ausserdem sollte man sich ja nicht mit denen weiter anlegen, aber im Zorn, da hätte ich am liebsten alle erschossen –» Erschrocken über seine Direktheit hielt er inne.

«Und das war's?»

«Ja, und als ich im Nachhinein gehört hatte, dass zur gleichen Zeit die Gruberin erschossen wurde, da war mir klar, irgendwann steht ein Landjäger auf meiner Türschwelle, denn auch ich habe den Sauludi gesehen, war mir nur nicht sicher, ob er auch mich erkannt hat. Aber nochmals, ich habe keinen einzigen Schuss abgegeben.»

Caminada blieb misstrauisch. Er hatte die unkontrollierte Wut zuvor in den Augen des alten Martschitsch gesehen, und aus Wut und Hass sass mehr als nur einer auf dem Posten und noch viele mehr im Güggi, und das für Jahre.

Dass der Malermeister versuchte zu lügen, hatte der zuvor bewiesen. Die ganze Geschichte mit dem Hund könnte bloss ein Versuch einer Ausrede sein, um den Kopf aus der Schlinge zu ziehen, und er war es gewesen, der das Käthy erschossen hatte. Aber dafür fehlten ihm im Moment weitere Beweise.

«Kai Sperglament in Zukunft, wenn wir anständig was fragen. Wir machen auch nur unsere Arbeit wie jedermann! Verstanden?»

Martschitsch nickte und hielt sich seinen zuvor verdrehten Arm.

Marugg trat einen Schritt hervor. «Wir bräuchten noch Ihr Gewehr», sagte er höflich.

Martschitsch wollte soeben aufmucken, als ihm Caminada einen strengen Blick zuwarf, während er sich seinen Tschoopa und das Halfter richtete, bevor er den Hut zurechtrückte.

«Und wo ist der Junior? Wie müssen auch noch mit ihm reden», brummte der Landjäger, als sie ihm hinterher ins Haus folgten, wo er sein Jagdgewehr im Schrank verstaut hatte.

«Was wollt ihr vom Willi? Der hat damit ganz sicher nichts zu tun. Das ist ein Lieber. Er hätte sich nur nicht von so einer den Grind verdrehen lassen sollen.» Er reichte Caminada das Gewehr.

«Oder Geld abnehmen lassen?», ergänzte Marugg.

Martschitsch sagte nichts darauf.

«Ja wissen Sie am Ende was davon?» Caminada schlug wieder einen versöhnlicheren Ton an, im Wissen, dass ihm dies im Moment weiterhelfen könnte.

«Es bringt ja nichts mehr, mich weiter rauszureden.» Martschitsch schloss den Schrank und ging voraus in seine Werkstatt, verschloss den Metallkessel und legte den Pinsel von zuvor in ein Wasserbad, als bräuchte er die Zeit, um die Antwort zu geben.

«Der Willi hat Geld von mir abgezweigt.»

Marugg nickte, Caminada ebenso und fragte: «Und wie kam's?»

«Ach, bevor diese Käthy in Willis Leben kam, hatten wir keine Probleme miteinander. Also auf jeden Fall keine solchen. Was die genau dem Willi verzapft hat, sagt er nicht. Es ist weder mit Schmeicheln noch mit Prügel aus ihm zu holen. Aber das spielt jetzt auch keine Rolle mehr, denn sie ist tot und das Geld somit weg.»

«Von wie viel reden wir denn da?» Marugg schrieb weiter in sein Büchlein.

«Zehntausend Franken!»

«Tja, das ist sehr viel Geld.» Caminada blickte am Malermeister vorbei in ein Holzgestell, in dem verschiedene Kessel mit Farbe standen.

«Wurde Ihnen das Geld auf einmal abgezwackt? Und nahm er es von der Bank oder von sogenannten stillen Reserven?», wollte Marugg wissen, denn er wusste, dass sozusagen jeder Betrieb Schwarzgeld zur Seite schaffte.

«Nein, immer wieder Beträge von fünfhundert, zweimal auch tausend, und als ich dahinterkam, hat sie dem armen Kerl sofort den Laufpass gegeben. Ausserdem habe ich mich im Täli zum Gespött gemacht, musste erfahren, dass der Willi nur einer der Dummen war, mit denen sie ihr Spiel getrieben hatte.»

«Bitte beantworten Sie mir beide meiner Fragen, Herr Martschitsch.» Maruggs freundlicher Ton änderte sich nie.

«Stille Reserven. Aber ich wäre dankbar, wenn dies nicht im Protokoll Eingang finden würde.»

Marugg schrieb wiederum etwas in sein Notizbuch.

«Ich möchte Sie gerne noch etwas fragen», fuhr Marugg fort. «Das heisst, Sie wollten gar kein Geld dem Simmi anbieten, sondern die zehntausend Stutz wieder zurückholen? Sie haben uns somit die Wahrheit verschwiegen.»

Martschitsch nickte. «Die seltsame Liebelei war ja da schon längst aus. Doch zehntausend Franken sind sehr viel Geld, nicht nur für uns. Und ich wollte es wieder zurück. Doch der Gruber, der Sauhund, hat mich nur ausgelacht und mir gesagt, dass nicht jedermanns Kinder Intelligenz haben können.»

«Das hätte mich auch wütend gemacht.» Marugg sah von seinem Notizbüchlein hoch.

«Wissen Sie, Herr Marugg. Da die das mit anderen auch noch getrieben hat, wie ich mittlerweile ja weiss, wen wundert's da, dass die erschossen wurde?»

«Aber Sie wissen schon, dass diese Geschichte Sie nun noch mehr zu einem Verdächtigen macht?» Marugg umging damit eine Antwort.

«Ich weiss, ich weiss, aber es ändert nichts daran, dass es mir nur mehr als recht ist, diese Vagantin unter der Erde zu wissen. Mein Willi hat wegen der genug gelitten. Mal abgesehen von dem vielen Geld, das mir fehlt, tut er mir einfach nur leid. Aber ich wollte an dem Mordabend wirklich nur den Hund erschiessen, als unweit von mir die Todesschüsse aufs Käthy fielen.»

«Herr Martschitsch», der Malermeister richtete seinen Blick nun zu Caminada, «wenn die ganze Liebelei – oder wie man das immer auch nennen will – zwischen den beiden schon längst aus war, dann frage ich mich, wo das Käthy denn übernachtet hat, als wir hier bei Ihrem Junior angeklopft hatten. Wissen Sie, mit wem sie noch angebandelt hatte?»

«Ach, die hatte schon längst und parallel einen anderen. Einen mit viel Zaschter natürlich und bestimmt dem Hang, sich einwickeln zu lassen. Aber ein konkreter Name war mir nicht zu Ohren gekommen. Und als ihr an dem Morgen nach dem ersten Mord, an dieser Möckli oder wie sie hiess, hier gewesen wart, da hatte ich das mit dem Geld noch nicht gewusst, nur dass es zwischen den beiden schon seit zwei Wochen aus war, und glaubte plötzlich, dass der Willi so dumm sei und erneut mit ihr angebandelt hatte.»

«Und das alles kann Ihr Sohn Willi auch bezeugen?»

«Ja sicher, ich sage ihm, dass Sie Bescheid wissen und er auf dem Posten vorbeischauen soll wegen des Rapports. Aber nochmals, ich wollte bloss den Rottweiler erschiessen. Der bedeutet den Grubers dem Anschein nach viel, und so hätte ich sie doch im wahrsten Sinne des Wortes treffen können.»

Nachdem Caminada und Marugg das Haus verlassen hatten, tranken sie wenige Meter oberhalb an der Grabenstrasse vom Brunnen und blickten in das geschäftige Städtchen.

«Peter, dem traue ich zu, dass er aus Wut oder Hass das Käthy erschossen hat. Und ich kann es nicht genug betonen, wer hasst, der kann gleich ein zweites Grab schaufeln. In diesem Fall war nicht nur viel Geld im Spiel, sondern auch Hohn, und der tut so einem wie dem alten Malermeister mehr weh als das zünftige Loch in der schwarzen Kasse.»

«Ist schon verrückt. Als hätte der vorher einen Anfall bekommen, hat der Jähzorn zugeschlagen. Aber du hast dem den Meister gezeigt. Aber weisst du was, Walter? Ich frage mich, wo der junge Martschitsch an dem Mordabend der Gruberin gewesen ist. Was, wenn der so wie sein Vater ist? Bekanntlich fällt der Apfel nicht weit vom Stamm. Aber wir kommen langsam voran. Und noch was, ich muss das Schwarzgeld der Steuerverwaltung melden, sonst machen wir uns beide strafbar.»

«Ist recht. Wenn der Willi auf dem Posten zum Einvernahme-Rapport erscheint, dann nimm du ihn unter die Lupe und verhöre ihn, um rauszufinden, wo denn er am Tatabend des Mordes an der Gruberin gewesen war.»

Caminada wusste, dass Marugg ihn bewunderte, weil er sich von nichts und niemandem ins Bockshorn jagen liess, auch wenn's mal dabei hemdsärmelig wurde. Seine wirklichen Angstgegner, die vermaledeiten Schreibmaschinen, die hielt ihm dafür Marugg vom Leib, und dafür zollte Caminada ihm Respekt.

«Peter, ich sag's ja immer wieder – wir sind ein gutes Gespann, und man respektiert uns.»

«Danka, Walti – wer hätte das vor zwei Jahren gedacht, als ich in aller Herrgottsfrühe an deine Türe geklopft hatte und du mir diese aufgerissen hast und sofort ein Donnerwetter hast hören lassen.»

«Geklopft?» Caminada lachte laut heraus. «Ein Poltergeist

war ein Dreck dagegen. Kein Wunder, war ich stinksauer, hast ja das halbe Haus zusammengetrommelt ...» Caminada lachte weiter und klopfte Marugg freundschaftlich auf die Schulter. «Weisst du, mein Freund, ich bin stolz auf dich, du hast Schneid, wenn auch anderen als ich.»

Marugg hielt sich das nun fast genesene linke Auge zu. «Mal abgesehen von der Sache hier.» Er lachte.

«Ja, mal abgesehen davon ... aber vergiss nicht. Letzte Woche habe ich mir den Finger in der saublöden Schreibmaschine eingeklemmt.»

«Wirklich wahr?»

«Nein, aber ich würde es mir zutrauen. Na komm, gehen wir in die Bierhalle und heben einen.»

16

Anselmo hatte tags zuvor weiter oben im Gebirge den Bergbach gefunden. Nun war der vierte Tag angebrochen. Es waren die ersten Minuten der Morgendämmerung, die so schön waren, als hätte ein Engelfinger die Nacht berührt, um sie mit seinem sanften Licht langsam in den Tag zu verwandeln.

Barfüssig ging Anselmo durch die feuchte Bergweide vor der Hütte. Es lag so ein Frieden in allem, dass er zu weinen begann. Wenn die Menschen doch nur verstünden, diesen Frieden im ersten Lichte eines Morgens zu erfühlen: die Wiese verzaubert vom Tau, die Bäume, deren Stämme von der vergangenen Tageshitzeglut nun erlöst waren; sogar die Tiere töteten nur zu einer Zeit nicht – in den ersten Minuten der Morgendämmerung. Es war die reinste, ja die göttlichste Zeit des Tages, man brauchte nur die Augen zu öffnen, hinzuhören und sie einzuatmen, dessen war er sich gewiss.

Im Vergleich dazu, wenn ein Tag zur Neige ging, dann atmete dieser im letzten Glühen der Sonne, ob Sommer oder Winter, die Last der Tagessünde aus, damit die Nacht alles bedecken konnte, um in der kommenden Morgendämmerung wieder wie ein unschuldiger Schmetterling aus seinem Kokon zu entfliegen. Die Nacht war es, die einen jungfräulichen Tag erst beginnen lassen konnte, indem sie sich mitsamt der Sünde im ersten Licht auflöste. Und so geschah es auch an diesem Morgen.

Behutsam lief er durch die Weide. Am Rande der Lichtung hatte er ein Füchslein gesehen, das neugierig zu ihm hingeschaut hatte und bestimmt auch um den Frieden wusste, weil es selbst noch ein Teil dessen war.

Als er in den dichten Schutzwald trat, war es, als söge dieser das erste Licht mit seinen Zweigen ab und sperrte es übers Wurzelwerk tief hinab ins Erdreich.

Zwischen den Bäumen mit dem dichten Unterholz war es noch dämmriger und kühler. Überall hörte er Stimmen darin wie gefangene Irrlichter. Er nannte ihn deshalb den Wald der

Seelen, nicht der verlorenen, das war die Hölle, aber der gefangenen.

Ein fünf Meter breiter und über drei Meter hoher bemooster Findling tauchte wie eine Faust vor ihm auf, die sich aus dem Erdreich gekämpft hatte. Irritiert umlief er diesen mehrmals, bevor er ihn erklomm. Er blickte sich um. Die Lichtung, aus der er gekommen war, konnte er nun nicht mehr sehen, aber er wusste, um ihn waren die gefangenen Seelen in den Bäumen, und für sie wollte er jetzt singen.

Seine schöne sonore Stimme füllte kraftvoll den Wald, und bald sah er in jedem Baum einen Menschen: Aus dem knorrigen vor ihm war ein alter, gebrechlicher Mann geworden, aus dem helleren Stamm eine weisshaarige Frau, aus dem dicken ein stämmiger Arbeiter und aus der kleinen Tanne ein trauriges Fräulein mit schiefen Zähnen, das gebeugt über einem Spinnrad hockte.

Anselmos Singen verklang, damit er leidenschaftlich zu predigen beginnen konnte – über den Irrglauben, die Sünde als solche und die unendliche Liebe Gottes. Dabei drehte er sich so lange in alle Richtungen, bis der Morgen auch den Wald erweckt hatte und damit die Gesichter verblassten, sodass er sich plötzlich einsam und von ihnen verlassen fühlte.

Er liess diesen Ort zurück und ging weiter durch den steiler werdenden Schutzwald. Immer wieder blickte er sich um, als würde er verfolgt, bis sich die stotzige Alpweide mit der steinernen Felsenkrone darüber vor ihm öffnete, als hätte jemand einen Waldvorhang zur Seite gezogen.

Die Alpweide erstreckte sich hoch bis zu einer Senke, in deren tiefstem Punkt ein kleiner See lag. Der schmale Bergbach, der von den steinernen Flanken des Berghorns plätschernd seinen Weg gefunden hatte, speiste diesen.

Rund um das himmlische Auge, wie Veranzze den See auf Anhieb taufte, sammelte er Blaubeeren und steckte immer erst eine Handvoll in den Mund – so wie er es als Kind auf dem Malojapass getan hatte, wenn er mit Vater, Mutter und Bruder an den Sonntagen die fünf Kilometer von Casaccia nach Maloja hochgelaufen war, um am Gottesdienst teilzunehmen. Das war sehr schön gewesen, denn diese Zeit, der Sonntag, gehörte zwar dem HERRN, aber weil er dem HERRN gehörte, machte die Familie bis zum frühen Nachmittag alles gemeinsam.

Jeden Sonntag liefen sie in jenen Jahren diesen Weg, ausser der Schnee lag frisch und so hoch, dass ein Durchkommen nicht möglich war. Dabei kamen sie auch jedes Mal an der Ruine San Gaudenzio vorbei. Nun fragte Anselmo sich, ob Mutter beim häufigen Vorbeigehen jemals daran gedacht hatte, dass sie eines Tages dort ihr Grab finden würde.

Mit frischem Wasser in seiner Fellflasche und dem gefüllten Kessel lief er die halbe Stunde hinunter zur Hütte. Feuerholz hatte er in den Tagen zuvor reichlich gesammelt und im Inneren ordentlich aufgeschichtet. Bald knisterte ein Feuer, und im Kessel dampfte das Wasser. Sorgsam legte er eine Handvoll seiner Kartoffeln hinein, die er in seinem Rucksack, am Haken unter der Decke aufgehängt, lagerte, damit sich keine Tiere daran gütlich taten.

Er schnitt die gekochten Kartoffeln in Scheiben, verteilte die wenigen Steinpilze und den in etwas Schmalz erhitzten Knoblauch darüber und setzte sich mit dem Teller auf einen Baumstrunk vor der Hütte.

Eine Krähe flog über die Wiese, der Himmel trug unverändert sein blasses Blau wie die letzten Wochen. Die Hitze war in dieser Höhe besser auszuhalten, denn der Wind, der im Laufe des Morgens jeweils aufkam, war angenehm.

Sorgfältig ass er den Holzteller leer und rieb ihn mit etwas Asche aus, bevor er ihn zurückstellte. Wasser aus der Fellflasche, das für einen Tag reichte, löschte seinen Durst.

Wie in den Tagen zuvor ging er mehrmals zur Abrisskante der Felswand. Wie er es durch die Schlucht und über das Felsband überhaupt hier hochgeschafft hatte, war ihm kein Rätsel – der HERR musste ihn geführt haben. Er schaute gelassen in die zu seinen Füssen fallende Kluft und dachte an Theresa.

Sie kam ihm nun öfters in den Sinn. Wieso, wusste er nicht. Lag es an dieser Wiese?

Gegen Mittag, er sass im Schatten des Waldrandes nahe der

Hütte, da hörte er sie unterhalb der Felswand singen. Erst war er sich nicht sicher, ob der Wind in den Zweigen ihm einen Streich spielte, deshalb ging er langsam auf die Kante zu und warf seinen Blick in die Tiefe, dorthin, wo zuvor die Melodie wie an Ballonen hängend hochgeschwebt war. Nun war es still.

Ehe er sich umzudrehen vermochte, erklang eine ihrer Melodien von der Hütte zu ihm herab. Er sah Theresa nicht, sie musste sich versteckt haben, bestimmt aus Angst vor seiner rechten Gesichtshälfte.

Mit offenen Armen, als warte er auf eine Umarmung, ging er auf die Hütte zu, hinter der ihr Singen erklang.

«Theresa!», rief er und näherte sich so vorsichtig wie ein scheues Reh. «Theresa!»

Sie war nicht hinter der Hütte, wie die Stille und sein Blick dahinter es verrieten. Ihre Stimme drang jetzt plötzlich aus dem nahen Wald. Hektisch begann er diesen zu durchforsten, doch dabei blieb Theresa still. Dennoch gab er erst Mitte Nachmittag die Suche erschöpft auf und leerte den letzten Schluck aus der Fellflasche, bevor er sich ins Zentrum der Wiese legte, dorthin, wo, solange die Sonne schien, immer absolute Stille herrschte, wie er herausgefunden hatte.

Er blieb im Himmelslicht liegen, atmete den warmen Gras-Erd-Geruch ein. Die Schatten des Baumkranzes rechts von ihm wuchsen wie Kinder heran, wurden erwachsen und starben mit dem Sonnenuntergang.

Mit bedächtigen Schritten lief er über die Wiese zur Hütte hoch und setzte sich auf den Baumstrunk davor.

Die Nacht brach herein, ein Käuzchen schrie, es knackte und raschelte im Unterholz des nahen Waldrandes. Der Mond kletterte hoch, legte sein silbernes Kleid aus – Anselmo rührte sich nicht. Der Gedanke, wenn er nur lange genug sitzen bliebe, dann würde er auch so ein Strunk werden, beruhigte ihn.

Es war noch dunkel, als er lautes Knacken aus der Schlucht vernahm. Jemand kam das letzte Stück durch den Wald hoch. Und auch von oben kamen sie. Er hörte ihre Stimmen immer lauter werden.

Die Landjäger!

Wie verrückt rannte er die wenigen Schritte in die Hütte hoch, packte das geladene Gewehr, füllte zitternd seine Hosentasche mit weiterer Munition, rannte zurück ins Zentrum der Wiese und legte sich ganz schnell hin – die Stille, wie sie tagsüber herrschte, kehrte tatsächlich nachts nicht ein.

Er sprang unruhig hoch.

Die Stimmen wurden noch lauter, er hörte auch Hunde, deshalb feuerte er in die Richtung der Stimmen. Schuss um Schuss lud er das Repetiergewehr durch, bis alle fünfzig Patronen, die er in der Eile mitgenommen hatte, verschossen waren. Dann liess er die Waffe sinken, dann fallen und hob seitlich die Arme, dass er wie ein dunkles Kreuz in der Mitte der Wiese stand, doch es geschah nichts.

Die Schatten, die er zwischen den Bäumen gesehen hatte, lösten sich auf wie im Herbst der Nebel in der Morgensonne, der über den Matten vor Chur schwebte. Langsam senkte er seine Arme, drehte sich, liess die Schultern hängen und schritt, als wüsste er nicht, wohin, in Richtung Hütte.

Grausamer Durst plagte ihn so brennend, dass er den Berg hochstieg. Der Wald wollte kein Ende nehmen, als würden die Bäume sich immer wieder neu vor ihm anreihen. Die Zunge klebte am Gaumen, fühlte sich geschwollen und fremd an wie eine dicke Blutschnecke, das Schlucken bereitete ihm grosse Schmerzen.

Endlich lichteten sich die Baumreihen, die Nacht lag schwer über dem Tal, als sich die steile Bergweide vor ihm ausbreitete. Das Gefühl zu verdursten, trieb ihn weiter voran. Schritt um Schritt kämpfte er sich die Flanke hoch bis zum kleinen See. Sein Durst füllte mittlerweile das ganze Tal.

Die letzten Meter rannte er, sprang mit einem grossen Satz ins Wasser und tauchte unter. In gierigen Schlucken trank und trank er aus der dunklen Flut. Was für ein Gefühl der Befreiung floss mitsamt dem Wasser in ihn hinein, bevor er sich triefend erhob, um fast ebenso gierig nach Atem zu ringen. Er füllte seine Hände wieder und wieder wie einen Kelch und trank weiter, bis sein Bauch so prall war, dass er schmerzte.

Im hüfthohen schwarzen Wasser blieb er stehen, dessen Ufer das Auge formte.

Er blickte sich in der Abgeschiedenheit um. Die Bergkämme und Gipfel hoben sich schwarz gegen den vom Mond erhellten Himmel ab. Der Sternenhimmel schien auf die stehende Wasseroberfläche gefallen zu sein, genauso wie der Mond. Schritt um Schritt drückte er sich weiter durchs Wasser in die Seemitte, der Mond bewegte sich dabei ruhelos wellenartig, bevor er sich wieder glättete. Der Trockenheit wegen reichte das Wasser in der Mitte nur exakt unter seine Nase. Die schwarze Flut war weder kalt noch warm, der Boden aber steinig und schlammig.

Anselmo blieb stehen.

Wie ein einzelnes Lebewesen bewegte sich nur sein linkes Auge, als stiller Betrachter aus einer fernen Welt blickend.

Es lugte nur seine obere Kopfhälfte, halb Mensch, halb Monster, aus dem «Auge», als würde der See etwas Seltsames gebären – einen Einäugigen aus einem Auge.

Das Wasser umschloss ihn dabei mit seinem angenehmen, fortwährend gleichen Druck, als würde er lückenlos umarmt, bis er erst Stunden später sich davon lösen konnte. Seine Beine wurden mit jedem Schritt ans langsam aufsteigende Ufer schwerer und schwerer wie der Rest seines Körpers, als verwandle er sich dabei zu Blei. Müde liess er sich am Ufer niedersinken. Er fröstelte, begann zu zittern. Langsam schloss er sein Auge, so als würde er es zum letzten Mal tun, und dies wäre ihm recht gewesen. Sein rechtes, weissgraues blieb dabei wie immer offen, da die vernarbte Haut kein Schliessen mehr zuliess.

Farbenfroh sah er nun die sommerliche Wiese mit den Blumen bei St. Hilarien, Theresa neckte ihn mit einer Schlüsselblume, die Wiese atmete angenehme Wärme aus. Theresas Kleid war hell, ihre Haut braun, ihr Lachen herzerwärmend – er verzog seine linke Gesichtshälfte zu einem freundlichen Lächeln.

17

«Jetzt holen wir den Schwinta-Hitsch.» Caminada stand am späteren Vormittag von seinem Schreibtisch auf.

«Holen?», wunderte sich Marugg, der danebensass und die beiden Berichte der Vernehmungen vom Sauludi und Malermeister Martschitsch vom Morgen soeben fertig getippt hatte und ins Fächlein von Fräulein Rosemarie schob, damit sie diese dem Major vorlegen konnte, bevor sie in den entsprechenden Fallordner kamen.

«Ja, holen», wiederholte Caminada, «denn der ist bekannt dafür, dass er lügt wie gedruckt. Der wird sich bereits eine oder mehrere Geschichten für den Töffkauf zurechtgelegt haben, wie du sehen wirst. Und wenn der mit der Möckli in einer Sache unter einer Decke gesteckt hatte und die, wie uns Lola gesagt hat, bald genug Geld gehabt hätte, um sogar nach Zürich zu gehen, dann glaube ich, dass der Schwinta-Hitsch und die Möckli die gleiche Geldquelle angezapft oder sogar ausgenommen haben – gemeinsam! Und füftusig Stutz», er hob zur Betonung den Finger in die Höhe, «für einen Töff auszugeben – wahrscheinlich ist das nicht alles, was er an Geld eingeheimst hat.»

«Walter, dieser Gedanke ist mir auch schon gekommen. Aber aus einem anderen Grund. Da wir bei der Möckli kein Geld gefunden haben und sie gegenüber Lola geplappert hatte, dass sie bald zünftig solches erhalten werde, da stellt sich mir die Frage, ob nicht der Schwinta-Hitsch dies nach deren Tod so quasi an ihrer Stelle bekommen hatte, wenn er denn um deren Geldquelle Bescheid gewusst haben sollte. Aber genauso gut möglich wäre, dass die Möckli ihm gegenüber zuerst von ihrem ‹Glück› geprahlt hatte, bevor sie gemeinsame Sache machten. Deshalb könnten wir doch mit einer Zehnerschaft dem seine gesamte Gerberei auf den Grind stellen.» Maruggs linkes Auge sah fast verheilt aus, bis auf die rot-blau-grünen Stellen des Blutergusses. Menga würde ihm später am Tag nur noch die Fäden ziehen müssen.

«Das muss der Major oder der Leutnant Ferdinand freigeben, aber es gilt zu bedenken, Geldnoten kann man überall verstecken. Lass uns erst nur mal zu zweit dem auf die Füsse tschalpen und so rausfinden, wie der reagiert, und ihn in Bewegung bringen. Du weisst ja, wie ich's meine.»

«Und wie holen wir den aus dem Täli hierher?»

«Du meinst, weil wir Gopferdeckel noch immer keine Fahrzeuge haben?»

«Ja.»

«Laufen, was bleibt uns übrig, oder sollen wir dem sagen, er soll auf seinem lässigen BMW-Töff unseren Pfüpflis nachfahren?»

Die beiden lachten ob der Vorstellung.

Eine Viertelstunde später fuhren sie auf ihren knatternden Vehikeln ins Täli, warfen aber erst vergebens einen Blick in «d'Falla». Darin sassen nur Frieda, Röbi und Schmatzmanni im Rauch ihrer Zigaretten und hatten schon Hochprozentiges vor sich stehen und bestimmt noch mehr davon intus. Aus dem Wurlitzer klang beschwingte Musik, während sie die Beiz verliessen.

Die heruntergekommene Gerberei, in deren Nähe bereits Verwesungsgeruch jeden einhüllte, hatte ihr einziges und verwittertes Holztor geschlossen. Caminada schielte deshalb durch eines der drei schmutzigen Fenster ins Innere: In einem grossen Holzbottich schwammen Häute, Felle lagen über einem Holzbock, die anscheinend erst vor Kurzem entfleischt worden waren. Es stank nach Verwesung und Gerbsäure. Ausserdem herrschte eine fürchterliche Unordnung im einzigen grossen Raum.

Die beiden waren soeben im Begriff, seitlich ums Gebäude zu gehen, hin zum kleinen zweistöckigen Wohnhaus, als Schwinta-Hitsch auf seiner BMW vorfuhr.

Er stellte den kräftigen Motor ab und zog seinen Lederhelm vom Kopf. Die Maschine roch neu. Die beiden Velotöfflis wirkten klein, ja wie Spielzeug daneben.

«Was verschafft mir die Ehre?» Breitbeinig kam er auf die beiden zu und zog die Nase dabei hoch.

«Flotta Klapf hast du da.» Caminada ging auf Schwinta-Hitsch zu und richtete seinen Blick auf die wunderschöne Maschine.

«Jawohl, und genau so ein Prachtexemplar habe ich mir schon ewigslange gewünscht», sagte Schwinta-Hitsch sichtlich von Stolz erfüllt.

«Wie so einige, und wie geht ein so grosser Wunsch so plötzlich in Erfüllung?» Caminada schaute die Maschine genauer an: alles bestes Handwerk.

«Sparen, sparen und noch mehr krampfa.» Er zündete sich eine Zigarette an und wischte mit dem Ärmel Staub ab dem Tank und zog ein weiteres Mal die Nase hoch, etwas, das Caminada schon seit Ewigkeiten ekelte.

«Also hast du dein Sparbüchlein geplündert?»

«Ich traue den Banken doch nicht. Deshalb habe ich sozusagen mein Kopfkissen gehoben.» Er lachte und blies den Rauch künstlich entspannt wirkend empor.

Caminada sagte nichts mehr, und Marugg kannte dieses Verhörschweigen von ihm, der deshalb auch wusste, dass es für die meisten Einzuvernehmenden schwierig war, es auszuhalten.

Schwinta-Hitsch irritierte es dann auch zunehmend, und er durchbrach die Stille. «Wegen was seid ihr eigentlich hier? Bestimmt nicht nur, um mir einen Guten Tag zu wünschen, oder wollt ihr bloss meine BMW bewundern?»

«Wegen nichts Gutem. Und es liegt an dir, wie's weitergeht.»

«Ihr glaubt mir nicht wegen dem Geld? Stimmt's?» Er schüttelte ungläubig lächelnd den Kopf. «Das ist ja wieder mal typisch. Wenn ein Stadtchurer sich so eine zulegt, dann zollt man ihm Respekt, aber einer aus dem Täli, da wird euereins gleich misstrauisch und missgünstig in einem.»

«Ach, das glaubst du ja selber nicht. Hätte von einem wie dir eine bessere Ausrede erwartet, als dass du es über Jahre hinweg bei so magerem Lohn und deinen vielen Beizenbesuchen erspart hättest. Dazu kommt, dass der Krieg noch nicht lange aus ist.»

«Wenn ich lügen würde, dann gäbe ich dir recht, denn dann hätte ich tatsächlich einen besseren Grund dafür erfunden. Was ja so gesehen beweist, dass ich die Wahrheit sage.»

«Oder doch somit die beste Lüge?», konterte Caminada. «Aber spitz jetzt deine Lauscher. Wir hocken dir ab sofort im Genick, und dein Platz im Güggi ist so lange reserviert, bis wir dich holen kommen.»

«Walter, was ist los mit dir? Kommst einfach mit deinem Lehrer-Freund hierher und drohst mir?» Schwinta-Hitsch blickte verächtlich auf Marugg, dann wieder zu Caminada. «Neidisch auf meine BMW oder weil ihr noch auf ewig und einen Tag auf euern lächerlichen Velotöfflis herumkurven müsst, sodass ganz Chur schon lange über das Landjägerkorps lacht. Was meint ihr, warum wart ihr an der letzten Fasnacht schon wieder ein Sujet? Ihr müsst ja bei einer Autokontrolle den Schelmen zu Fuss hinterherseckla.» Er grinste, seine rote Gesichtsfarbe wurde noch röter.

«Unsere Pfüpflis sind mit ‹ehrlichem› Geld bezahlt, und wegen denen klopft niemals ein Landjäger eines Morgens an die Tür und holt einen Schelm, sodass es für den die letzte Fasnacht gewesen ist.»

«Du meinst jetzt tatsächlich, dass ich wegen deinen Worten nun keinen ruhigen Schlaf mehr finden werde?» Er lachte. «Ich bin so unschuldig wie eine Nonne im Gebet. So viele Jahre ehrliche und harte Arbeit liegen hinter mir, und dabei habe ich mir den Töff von der Schnorra abkspart. Dass das Neid hervorruft, das ist alleweil mal sicher. Neid muss man sich bekanntlich hart verdienen.»

«Und Dummheit und Überheblichkeit kriegt man obendrauf noch geschenkt?» Caminada sah ihn weiter entschlossen an.

«Ihr Schrooter würdet besser den oder die Mörder endlich holen, als Unschuldige zu plagen versuchen», warf Schwinta-Hisch den beiden vor.

«Wir werden wiederkommen – meine Nase sagt mir das, und sie sagt auch, dass wir dann nicht mehr alleine gehen werden.»

Caminada setzte sich aufs Velotöffli. Marugg tat es ihm gleich. Der Landjäger wusste, auch Marugg störten die Beleidigungen kaum, da es nur die Komplimente der Neider wären.

Caminada trampte bis zur «Falla», erst dort versuchte er sein Vehikel anzulassen, was wieder einige Minuten dauerte. Er hatte sich damit nicht vor dem Schwinta-Hitsch zum Gespött machen wollen.

Walter hatte Peter zum Zmittag eingeladen. Menga hatte fein gekocht. Zu dritt assen sie auf der Veranda und redeten miteinander. Der warme Südwind hob dabei immer wieder die Enden des Tischtuches, die vier Obstbäume rauschten leise im Wind.

«Peter?», fing Caminada an.

«Hm?» Marugg schien der besondere Tonfall von Walter aufgefallen zu sein.

«Menga und ich erwarten as Popi.» Walter nahm liebevoll Mengas Hand in seine.

«Das ist ja grossartig – ihr werdet Eltern? Prima!» Peter freute sich sichtlich und schob sich dabei noch eine Gabel Braten in den Mund.

«Na ja, und wir wollten dich fragen, ob du der Götti werden möchtest?»

Peter legte seine Gabel zur Seite, er schien kurz sprachlos, bevor er leise fragte: «Ich?» Er kaute seinen Bissen verlangsamt runter.

«Ja, du, oder siehst du sonst noch so a flotta Kerli ausser mir am Tisch?» In Caminadas Gesicht lag Wärme.

«Ja sicher, ähm, ich meine, nein. Also ja, sehr gerne.» Peter schien es noch immer nicht glauben zu können und blickte zu Menga, die nun herzhaft lachte.

«Weisst du, Peter, meine beste Freundin, die Anna, sie wird das Gotti werden. Sie ist übrigens Lehrerin», Menga schien sehr entspannt, «eine der wenigen im Kanton, und das auch noch an der ehrwürdigen Kantonsschule. Für uns seid ihr zwei die beste Wahl.»

«Dann lasst uns darauf anstossen.» Walter stand auf und holte die Gutara Wein aus dem Haus, die er bereitgestellt hatte, und für Menga den von ihm gekauften Traubensaft. Die bauchigen Weingläser klangen.

An diesem Mittag hatten die drei es nicht eilig.

Menga brachte eine Kanne Kaffee, dazu einen hellen Cake

und zauberte so nochmals ein Strahlen in Peters Gesicht, der sich noch immer wie ein Bub über ein Stück Kuchen freuen konnte.

Eine Stunde später drückte Walter Peter ein kühles Churer Bier in die Hand, und sie verzogen sich an den kleinen Tisch unter dem Birnbaum. Wie immer hingen zu Hause Caminadas Tschoopa und Hut am Haken im Gang, und wie immer hatte er seine Hemdsärmel zurückgekrempelt und seine obersten zwei Hemdknöpfe aufgeknöpft. Genüsslich paffte er ganz entspannt einen Stumpen, während sie ins Gespräch fanden.

«Walter, dass Geld im Spiel war, zumindest bei der Möckli und dem Schwinta-Hitsch, betrachte ich als gesichert. So oder so, ich lasse alle Konten bei der Kantonalbank überprüfen. Oberstaatsanwalt Berther gibt bestimmt grünes Licht, und meine Kontakte zur Bank sind, wie du weisst, hervorragend.»

«Ja, du hast ja auch gute Arbeit damals in der Bank geleistet, wie man noch immer hie und da hört. Von wem genau willst du denn das Konto prüfen?»

«Jedes der vier Toten, dasjenige vom Schwinta-Hitsch, das von Hermine Montalta und das vom Fräulein Lola und, falls der Diakon eines hat, auch dieses.»

«Das ist gut. Gut möglich, dass alle ein Konto haben, obwohl der Schwinta-Hitsch Gegenteiliges behauptet.»

«Wenn ich vom Staatsanwalt den Fackel kriege, gehe ich sofort persönlich zur Bank, so haben wir einen Tag später bereits alle Zahlen, bis auf die von Lola. Da muss ich in Zürich erst nachfragen und kann schlecht abschätzen, wie lange deren Leitung ist.»

«Gut, und ich gehe heute hoch zum Hof – werde den Bischof befragen, auch wenn noch kein grünes Licht vom Major gekommen ist. Wir müssen Gas geben, und ich kann keine Rücksicht mehr auf dessen Befindlichkeiten nehmen. Irgendwann ist ja knuag Heu duna. Und es wäre gut, wenn wir uns unten auf dem Eidgenössischen ein wenig umhören.»

«Stimmt, aber es ist danach auch endlich an der Zeit, mit den Eltern der Helvetia, den Capauls, zu reden. Alleine der Geschichte mit der Schnapsbrennerei vor sieben Jahren wegen und darüber, ob sie mehr über die Umstände des Mordtags ihrer Tochter wissen. Vielleicht hat Helvetia durch ihr Verhalten gegenüber ihren Eltern was erkennen lassen oder sogar was gesagt, was diese erst durch unser Nachfragen als wichtig erkennen können.»

«Recht hast du. Das gehen wir zusammen auch gleich an. Und bei den Grubers müssen wir auch nochmals ran. Die lassen den Mord mit Sicherheit nicht auf sich sitzen. Wir müssen vorwärtskommen, bevor die den Täter erwischen. Denn dann wird dieser uns kein Sterbenswörtchen mehr sagen können.»

Noch immer riss der stürmische Südwind an allem und jedem, als Caminada eine Stunde später seinen Hut in der Hand haltend die lange Treppe zum Hof hochging. Das einzig Gute am Wind war, dass man deswegen die Hitze nicht so intensiv fühlte, denn er hatte wegen der zu verdeckenden Waffe seinen Tschoopa im Einsatz zu tragen.

Im prunkvoll gestalteten Inneren des jahrhundertealten Gebäudes wartete Caminada auf einem weinroten, samtenen Stuhl sitzend, dessen verschnörkelte Lehne mit Goldfarbe bemalt war. Neben ihm hing ein grosser weisser Engel an der Wand, der hatte seine Flügel ausgebreitet, die Hände dabei zum Gebet gefaltet, seinen gelassenen Blick zum Himmel gerichtet.

Die verzierten Decken aus weissem, feinem Stuck und die hohen doppelflügeligen Türen wirkten schlossähnlich, dazu passten auch die grossen Gemälde, die dick eingerahmt überall hingen.

Fast eine geschlagene Stunde musste der Landjäger sich gedulden, ehe ihn ein freundlicher Geistlicher ins Arbeitszimmer des Bischofs führte, das vor lauter Prunk aus vergangenen Jahrhunderten schier überquoll.

«Exzellenz – Landjäger Caminada.» Mit diesen Worten zog sich der Geistliche auf einen Stuhl in einem Raumeck zurück. Dies nicht ohne zuvor Caminada den Stuhl vor dem Schreibtisch des Bischofs zugewiesen zu haben.

«Bitte, so nehmen Sie doch Platz, Landjäger Caminada. Sie kommen also wegen Diakon Veranzze?», fing der drahtig aussehende Bischof an, dessen Bischofsring eindeutig zu gross war für seine schlanken Finger, die zu einem Pianisten gepasst hätten. «Wir haben ihn in einer schwierigen, für ihn schwierigen Zeit aufgenommen. Sein Vater Lorenzo, aber auch sein Bruder Gaudentius Veranzze, ein Priester in Chiavenna, sind uns wohlbekannt, und deshalb haben wir Anselmo ein Zuhause geben wollen», antwortete er auf Caminadas Frage, unter welchen Umständen der Diakon den Weg in den Hof gefunden habe.

«Er hatte doch ein Zuhause in Casaccia. Was ist passiert?»

«Anselmo kämpft seit Kindheit mit den bösen Mächten dieser Welt, sucht verzweifelt den HERRN, und als er eines Tages, er war achtzehnjährig, von der talbekannten Schäferin zur Körperlichkeit genötigt worden war, da hat er sie wie im Wahn mit einem Stecken fast totgeschlagen und sich danach in der Ruine der Wallfahrtskirche San Gaudenzio verkrochen. Dort hatte ihn der Vater erst einen Tag später gefunden. Vater Veranzze hatte uns schon im Jahr zuvor einen Brief geschickt und uns gebeten, Anselmo im Schutz dieser Mauern aufzunehmen und geistlich zu führen. Wir willigten ein, und als der Vorfall geschah, da hatte er innert Tagen mit dem Sohn das Tal verlassen und ist nach Chur gekommen.»

«Das war somit vor langen zweiundzwanzig Jahren», wunderte sich Caminada.

«So ist es. Doch wir tragen auch eine Verantwortung, und lange Jahre waren geprägt vom Auf und Ab Anselmos. Der besonderen Fürsorge von Priester Casotti ist es zu verdanken, dass Anselmo weiter wachsen konnte.» Er blickte zum Geistlichen, der noch immer auf dem Stuhl im Raumeck sass, sodass Caminada annahm, dass es sich um den Mann handelte, der ihn, ohne sich vorzustellen, zum Bischof geführt hatte. «Dennoch, mehrmals standen wir vor der schwierigen Frage, ob wir ihn in die Irrenanstalt Waldhaus bringen sollten, doch dann fing er sich jeweils wieder. Er war zudem immer ein gelehriger Schüler und eifriger als alle anderen, und so brachte er es sogar zum Diakon.»

«Fürs Täli.» Den unterschwelligen Ton schlug Caminada unabsichtlich an.

«Ja, fürs Täli. Der einzige Ort, der einen solchen Diakon erträgt, aber genauso auch braucht.»

«Das sind harte Worte, Herr Bischof. Wenngleich ich genau verstehe, was Sie damit sagen wollen.»

«Eher als wahr würde ich sie benennen. Schauen Sie, Landjäger Caminada, für die Italiener ist Diakon Veranzze fast ein Heiliger wegen seines halbseitig entstellten Narbengesichts, das er sich in einem Glaubensexzess zugefügt hatte, um das Zölibat einhalten zu können.»

«Das glaube ich gerne. Und für den Rest vom Täli?»

«Tja, der Rest des Tälis gehört sicher eher zu Ihrer Stammkundschaft als zu unserer, wenn ich das so salopp sagen darf. Aber das Wort Gottes ist für alle da. Doch sagen Sie mir bitte, weshalb genau sind Sie nun hier, werter Landjäger Caminada?»

«Exzellenz, Diakon Veranzze ist auf der Flucht, wie Sie bestimmt wissen – und wir sind uns unsicher, was er mit den Morden an den beiden jungen Fräuleins im Täli tatsächlich zu tun hat. Da ich nun hören muss, dass er unberechenbar ist und sogar auch schon gewalttätig geworden ist, verhärtet dies unseren Tatverdacht, dies auch in Anbetracht der verschiedenen Indizien, die uns bereits länger vorliegen.»

«Wie konkret?» In würdevoller Haltung blieb der Bischof im reich verzierten Stuhl sitzen, dessen hohe und breit geschwungene Rückenlehne eher einem Thron ähnelte als einem Stuhl.

«Das erste Opfer wurde mit einer Stola erhängt, seiner Stola. Beim zweiten Tatort wurde er gesehen, und Indizien belegen, dass er zur Tatzeit dort war. Neben seiner Person wurde auch ein weiterer Tatverdächtiger am Tatort gesehen. Möglicherweise waren zwei Täter am Werk gewesen, wie das Spurenbild es vermuten lässt.» Das Wort Spurenbild hatte er von Marugg übernommen, der immer wieder davon redete, seit er aus Bundesbern zurückgekehrt war.

Priester Casotti, der Caminada in das Arbeitszimmer geführt hatte, blickte den Bischof fragend an, bevor er das Wort ergriff: «Anselmo ist ein herzensguter Mensch, der leider, selten zwar, aber dennoch wahnhafte Züge in sich trägt. Es gab Zeiten, da war sein Inneres über Jahre hinweg fast ruhig gewesen wie ein erloschener Vulkan, seine Krankheit deshalb kaum zu bemerken, und dann kamen sie wieder, diese Wochen voller Unruhe und Gedankenwirrwarr und stundenlangem Beten oben am Berg, in der kleinen Grottenkapelle St. Luzi. Aber, und das möchte ich betonen: Seit er hier bei uns ist, wurde er nie gewalttätig, in keiner Form. Was ihn also getrieben haben könnte, zwei Morde zu begehen, ist mir schleierhaft. Und ich persönlich glaube nicht, dass er ein Mörder ist. Und falls er denn solch Unfassbares verbrochen haben sollte, dann in jedem Fall nicht aus Bosheit, sondern aus geistiger Umnachtung.»

Caminada nickte dankend, auch an den Bischof gerichtet. «Das macht die Toten zwar auch nicht wieder lebendig, aber würde einiges erklären.»

«Leider, aber es ist der Versuch, zu verstehen und Ihre Fragen zu beantworten. Ich fürchte, mehr können wir nicht für Sie tun», sagte der Bischof.

«Exzellenz. Könnte ich dennoch kurz seine Kammer sehen?»

Der Bischof bejahte, und Caminada verabschiedete sich von ihm und folgte Casotti hinauf ins Priesterseminar St. Luzi.

Stille Gänge, schwere Mauern und schlichtes Möbelwerk prägten das alte, farblose Gebäude.

Veranzzes Kammer war wie erwartet klein und karg eingerichtet: Ein dunkler Tisch fürs Bibelstudium und ein Stuhl standen am Fenster, von dem man über die Rebberge hinweg Teile der hinteren Altstadt und das Täli sehen konnte. Die Pritsche war alt und bestimmt unbequem.

In dieser Kammer hatte Veranzze also bis jetzt gewohnt – zweiundzwanzig lange Jahre, dachte Caminada, während er sich umsah. Er wusste nicht, was er in der Kammer erwartete, doch manchmal nahmen Täter Gegenstände der Opfer mit, als ständen sie dabei unter einem Zwang.

Viel hatte der Mann nicht besessen. Seine Bibel, sein vom Vater mitgebrachtes Jagdmesser und das Gewehr fehlten, nur ein fast einen halben Meter grosser, aus Holz geschnitzter Engel stand am Boden.

Nach wenigen Minuten überkam Caminada ein seltsames Gefühl. Die Kammer bedrückte ihn, als würde er mit jeder

Sekunde darin das Leben draussen verpassen. Sein Blick floh deswegen aus dem Fenster, als sähe er aus einer anderen Zeit und nur als Beobachter in die Welt da draussen.

Er fragte Priester Casotti, der blass und unscheinbar wirkte, wo er Veranzze vermuten würde.

Der zuckte erst mit den schmalen Schultern, bevor er antwortete: «Bestimmt irgendwo in den Bergen. Wo aber, weiss ich nicht, ausserdem ist dies bloss eine Vermutung. Wissen Sie, in letzter Zeit hatte Anselmo Veranzze öfters Selbstgespräche geführt. Manchmal stand ich vor seiner Tür, wenn ich abends meine Runde ging, und hörte ihn reden, wenn auch nicht immer verständlich. Es waren keine Zwiesprachen mit Gott und keine Gebete. Er muss unter etwas gelitten haben, doch er öffnete sich mir nicht.»

«Aber dass er sich vor Jahren, wie ich mittlerweile weiss, selbst derart verletzt hat, sich mit Säure verunstaltet hat, da müsste man doch so einen wie ihn vor sich selber schützen und ins Irrenhaus einliefern, damit man ihm helfen kann.»

«Ich finde es gut, sprechen Sie das noch an. Wenn ich die Hintergründe nicht genau kennen würde und wir ihn damals nicht mehrere Wochen zwecks psychiatrischer Begutachtung ins Irrenhaus Waldhaus eingeliefert hätten, würde ich das auch so sehen.»

«Aber?»

«Er war verliebt gewesen und konnte sich von der Frau nicht lösen. Seinen Wunsch, Priester zu werden, sah er in Gefahr, und nach langem Ringen und erfolglosen Versuchen hatte er das Schreckliche getan, das ihn aber den Weg zur Priesterweihe weitergehen liess. Mit Blick auf die Ewigkeit sozusagen verlor er ja nicht viel.»

«Sie meinen demnach eine rationale Abwägung, was für ihn das Beste war?» Caminada schien sich verhört zu haben.

«‹Und wenn dich dein Auge zum Bösen verführt, dann reiss es aus und wirf es weg! Es ist besser für dich, einäugig in das Leben zu gelangen, als mit zwei Augen in das Feuer der Hölle geworfen zu werden.› Matthäus 18, 9.» Casotti blickte Caminada fragend an. «Verstehen Sie denn nicht? Sie müssen dies im Verhältnis zum göttlichen Auftrag sehen. So gesehen hat er einen sehr kleinen Preis für das ewige Leben bezahlt.»

Caminada dachte an den Tanz von Lola. Er hatte sich kein Auge ausgerissen, sondern die Vorstellung verlassen, und damit war die Sache erledigt gewesen.

«Landjäger Caminada. Was ist denn Ihnen am wichtigsten? Ihr Beruf, Ihre Frau, Ihr Automobil ... ich weiss es nicht, darum frage ich.»

Caminada gab ungern Fremden etwas von sich preis. Es könnte sich irgendwann mal jemand an ihm für eine Verhaftung rächen, und Rache zielte meistens darauf ab, den anderen an der verletzbarsten Stelle zu treffen.

«Meine Frau, sie ist mir das Wichtigste auf der Welt, das sage ich Ihnen im Vertrauen wohlgemerkt», sagte er und bereute es zeitgleich.

«Würden Sie denn nicht, um Ihrer Frau ewig nahe zu sein, ein Auge hergeben, anstatt sie mit zwei Augen ewig suchen zu müssen, um am Ende sie doch niemals finden zu können?»

Priester Casotti neigte seinen Kopf schräg und wartete einige Sekunden. «Sie haben sich soeben die Antwort selbst gegeben. Wie Sie sehen, es ist alles eine Frage der Sichtweise.»

«Wer war denn diese Frau, die so grossen Einfluss auf Veranzze ausgeübt hatte?»

Nun bemerkte Caminada ein Zögern im Verhalten von Priester Casotti.

«Es war eine Serviertochter vom Täli», erzählte er, so schien es, nur ungern, und Caminada fragte sich zugleich, warum er das alles nicht bereits im Arbeitszimmer des Bischofs erfahren hatte.

«Priester Casotti. Das wäre aber eine weitere Verbindung zu den aktuellen Taten. Wer weiss, was ein Mensch im Wahn sieht und erlebt? Das Täli hat mit Sicherheit bereits damals einen grossen Einfluss auf ihn ausgeübt.» Caminada dachte an den letzten Fall im 1947, als er mehrmals in der Irrenanstalt gewesen war und die Kranken dort gesehen hatte – arme Tüfel, hatte er damals geflüstert, als er gegangen war. Doch darunter befanden sich auch grausame Triebtäter und Mörder, denen niemand, nicht mal am hellheiteren Tag, über den Weg laufen wollte. «Und wo ist diese Frau jetzt?»

«Ich habe sie vor sechs Jahren nur zwei Mal zu Gesicht bekommen. Am Dialekt an war sie eine Bernerin, und wie wir damals vernommen haben, ist sie wenige Wochen nach dem tragischen Ereignis in den Kanton Bern zurückgefahren. Mehr wissen wir nicht von ihr, zumal ich nicht. Die Wirtin in der Roten Laterne müsste es aber bestimmt noch wissen.»

Caminada verliess die Kammer, er hatte genug gesehen und noch was Wichtiges in Erfahrung gebracht. Das war auch ein Grund gewesen, warum er die Kammer sehen wollte, denn im Arbeitszimmer des Bischofs schien Priester Casotti nicht so frei reden zu wollen oder zu können, wie ihm jetzt klar wurde.

«Aber eben, Herr Landjäger, Anselmo ist wirklich kein schlechter Mensch», betonte Priester Casotti, während sie durch den langen Gang liefen, in dem dieselbe seltsame Zeitlosigkeit wie in der Kammer von Veranzze lag.

«Aber einer, der vielleicht wirklich zwei Gesichter hat …», gab Caminada zur Antwort, bevor er sich mit seinem für ihn typischen kräftigen Händedruck verabschiedete und endlich nach draussen, in den sonnigen, windigen und heissen Tag, treten konnte.

18

Tags darauf, am Mittwoch, kurz nach dem Mittag, das Wetter blieb windig heiss, erhielt Caminada einen Anruf von Landjäger Hassler aus dem Schanfigg. Fräulein Rosemarie behielt Hassler in der Leitung und hatte Caminada erst im unteren Stock aus dem Büro der Italiener rufen müssen, wo er in einer heftigen Diskussion steckte.

Renzo Calabrese, einer der besten Maurer, den die Welt je gesehen hatte, stand oft am Schalter, denn er hatte noch öfter das Gefühl, benachteiligt behandelt zu werden. Das hatte zwei Gründe, wie Caminada schnell feststellen musste: Calabrese konnte weder lesen noch schreiben, und es fehlte ihm dazu an Vertrauen. Auch heute legte er eine Handvoll Abrechnungszettel auf die Durchreiche des Schalters, die sein Capo der Baufirma ihm zusammen mit dem Lohn ausgehändigt hatte. Caminada übersetzte, da der zuständige Landjäger krank war, denn das Problem war, dass die Italiener kaum Deutsch sprachen und auch nicht lernten, da sie ausschliesslich unter sich verkehrten. Marugg hatte im Auftrag von Caminada sich vor einigen Wochen die Mühe gemacht, die Abrechnungen mal genauer zu kontrollieren, und hatte auch Abzüge gefunden, die nicht hätten geltend gemacht werden dürfen, doch von Betrug zu reden, wie jetzt Calabrese mit vielen «Mamma mia» wieder lautstark posaunte und dabei theatralisch die Zettel in die Hand nahm, um sie als scheinbar wertlos erneut an den Schalter zu werfen, war übertrieben.

Auch Calabrese wohnte, wie alle Italiener, in einem der vier heruntergekommenen Wohnhäuser im Täli – gleich unterhalb des Krankenasyls –, die allesamt den Baufirmen gehörten. Die Tschinggen, das war bekannt, sparten jeden Franken und lebten dort zusammengepfercht wie Hühner in den kleinen Kammern, um irgendwann für immer wieder nach Hause zu können. Nur in den Wintermonaten, wenn die Bauarbeiten fast überall stillstanden, packten sie jeweils ihr Bündel und fuhren in die Heimat, um ihre Liebsten zu sehen.

Das Problem liess sich diesmal nicht lösen, Calabrese war in hellem Aufruhr. Caminada hatte ihm schon beim letzten Mal erklärt, dass er sich mit diesen Abrechnungen an die Stadtverwaltung wenden müsse, es ging um die Nebenkosten der Behausungen. Seine Geduld war nun sowieso am Ende, was Calabrese betraf, und so spedierte er diesen kurzerhand mit dieser Feststellung raus, nachdem ihn Fräulein Rosemarie mit den Worten «A dringends Telefon» gerufen hatte.

Diesbezüglich war Fräulein Rosemarie ein harter Knochen, fand nicht nur Caminada. Egal, wie laut es auf dem Posten herging, und auch wenn sich wie öfter mal ein Knäuel von Beamten mit ein paar Glünggis im wahrsten Sinne des Wortes herumschlagen musste – Fräulein Rosemarie zuckte nicht mit der Wimper. Sie hatte sogar den einen oder anderen, der im Warteraum entrüstet auf eine Anzeigenaufgabe wartete, in strengem Ton ermahnt und sich dabei ihre viel zu grosse Brille gerichtet. Sie war es aber auch, die, wenn ein Fräulein auf dem Posten hocken musste, dem was Schlimmes geschehen war, mit einer Tasse Tee und mit ihrer strengen, aber mütterlichen Art ihm Halt bot, in dieser von wackeren Landjägern beherrschten Welt.

Caminada lief die Treppe hinter Fräulein Rosemarie hoch. In der Wachtstube lag der Hörer neben dem klobigen schwarzen Apparat.

Als Caminada den Hörer in die Hand nahm, ertönte Hasslers tiefe und kräftige Stimme: «Walter, gestern Abend sind in der Dämmerung oberhalb Calfreisen, beim Tobel, viele Schüsse gefallen, die durchs halbe Schanfigg zu hören waren, und tags zuvor dasselbe in der Morgendämmerung. Deshalb habe ich mich noch am Abend mit dem Wildhüter getroffen. Heute Morgen sind wir wie abgemacht in der Früh hochgestiegen, um nachzuschauen, was los ist. Weisst du, dort oben gibt's nur eine alte Jagdhütte, die in Frage kommt.»

Caminada kannte die Gegend, das war höchstens eine halbe Stunde von Chur entfernt.

«Und jetzt wird's kspunna. Kaum hatten wir die kleine Lichtung betreten, rannte ein in ein schwarzes Priestergewand gekleideter Mann von der Wiese in die Hütte und kam mit einem Gewehr in den Händen heraus, sodass wir zurück in den Wald flüchteten, denn ohne Vorwarnung pfiffen uns die Kugeln nur so um die Lauscher.»

«Das ist wirklich verrückt, aber ich weiss fast sicher, wer das war. Habt ihr sein Gesicht gesehen?» Obwohl für Caminada kein Zweifel bestand, um wen es sich handelte, musste er diese Frage stellen.

«Er war zu weit weg, und wir haben Hals über Kopf das Weite gesucht. Ein Mann auf jeden Fall. Sein Kopf wirkte irgendwie seltsam, aber alles ging so schnell, denn der hätte uns ohne zu zögern erschossen.»

«Landjäger Hassler, wir suchen diesen Mann dringend, und ich weiss, wer er ist. Warte in ungefähr einer Stunde in Calfreisen bei der Kirche auf mich, ich ordere einen Seitenwagentöff des Stadtpolizeiamtes und komme, so schnell ich kann, mit einem zusätzlichen Mann ins Tal hoch. Dieser Priester ist sehr gefährlich, wir verhaften ihn deshalb gemeinsam.»

Caminada legte auf und informierte Marugg, ohne ihn aber für den Einsatz aufzubieten, denn solche Einsätze waren nichts für den jungen Erkennungsfunktionär. Caminada hätte sonst nur noch auf ihn achtgeben müssen.

Stattdessen nahm er Reto Maissen mit, einen hervorragenden Schützen am Gewehr. Dieser hatte in der Woche zuvor am Eidgenössischen das beste Einzelresultat aller Korps in der Schweiz erzielt. Zudem war er ein leidenschaftlicher Jäger und wie Caminada mitten in den Bergen gross geworden, und er musste bei Gelegenheit mal bei diesem auf den Busch klopfen. Er durfte nicht zu forsch in Erfahrung bringen, wie die Sache mit den Grubers vor sieben Jahren wirklich abgelaufen war. Maissen war es ja gewesen, der die Anzeige wegen den scheinbar gestohlenen Kupferkesseln verfasst hatte, die zum Einsatz bei den Grubers geführt hatte. Seine verwandtschaftliche Nähe zu den Caupauls erhärtete in dem Fall einen Verdacht auf Amtsmissbrauch, doch es ging auch um einen sonst tadellosen Ruf eines Landjägers, den Caminada nicht fahrlässig aufs

Spiel setzen wollte – und um den Frieden im Landjägerkorps obendrein.

Caminada musste unweigerlich an den Schwinta-Hitsch denken, als er die neue BMW-Maschine des Stadtpolizeiamtes startete, nachdem er sich den Lederhelm übergestülpt und die Töffbrille angezogen hatte. Die Maschine hatte enorm viel Kraft, und Maissen, der im Seitenwagen hockte, schien ebenso seine helle Freude im Fahrtwind zu haben wie er selbst. Wie zwei grosse Buben, die zum ersten Mal auf ihrem neuen Velo rumfuhren, fühlten sie sich.

Eine Dreiviertelstunde und viele Kurven später trafen sie im Schanfigg bei der Kirche in Calfreisen ein. Der Fahrspass war nun zu Ende, es wurde ernst. Hassler wartete mit einem Gewehr bewaffnet im Schatten der grossen Friedhofsbuche. Neben ihm stand mit ernster Miene der schwarzbärtige Wildhüter Adank, sein Jagdgewehr ebenfalls geschultert.

Mit einem Rapid, mit dem sonst das Wildheu in den steilen Matten eingefahren wurde und der als wahrer Kletterkünstler galt, fuhren sie auf dem schlechten Alpweg bis unterhalb der Schlucht zum Fusse der Felswand hoch.

Alle rauchten dabei eine von Caminadas Villiger-Krummen, während der Rapid gleichmässig knatterte, als könnte ihm auch der steilste Hoger nichts anhaben.

Unter dem Tobel angekommen, stiegen sie ab und folgten dem Wildhüter Adank, der jeden Stein hier oben kannte. Zielsicher geleitete er sie über einen versteckten Wildwechsel an der Seitenflanke der Schlucht hoch, damit sie das steile Felsband sicher umgehen konnten.

Als die Bergweide zwischen lichterem Wald durchschimmerte, spiegelten sie mit ihren Feldstechern zur Hütte. Rauch stieg aus dem kleinen Kamin, Veranzze war somit nicht weit.

Sie mussten das Überraschungsmoment ausnutzen, denn mit so einem ins Gespräch zu kommen erschien unmöglich und lebensgefährlich zugleich, wie der gestrige Einsatz Hasslers und Adanks es ja eindrücklich gezeigt hatte. Und sie mussten den Gesuchten so unverletzt wie möglich, aber vor allem lebend verhaften, um ihn verhören zu können.

Maissen, Hassler und Adank luden ihre Gewehre durch, Caminada zog seinen Revolver aus dem Halfter und entsicherte ihn. Ihr Plan war es, dass die drei Landjäger im Schutze des Waldes auf Höhe Hütte hochstiegen und Wildhüter Adank von unten die Lage zur Not mit seinem Gewehr sicherte und Feuerschutz bot und Veranzze im richtigen Moment mit Lärm aus der Hütte lockte.

Wegen des vielen Unterholzes war es nicht einfach, sich so leise wie möglich in Waldrandnähe nach oben zu bewegen.

Caminada übernahm die Vorhut und ging es langsam an. Es dauerte deshalb über eine Viertelstunde, ehe er aus dem Wald herauskam und auf die Rückseite der Hütte wieseln konnte. Maissen und Hassler folgten je im sicheren Abstand hinterher.

Eng an die Hütte sich haltend und darauf bedacht, dabei auf keinen Fall das Holz zu berühren, schlichen sie seitlich den Aussenwänden nach vorne und verharrten in Zugriffsposition.

Caminada gab das Zeichen mit der Hand, sodass Wildhüter Adank, noch immer in Deckung verharrend und den Feldstecher vor den Augen, einen Stecken rhythmisch an einen der Baumstämme schlagen konnte. Wie erhofft dauerte es keine Minute, ehe die Türe der Hütte langsam aufschwang und Veranzze vor diese trat – das Gewehr mit den Händen umschlossen!

***

Anselmo hatte fertig eingefeuert, als er das Schlagen hörte. Er hatte Hunger und wollte ein paar Patati kochen und etwas Wurst und Käse dazu essen. Nach dem dritten Schlag legte er den Holzlöffel zur Seite, mit dem er soeben im dampfenden Kessel umgerührt hatte, und fasste das Gewehr, das er sorgsam und schussbereit neben der Fensteröffnung angelehnt hatte.

Beherzt trat er einige Schritte vor die Türe und blickte konzentriert die Waldlichtung ab. Waren die Landjäger wieder hier? Kamen sie, um ihn nun zu töten?

***

Caminada sah, während er vorsichtig ums Eck spähte, wie der Diakon sich fünf Meter von der Hütte entfernt hatte, das Gewehr trug dieser im Anschlag. Wie vereinbart begann nun Wildhüter Adank im Fünf-Sekunden-Abstand in die Luft zu schiessen, bis in seinem Magazin nur noch zwei Schuss übrig blieben, dies für den Notfall.

***

Anselmo zuckte beim ersten Schuss zusammen, der zweifelsfrei aus dem Wald ertönte, dann folgte der nächste, und plötzlich sah er, wie viele Gewehre aus den Baumstämmen hindurch auf ihn gerichtet wurden. Gleichzeitig, als hätte sich eine pechschwarze Gewitterwolke vor die Sonne geschoben, brach die Dämmerung seltsam schnell herein. Er wusste, da stimmte etwas ganz und gar nicht – solche Zeichen deuteten bestimmt auf etwas Unheilvolles hin.

Sofort begann er deshalb rückwärts zur Hütte zu gehen, ohne seinen Feinden, die links und rechts im Waldrand steckten, seinen Rücken zu zeigen. Abwechselnd schoss er beidseitig in den Wald, als plötzlich eine Horde körperloser Arme und Beine über ihn herfiel, der Himmel wurde finster, dunkles Violett mit Rot dominierte in diesem, und die Bäume machten Schritt um Schritt auf ihn zu, während Kugeln so gross wie Steine auf ihn zuflogen.

***

Als Veranzze wie erhofft in sinnloser Angst das Feuer erwiderte, zählte Caminada dessen Schüsse und rannte nach dem sechsten mit Hassler und Maissen von beiden Hüttenseiten auf Veranzze zu, und sie packten ihn, während er am Nachladen war.

Mit weit aufgerissenen Augen und in Todesangst setzte dieser sich unglaublich kräftig zur Wehr, sodass sie alle Hebel in Bewegung setzen mussten, um ihn zu bodigen, damit die Handschellen klicken konnten. Caminada blutete danach aus der Nase, Hassler an der Lippe, und Maissen hatte was am Auge abbekommen; doch es waren nur leichte Blessuren.

Veranzze schien total verwirrt, stammelte Zusammenhangloses und starrte fassungslos in den Himmel, als öffne sich dieser just in diesem Moment für das Jüngste Gericht.

In der Hütte fanden sie seine Schuhe und seinen Rucksack, die Fellflasche und die Bibel. Sie lag aufgeklappt am Boden, das schwarz-weisse Bild einer jungen Frau lachte Caminada entgegen. Er nahm es an sich. Sorgfältig löschten sie das Feuer und kippten das nicht fertige Essen vor die Hütte, wuschen die Pfanne aus und hinterliessen die Hütte in aufgeräumtem Zustand, damit sie der Nächste ordentlich vorfand.

Veranzze schlug weiter um sich, sodass sie ihm die Schuhe nicht anziehen konnten und ihn barfüssig über den Wildwechsel hinunter zum Rapid abführen mussten.

***

Anselmo fühlte, wie ihn die Untoten im violettrötlichen Schein fesselten. Wie Hyänen tanzten sie um ihn, Gesichter der Hölle, versuchten ihm die Füsse abzuhacken, damit er so aussähe wie sie. Einem fehlte ein Arm, ein anderer hatte rote Augen.

Anselmo wusste, er hatte sich von Gott entfernt, seine Sünden hatten deshalb die Kluft zum Bösen überbrückt. Deshalb griffen auch die Sträucher und Bäume nach ihm, als er durch den Geisterwald gehen musste. Die Kreaturen schlugen ihn dabei wütend mit ihren Ruten und redeten wild durcheinander, sodass er nichts verstehen konnte.

***

«Dä spinnt glaub khörig.» Wildhüter Adank startete mit diesen Worten den Rapid und warf einen Blick nach hinten auf die hölzerne Ladebrücke des Gefährts, hin zu Caminada, der mit den beiden anderen Landjägern auf dieser hockte und mit ihnen vergebens versuchte, Veranzze ruhig zu halten. Doch Hassler fing soeben einen weiteren heftigen Tritt ein, sodass sie den Diakon unter Anwendung von Gewalt so fesselten, dass er auch seine Beine nicht mehr rühren konnte.

Erst gegen Abend erreichten sie Calfreisen. Die tief stehende Sonne warf lange Schatten, als sie ihre Arme in den Dorfbrunnen tauchten und ihren Durst mit dem kühlen Nass löschten und die Blessuren kühlten. Caminada hielt Veranzze dessen Fellflasche an den Mund, doch dieser verweigerte das Wasser, obwohl seine Lippen rissig waren.

Am Strassenrand hielten sie nach einem kleinen Lieferwagen Ausschau, der sie nach Chur bringen könnte.

Eine halbe Stunde dauerte es, bis Hassler und Maissen auf eine Ladebrücke aufsteigen konnten. Der Fahrer hatte sich für zwanzig Franken dazu bereit erklärt, alle zum Landjägerkorps zu fahren. Caminada folgte im Seitenwagentöff hinterher.

In Chur erhielt der Fahrer gegen Quittung die zwanzig Franken und eine Zehnernote für den Most, nachdem er zuerst die Landjäger samt Diakon zum Irrenhaus gefahren hatte.

Die Sonne war im Churer Rheintal daran, hinter den Gipfeln des mächtigen Calanda zu versinken, als Caminada aus dem Haupttor der Irrenanstalt zu dem Töff ging, den er unter derselben Blutbuche abgestellt hatte, wo er vor zwei Jahren in brütender Tageshitze bei seinem letzten Einsatz an diesem Ort sein Pfüpfli hingestellt hatte.

Er musste schmunzeln, denn wie vor zwei Jahren stelzte das alte, dürre Männlein, einem Vogelmenschen gleich, auf ihn zu und streckte ihm seine langen, dürren Finger entgegen und rollte die grossen, freundlichen, wenn auch verwirrten Augen, die im hageren Gesicht sassen. Und wie vor zwei Jahren zog Caminada eine Villiger aus der Tasche und spendierte dem alten Männlein auch noch Feuer, bevor dieses zufrieden paffend von dannen ging, als hielte es das ganze Glück dieser Erde nun zwischen zwei Fingern.

Das Landjägerkorps würde Bescheid erhalten, wenn die Psychose Veranzzes unter Kontrolle sei, unter der der Eingelieferte zweifelsohne litt, da dieser die typischen Symptome dafür zeige, wie der zuständige Psychiater Dr. Pfännler Landjäger Caminada sofort erklärt hatte.

Caminada hatte, nachdem zwei kräftige Pfleger Veranzze

in ihrer Mitte fortgebracht hatten, sich zehn Minuten mit dem Psychiater unterhalten, der auf ihn irgendwie seltsam wirkte. Vielleicht waren es dessen runde Brille mit übertrieben dickem Rand, das zerzauste lockige Haar und dazu der zottige Bart, welche diesen Eindruck bei Caminada hinterliessen, sodass er sich nicht gewundert hätte, wenn sich ein Patient den weissen Ärztekittel umgelegt hätte.

Grundsätzlich sei alles bei so einem psychotischen Krankheitsbild möglich – auch mehrere Morde mit teilweise logischer Vorgehensweise, hielt Dr. Pfännler weiter fest. Sie würden die Verbrechen deshalb auch mit dem Patienten gemeinsam im therapeutischen Gespräch zu besprechen versuchen. Und übrigens sei dies ja nicht der erste geisteskranke Mörder, den sie hinter diesen Mauern verwahren müssten. Man denke nur an den rotbärtigen Zoltan aus Peist, der seit über zehn Jahren hier drin einsässe, nachdem er das Annali im Dorf im Bach ersäuft hatte, dies im festen Glauben, sie wäre eine Teufelshure gewesen und er hätte damit das gesamte Dorf gerettet.

Caminada erinnerte sich bestens an den roten Zoltan und wie fest der ihn gebissen hatte ... ein Lächeln huschte über sein Gesicht, denn nur deshalb war er mit Menga nun verheiratet.

Dass Veranzze Fräulein Möckli umgebracht haben könnte, das konnte Caminada sich wirklich vorstellen und ebenso, dass dies im Wahn geschehen war. Zwei Fakten deuteten darauf: der ausgestellte Tatort im Licht der Roten Laterne und dessen Stola, die als Mordwaffe diente. Aber die anderen Morde in Zusammenhang mit dem Diakon zu bringen war nur im Falle der Gruberin bis jetzt möglich, und dies nur aufgrund der Tatsache, dass Kleiderfetzen vom Diakon am Tatort gefunden worden waren.

Was ihm aber sein Bauch und sein Instinkt sagten, war, dass das Ganze viel verzwickter war.

Caminada blickte während dieser Gedanken auf Chur, das in der friedlichen Abendstimmung unter ihm im Rheintal lag. Er mochte, wie sich der Himmel an den Abenden im Oberland in all den orangen und violetten Tönen verfärbte und wie in diesen Momenten der Wind nachliess, sodass die Vögel in der Stille gut zu hören waren. Duft von Heu und Garten lag gemischt mit dem des Motorrades in der Luft, als er sich auf die neue BMW hockte.

Er wusste, warum er genau an diesem Ort nachdenklich wurde. Hier hatte einiges vor zwei Jahren eine dramatische Wende genommen. Dass sich so viel in dieser kurzen Zeit derart verändert hatte, war kaum vorstellbar, auch wenn er es selbst erlebt hatte.

Das Gefühl von Dankbarkeit stieg in ihm hoch, aber auch von Mitleid, als er einen Blick auf die dicken Mauern hinter sich warf, hinter denen die armen Khaiba hocken mussten, weil in deren Grinden der Sturmwind ging oder dicker Nebel hockte.

Er kickte die schwere Maschine an. Der kräftige Motor verschluckte jedes Geräusch und löste die Erinnerungen, kaum setzte er sich mit der Maschine in Bewegung.

Er freute sich nun, nach Hause zu kommen.

19

Rosemarie brachte am nächsten Morgen eine Kanne Kaffee in den Pausenraum des Landjägerkorps, als Wachtmeister Kollegger hinter ihr in den Pausenraum stürmte.

«Gopferdeckel, auf der neuen Schützenstrasse wurde soeben ein junger Fahrer in seinem Automobil angeschossen aufgefunden, nachdem sein Fahrzeug seitlich am Strassenrand durch einen Baum gestoppt worden war.»

Alle blickten sich an, als wäre ihnen die Holzdecke auf den Grind gefallen.

Caminada stand als Erster auf, schnappte sich beim Hinausgehen Hut und Tschoopa vom Haken und winkte Marugg, damit er ihm folgte. «Rosemarie, sag dem Major bitte, dass wir an den Tatort fahren, und ruf im Kreuzspital an, dass möglicherweise gleich ein Mann mit einer Schussverletzung eingeliefert wird. Hoffen wir, dass er noch lebt.» Er beeilte sich hinunter auf den Karlihof, wo ihre Pfüpflis standen.

Viele Gedanken bestürmten Caminada, während er mit offenem Tschoopa, den Hut auf dem Gepäckträger vorsichtig eingeklemmt, hinunter zum Schützenfest knatterte und dabei wacker trampte, um so schneller vor Ort zu kommen. Eines war sicher, das konnte kein Zufall sein, denn Morde geschahen in Chur nicht so gehäuft. Die Frage, wer diesmal das Opfer war, kreiste deshalb in seinem Hirn herum. Gleichzeitig musste er seinen Ärger in den Hintergrund drängen, ohne geeignetes Fahrzeug in einer solchen Notsituation vor Ort eilen zu müssen.

Nur zweihundert Meter vor der Zufahrt zum grossen Parkplatz sah er auf der linken Seite die Gaffer stehen. Auf der rechten steckte das Automobil im Strassenrand mit der Schnauze gegen den Wald gerichtet. Ein Mann lag vor der offenen Fahrertüre am Boden, um diesen knieten mehrere Personen. Keine zwanzig Meter vor dem Unfallwagen parkte ein Automobil seitlich am Strassenrand, ein weiteres ordentlich abgestellt fünfzig

Meter dahinter. Ein beladener Pferdeanhänger stand herrenlos auf der gegenüberliegenden rechten Strassenseite. Wo Pferd und Kutscher waren, war nicht zu erkennen.

Die beiden Ermittler hielten direkt vor dem verunfallten Wagen. Caminada ging um das Fahrzeug, die Frontscheibe trug einen Durchschuss, Scherben lagen überall verteilt, der Geruch von Blut, Kühlerwasser und Benzin mischte sich in der warmen, schwülfeuchten Luft.

«Landjägerkorps Caminada!» Mit diesen Worten verschaffte er sich Platz, um beim Mann niederzuknien. Er blickte in die ratlosen Gesichter, um zu wissen, dass kein Arzt unter ihnen war. Der junge Mann trug eine Schusswunde am Hals und blutete stark. Er war bewusstlos.

«Der muss sofort ins Spital.» Caminada ärgerte sich über die vielen Gaffer und darüber, dass keiner anscheinend was unternommen hatte. «Schnell, jemand soll mit einem Automobil kommen. Zackig, sonst verblutet der Mann. Da stehen ja zwei Kärrä in der Nähe.» Er zeigte mit dem Kopf in die Richtung.

Ein Mann fuhr keine Minute später seinen Wagen seitlich neben die Unfallstelle. Caminada hatte beiden uniformierten Stadtpolizeimännern, die mittlerweile auf ihrem Seitenwagentöff eingetroffen waren, den Befehl gegeben, die Strasse zu sperren und die Gaffer zurückzudrängen, als er helle Schreie hörte.

Eine Frau Mitte fünfzig hatte sich resolut am einen Hilfspolizeimann vorbeigedrängt und kam schnellen Schrittes auf Caminada zu.

Sie musste das verunfallte Automobil erkannt haben, folgerte Caminada, denn sie schrie bereits «Franz», ohne den Toten am Boden genau sehen zu können.

Caminada wusste, es brachte nichts, die Dame aufzuhalten, und machte Platz. Diese liess sich sofort auf ihre Knie fallen. «Franz …» Diesmal war ihre Stimme leise und hörte sich fast vorwurfsvoll an, als wollte sie ihm sagen: «Was häsch schu wieder akstellt, du dummer Junge du?»

Hilfspolizeimann Peppi Manetsch kam keuchend hinterher. «'tschuldigung, Landjäger Caminada, sie sagt, sie sei seine Mutter, die war nicht aufzuhalten.»

Caminada schnürte es das Herz zu, als er auf sie und ihren blutenden Sohn blickte. Solche Momente machten ihm schwer zu schaffen, waren aber auch zugleich Ansporn dafür, den Täter zu ermitteln. Doch etwas anderes stach ihm dabei ins Auge: Am Gürtel des Angeschossenen hing ein Schlüsselbund mit einer glänzend polierten Plakette – die blinkte grell im Sonnenlicht!

Doch nun ging's in erster Linie ums Überleben des jungen Mannes. Caminada schob seine Schlussfolgerungen energisch zur Seite. «Bitte, Sie müssen uns weitermachen lassen, Ihr Sohn muss ins Spital, und das sofort!» Er ging in die Hocke und griff der adrett gekleideten Dame an die Schulter. Ihr Blick war versteinert, dann fasste sie sich mit ihrer rechten Hand an die Stirn und stand auf. «Was ist denn passiert?»

«Jemand hat auf ihn geschossen. Mehr wissen wir noch nicht. Und jetzt machen Sie bitte sofort Platz.» Er zog sie am Arm zur Seite und winkte einen der Polizeimänner und zwei weitere Herren, die danebenstanden, zu sich.

Vorsichtig hievten sie gemeinsam den Schwerverletzten auf die Rückbank, auf der eine alte Pferdedecke zum Schutz der Sitze lag, während seine Mutter fassungslos die Szenerie begleitend beklagte: «Herrjemine auch. Der Franz tut doch keiner Fliege was zuleide. Das ist der friedliebendste Mensch, den ich kenne.»

Drei Personen stiegen zu, zwei hinten, um den Schwerverletzten während der Fahrt zu stabilisieren. Die Frau setzte sich auf den Beifahrersitz. Dann fuhr der Wagen langsam Richtung Stadt davon – Ziel Kreuzspital, wo Professor Dr. Weilemann bereits auf die Einlieferung wartete.

Caminada atmete erst einmal lange aus und wischte sich seine blutigen Hände an einem Nastuch ab, das ihm jemand reichte und zuvor mit Wasser aus einer Feldflasche benetzt hatte. Dann zündete er sich eine Villiger an, um den Geruch von Blut zu vertreiben.

«Hoffen wir, dass er überlebt», ertönte eine männliche Stimme aus dem Hintergrund, während Caminada auf die Stelle starrte, auf der der Verletzte noch soeben gelegen hatte.

«Und Sie sind?» Caminada drehte sich langsam zu dem Mann hinter ihm, der nun neben ihn trat.

«Der Fahrer von dem Wagen da vorne.» Er zeigte auf das Automobil, das etwa fünfzig Meter hinter Caminada und Marugg am rechten Strassenrand parkte. «Ich fuhr in entgegengesetzter Richtung des Unfallwagens, als ich den Schuss hörte, und gleichzeitig verlor der Wagen hier seine Spur und hätte mich dabei noch fast gerammt.»

«Was ist passiert?»

«Erst begriff ich den Zusammenhang nicht, dachte, der wäre einem Tier ausgewichen oder es sei einer, der besoffen Auto fährt, was ja bald zum guten Ton gehört bei so einem Fest. Doch als ich zum Unfallwagen rannte, öffnete sich die Fahrertür, und der Mann liess sich mit letzter Kraft aus dem Wagen sinken.»

Caminada drehte sich zur gaffenden Menge auf der anderen Strasse zu. «Und weiss jemand, wer das ist?», rief er mit kräftiger Stimme. Denn er wusste nur dessen Vornamen Franz, und um die Mutter befragen zu können, blieb in der Hektik keine Zeit, ausserdem stand sie unter Schock und war jetzt unterwegs ins Krankenhaus.

Ein Fräulein schälte sich zögerlich aus der Menge. Caminada nahm sie zur Seite, er wusste, nun spitzte jeder der Gaffer seine Ohren, und das war für die meisten Zeugen hinderlich. «Wer sind Sie?»

«Ich bin z'Fräulein Rosa Müller und schaffa in der CADA-Teigwarenfabrik.» Sie schien ihren ganzen Mut zusammengenommen zu haben. «Das ist der Franz Foppa. Ich kenne seine Autonummer, die GR–7. Und ich sag's ungern. Er ist der ehemalige Freund vom Fräulein Helvetia, der Laraina Capaul.»

Caminada schwante Böses. Er schaute, wo Marugg war. Dieser unterhielt sich abseits mit einem Mann.

«Was ist hier los?», murmelte Caminada leise vor sich hin, bevor er seinen Blick wieder auf Fräulein Müller richtete. «Und wieso kennen Sie den jungen Mann?»

«Ich sorge als Mädchen für alles für Sauberkeit und Ordnung im Schützenhaus. Da begegnet man sich halt, und der Franz Foppa stellt seinen Wagen immer direkt vor dem Eingang ab – ist dort sogar für ihn reserviert.»

«Ist denn dieser Foppa auch Mitglied?»

«Nein, nein, aber er war öfters mit Helvetia gekommen, zu ihren Trainings oder zu Vereinsabenden. Sie waren halt fest verliebt gewesen.»

«Und wann haben Sie einen oder die beiden zuletzt gesehen?»

«Zusammen sogar, aber das war keine schöne Begegnung.»

«Wieso?»

«Im kleinsten Zelt am Eidgenössischen räumte ich im Hintergrund die Harassen zusammen und sah ins leere Zelt. Es war eben schon spät und ausser den beiden niemand mehr da. Die beiden hatten kurz gestritten, dann ist er wutentbrannt davongelaufen, nachdem Helvetia ihm eine schallende Schwinta ins Gesicht gepfeffert hatte.»

«Wann war das mit dem Streit?» Endlich gab's neue Informationen, fand Caminada.

«Am Vorabend ihres Todes.» Ihr Gesichtsausdruck verriet, dass es ihr fast leidtat, solches sagen zu müssen.

«Ach was? Und um was ging's im Streit?»

«Helvetia wollte ihre Ruhe und sagte laut, dass er gefälligst verschwinden solle, es wäre aus zwischen ihnen beiden und damit basta. Und da er nicht sogleich ging, da schlug sie ihm gehörig eins auf die Backe, dass es nur so klöpfte.»

«Hat er ihr zuvor oder direkt danach gedroht?»

«Nein, nein, der Franz ist nicht so einer. Der ist wortlos verschwunden. Da hatte bestimmt Helvetia die Hosen angehabt – wie immer.»

«In dem Fall eine, die wusste, was sie wollte?»

«Nicht nur in dem Fall, in jedem Fall. Zwar war sie stets freundlich, aber auch so was von ehrgeizig, und wenn was nicht so lief, wie sie wollte und glaubte, dass es zu laufen habe, dann konnte sie recht unangenehm werden.»

Aus der Art, wie Fräulein Müller dies sagte, schloss Caminada, dass diese auch schon in die Mühlen der Helvetia geraten sein musste, was bei ihm Fragezeichen aufwarf.

«Danke, das reicht fürs Erste. Wir kommen bestimmt noch auf Sie zurück. Geben Sie bitte meinem Kollegen hier Ihre persönlichen Angaben.» Caminada rief Marugg, der sich noch immer mit dem unbekannten Mann unterhielt.

Marugg schrieb die Angaben von Fräulein Müller in sein dunkelblaues Notizbüchlein, dann holte er aus seiner Ledertasche Kreide heraus und begann die letzten Meter des Wagens anhand der Spuren auf den Asphalt zu zeichnen. Der ruppige Südwind hatte in den letzten Tagen Staub von den angrenzenden furztrockenen Feldern auf die Strasse geweht, sodass auf dieser feine Reifenspuren sichtbar blieben.

Caminada drehte sich nach einem letzten Blick auf Maruggs Tun um und mischte sich unter die Gaffer, die allesamt am Gehen waren; niemand wollte mehr etwas gesehen haben.

Marugg winkte Caminada zu sich. «Walter, das muss ein guter Schütze gewesen sein. Ein Gewehrschuss auf das fahrende Auto, ich schätze mal, das mit vierzig Stundenkilometer unterwegs war, vielleicht auch mehr», sagte er, als Caminada neben ihn trat.

Ohne eine Antwort vom Landjäger abzuwarten, lief er in Fahrtrichtung des Unfallwagens davon und stierte ins braune Gras am Strassenrand, dabei drehte er sich hin und wieder zurück und schritt dann weiter.

Dies tat er über eine Stunde lang hin und zurück, bis er seine Handschuhe aus dem zu weiten Tschoopa zog und sich bückte. Danach steckte er ein gelb-schwarzes Markierungsfähnlein an dieser Stelle in den trockenen Boden und schoss ein Foto.

Caminada, der Maruggs Vorgehen hin und wieder interessiert beäugte, war damit beschäftigt, das beschädigte Fahrzeug auf die Strasse zu ziehen. Dafür hatte er mit einem Stadtpolizisten das Pferd auf der Weide eingefangen, das bestimmt vor dem Karren eingespannt gewesen war. Nun hatten sie das Geschirrzeug vom Wagen genommen und es damit vor das Automobil gespannt.

Kaum hatten sie den Wagen auf die Strasse gezogen, kam eine etwa sechzigjährige, gut gekleidete Dame auf Caminada zu und stellte sich als die Schwester von Frau Foppa vor. Hildegard Maron war ihr Name, und sie schien fast so aufgelöst zu sein, wie ihre Schwester zuvor es war.

«Wir sassen alle gemeinsam im Festzelt, als meine Schwester, die Bernadette, mich bat, an den Bahnhof zu fahren und Paula, unsere älteste Schwester, die in Schaffhausen wohnt, abzuholen. Die mag Automobile gar nicht und reist deshalb nur mit dem Zug …» Sie kramte ein Taschentuch aus ihrer Handtasche und schnäuzte sich. «Eigentlich wollte ich sie abholen, doch der Franz, lieb, wie er halt ist, fuhr an meiner Stelle los …» Nun weinte sie über ihre offene Handtasche gebeugt, dass ihre schmalen Schultern bebten.

Caminada liess ihr einen Moment Zeit, legte tröstend seine Hand auf die Schulter und teilte ihr mit, wohin der Verletzte gebracht worden war, bevor Hildegard Maron zurück Richtung Festplatz ging.

Marugg stand mittlerweile neben Caminada.

«Walter? Das muss ein guter Schütze gewesen sein, auch wenn er den Kopf verfehlt hat.» Er zeigte Richtung Fähnlein, das im Boden steckte. «Dahinten lag die eine Hülse, und ich bin sicher, von dort kam der Schuss. Ich bin den Weg abgeschritten – es sind fast einhundertfünfzig Meter! Dort muss der Täter zwischen den Bäumen gelauert haben, so war er aus keiner Fahrtrichtung zu erkennen. Das Licht spielte diesem zudem in die Hände, die Sonne scheint ja noch immer leicht von vorne durch die Autoscheiben, sodass Personen darin gut zu erkennen sind.» Er deutete auf die Autoschlange hinter der Absperrung, und tatsächlich, der Fahrer des kleinen Cars war bestens zu sehen.

Caminada war sich sicher, der Angeschossene musste der junge Mann gewesen sein, den der kleine Toni aus der Hütte am Schützenfest hatte schleichen sehen. Und da er nun von Fräulein Müller erfahren hatte, dass es um die Liebe von Helvetia und dem Foppa im Argen gestanden hatte, veränderte dies die Sichtweise auf die Aussage des Jungen entsprechend. Endlich hatten sie einen Namen zu dem Mann, doch gleichermassen war dieser, falls überhaupt, bestimmt nicht so schnell einzuvernehmen, um Klarheit zu schaffen.

Caminada wusste nicht viel über die Foppas, ausser dass sie eine der reichsten Familien im Kanton Graubünden waren, und das schon mehrere Generationen lang. Sie erwirtschafteten seit jeher ihr Geld mit Liegenschaften und mehreren Unternehmen. Sie lebten zudem zurückgezogen in ihrer eigenen Welt und waren grosse Wohltäter, hatten mehrere Stiftungen ins Leben gerufen, die in irgendeiner Form immer auch ihren Namen trugen. Doch über diesem Clan lag auch ein Schleier Geheimnisvolles, und vor acht Jahren kam auf mysteriöse Weise ein junger Foppa ums Leben. Der Fall wurde damals nicht aufgeklärt, als Selbstmord ad acta gelegt.

Wegen des neusten Mordversuches entschieden Caminada und Marugg, nicht wie geplant am nächsten Tag die Eltern von Helvetia aufzusuchen, sondern bereits heute nach dem Mittag. Doch zuerst hatten sie noch was anderes zu erledigen.

Nachdem sich Caminada zu Hause gewaschen und die blutverschmierten Kleider mit frischen gewechselt hatte, fuhr er in die Wachtstube.

Der neuste Fall hatte schnell hohe Wellen geworfen – ein Foppa war zum Opfer geworden. Das alleine wäre ja schon genug Anlass zu einem Gerede gewesen, doch im Zusammenhang mit den anderen Verbrechen kochte die Gerüchtesuppe so richtig hoch.

Caminada bat deshalb Marugg, ein Foto des Angeschossenen aufzutreiben, was dieser auch tat und es ihm kurz nach dem Mittag auf den Tisch legte und erklärte, wie er zu diesem gekommen war. Da er an diesem furchtbaren Tag die Opferfamilie nicht damit belasten wollte, war er im Archiv der Neuen Bündner Zeitung fündig geworden. Anlässlich der Spende fürs Marienheim in Chur, das jungen Frauen aus schwierigen Verhältnissen einen Start ins weitere Leben ermöglichte, posierten Vater Heinrich und Mutter Bernadette mit ihren beiden Söhnen Maximilian und Franz vor dem Eingang.

Mit dem Artikel und dem darüber abgedruckten Foto in der Tasche fragten sich die beiden Ermittler so lange auf dem Festplatz nach Toni durch, bis sie ihn beim Hülsenabfüllen fanden. Ein riesiger Haufen mit verschossenen Patronen und Hülsen türmte sich in einem Lagerraum. Buaba und Maitla verpackten diese in handliche Holzkisten, damit sie zurück in die Munitionsfabriken transportiert werden konnten.

Caminada nahm den Toni väterlich zur Seite, plauderte erst über das Fest und lobte, wie toll die Jugend schaffe, bevor er das Foto mit dem Artikel diesem unter die Nase hielt.

«Sagt dir das was?»

Toni hob sofort verwundert die Augen. «Ja sicher, da ist auch der Mann drauf, den ich aus der Hütte gehen sah.»

«Welcher denn?»

Toni zeigte auf Maximilian!

«Bist du dir sicher, Buab?», fragte Caminada verdutzt nach.

«Ja, Herr Landjäger. Das ist er gewesen. Ganz sicher.»

Caminada blickte irritiert Marugg an, doch der schien genauso verblüfft zu sein.

«Isch öppis?» Toni sah verunsichert zum Landjäger hoch.

«Nein, nein, Buab, du hast alles richtig gemacht, ich bin nur etwas überrascht, das ist alles. Ein grosses Dankeschön also.»

Marugg öffnete den Geldseckel und streckte dem Bürschtli einen Zweifränkler hin, sodass der grosse Augen machte und seine Anspannung verlor, ehe er freudestrahlend davonschwirrte.

«Verwöhn du denn nur dein Gottakind nicht derrawäg», sagte Caminada und klopfte Marugg kameradschaftlich auf die Schulter.

«Walter, du hättest dein Gesicht sehen sollen, als Toni auf Maximilian gezeigt hat. Der Bub hat es ja mit der Angst zu tun bekommen, weil er nicht wusste, ob er einen groben Blödsinn verzapft habe», erklärte sich Marugg.

«Du hast ja recht, und so wird's dem Buab in guter Erinnerung bleiben. Er wird nur noch von deinem Zweifränkler reden anstelle von meinem baffen Gesicht. Aber mit dieser Information hat sich die Lage geändert, und Kummer hin oder her, lass uns morgen trotz der Trauer gleich diesen Maximilian Foppa befragen. Menga kann mir heute Abend sicher schon sagen, wie's um den Franz steht. Ich hoffe, der Kerli überlebt. Ist ja noch so jung.»

«Du weisst schon, das ist eine mächtige Familie. Ich habe

heute im Archiv der Neuen Bündner Zeitung so einiges gelesen. Ganz schlau wird man aus dem Clan aber nicht.»

«Ich weiss, aber wir müssen jetzt unbeirrt einfach einen Schritt weiterkommen. Lass uns nun die Capauls befragen und morgen die Foppas.»

Sie machten sich auf den Weg und verliessen das Fest.

Im kleinen Quartier Bündti, das aus nur zwei Handvoll Häusern bestand, die in ungeordneten und teils so weiten Abständen zueinander standen, als vertrügen sich die Nachbarn nicht, klopften sie um kurz vor drei Uhr im Juchserweg an die Türe der Capauls.

Wie der Rücken alter Menschen bog der Wind die Bäume, die das alte Haus und die Destillerie umsäumten, welche in einem alten Stall untergebracht war.

In der guten Stube tickte eine alte Standpendeluhr mit der Gravur im Holz «1885». Ihr rhythmisches Ticken wurde nur von den Windböen hin und wieder gedämpft begleitet, sonst herrschte Stille, als sich der siebenundfünfzigjährige Capaul den beiden Ermittlern gegenübersetzte.

An der einen Wand stand eine dunkle Kommode, darüber war ein aus weissem Garn gehäkeltes Tuch gelegt. Mehrere Tablare hingen darüber an der Wand befestigt, auf denen all die Auszeichnungen, Medaillen und Pokale seiner Tochter Helvetia ausgestellt waren. Auch verschiedene Zeitungsberichte und sogar der letzte grosse in der Neuen Bündner Zeitung waren sorgfältig eingerahmt aufgehängt. Kein Zweifel, dachte Caminada, Helvetia war der ganze Stolz der Familie gewesen und hatte den Ehrentitel – Fräulein Helvetia – mehr als verdient.

Caminada wusste, es würde ein schwieriges Gespräch werden, zumal sie noch auf den Tod des alten Gruber zu sprechen kommen mussten und, seit er heute Morgen von der gescheiterten Liebe von Helvetia zu dem reichen Foppa wusste, auch darauf. Und das, obwohl die Trauer noch immer bleischwer im Haus schwebte.

Capaul schien abgemagert zu sein, sein Blick schien leer wie die Hände eines Bettlers. Seine Frau läge krank in der Kammer und möge nicht aufstehen, liess er sie entschuldigen.

«Danke, Herr Capaul, dass Sie uns dennoch kurz empfangen», begann Caminada, um die bedrückende Stille zu durchbrechen. «Es tut uns allen ausserordentlich leid, was mit Ihrer Tochter passiert ist – und genau darum sind wir hier.»

Capaul nickte, hielt dabei seine Hände im Schoss gefaltet und sass etwas in sich gesunken auf dem alten Gutschi. «Ihr müsst ihn erwischen – den Täter.» Seine Stimme klang erstaunlich fest und passte so rein gar nicht zu seiner gebrochenen Körperhaltung.

Caminada nickte. «Wir werden alles tun, dass dies der Fall sein wird, und auch darum sind wir hier. Die ganze Eidgenossenschaft kennt Laraina und fühlt deshalb mit Ihnen mit. Sie war sozusagen unser aller Helvetia, und wir sind stolz auf sie.»

«Sie war eine Gute. Von klein auf hat sie sich für das Büchsenmachen interessiert. Soviel ich weiss, hat sie als einziges Fräulein in der ganzen Schweiz diesen Beruf erlernt und war auch darin bestimmt die Beste. Sie hat sogar mit ihrem selbst gefertigten Gewehr das Glanzresultat geschossen.» Ein Anflug von Stolz huschte über sein Gesicht.

«Wir alle sind noch immer sehr stolz auf unsere Helvetia», betonte Caminada erneut. «Umso unvorstellbarer ist, wer einen Grund zu haben glaubte, sie umzubringen.»

Capaul schüttelte den Kopf. «Meine Frau Hedwig und ich haben uns so viele Male den Kopf über das Warum zerbrochen. Man will doch zumindest verstehen. Doch wir fanden keinen Grund. Laraina war mit allen recht.»

«Und wie steht es mit Ihnen? Haben Sie Feinde?» Caminada kam um die Frage nicht herum und war gespannt, wie Capaul reagieren würde.

«Als Büchsenmacher läuft das Geschäft seit dem Kriegsende wieder wie geschmiert. Mit dem Eidgenössischen sowieso, und meine Kunden sind Schützen oder Jäger, und selten ist auch mal ein Auftrag des Bundes darunter. Wir können diesbezüglich mehr als zufrieden sein. Und fürs Fest durften wir sogar als einheimischer Händler die riesige Menge an Munition liefern. Wir leben ein ruhiges Leben, will ich damit sagen.»

«Aber?»

«Nichts, aber. Wir sind einfache Leute und lieben, was wir tun. Zumal bis zu Larainas Tod.»

«Und mit den Grubers im Täli? Uns ist zu Ohren gekommen, dass es da mal gröbere Reibereien gegeben hat. Stimmt das? Könnten die deshalb Böses gegen Ihre Familie hegen? Verzeihung, wenn ich da bohren muss, aber wir müssen in viele Richtungen ermitteln, wenngleich auch nur eine am Ende sich als die richtige erweisen wird.»

«Wegen ihrer schwarzen Schnapsbrennerei gab's tatsächlich Ärger, schlimmen Ärger sogar. Die haben vor Jahren uns das Geschäft kaputt gemacht mit ihrem Schwarzhandel. Aber das liegt wie gesagt Jahre zurück, und wir haben uns auch finanziell davon erholt.»

«Und wie haben Sie das Problem damals gelöst? Sie brennen ja noch immer Schnaps, wie ich gesehen habe.»

«Stimmt, auch wenn im Moment das Geschäft mit dem Büchsenmachen wegen dem Eidgenössischen sehr gut läuft. Doch alleine davon zu leben wäre nach dem ganzen Rummel wieder schwierig. Deshalb hat mein Vater selig vor über sechzig Jahren die Brennerei gebaut und die Lizenzen dafür beantragt.»

«Ich muss nochmals nachfragen, wie haben Sie damals das Problem mit den Grubers lösen können? War ja mitten im Zweiten Weltkrieg, und jeder musste schauen, wo er bleibt.»

«Ich hatte dem Stadtratsausschuss einen Brief geschrieben, denn wir sind die Einzigen, die offiziell brennen dürfen. Doch genützt hat uns erst die Tatsache, dass ihr Landjäger die Destillerie zerstört habt und dass der Gruber Monate danach erstochen wurde. So kauften wieder alle gemäss den vom Bund festgesetzten Mindestpreisen ein, und das bei uns.» Nach einer kurzen Denkpause, in der er sich eine Zigarette anzündete und Caminada auch eine anbot, der diese dankend annahm, Marugg hingegen winkte ab, fuhr er fort: «Aber dass noch sieben Jahre später sich jemand der Grubers an uns und dazu auf so grausame Weise rächen würde, das kann ich mir beim besten

Willen nicht vorstellen, denn wir hatten ja mit dem Tod des alten Gruber nichts zu tun. Ausserdem wurde nur Stunden nach unserer Laraina das Käthy Gruber ebenfalls erschossen. So stand's jedenfalls in der Zeitung, und ich finde auch diese Tat unfassbar.»

«Dem ist genau so. Darum versuchen wir, alle, auch kuriose Möglichkeiten zu überprüfen.»

«Das heisst, Sie haben noch keine Ahnung?»

«Sagen wir es so, wir sind auf dem Weg dazu, eine zu erhalten, und können wegen den laufenden Ermittlungen noch nicht alles preisgeben», gab Caminada diplomatisch zu.

«Und ich nehme an, dass heute Morgen der Franz Foppa angeschossen wurde, macht das Ganze nicht einfacher?» Capaul tippte die Asche in den Aschenbecher. «Sind Sie auch deswegen heute gekommen?»

«Ach, das wissen Sie auch schon?»

«Bertoluzzi, dem die Eisenwarenhandlung in der Grabenstrasse gehört, hat es mir kurz vor dem Mittag erzählt, als er mir Ware vorbeigebracht hat.»

«Ja, das spricht sich halt schnell herum. Sowieso jetzt, wo immer mehr Leute einen Telefonapparat besitzen. Aber offen gesagt gibt uns die heutige Tat zusätzliche Rätsel auf. Was wir wissen, ist, dass Franz und Ihre Tochter sich kurz vor dem Mord an ihr gestritten haben, sie hatte die Beziehung mit ihm aufgegeben … Wissen Sie etwas davon?» Caminada war erleichtert, hatte Capaul das Thema angeschnitten. «Wie war denn deren Freundschaft gewesen?»

Capaul blies den Rauch an die Decke, blickte in den Qualm, ehe er sich zurücklehnte. «Ach, die beiden. Die waren noch nicht lange ein Paar gewesen. Erst ein halbes Jahr, die Liebe also noch jung wie ein Pflänzlein im Frühling. Sie müssen wissen, Laraina war nicht eine, die sich von einem Mann binden liess. So sind halt die modernen jungen Frauen heutzutage. Und der Foppa war zwar ein Lieber, aber der hielt die Zügel zu wenig stramm. Ausserdem muss etwas vorgefallen sein, sodass Laraina dem so sang- und klanglos den Laufpass gegeben hat, denn das passt so rein gar nicht zu ihr.»

«Darf ich direkt sein?» Caminada richtete sich im zu weichen grünen Polstersessel etwas auf.

«Von mir aus, wenn Sie meine Antwort darauf nicht scheuen.»

Caminada atmete hörbar langsam aus, damit Capaul merken sollte, dass die Frage ihm nicht leicht von den Lippen kam. «Könnte der junge Foppa Hand an Ihre Tochter gelegt haben, ich meine, ob er sie geschlagen hatte oder grob geworden war?»

«Der Franz?» Capaul lachte herzhaft und schüttelte mit einem fast angewiderten Blick seinen Kopf. «Nein, das liegt in dem nicht drin. Und falls er es doch mal gewagt hätte, nur mal als Annahme – Laraina hätte ihn glatt erschossen», kam überraschend deutlich die Antwort, die Caminada als Wortspiel aufnahm.

«Noch was. Wie gut kannte Laraina den älteren Bruder – diesen Maximilian?»

Nun setzte sich Capaul auf, lehnte sich nach vorne und drückte die Zigarette im Aschenbecher aus, um sogleich eine weitere anzuzünden. «Das weiss ich nicht so genau. Ich nehme an, dass die sich bestimmt auch mal über den Weg gelaufen sein mussten, während Laraina in der Villa Foppa eingeladen gewesen war, denn dort war sie öfters, wie ich von ihr gehört hatte. Wieso fragen Sie?»

Die Pendeluhr schlug leise Viertel nach drei.

«Vielleicht kann ja er noch was zu den beiden sagen. Im Moment weiss ich nämlich nicht, ob ich überhaupt jemals diesen Franz vernehmen kann. Die Verletzung im Hals scheint schwer zu wiegen», hielt sich der Landjäger bedeckt. «Und nur noch eine letzte Frage, bitte schön. Hat sich Helvetia an ihrem Todestag, am Morgen oder auch tags zuvor seltsam benommen oder etwas in die Richtung gesagt? Ist was vorgefallen, etwas, das uns weiterhelfen könnte?»

«Nein, sie ging am Morgen gegen zehn Uhr aus dem Haus, ist noch kurz zu mir in die Werkstatt gekommen und dann ans Fest gegangen. Danach habe ich sie nicht mehr gesehen.»

Caminada sah, dass Capaul mit seinen Gefühlen kämpfte.

«Dann danken wir ganz herzlich, und lassen Sie bitte schön Ihre Frau von uns grüssen, und wir hoffen, dass sie sich bald wieder besser fühlt. Und nochmals: unser tiefes Mitgefühl in diesen schweren Tagen.»

Caminada nahm seinen Hut von seinen Oberschenkeln und verabschiedete sich zusammen mit Marugg.

Kurz vor vier Uhr kamen sie auf dem alten Karlihof an.

Sie liefen am ersten Stock, dem Passamt und dem Italiener-Büro vorbei, als Ferdinand Fässler die Treppe heruntereilte.

«Kommt schnell, es hat sich im Fall Entscheidendes getan!» Er drehte auf dem Absatz und lief voraus ins Arbeitszimmer des Majors.

Mit einer Geste bat Kübler sie an den Tisch.

«Also, meine Herren, der Fall Gisela Möckli ist geklärt.» Er setzte sich nicht und stemmte sich mit den beiden Händen am Tisch ab, als würde er sich über einen Schlachtplan gebeugt unterhalten wollen.

«Wie das?» Caminada war verblüfft.

«So leid es mir für den Bischof und das Ansehen der Kirche auch tut. Der Veranzze hat gestanden», folgte kurz und bündig Küblers Antwort.

«Wie, gestanden? Wer hat ihn dazu befragt?» Caminada verstand nicht.

Der Major hob den Blick vom Tisch. «Der behandelnde Psychiater hat heute Morgen angerufen und es uns mitgeteilt. Diakon Veranzze habe im himmlischen Auftrag gehandelt und die Serviertochter erhängt – mit seiner Stola. Während einer der Behandlungen hat er es zugegeben.»

Caminada traute der Sache noch nicht ganz. «Das ist alles? Mehr hat er nicht dazu gesagt?»

«Doch. Der Diakon hat weiter ausgesagt, dass er wegen des Auftritts dieser Lola um die Rote Laterne geschlichen sei und wegen eines nicht richtig gezogenen Vorhangs von der Tanzdarbietung, oder wie man es nennen soll, etwas oder präziser gesagt zu viel mitbekommen habe. Besser kann ich es auch nicht erklären. Das habe ihn spontan dazu bewogen, eines der Fräuleins zu töten, um dem Treiben dahinten ein Ende zu bereiten.

Der Psychiater sagt dazu, wir müssen Irre auch nicht verstehen, sondern mit ihnen entsprechend umgehen.»

«Und wieso haben die Hunde im Zwinger nicht angeschlagen?» Caminada konnte seine Zweifel nicht stillen, und noch weitere Ungereimtheiten türmten sich in ihm auf.

«Walter.» Marugg meldete sich zu Wort. «Wenn der öfters hinten war oder hin und wieder etwas Leckeres den Hunden in den Zwinger zugeworfen hat, dann geben die nicht mehr an. Somit kann dieser Teil schon stimmen. Aber ich hege ehrlich gesagt auch meine Zweifel, aber aus anderen Gründen.»

«Pfiffedeckel!» Kübler schien sich zu ärgern. «Erst macht ihr den zum Verdächtigen, und wenn er zum Täter wird, wollt ihr das Geständnis nicht wahrhaben. Was ist los mit euch beiden?»

«Ich möchte zuerst noch mit ihm reden. Zu vieles ist mir unklar. Was sagt er zum Mord am Käthy Gruber? Hat er geschossen und sie danach in der Plessur abgelegt?» Caminada beharrte weiter auf seinem Misstrauen.

«Dazu hat er nur gesagt, dass er sich nicht mehr zu erinnern vermöge, was zu einer solchen Geisteskrankheit passen täte, wie wiederum der Psychiater, habe den Namen vergessen – doch, Pfännler –, mir bestätigt hat …» Kübler konnte seine Gereiztheit nicht mehr verbergen.

«Major Kübler, es ist gwüss schon recht, wenn sich der Psychiater mit solchen Informationen bei uns meldet. Aber ein Geständnis bedarf weit mehr, als dass wir einen Fall Möckli einfach so zur Seite legen könnten. Aber nehmen wir an, der hat die beiden Fräuleins im Meiersboden sogar getötet, warum auch immer. Was ist mit den anderen? Der Helvetia, dem Stadtpräsidenten und nun dem Foppa?» Caminada blickte in die Runde, die schwieg. «Rein theoretisch könnten es zwei Mordserien sein, die sich überschnitten haben … wir müssen aber sowieso mit diesem Veranzze reden.»

«Ist das jetzt alles?», brummte Kübler.

«Nein. Ausserdem haben wir vor wenigen Stunden erfahren, dass der junge Franz Foppa von Helvetia zurückgewiesen worden war. Foppa, ein stiller, zurückhaltender junger Mann, könnte durchaus im Liebesschmerz getötet haben. Seine verflossene Liebe lachte an dem Mordtag und dem Tag davor aus jedem Zeitungsblatt, was das Fass zum Überlaufen gebracht haben könnte. Stille Wasser sind bekanntlich tief, und verschmähte Herzen werden steinhart.»

Kübler senkte seinen Blick auf den Tisch, wie er das manchmal tat, wenn er nachdachte. «Na gut, Walter. Bleibt die Frage, wieso auch der Stadtpräsident ermordet wurde. Aber vor allem frage ich mich: Was hatten die beiden dort überhaupt in dieser Hütte zu suchen gehabt – und dies gemeinsam?»

«Ganz genau», pflichtete Caminada bei. «Doch nun kommt hinzu, dass wir seit heute Nachmittag wissen, dass der kleine Toni den Maximilian, wohlgemerkt nicht den Franz, zur Mordzeit aus der Hütte kommen sah. Also, was hatte der Maximilian dort zu suchen?»

Caminada hatte genau diese langen Gesichter vom Major und Ferdinand Fässler erwartet.

Marugg ergriff das Wort: «Aber ob er deswegen der Mörder der beiden ist? Was hätte er für ein Motiv gehabt? Und wieso der Mordanschlag an seinem Bruder geschah, bleibt auch noch offen.»

Alle schwiegen, und Marugg wedelte Rauch aus seinem Gesicht, den der Major in seine Richtung geblasen hatte, und hirnte wie die anderen über die vielen Ungereimtheiten und Fragen nach.

Auch Kübler schien krampfhaft die nächsten Schritte abzuwägen. Der Mann tat Caminada manchmal leid, wenn er so verhärtet an etwas festhielt, als ob ihm jemand etwas stehlen wollte.

«Dann, Walter und Erkennungsfunktionär Marugg, verhört ihr den Veranzze, und ich erwarte einen ausführlichen schriftlichen Bericht, und das schnell», brummte Kübler, und damit war die Unterredung für alle zu Ende.

An einem der fünf freien Schreibtische der Wachtstube nahm Caminada, kaum hatte er diese betreten, sogleich den Hörer des Telefons in die Hand und rief in der Irrenanstalt an.

Der behandelnde Arzt Dr. Pfännler kam nach zehn Minuten ans Telefon und war damit einverstanden, dass Caminada noch an diesem Nachmittag Anselmo Veranzze verhören kam. Die neuartigen Medikamente, die erst seit 1948 für dieses Krankheitsbild des Wahns zugelassen worden seien, hätten den Insassen erstaunlich stabilisiert, begründete der Arzt. Doch da diese erst seit einem Jahr auf dem Markt seien, müsste man die Wirkung auf den Patienten weiter beobachten.

Als Caminada nach fünf Uhr am Nachmittag mit Marugg die Wachtstube verlassen wollte, rief just in dem Moment der Gemeindeschreiber von Amriswil an. Deshalb entschied Caminada, dass Marugg das Telefonat führen solle und er alleine die erste Vernehmung im Waldhaus vornehmen und danach Marugg, aus Caminadas Gedächtnisprotokoll, den Bericht zu Händen des Majors verfassen würde.

Caminada hätte sich an einen richtigen Töff gewöhnen können, nachdem er einen Tag lang einen hatte fahren dürfen, doch so nahm er halt wieder mit seinem Pfüpfli vorlieb, das auf der leicht berghoch gehenden Loëstrasse wacker Unterstützung durch kräftiges Trampeln brauchte.

Während Caminada auf der Loëstrasse an seinem Häuschen vorüberfuhr, warf er kurz einen dankbaren Blick in den Garten und dachte an Menga, die gerade im Kreuzspital arbeitete.

Ich werde mich nie und nimmer an das Innere eines Irrenhauses gewöhnen, dachte Caminada, als er hinter der schweren Eingangspforte von einer stämmigen Frau in Empfang genommen wurde, die so weiss gekleidet war, als schaffe sie in einer Molkerei.

Die gräuliche Bogendecke wirkte wie ein Kellergewölbe, die schmalen Fenster hoch in die Wände eingelassen. Im oberen Stockwerk liess man ihn in einem kleinen Raum warten, dessen Wände unten dunkelblau, oben hellblau gestrichen waren. Vier Stühle standen an der Wand nebeneinander, das einzige Fenster liess das Licht der schräg stehenden Sonne herein. Die mächtigen Blutbuchen vor der meterdicken Fassade warfen dabei das Schattenlichtspiel ihrer im Winde tanzenden Blätter an die blaue Wand.

Mit zwei Pflegern, kräftig wie Holzknechte, brachte man Veranzze, der in den graublauen Anstaltskleidern steckend verändert wirkte, in den Raum.

Er setzte sich ruhig, beinahe unbeteiligt auf einen Stuhl. Seine entstellte Gesichtshälfte und der Hals wirkten in dieser Umgebung noch fremder auf Caminada.

An der leicht verlangsamten Gesichtsmimik und dem verzögerten Lidschlag erkannte Caminada sofort, dass Diakon Veranzze alles andere als vernehmungsfähig war – wie ein Angesoffener wirkte er auf ihn.

Als er dies den Pflegern sagte, schlugen sie vor, dass sie eine Kaltbäderschockbehandlung durchführen würden und Caminada sich gedulden solle. Diese Prozedur werde sowieso jeden späteren Nachmittag durchgeführt und diene zum Abregen überreizter Nervenbahnen, die sich auch durch Lethargie zeigen könnten.

Caminada war einverstanden und hing derweil seinen Gedanken nach, betrachtete das verschiedene Blau an den Wänden und die tanzenden Schatten der Blätter, als nach zwanzig Minuten aufgeregt einer der Pfleger in den kleinen Raum stürmte.

«Er ist weg!», schoss es aufgeregt aus diesem.

«Nun mal langsam, was ist passiert?» Caminada stand auf und versuchte den Mann zu beruhigen.

«Der Diakon, er ist geflüchtet!» Der Mann rang nach Atem, er musste eine längere Strecke gerannt sein.

«Veranzze?» Caminada konnte es nicht glauben. «Wie denn das?» Immerhin befanden sie sich im geschlossenen Bereich der Nervenheilanstalt, und daher wunderte ihn diese Aussage.

«Nach der Kaltbäderbehandlung, die in der medizinischen Abteilung vorgenommen wird, ist er aus dem Holzbottich gestiegen und hat dabei einen Schwächeanfall vorgetäuscht. Wir wurden unachtsam, da hat er meinem Kollegen ins Gesicht geschlagen, dass der benommen zu Boden fiel, bevor Veranzze auf mich losging. Er hat mir in den Bauch geschlagen, sodass ich luftschnappend kurz ausser Gefecht war, und er ist zur Abteilung hinausgestürmt, weil in dem Moment eine Schwester mit dem Wäschewagen hereinkam. Er muss sich aber noch irgendwo im Gebäude versteckt halten, denn in diesem Trakt sind alle anderen Abteilungen ebenfalls geschlossen.»

«Dann warten wir, bis ihr ihn gefunden habt», gab sich Caminada gelassen, um den jungen Mann nicht noch mehr aufzuregen.

Wie emsige Bienen schwirrte das Anstaltspersonal in den Gängen und den Treppenhäusern hin und her, doch Veranzze blieb verschwunden.

Nach einer halben Stunde bat Caminada, einen Telefonapparat benutzen zu dürfen, um das Landjägerkorps und das Stadtpolizeiamt zu alarmieren, damit die Fahndung sofort in die Wege geleitet werden konnte, während die Pfleger weiter davon ausgingen, dass Veranzze sich im Gebäude versteckt hielt.

Und noch bevor Caminada die Irrenanstalt verlassen konnte, meldete einer der Insassen, der bis zum späten Nachmittag im Garten gearbeitet hatte, dass Veranzze, den er gelegentlich während der Behandlungen gesehen hatte, Richtung Prasserie geflohen sei. Gleichzeitig bat er um einige Zigaretten, die ihm gewährt wurden.

Es hatte keinen Zweck, dass Caminada sich planlos hinterhermachte. Der Fürstenwald war gross, und wohin Veranzze fliehen würde, war unklar. Eine Gefahr stellte der Flüchtige zwar dar, falls er an eine Waffe kam, auch eine grosse, doch einfach aufs Geratewohl die Gegend absuchen war der Sache nicht dienlich.

Einer Sache war sich Caminada zudem sicher, Veranzzes Gesicht und die Anstaltskleider, in denen er steckte, waren auffällig, und bestimmt würde bald eine Meldung eingehen, sobald er sich in der Nähe von Häusern aufhielte. Und dann konnten sie gezielt ausrücken. Aber der Landjäger betrachtete es als viel wahrscheinlicher, dass der Diakon wieder in die Berge geflohen war, und Berggipfel gab es in Graubünden ja fast eintausend.

Als Caminada in Richtung Fürstenwald blickte, kam ihm die Begegnung mit Menga in den Sinn, als sie sich vor zwei Jahren in der Glutofenhitze eines anbrechenden Abends beim Waldfest per Zufall getroffen hatten. Sie hatten erst Belangloses geredet, dann hatte sie ihn zum Tanzen aufgefordert, und noch immer spürte er in seiner rechten Hand, wie damals ihre Taille rhythmisch zur Musik zu wiegen begann, während sie dieses stolze, selbstsichere Lächeln trug. Das schien ihm jetzt weit weg und lange her zu sein. Für alles und jedes brauchten sie damals noch Essensrationierungsmärklis, und nun war das Geschichte wie auch der Zauber des Kennenlernens, der sich aber in Liebe verwandelt hatte.

Für heute würde er nun aber Feierabend machen. Es war bereits nach zwanzig Uhr. Er freute sich aufs Nachhausekommen, um mit Menga einen gemütlichen Abend zu verbringen. Der Tag war aufwühlend gewesen, und Veranzze würden sie irgendwann bestimmt einfangen.

Er hängte daheim seinen Tschoopa an den Haken im Gang und den Hut daneben und küsste Menga auf den Mund, nachdem er in die gute Stube getreten war und sich am Schüttstein ordentlich gewaschen hatte. Sie stand derweil mit der Kochschürze umgebunden am Herd und briet Rösti und Bratwürste in einer Pfanne. Im Garten pflückte Walter einen knackigen Kopfsalat und zwei Tomaten, die schön gereift waren.

Gemeinsam assen sie vertraut am kleinen Tisch sitzend unter dem Birnbaum. Die grösste Tageshitze hatte nachgelassen, Grillen zirpten in der Dämmerung aus der angrenzenden Wiese, es roch nach Heu, nach Sommerabend.

Das Licht schwand, und die Farben verblassten im matten, samtweichen Dämmerlicht, als er eine Villiger rauchte und sie leise zusammen redeten.

Trotz des Friedens dieses Abends musste Caminada zwangsläufig an den Fall denken. «Wie geht's dem jungen Foppa?», fragte er.

«Schwierig zu sagen. Der Professor persönlich hat ihn sofort operiert. Foppa scheint grosses Glück gehabt zu haben. Weisst du, Walter, Verletzungen im Halsbereich können verschiedene Nervenstörungen nach sich ziehen. Aber es scheint so, als hätte der junge Mann Glück im Unglück gehabt. Und übrigens, die Foppas sind auch grosse Gönner des Kreuzspitals. Doch wir tun auch so unser Bestes für jeden, egal, wie er heisst. Die nächsten Tage werden dann zeigen, auf welchem Weg wir sind.» Sie stellte die Flamme der Petroleumlampe etwas heller, sodass Walter ihr schönes Gesicht im Widerschein besser sah.

20

Caminada stand am nächsten Morgen bereits um sieben in der Wachtstube. Marugg kam immer erst kurz nach halb acht, doch heute sogar erst um halb neun Uhr und brachte neben neuen Informationen auch eine Alkoholfahne mit. Etwas, was es bei ihm noch nie gegeben hatte.

«Walter, Herr Suhner, der Gemeindeschreiber von Amriswil, hat mir den Leumundsbericht vorgelesen und seine persönliche Meinung zum Fall mitgeteilt.» Wieder wehte kräftiger Geruch von Alkohol an Caminadas Nase.

«Da bin ich ja mal gespannt.» Caminada setzte sich auf die Tischkante und sah Marugg etwas irritiert an. Der trank einen Kaffee, um die Müdigkeit zu vertreiben, wie er sagte, und lächelte schelmisch. Caminada kannte ihn mittlerweile zu gut und wusste, dass er seine Karten längst noch nicht alle ausgespielt hatte.

«Also, Walter. Diese Möckli war eine krankhafte Diebin, die sich im Thurgau nirgends mehr blicken lassen konnte. In drei Fällen wurde sie bereits des Diebstahls überführt. Alle Taten geschahen in Gasthäusern, andere Diebstähle konnten ihr aber nicht nachgewiesen werden. Ausserdem zeigte sie sich gegenüber den Behörden frech, sodass sie sogar versorgt wurde. Nach einem Jahr in der Psychiatrie Münsterlingen wurde sie entlassen und kam nach Chur, hatte aber ihre Schriften nicht umgemeldet, warum, ist nicht klar. Sie galt als schwachsinnig, zügellos und schnedderfrässig. Und sie hat sich so einige Feinde im Thurgau gemacht, wie ich hören musste.»

«Danke, Peter. Bringt uns insofern weiter, als es das Bild der Diebin bestätigt.»

Caminada wollte noch was ergänzen, als Marugg eine andere Aktenmappe hervorholte und bestimmt sagte: «Lass uns ins Labor gehen.» Er winkte Caminada übermütig mit der Mappe. «Ich war gestern Abend im Täli. In der ‹Falla›», sagte er ganz beiläufig, während er auf die Türe zusteuerte.

«Was?» Caminada war erstaunt, und das Gesicht von Marugg

zeigte keine Spuren, dass er Prügel eingesteckt hätte, aber es erklärte die Alkoholfahne.

«Hör mal, ich habe mich die ganze Zeit schon gefragt, warum die Grubers bis zum heutigen Zeitpunkt keine Rache am Mörder ihres Vaters genommen hatten. Kspässig, oder, denn wer hat dies nicht erwartet?» Er schloss die Türe hinter sich.

«Ja, das habe ich mich ebenfalls gefragt, wie bestimmt andere auch schon.»

«Genau, und in der Frage steckt bereits die Lösung.» Marugg lächelte gelöst, und Caminada verstand gar nichts mehr, glaubte eher, dass der viele Alkohol dem Peter einen Nebelgrind beschert hätte.

«Nun gut, dann erklär ich's dir. Ich war also bis vier Uhr in der Nacht in der ‹Falla›. Jetzt weiss ich auch, wieso die so heisst.» Er lachte und hielt sich seinen Schädel, der, seinem Gesichtsausdruck nach zu urteilen, bestimmt kräftig brummte. «Vorweg, Walti, ich habe zwar einen Namen erhalten, aber keinen konkreten, aber z'Gritli Moser, die junge Näherin, hat mir gesagt, als ich sie um vier Uhr die paar Meter heimbegleitet habe, dass die Schwarze Zigeunerin die Tat am Gruber verübt hat, denn sonst gäbe es mit Sicherheit schon längst noch eine Leiche.»

«Hat sie das genauer erklärt, oder wart ihr beide so voll, dass auch du die Antwort nicht mehr so genau weisst?» Caminada konnte sich einen Seitenhieb nicht verkneifen.

«Sei ein wenig gnädig zu mir. Ich vertrage mehr als die meisten Holzknechte zusammen, aber letzte Nacht …» Er hielt seinen Kopf. «Mehr wissen nur die Zigeuner, hatte sie lachend gesagt und gemeint, sie hätte so schon viel zu viel erzählt, und mir vor dem Gehen einen feuchten Kuss auf die Wange gedrückt. Aber, und das ist nun sehr wichtig: Ihr Name darf auf keinen Fall in den Akten erscheinen. Sie hat mich eindringlich darum gebeten, sonst schwimme auch sie in der Plessur, und zwar bei den Fischen.»

«Du weisst schon, dass du bald heiratest?» Caminada verzog nicht ganz ernst gemeint sein Gesicht.

«Wegen einem Schmützli auf die Backe? Ein Küsschen in Ehren und für das Vaterland, da musste ich durch. Unsere Arbeit ist halt manchmal schwer.» Marugg hielt seine Hand an die Brust, und für Caminada war klar, der war noch immer nicht ganz nüchtern.

«Peter, der Name deiner Informantin bleibt natürlich unter uns beiden. Ich nehme an, darum erzählst du mir das auch hier im Labor?»

Marugg nickte.

«Geh nach Hause und schlaf deinen Knüppel als Erstes mal aus. Ich werde mich um weitere Informationen zur Schwarzen Zigeunerin bemühen. Gute Arbeit allemal und prost.» Er hob seine Kaffeetasse und stiess mit der von Marugg an.

Da der Gruber-Mord eine derart verworrene Sache gewesen zu sein schien, behielt Caminada die neue Information für sich, sonst wären Rückschlüsse auf den Beizenbesuch von Marugg schnell gemacht gewesen und die Informantin ebenso schnell enttarnt. Und wenn so eine Information tatsächlich so gefährlich war, dann auch für Peter, der sie aus dem Täli getragen hatte. Wie auch immer der es geschafft hatte, dass das Gritli Moser redete, der Spitzbub trug Schmalz in seiner Stimme und Schalk im Gesicht.

Ohne sich abzumelden, verschwand Caminada um zehn Uhr aus dem Gebäude und fuhr nach Reichenau zu den Zigeunern. Ferdi Waser, der Chef der Sippe, war ihm noch was schuldig. Vor vier Jahren hatte sich dessen Sippe am Zusammenfluss des Vorder- und Hinterrheins niedergelassen und unter einer rostigen Eisenbahnbrücke ihr Lager errichtet. Bis jetzt wurde dies von den Behörden stillschweigend toleriert. Hin und wieder gab es zwar Einsätze im Lager, aber ausschliesslich wegen kleinkrimineller Vergehen, allen voran Diebstahl.

Caminada hatte zu den Zigeunern ein faires Verhältnis aufgebaut. Er liess sie in Ruhe leben, solange keine Auswüchse in deren Umfeld stattfanden. Ansonsten wäre er gezwungen, durchzugreifen, und hätte dies ohne Zögern auch getan. Auf der anderen Seite bekam er dafür hin und wieder Informationen, die Gewaltverbrechen betrafen, und daran waren die Zigeuner selten beteiligt.

Ferdi Waser trug wie immer im Sommer ein fleckiges weisses Unterleibchen, das sich auch in den mageren Kriegsjahren über seinen runden Bauch gewölbt hatte, und sass vor seinem Planwagen und schärfte Scheren und Messer am Schleifrad. Emsig drehte sich das schwere Rad, während er im Rhythmus dazu die Pedale trat und eine Zigarette rauchte.

Die Sippe hatte Zuwachs bekommen. Caminada schätzte, dass die Wagenanzahl auf mittlerweile vierzig angewachsen war.

Es war auch heute nicht anders als sonst: Die einen Zigeuner winkten freundlich, andere warfen ihm misstrauische Blicke zu, und Kinder rannten Fangen spielend vor seinen Beinen durch und lachten herzhaft, denn sie kannten keine Berührungsängste.

«Grüezi, Ferdi, ich muss mit dir unter vier Augen reden.»

Ferdi trampte den Schleifstein rhythmisch weiter, während er gekonnt die Klinge funkensprühend hin- und herzog, ohne dabei aufzuschauen.

«Und warum, Landjäger Caminada?»

«Eben, nur für deine und meine Lauscher bestimmt.»

Ferdi schliff das Stück zu Ende und reinigte es erst, indem er es in einen Kübel Wasser tunkte, der zu seinen Füssen stand, bevor er es sorgfältig mit einem Tuch abwischte, einen Tropfen Öl einrieb und mit einem prüfenden Blick zur Seite legte.

Er stand auf und sagte: «Dann komm mit.»

Barfüssig ging er am Zufluss des Hinterrheins entlang, bis sie ausserhalb der Reichweite anderer waren.

«Was ist los? Haben wir was angestellt?» Er setzte sich auf einen angespülten Baumstamm und vergrub seine Füsse im warmen Sand.

Der Wind an dieser Stelle war angenehm, Caminada schwitzte unter seinem Tschoopa und zog ihn deshalb aus.

«Kannst du mir sagen, wer die Schwarze Zigeunerin ist?», liess Caminada die Katze direkt aus dem Sack.

Ferdi sah Caminada an und nickte immer wieder in kleinen Bewegungen, als hätte er die Frage längst erwartet, dann schweifte sein Blick in die Weite. «Was ist passiert?»

«Ich jage einen Mörder, wahrscheinlich sogar zwei oder gar drei. Vor sieben Jahren wurde der alte Gruber im Täli erstochen, und eventuell hat sein Tod mit den aktuellen Morden zu tun. Und in diesem Zusammenhang bin ich auf den Namen ‹Schwarze Zigeunerin› gestossen.»

«Du meinst die Morde an der Schützenkönigin und eurem Halunken-Stadtpräsidenten? Letzterer ist gut, gibt's ihn nicht mehr. Hatte für unsereinen nur Repressalien zur Hand. Nicht mal einen kleinen Stellplatz in der Bettlerküche oder in der Oberen Au unten hat er uns zur Verfügung gestellt, da wir ja keine Steuern zahlen. Aber wir liegen ja auch keinem auf der Tasche.»

«Ja, der Cadlini war bei gewissen Entscheidungen tatsächlich ein harter Hund gewesen. Nichtsdestotrotz, auch er war ein Mensch, der ermordet wurde, dazu drei blutjunge Fräuleins und – auf Franz Foppa, den jüngsten Sohn der Foppas, wurde gestern geschossen. Die Familie ist mächtig. Sie sind aber auch grosse Wohltäter. Auch dieser Fall ist mysteriös. Also, kannst du mir einen Namen zur Schwarzen Zigeunerin nennen? Ich muss sie dringend befragen.»

Ferdi zeichnete mit seinem rechten Fuss etwas in den heissen Sand. «Die Grubers sind auch Jenische – sie gehören zur Sippe in Obervaz, das mal vorweg. Und kein Zigeuner verrät je einen andern, Walter. Das solltest du mittlerweile wissen. Das ist eines der Ehrengesetze, die wir nicht brechen. Ich weiss, wir haben dir viel zu verdanken. Auch dass wir immer noch hier an dieser Stelle mehr oder weniger in Ruhe hausen dürfen …» Er schwieg.

Caminada zog zwei Villiger-Krumme aus der Brusttasche des Hemdes und reichte Ferdi eine. Beide pafften zwei Züge, als Ferdi weiterredete: «Du und ich sind keine Nestbeschmutzer. Wir beide wollen und müssen in unserer Welt das Gesicht wahren. Wer auch immer dir den Namen Schwarze Zigeunerin gesagt hat, der hat damit sein Leben aufs Spiel gesetzt. Das, was ich dir dazu sagen kann, ist Folgendes: Es wird für dich unmöglich sein, sie jemals zu finden und somit zu fassen. Absolut unmöglich. Und noch eines kann ich dir dazu sagen, gegenseitigem

Respekt geschuldet: Jeder Zigeuner weiss, dass die Schwarze Zigeunerin den Gruber damals erstochen hat – jeder, wirklich jeder, und jeder weiss den Grund dazu. Aber keiner, keiner wird dir jemals ihren richtigen Namen verraten – auch ich nicht, und wenn du unser ganzes Lager abbrennen würdest.»

Caminada wusste, Ferdi hatte bestimmt schon mehr gesagt, als diesem lieb war. Er starrte gedankenversunken auf den Hinterrhein, der hundert Meter unterhalb mit dem Vorderrhein gemeinsam die grosse Mündung schuf. Er mochte dieses Rauschen.

«Nun gut, Ferdi. Es hat für mich immerhin zwei Fragen gelöst, aber auch neue aufgeworfen. Dennoch habe ich zu danken.»

«Und ich danke für deine Krumme. Es ist jetzt an der Zeit, ich muss gehen.» Ferdi stand auf und liess Caminada alleine zurück.

Somit war für Caminada klar, dass der Major seine Finger nicht in der Grubersache drinstecken hatte, und es war ebenso klar, warum die Grubers keinen Rachemord begehen konnten – es war ein Mord unter Zigeunern gewesen. Die Grubers kannten also die Mörderin des Vaters schon längst. Eine Rache hätte mit Sicherheit alle Grubers ins Grab gebracht. Der alte Alois Gruber hatte mit dem Feuer gespielt, musste somit was Gröberes innerhalb der Zigeunerfamilien angestellt haben und zahlte mit seinem Leben.

Doch was hatte der Gruber Schlimmes verbrochen, dass es mit dessen Tod geendet hatte? Und hing der Tod seiner jungen Tochter mit dem Fall von vor sieben Jahren zusammen? Dass sie genau dort lag, wo ihr Vater gelegen hatte, das war unmöglich Zufall. Hatte somit die Schwarze Zigeunerin erneut die Hand im Spiel?

Caminada blickte noch eine halbe Stunde lang aufs Wasser, das half beim Nachdenken, und vor allem mochte er den Rhein. Ausserdem war Marugg bestimmt noch seinen Rausch am Ausschlafen. Ein Lächeln umspielte bei diesem Gedanken seine Mundwinkel. Marugg wurde so oft unterschätzt. Der Kerl hatte Schneid, das musste man ihm lassen. Zwar nicht in den Fällen, in denen es hemdsärmelig wurde, aber er liess sich dennoch nicht so einfach ins Bockshorn jagen.

Die staubigen Landstrassen zurück nach Chur lagen in der brütenden Hitze, und der stürmische Südwind fegte weiter durchs Land, als kurz nach Felsberg Caminada der Sprit ausging. Es blieb ihm nichts anderes übrig, als in die Pedale zu treten.

Als er vor den Toren der Stadt an der Armenerziehungsanstalt Plankis vorüberfuhr, blickte er ins Areal des alten Bauernguts. Einige der Waisenkinder, die er von einem früheren Fall kannte, winkten ihm fröhlich zu, sodass Caminada am Strassenrand hielt. Das freundliche Lachen der aufgeweckten Bubenschar freute ihn, und er erwiderte es gerne. Er schraubte den Tankdeckel auf und fragte nach Most für sein Pfüpfli. Alle zusammen eilten davon und verschwanden im Tenn und kamen mit einem kleinen Kanister zurück und füllten gemeinsam den Tank auf, als einer der Betreuer, der zugleich auch Knecht war, zu ihnen stiess. Caminada flüsterte ihm was ins Ohr, der Mann nickte, dann drehte sich Caminada den Buben zu: «Losand, danke, und bald werdet ihr eine kleine Überraschung von mir bekommen.»

Jubel brauch aus. Sie fassten den Gepäckträger und schoben das Pfüpfli an – Caminada winkte dankend zurück. Er würde Menga bitten, drei grosse Gugelhopfe zu backen, und die vorbeibringen.

In Chur angekommen, war Caminada so staubig, als hätte er am Strassenrand ein Nickerchen gemacht. Er klopfte seine Kleider vor dem Eingang aus, bevor er sich am einzigen Brünnali im Korps mit seinem Lappen wusch.

Marugg war, wie er von diesem erfuhr, soeben erst wieder aufgetaucht. Aber Caminada fand, dass er noch immer sehr bescheiden aussah. Doch sie mussten zu den Foppas. Bevor sie dies aber tun konnten, musste der Landjäger in Erfahrung bringen, wie's dem Franz ging. Deshalb rief er Menga im Kreuzspital an.

Von ihr erfuhr er eine halbe Stunde später, dass der junge Foppa eine gute, sogar sehr gute Prognose habe. Nicht mal die

Stimme sei wegen des Halstreffers betroffen, die Kugel habe weder Lebenswichtiges noch Nervenbahnen des Rückenmarkes zerstört. Eine solch gute Nachricht machte eine Einvernahme deutlich einfacher, als wenn er mit Hinterbliebenen hätte reden müssen.

Foppas besassen mehrere imposante Häuser in Chur. Das, welches sie bewohnten, stand etwas unterhalb der roten Villa Fontana, welche vor Jahren, dank einer Spende, zum Frauenspital umfunktioniert worden war.

Die Villa Foppa lag umgeben von hauseigenen Rebbergen, dahinter erhob sich der Fürstenwald in die Flanken des Mittenbergs. Das Anwesen bestand aus verschiedenen zusammenhängenden Gebäuden. Aus dem höchsten ragte ein Kapellentürmchen mit Glocke.

Drei Automobile standen auf dem gekiesten Vorplatz, der umgeben war von einem englischen Garten. Der Zugang zum Haupteingang führte über einen geschwungenen Weg mitten durch den weitläufigen blühenden Garten, in dem zwei Gärtner mit der Pflege beschäftigt waren.

Eine Hausangestellte mit umgebundener weisser Schürze und weisser Haube öffnete die Tür und bat die beiden, im Foyer zu warten.

Caminada sah sich um: Gemälde hingen an den Wänden, eine fast mannshohe Vase stand in einem Eck, und kunstvoll verzierte Möbelstücke waren sorgsam platziert.

Im grünen Salon würden sie erwartet, sagte die Haushaltsangestellte und führte sie durch einen Gang in einen anderen Gebäudeflügel.

Ein langer dunkler Tisch aus glänzend poliertem Holz stand mittig im Raum, darauf ein Blumenbouquet platziert, die sechs hohen Fenster, vor denen Gardinen hingen, waren symmetrisch angeordnet. Eine wuchtige, verschnörkelte Lampe prangte ausgeschaltet über der Tischmitte.

Sie setzten sich an die ihnen zugewiesenen Plätze und warteten, bis die Foppas erschienen.

Heinrich Foppa, das Familienoberhaupt, begrüsste mit strenger Miene und einem Kopfnicken die beiden über den zu breiten Tisch hinweg, der einen Handschlag verhinderte. Bernadette Foppa und Maximilian taten es ihm gleich und setzten sich flankierend zu ihm.

Heinrich Foppa trug zweifelsohne einen Massanzug, sein Kurzhaarschnitt war sehr gepflegt, und die wenigen grauen Haare um seine Schläfen liessen ihn jünger aussehen, als er war. Er schien eine agile Person zu sein, die gegen die sechzig zugehen musste. Der schlimme Vorfall um seinen Sohn lag höchstens in seinem strengen Blick, wenn überhaupt, ansonsten schien er sehr gefasst zu sein.

Anders seine Gattin Bernadette, die achtundfünfzigjährige Dame, die ein cremefarbenes Deuxpièces trug, wurde von einem Schleier der Angespanntheit umgeben. Ihre Augen spiegelten Kummer wider, auch wenn ihr Auftreten davon geprägt war, Haltung zu wahren. Um den Hals trug sie eine Perlenkette.

Maximilian, der zwei Jahre ältere Bruder von Franz, der seinen dreissigsten Geburtstag vor zwei Monaten gefeiert hatte, war ganz der Vater. Als ginge es ums Geschäft, sass er gefasst da, die Krawatte perfekt gebunden, der braune Anzug zeugte von bester Qualität.

«Meine Herren, bitte halten Sie sich kurz, in Anbetracht der familiären Situation.» Heinrich Foppa nickte, sodass ein Tablett mit Gläsern und einer Karaffe hereingebracht wurde.

Caminada, der nicht der grosse Redner war, musste sich konzentrieren. «Unser Mitgefühl steht an vorderster Stelle, aber ich nehme an, Sie haben die gute Prognose bestimmt vor mir erfahren», begann er und hirnte, wie er die Sache mit Maximilian richtig anbringen konnte, ohne diesem den Stempel eines Verdächtigen, der dieser zweifelsfrei aber war, aufzudrücken. Die Worte, die er sich zuvor dafür mehrmals zurechtgelegt hatte, waren weg wie sein Hut nach einer Sturmböe in diesem Sommer. Aber er wusste, irgendwie ging's dann immer.

«Ich bin, wir», er deutete auf Marugg, den er zuvor namentlich vorgestellt hatte, «sind sehr froh, durften wir so gute Nachrichten aus dem Kreuzspital erfahren. Meine Frau Menga ist Ärztin und hat mir vor dem Herkommen in meiner Funktion als

Landjäger die Information gegeben.» Er blickte auf Bernadette Foppa, der bestimmt noch der Schock vom gestrigen Mordanschlag in den Gliedern steckte. «Also, das Wichtigste ist ja, Ihr Sohn wird wieder ganz gesund. Aber wir müssen dringend den Täter ermitteln, der, ohne Ihnen allen Angst einzujagen, noch frei herumläuft.»

Die drei verzogen keine Miene und blieben stumm.

«Deshalb muss ich nun Fragen stellen, auch unangenehme. Ich gehe davon aus, Sie verstehen das?»

«Bitte, Landjäger Caminada, kommen Sie zur Sache», forderte Heinrich Foppa.

«Auch das hat zur Sache gehört», wehrte sich Caminada. «Aber nun gut, das ehrenwerte Fräulein Helvetia und Ihr angeschossener Sohn Franz waren ein Paar gewesen?»

«Das ist richtig. Ungefähr sechs Monate hielt die Bindung.» Heinrich Foppa hatte geantwortet.

«Gab es besondere Umstände oder Gründe zur Auflösung dieser Bindung?» Caminada war selbst erstaunt, sich so geschwollen reden zu hören, aber Foppa hatte ihm die richtigen Worte vorgelegt.

«Wir haben die Hintergründe nicht mit Franz besprochen. Die jungen Leute von heute – Sie wissen schon. Aber es muss abrupt zum Zerwürfnis gekommen sein. Wieso, wissen wir nicht.»

«Und wie hat Franz darauf reagiert? Ich frage das Sie, da er noch einige Tage strikte Bettruhe braucht und wir ihn daher noch nicht einvernehmen können.»

Bernadette Foppa meldete sich zu Wort. Sie hatte eine auffallend schöne, jugendliche Stimme. «Er war traurig, hatte grossen Liebeskummer. Sagte es zwar nicht, aber es war ihm anzusehen gewesen. Franz ist ein sensibler junger Mann, interessiert sich für Bücher mehr als für Automobile oder gar Waffen. Er geht gerne mit mir ins Theater und schreibt Gedichte, freut sich am schönen Garten.»

«Das Fräulein Helvetia schien da aber anders gestrickt gewesen zu sein. Wie passte dies zusammen?»

«Genau deshalb hatten die beiden sich wahrscheinlich verliebt. Sie war eine Draufgängerin gewesen und füllte nicht nur wegen ihrer Schönheit alleine einen Raum. Sie war so präsent, und das tat Franz gut, und ihr tat Franz bestimmt auch gut. Das zumindest ist mein Eindruck, den ich über die Monate hinweg erhalten habe. Was genau geschehen ist – es ist noch immer ein Rätsel für uns. Sie hatten sich wirklich gut verstanden.»

«Danke, Frau Foppa. Und nun komme ich zu einer sehr unangenehmen Frage, die wir aber stellen müssen.»

Heinrich Foppa blickte unverändert durch seine silberfarbene Nickelbrille. «Stellen Sie die Frage.» Zweifelsohne besass Heinrich Foppa eine grosse Autorität, die er auch ausstrahlte.

«Wir können es uns nicht erklären, aber gemäss einem vertrauenswürdigen Zeugen wurde Ihr Sohn Maximilian dabei gesehen, wie er aus der Hütte, dem Tatort, kam, an dem der Stadtpräsident und die Helvetia erschossen wurden. Und das ausgerechnet zur Tatzeit …»

«Das betrifft übrigens den Donnerstag, den 30. Juni, um kurz nach zwölf Uhr», unterbrach Marugg und blätterte in seinem Notizbuch auf eine neue Seite.

«Danke, Peter. Auf jeden Fall wirft dieser Umstand natürlich Fragen auf, denen wir nachgehen müssen», brachte Caminada es unumwunden auf den Punkt und liess dabei Maximilian nicht aus den Augen, der schlucken musste und kurz seine Hände rieb.

Ohne dass Heinrich Foppa seinen Sohn dabei angeschaut hätte, sagte er: «Was sagst du dazu, Maximilian?»

Dieser schien sich schnell gefangen zu haben. «Das muss eine Verwechslung sein, Vater. Ich war das nicht.»

«Sie hören es, Herr Landjäger Caminada. Wäre das somit für Sie geklärt?»

«Wissen Sie, ich möchte das ja gerne glauben, aber der Zeuge ist sich da ganz sicher.»

«Wollen Sie damit sagen, dass mein Sohn die Unwahrheit sagt?»

«Schauen Sie, leider kann ich nicht in jeden Menschen hineinsehen, und meist befragen wir Unschuldige und Unbeteiligte bei unseren Ermittlungen, bis wir den Täter finden. Und manchmal sitzen wir bei Einvernahmen sogar einem Täter gegenüber und haben keine Ahnung davon. Aber wir müssen unabhängig davon jeder Zeugenaussage nachgehen. Deshalb noch eine Frage in dieser Sache. Tragen Sie, Maximilian, einen Schlüsselbund am Gurt eingeschlauft, so wie Ihr Bruder es tut?» Er fixierte dabei seinen Blick auf Maximilian.

«Ja, das tun wir tatsächlich beide», kam die trockene Antwort.

«Dürfte ich den sehen?»

Maximilian reichte ihm diesen, der exakt so aussah wie der seines Bruders, stellte Caminada fest.

«Sind Sie gleich gross wie Ihr Bruder Franz?»

«Ja, das sind wir, aber ich darf sagen, dass ich der athletischere Typ von uns beiden bin.»

«Aber vom Gesicht her unterscheiden Sie sich ja deutlich.»

«Das ist wahr, aber es ist dennoch schon zu Verwechslungen gekommen», brachte Bernadette Foppa sich ein. «Aber ganz konkret, Landjäger Caminada, auf was wollen Sie hinaus? Dass einer meiner Söhne etwas mit dem Mord an Laraina zu tun hat?»

Caminada schwieg bewusst, damit sie von alleine weiterfuhr, denn die Antwort lag offensichtlich in seinem Schweigen.

«Franz hatte wirklich grossen, sehr grossen Liebeskummer gehabt, aber der kann ja nicht mal eine Pistole von einer Gurke unterscheiden. Und Maximilian, der ist zwar im Dienst schon Hauptmann, mein Mann ist ja Oberst im Generalstab, aber er würde so was auch nicht tun. Wieso auch? Ich finde Ihre Fragen unangebracht!» In ihrer erfrischenden Stimme schwang nun etwas so Energisches mit, das Caminada ihr gar nicht zugetraut hätte.

«Entschuldigen Sie, Frau Foppa, ohne diese Zeugenaussage und den Mordanschlag auf den Franz wären wir auch nicht hier und müssten diese Fragen nicht stellen. Aber was würden Sie denn an unserer Stelle tun? Wir kennen uns ja gar nicht.»

Schweigen. Caminada hielt den Blicken der drei stand.

«Ich frage somit direkt. Herr Maximilian Foppa, wo waren Sie am Donnerstagmittag, dem 30. Juni, um die Mittagszeit?»

«Jetzt reicht's.» Bernadette Foppa verlor ihre gesittete Sitzhaltung. «Reicht es nicht, dass Franz im Spital liegt? Dass ich mir um einen meiner Liebsten Sorgen zu machen brauche, und da kommen Sie her und fragen solche Ungeheuerlichkeiten?»

Caminada blieb ruhig. Das war nicht das erste Mal, dass jemand so reagierte, und er konnte es verstehen. Aber diese Fragen waren unumgänglich. Vielleicht lag es auch daran, dass vor wenigen Jahren der mittlere Sohn des Bruders von Heinrich Foppa tot in der Villa Capricorn, die nur hundert Meter entfernt lag, aufgefunden worden war, und das erschossen. Die ganze Sache war damals seltsam gewesen, der Schleier, der über dem Ganzen lag, wurde nie gelüftet, die Familie tat es schnell als tragischen Selbstmord ab, und die Ermittlungen wurden von Kübler deshalb eingestellt.

«Ich war hier zu Hause», kam kurz und trocken die Antwort von Maximilian.

«Und kann das jemand bezeugen?», kam ebenso kurz und trocken Caminadas Rückfrage.

«Ich», antwortete prompt Bernadette Foppa, die dabei ihr etwas spitzes Kinn hob, als wäre es ein kleines Siegeszeichen, das aber Caminada verriet, dass sie log.

«Dann verzeihen Sie, dass wir Sie aufgehalten haben. Wie gesagt, der Täter, der versucht hat, Ihren Franz zu erschiessen, läuft noch immer frei herum. Wir wissen nicht, was er weiter im Schilde führt. Falls Ihnen etwas in den Sinn kommt, sind wir um jeden Hinweis dankbar. Es muss jemanden geben, der eine grosse Wut, gar Hass auf Ihren Franz hatte und wahrscheinlich noch immer hat. Oder Ihr Franz weiss etwas, das gefährlich für ihn ist. Falls Sie an seinem Bett sind und er reden mag, fragen Sie ihn doch bitte danach.»

Bernadette Foppa hatte ihre dünnen Hände übereinandergelegt. Sie war vom Typ her die Frau, die sich zwischen Gesicht und Figur entscheiden musste, sie hatte sich für Letzteres entschieden und wirkte daher älter, als sie war.

«Ist das nun alles, was Franz betrifft, ausser dass wir Angst haben müssen, weil der Täter nochmals zuschlagen könnte?» Der Vorwurf aus ihrer Stimme war nicht zu überhören.

«Konkret haben wir nichts in der Hand, weder ein Motiv noch die Tatwaffe, das schafft Unsicherheit. Sicher ist nur, dass der Täter gut mit einem Gewehr umgehen kann. Hätten wir ein Motiv, wäre es einfacher. Doch wie Sie sagen, der Franz ist keiner, der sich Feinde macht. Was Ihr geschäftliches Umfeld betrifft, müssten Sie mir allenfalls Anhaltspunkte geben, falls es zu Spannungen, gar Drohungen in diesem Zusammenhang gekommen ist. Ihre Geschäftsinteressen und Zweige sind ja breit gestreut und für Aussenstehende kaum einzusehen, wie mir Ermittlungsfunktionär Marugg im Vorfeld aufgezeigt hat. Sie verstehen?»

«Da können Sie uns vertrauen, unsere Geschäfte laufen sehr gut und genauso sauber.» Heinrich Foppa zeigte keine Regungen.

«Das freut mich zu hören und hätte ich auch nicht bezweifelt. Sie tun ja sehr viel für das Allgemeinwohl in unserem Kanton. Aber falls Ihnen dennoch irgendetwas in den Sinn kommt, was uns weiterhelfen kann – wie gesagt, wir sind für jede Information dankbar.»

«Meine Herren.» Heinrich Foppa nickte und stand als Zeichen dafür auf, dass die Unterredung nun ihr Ende gefunden hatte.

Caminada war froh, als er die Villa hinter sich lassen konnte. Obwohl es im grünen Salon verhältnismässig kühl gewesen war, hatte er unter seinem Tschoopa geschwitzt. Deshalb hielt er ausser Sichtweite zur Villa am nächsten Brunnen und zog den Tschoopa aus und hängte ihn über den Lenker. Das frische Wasser schmeckte wunderbar. Er wischte sich den Mund trocken, als Marugg ihn ernst anblickte.

«Walter, dieser Maximilian lügt. Ich habe es dem angesehen. Der war dort.»

«Ich weiss. Der steckt irgendwie mit drin. Und seine Mutter log auch.»

«Die Frage ist, wieso?» Marugg erfrischte sich seinerseits.

«Peter, die Brüder scheinen total verschiedene Persönlichkeiten zu sein. Der jüngere, Franz, ist ein Feingeist, Maximilian das Ebenbild seines Vaters, ein Militarist durch und durch. Mit Sicherheit wird der dem Kübler gleich telefonieren. In Graubünden gibt es ja keinen ranghöheren Dienstgrad, als Foppa ihn trägt.» Caminada wusch sich nochmals mit frischem Wasser sein Gesicht und nahm einige Schlucke, bevor er seinen Hut aufsetzte. «Womöglich hatten die beiden Jungen Streit um das schöne Fräulein? Ausserdem bin ich sicher, dass der Toni sich nicht irrt. Aber wir können ja nicht gut sagen, dass ein zwölfjähriger Buab unser Hauptzeuge in diesem Fall ist.» Er krempelte sich dabei die Hemdsärmel zurück.

«Irgendwie habe ich das Gefühl, wir drehen uns im Kreis. Es kommt einfach nie was Greifbares raus, damit wir den Stier endlich bei den Hörnern packen können. Sogar das Geständnis von Veranzze ist zu nichts zu gebrauchen, genau wie auch die Fingerabdrücke auf der Tätermunition nicht.» Marugg stieg auf sein Pfüpfli.

«Du hast zwar vollkommen recht. Aber wir bleiben dran. Die Knacknuss hat Risse bekommen, und wir müssen uns halt immer wieder dieselben Fragen stellen wie beispielsweise: Wer ist diese Schwarze Zigeunerin? Dass die den Gruber getötet hat, ist schon mal sicher. Immerhin. Aber auch wenn das nicht unseren aktuellen Fall betrifft, haben wir etwas.»

«Ja, Walter, aber genau wieder so was Wischiwaschihaftes. Wir wissen was, aber wir können den Sack nicht zumachen.»

Marugg schien frustriert. Caminada wusste, auf dem Erkennungsdienst lastete ebenfalls grosser Druck, dass Ergebnisse geliefert würden, denn Kübler war nicht der Einzige, der dem kritisch gegenüberstand und den Aufwand, den Marugg deswegen betrieb, gerechtfertigt sehen wollte.

«Auch da hast du recht. Aber es ist nicht ausgeschlossen, dass die Schwarze Zigeunerin auch in Verbindung mit dem Mord an der Käthy Gruber steht – des Fundorts der Leiche wegen. Wir dürfen uns nicht entmutigen lassen.»

«Was ist mit der Möckli, dem Stadtpräsidenten und dem Schwinta-Hitsch? Was mit Veranzze? Ist er wirklich der Mörder der Möckli, und hat gar er auf die Gruberin geschossen? Wieso dann die Fingerabdrücke von Lola auf der Patrone? Und wer hat

Helvetia getötet, wer wollte warum Franz Foppa umbringen?», ereiferte sich Marugg.

«Sei unbesorgt.» Caminadas warme Stimme strahlte Ruhe und Kraft aus. «Stell dir den Fall wie eine Salami vor. Wir werden jetzt scheibchenweise den Fall angehen. Eins ums andere und zusammen gibt's die Salami. Wie sagen die doch in Bern unten immer: Numa nit kschbrängt. Und wie sagen wir als Bündner dazu: A bizli patschifig.» Er klopfte Marugg aufmunternd auf die Schulter und stieg auf sein Pfüpfli.

21

Am nächsten Morgen erhielt der Posten des Landjägerkorps die Meldung, dass der geflohene Veranzze im Bergell gesichtet worden sei. Kurz sei er bei seinem Vater aufgetaucht, habe etwas gegessen, sich neu eingekleidet, und seither fehle jede Spur von ihm.

Der Landjäger im Tal, der in Vicosoprano wohnte, bat um dringliche Unterstützung entweder vom Kameraden aus dem Unterengadin oder halt aus Chur, wie er ausrichten liess.

Caminada entschloss sich, kurzerhand mit dem Seitenwagentöff des Stadtpolizeiamtes den einhundert Kilometer langen Weg durch die Berge zu fahren. Mit dem Zug hätte er es nur bis ins Engadin geschafft und zudem für den Malojapass ein anderes Verkehrsmittel auftreiben müssen. Und dann wäre die Frage noch offen gewesen, wie er Veranzze nach Chur hätte zurückbringen können.

Nach der Anlieferung der beiden BMW-Maschinen hatte ein Schweisser im Auftrag des Amtes je seitlich einen Griff im Seitenwagen eingeschweisst, sodass die Arrestanten mit Handschellen daran fixiert sitzend mitgenommen werden konnten.

Der lange Weg führte Caminada durchs liebliche Domleschg, danach die Bergstrasse hoch nach Tiefencastel und hinein ins Oberhalbstein. Kurz nach Bivio, am Fusse des Julierpasses, musste er eine Zwangspause einlegen, ein Pferdefuhrwerk war umgekippt, und die Ware versperrte die schmale Passstrasse. Gemeinsam mit den anderen Verkehrsteilnehmern räumten sie alles zur Seite, Mensch und Tier war zum Glück nichts geschehen.

Auf der Passhöhe des Juliers angekommen, legte er nach über drei Stunden Fahrt eine Rast ein. Er mochte die frische Bergluft auf über zweitausend Metern und setzte sich abseits auf einen grossen Stein an den kleinen See. Das Wasser glitzerte im Sonnenlicht, als bedeckten Tausende kleine Spiegel die Wasseroberfläche. Die Luft war angenehm. Eine sanfte Bergbrise wehte. Sein Blick fiel auch über die Passstrasse, die sich wie eine Schlange hochwand. Immer wieder krampfte sich lärmend ein Automobil den Berg empor. Die Fahrer parkierten die Wagen vor dem Hospiz mit dem kleinen Berggasthaus und öffneten die seitlichen Motorhauben und streckten danach ihre Gesichter in die frische Bergluft, der Sonne entgegen, oder liessen sich draussen bewirten.

Caminada musste zugeben, die lange Fahrt kam ihm gelegen. Er liebte das Motorradfahren. Er mochte die Kraft dieser BMW-Maschine, das Vorankommen, ohne treten zu müssen, und es war bestes Handwerk aus Deutschland, das er bewunderte.

Eine weitere Stunde später erreichte er den Malojapass, das kleine Maloja.

Nun war er fast am Ziel, hatte das Bergell erreicht. Nur noch die kurvenreiche, schmale Strasse hinunter nach Casaccia lag vor ihm, dann wäre er an seinem Zielort angekommen. Zunehmend drehten sich deshalb seine Gedanken um die Frage, was er unten vorfinden und wie er bei der Festnahme am besten vorgehen würde. Nach den Schüssen auf Landjäger Hassler und Wildhüter Adank im Schanfigg musste er auf alles gefasst sein.

Caminada stellte sein Motorrad bei der Kirche ab. Zu seinem Vorteil sprach er fliessend Italienisch, da seine Mutter aus Santa Maria, aus dem Calancatal, stammte, wo man Italienisch sprach. Der erste Einwohner Casaccias, den er antraf, war eine alte, schwarz gekleidete Frau mit krummem Rücken. Sie wies ihm den Weg, zeigte mit knorrigen Fingern auf das Elternhaus Veranzzes.

Ein kleiner Stall stand neben diesem, doch der war leer, dem Geruch nach zu urteilen, ein Geissenstall. Das waren Tiere, die Caminada besonders mochte, auch sie hatten in Samnaun welche gehabt, doch sein Lieblingstier war ihr Esel Jakob gewesen. Als Kind verbrachte er mit diesem viel Zeit. Wenn Walter nach der Schule den schmalen Weg zum Haus hochlief, schrie Jakob lautstark nach ihm und kam zum Zaun gelaufen, um von ihm umarmt zu werden. Dabei legte Jakob seinen grossen Kopf auf seine Schulter. Manchmal brachte Walter ihm auch ein Rüebli oder einen alten Apfel mit, den er unter einem der Apfelbäume auf dem Heimweg gesucht hatte. Vor allem mochte Walter die ruhige Art des lieben Tiers, wenn er Jakob an dessen Stirn streichelte. Dann hielt der Esel seinen schweren Kopf bewegungslos schräg nach unten und verharrte. Nur die Ohren, die drehten und bewegten sich.

Vor allem nachdem Walter von seinem strengen Vater Hermann wegen der schlechten Noten im Lesen und Schreiben Prügel eingesteckt hatte, flüchtete er manchmal zu Jakob und umarmte seinen starken Hals, fühlte die Wärme, die liebenswerte Wärme des Tieres durch das Fell direkt in sein Herz fliessen und erzählte ihm so von seinem Leid. Oft war er verzweifelt gewesen, denn wie sehr er sich auch in der Schule anstrengte, es schien ihm, als spielten die Buchstaben Verstecken mit ihm, so verwirrlich war das Lesen. Und wie sehr er auch das Lesen und Schreiben gut erledigen wollte, nicht nur wegen der Prügel, es ging schlichtweg nicht.

Jakob aber verstand ihn und heilte seine Wunden, und Walter war für Jakob da, wenn es ihm mal nicht so gut ging. Manchmal hatte der Esel schlechte Laune, dann brachte Walter ihm eine leckere Aufmunterung mit, oder wenn der Esel, wenn auch sehr selten, krank war, umsorgte Walter ihn liebevoll und eilte direkt nach der Schule heim.

Als Walter mit achtzehn Jahren nach Chur ging und nur noch selten in Samnaun war, da brachte er Jakob immer Leckereien mit. Er wusste ja, dass seine Eltern und sein Bruder immer gut für das liebe Tier sorgten, denn Jakob wurde von allen geliebt.

Vor fünf Jahren war Jakob dann im hohen Alter von vierzig Jahren gestorben. Er war ein besonderer Esel gewesen, und der Tod des Tieres hatte Walter beschäftigt.

Er hatte sich nach dem Einzug ins neue Haus entschlossen, dass, wenn der ganze Trubel ums Eidgenössische vorbei wäre, er einen kleinen Geissenstall auf der Wiese neben seinem Häuschen bauen würde. Auch mit Platz für einen Esel. Der Bauer hatte anerboten, ihm günstig Land zu verpachten, von dem es in und um Chur ja genug gab. Bestimmt würde das Kind auch seine Freude an den Tieren haben und könnte später helfen, sie zu versorgen, so wie er es als Kind gerne gemacht hatte.

Er schüttelte diese Gedanken ab und klopfte an die Haustüre Veranzzes. Das Haus trug ein stabiles Steindach wie alle Häuser im kleinen Dorf, das wie ausgestorben wirkte.

Niemand öffnete. Caminada fand Lorenzo Veranzze hinter dem Haus, im kleinen Garten, in dem wegen der Höhe nicht viel gedieh. Auch das kannte Caminada von Samnaun.

Vater Veranzze blickte auf, als Caminada den Hut zur Begrüssung kurz anhob und sich vorstellte und wie immer auf alles gefasst war.

Er wurde freundlich ins Haus gebeten, in ein kleines Arbeitszimmer, in das der alte Mann einen zweiten Stuhl stellte, der so aussah, als hätte er ihn selber gezimmert. Eine Bibel lag fein säuberlich aufgeschlagen in der Mitte des grobhölzernen Tisches. Alles im Haus schien aus Holz, und es roch angenehm danach. Eine Schwarz-Weiss-Fotografie, Caminada war sich sicher, sie zeigte Veranzzes Frau, hing an der hölzernen Wand vor ihm, eine weitere daneben, auf der die ganze Familie abgelichtet war – die Buben noch keine zehn Jahre alt, schätzte der Landjäger. Bestimmt war es von einem dieser Wanderfotografen aufgenommen worden, die vor dreissig Jahren begannen, die Täler zu bereisen, und es noch immer taten.

«Wir können beten. Mehr weiss ich nicht dazu zu sagen.» Lorenzo Veranzzes Augen wirkten nicht müde, auch nicht traurig. Der Mann strahlte einen inneren Frieden aus, fand Caminada, als dieser auf seine Frage Antwort gab, was er zur Situation denke, in der sein Sohn stecke.

«Konnten Sie mit Anselmo denn nicht reden, als er hierherkam?»

«Schauen Sie, Landjäger. Er war gestern hier, und ich habe zuerst versucht, mit ihm zu reden, dann zu beten. Doch er hat nur etwas gegessen und eine Hose und ein Hemd von mir angezogen und ist gegangen. Zum Abschied hat er mir nur gesagt: ‹Vater, mach dir keine Sorgen.›»

«War er verwirrt gewesen?»

«Nein, er schien ruhig zu sein. In Anbetracht der Umstände, die ich mittlerweile kenne, sogar sehr ruhig. Wissen Sie, er war schon immer eigen und hatte seine Zeiten. Vor allem wenn Ausserordentliches passierte, da kam es mir vor, als würde sein Hirn dabei überflutet, so wie die Orlegna das manchmal nach einem Gewitter tut, und dann reagierte er gestört.»

«Sie meinen, wie damals, als das mit der Schäferin passierte?»

«Sie wissen davon?» Den Alten schien nichts aus seiner inneren Ruhe zu bringen.

«Ja, ich musste mir ein Bild Ihres Sohnes machen und war im bischöflichen Hof, habe mit Priester Casotti gesprochen.»

«Ein wahrlich guter Mann, der werte Herr Pfarrer Casotti.»

Caminada reagierte nicht darauf, wollte mehr erfahren und hörte deshalb nur zu.

«Die vermaledeite Schäferin braucht er nicht mehr zu fürchten. Die Syphilis hat sie geholt. Sie liegt auf dem Friedhof in einem Armengrab. Ich habe ein Holzkreuz beschriftet und errichtet, sonst wäre es namenlos geblieben. Wer weiss, wann ihr Kind, das sie vor vielen Jahren mit dem Kindsvater verlassen hatte, eines Tages den Weg von Italien zurück ins Tal findet und seine Mutter auf dem Friedhof suchen muss. So findet es immerhin ein Grab.»

«Sie haben ihr demnach verziehen?»

«Natürlich. Sie hat zwar Anselmo damals in eine tiefe Schlangengrube gestürzt, aber ich habe gehofft, dass er gestärkt hinausfinden würde. Unser HERR ist gütig, wenngleich auch väterlich streng. Und wer nicht vergibt, wie soll der da um Vergebung beten?»

«Haben Sie eine Ahnung, wieso Ihr Sohn, Verzeihung, mein Ausdruck, gestern so normal wirkte wie niemals zuvor, wenn ich Sie richtig verstanden habe? Könnte es an den neuartigen Medikamenten liegen, welche die Nervenheilanstalt ihm verabreicht hatte?»

«Ach, von so was verstehe ich doch nichts. Aber glauben Sie denn nicht an Gott?» Bedauern spiegelte sich im faltigen Gesicht des Alten.

«Meine Frau und ich, wir gehen alle zwei Wochen in die

heilige Messe.» Caminada wusste, das war keine Antwort auf die Frage. «Ich bin kein Geistlicher, aber ich zweifle nicht, dass es den Herrgott gibt. Ja, und ich bete auch zu ihm, ab und an.»

Vielmehr zweifelte Caminada, wo der Herrgott denn hinschaute, wenn er wieder an einen Tatort gerufen wurde, vor allem wenn junge Menschen zu Tode kamen. Dann haderte er mit Gott. Aber zweifelsohne war die Welt durch den Herrgott erschaffen worden. Doch diese Gedanken wollte er weder mit dem alten Veranzze teilen noch bereden.

Diesem schien die Antwort dennoch Antwort genug zu sein.

«Auf jeden Fall konnte ich mit meinem Sohn reden und habe ihm geraten, sich zu stellen und Ihnen all das zu sagen, was er mir gesagt hat.»

«Und was hat er gesagt?»

«Das muss aus seinem Munde kommen, dann werden Sie es auch verstehen und vor allem glauben, so wie ich ihm.» Wortlos blickte der alte Mann Caminada einige Sekunden an, als suche er noch nach den richtigen Worten. «Möchten Sie essen, bevor Sie nach San Gaudenzio hochgehen?»

Die Frage kam unerwartet, und Caminada fühlte sich gleichzeitig ertappt, denn genau das hatte er vorgehabt, er vermutete nämlich Anselmo genau an diesem Ort.

In leicht gebückter Haltung tischte Lorenzo Veranzze Geissenkäse, Brot und Wein auf, dazu frische Tomaten und geräucherte Wurst und eingelegte Oliven.

Sorgsam brach er das Brot und sprach ein Dankesgebet.

Sie assen an dem Tisch, an dem früher die ganze Familie gesessen hatte. Caminada stellte sich die Buben von damals vor, die Eltern noch jung – und nun?

Melancholie überkam ihn bei dieser Vorstellung, denn das Haus wirkte so leer und still, und mit dem Tod des Alten würde es für immer schweigen und war doch einst so voller Leben gewesen. Es war wie überall in den hintersten Tälern Graubündens, die jungen Leute wollten weg, zogen in die grossen Orte, wo das Leben anders tickte und viel mehr versprach als nur das eine: Tradition und harte Arbeit, wenn es denn genug

Arbeit überhaupt noch gab. Zurück blieben die Alten, schwarz gekleidet wie die Zukunft der Dörfer.

Die Sonne ging bald hinter Berggipfeln, die Caminada unbekannt waren, unter, als er von der einsamen naturbelassenen Passstrasse die Wiese hochging. Die steinerne Ruine der ehemaligen Wallfahrtskirche San Gaudenzio hob sich über ihm im weichen Abendlicht ab. Da die BMW in der Stille auf der Passstrasse einen Heidenlärm veranstaltet hätte, war er vom Dorf unten die Viertelstunde hochgelaufen. Die Natur lag im Abendfrieden, Vögel sangen, und das Sonnenlicht tünchte dabei alles weich.

Die Ruine, der von aussen gesehen nur das Dach und die Tore des Eingangsportals fehlten, wirkte imposant.

Caminada trat langsam näher. Der Tschoopa verdeckte seine Waffe, doch er hatte keine Angst. «Angespannt» war das richtige Wort, weil er nicht wusste, was ihn erwartete, ob er Anselmo Veranzze überhaupt antreffen würde und, wenn ja, in welchem Zustand dieser sich befand. Womöglich war er ja mittlerweile wieder bewaffnet.

Mit hellwachen Sinnen und zunehmend von Ehrfurcht erfasst, trat er durch den torlosen Eingangsbogen in die fast dreissig Meter lange Ruine. Durch die intakten steinernen Bögen und seitlichen Fensteröffnungen warf die Abendsonne ein sinnliches Lichtschattenmuster ins Innere, als leuchte dieses von selbst. Das Grün, das überall auf dem erdigen Kirchenboden wuchs, war kräftig, da und dort stand ein Busch wie ein stiller Beter mit gesenktem Haupt, Kletterpflanzen rankten hie und da am Mauerwerk empor ins Himmelsdach.

Caminada betrat das Schiff – das Licht umhüllte ihn so greifbar, dass er es fast einatmen konnte. Es schien ihm, als könne er die uralten Gesänge der vergangenen Jahrhunderte im Innern noch immer hören.

Fünf Altäre hatten hier gestanden, so hatte er es erfahren, und er blickte auf die leeren Sockel. Der Himmel über ihm blieb golden und wolkenlos. Der Ort verinnerlichte tatsächlich etwas Heiliges, empfand er.

«Sie fühlen es auch.» Ein kräftiges Flüstern vom Eingang kommend liess Caminada weder erschrecken noch herumfahren. Langsam drehte er sich um.

Im Torbogen stand Anselmo Veranzze. Das weiche Sonnenlicht beschien nur seine linke Gesichtshälfte, die entstellte lag im Schatten. Fast schien es dadurch, als wäre sein Gesicht wieder heil.

Er trug eine dunkle Hose, darüber ein helles Hemd und einen braunen Tschoopa, letzteren offen.

«Ja. Es ist ein wunderbarer Ort.» Caminada drehte ihm wieder den Rücken zu, wie als Beweis, dass er erst mal nur reden wollte und sich nicht bedroht fühlte.

Anselmo Vernazze trat neben ihn. «Es ist unglaublich, welche Geschichte mit dieser Kirche, mit diesem Raum hier verbunden ist. So viele Menschen haben weite Wege auf sich genommen, um hier, wo wir nun stehen, zum HERRN beten zu können.»

Caminada sagte nichts – er wollte abwarten, um mehr von Veranzze zu erfahren, um so auf dessen geistigen Zustand schliessen zu können, aber er war innerlich auf alles gefasst.

«Sie kommen, um mich zu holen, Landjäger Caminada?» Veranzzes Stimme blieb weich.

«Ich bin vor allem hier, weil ich verstehen will, was geschehen ist. Noch habe ich die Kröte nicht geschluckt.»

«Sie glauben demnach, dass ich unschuldig bin?» Veranzze blickte Caminada von der Seite an. Caminada drehte sich ihm zu. Zum ersten Mal sah er kleine Gefühlsregungen in der entstellten Gesichtshälfte.

«Ich weiss nicht mehr, was ich glauben kann, ehe ich nicht mit Ihnen geredet habe.» Beide schauten sie wieder geradeaus.

«Können wir uns auf den Sockel da vorne setzen, auf dem der grösste Altar stand?» Veranzze ging voraus.

Kaum hatten sie sich gesetzt, flog ein Vogel über ihnen ins Innere und liess sich auf einem der kleineren Rundbögen nieder und drehte emsig sein Köpfchen hin und her und zwitscherte dabei munter.

«Schon immer habe ich Vögel bewundert. Sie fragen nicht nach dem Gestern und nach dem Morgen. Sie leben im Moment.» Veranzze blickte nachdenklich zum Vogel hoch und redete weiter. «Wissen Sie, es ist auch für mich nicht so einfach zu verstehen, was geschehen ist und was ich mir selbst glauben kann. Und glauben Sie mir, Letzteres ist alles andere als einfach zu ertragen», fuhr er fort. «Die Zeit im Irrenhaus ... Ich weiss ja nicht mal, wie lange ich dort war. Es war verstörend, und zugleich gegen Ende hin, so schien es mir, ordnete sich etwas in meinem Kopf, wie wenn ich mit meinem Vater das Heu in den kleinen Dachboden des Stalls schichtete, damit so viel wie möglich für den Winter Platz gefunden hatte.»

Caminada hätte gerne jetzt eine Villiger angezündet, aber er fand es unpassend und hörte nur zu.

«Die Frau hat das Käthy erschossen», platzte unerwartet Veranzze heraus.

«Sie meinen das Opfer im Meiersboden?»

«Ja, das Käthy Gruber. Das weiss ich deshalb, weil ich mich an diesem Tag wegen dieser Tänzerin dort hinten aufgehalten habe. Vom nahen Wald aus habe ich auf die Rote Laterne geblickt und gebetet. An dem Abend, es war früher Abend, da sah ich, wie das Käthy nach draussen ging, schaute ihr nach und hörte schon den Schuss und fast zeitgleich ihren Schrei. Dann folgten weitere Schüsse.»

«Sie sagen, am frühen Abend?» Caminada hatte Morgenluft gewittert, doch mit dieser Zeitangabe relativierte sich wieder alles.

«Kurz nach sechs Uhr. Ich trage keine Uhr, aber der Schatten kam soeben ins Täli, und die Berge, die ich aus dem Loch hinten sehen konnte, leuchteten gleissend in der Sonne. Aber vor allem habe ich kurz vor den Schüssen die St. Martinskirche schlagen hören – sechs Uhr.»

Caminada wusste, dass dies nicht stimmen konnte. Die Schüsse fielen erst nach acht, denn der Notruf von Hermine kam aus dem Asyl um kurz vor halb neun Uhr. Sie fuhren ja danach sofort los, und da hatte die Dämmerung bereits eingesetzt.

«Da sind Sie sich sicher?» Caminada zeigte bewusst seine Zweifel.

«Ja, wegen der Glocke. Ich zähle die Glockenschläge immer mit, wenn ich irgendwo in Ruhe bin.»

«Können Sie mir dann auch sagen, wie viele Schüsse es waren?», hakte Caminada ein.

«Nein, ich blickte auf z'Käthy, das aus der Roten Laterne kam, und hörte den Schuss, gleichzeitig sackte sie kurz zu Boden, ihr Bein war getroffen. Dann steckte ich in so einem Gefühlsdurcheinander, weitere Schüsse fielen. Ich beobachtete dann eine Frau aus dem Wald Richtung St. Hilarien eilen. Ihre Kapuze fiel dabei nach hinten, und so sah ich ihr blondes langes Haar. Und sie trug ein Gewehr.»

«War es diese Lola?»

«Von hinten sah sie genauso aus. Aber ich habe das Gesicht nicht gesehen. Mit Sicherheit war es eine Frau, nicht nur der blonden Haare wegen, auch wie sie sich bewegte.»

Caminada fing an zu kombinieren.

«Und haben Sie gesehen, was danach mit dem Käthy und auf dem Meiersboden passierte?»

«Nicht viel, nur Hermine kam schreiend heraus und ihre Hunde ...»

«War das nicht, bevor die blonde Frau geflüchtet war?»

«Ja, Entschuldigung. Sie haben recht. Und als ich die Hunde sah, floh ich auf einen Baum. Kaum war ich oben, wurde der eine sofort erschossen, die beiden anderen verzogen sich mit Hermine im Gasthaus. Das Käthy floh in der Zwischenzeit Richtung Tobel und verschwand humpelnd im Wald. Dann folgte noch ein Schuss, und mehr weiss ich nun wirklich nicht.»

Caminadas Gedanken schossen nur so in seinem Kopf herum. Das würde passen zu seiner Theorie, dass noch jemand unten an der Schlucht war und den finalen Schuss abgegeben hatte und danach sofort die Tote fortgeschafft hatte. Und die Aussagen von Hermine waren somit auch bestätigt. Einzig die Uhrzeit, die Veranzze angegeben hatte, war falsch.

Aber diese Lola!

Hatte er sie derart unterschätzt – hatte die ein lächelndes Katz-und-Maus-Spiel mit ihnen getanzt? Sie vorgeführt, als hingen sie an ihren Fäden wie Marionetten? Und wenn ja, wieso?

Die kam ja aus Zürich, was für Gründe hätte sie gehabt, um so einen Mord so weit weg ihrer Heimatstadt zu begehen? Was verband sie mit der Gruberin?

«Und was geschah mit dem Fräulein Möckli? Der ersten Toten?» Caminada versuchte die Frage sanft zu stellen. Irgendwie mochte er diesen Anselmo Veranzze, auch wenn dessen rechte Gesichtshälfte abstossend wirkte, wenn diesem beim Sprechen manchmal Speichel aus dem Mundwinkel rann. Hingegen in der linken Gesichtshälfte sah er viele freundliche Regungen. Veranzze schien gefasst, ja seltsam ruhig zu sein und diese Frage erwartet zu haben.

«Auch das war ich nicht, auch wenn ich mich an gewisse Momente in dieser Tatnacht nicht mehr zu erinnern vermag und zeitlich ein grosses Durcheinander habe, dass ich nicht mal mehr weiss, welcher Mord vor welchem geschehen ist. Im Täli sind bisher in diesem Sommer alle Abende gleich gewesen, das Wetter –»

«Aber warum haben Sie im Waldhaus diesen Mord gestanden?»

«Das geschah ja nicht von heute auf morgen. Während dieser Behandlungen und Gespräche mit den Ärzten hat einer von denen mir immer und immer wieder vorgekäut, wie der Ablauf hätte sein können, bis in meinem wunden Hirn eine seltsame Logik entstand und ich selbst daran glaubte. Dazu kamen die Medikamente, die sich anfangs wie eine Hand in meinem Hirn anfühlten, die dieses zusammenquetschten. Können Sie verstehen, was ich meine?»

«Ja, das kann ich sehr gut verstehen. Das mit dem Einreden, meine ich. Sogar bei uns auf dem Posten ist das früher öfters geschehen, sodass, wenn wir zu viel Druck auf schwache Seelen ausgeübt haben, diese die Taten zugegeben hatten, die sie nie und nimmer begangen haben konnten, wie sich danach herausstellte. Aber was geschah mit Ihrer Stola?»

«Die wurde mir aus dem Totengutkirchlein gestohlen. Ich hatte sie dort mit meinem Gewand immer sorgsam aufbewahrt.»

«Und da kann jedermann rein?»

«Ja, die Türe steht immer offen – es ist ja ein Haus Gottes, das Menschen nicht verschliessen sollen.»

«Aber Sie waren am Mordabend von Fräulein Möckli auch im Meiersboden. Warum?»

«Stimmt. Ich wollte beten für die Menschen im Täli, hoffte auf ein Wunder Gottes, doch als die ersten Gäste aus der Roten Laterne kamen, da bin ich schnell verschwunden, denn es war für den Abend somit aussichtslos.»

«Noch mal zum Fall der Gruberin. Bevor ich's vergesse, wir haben Stofffetzen Ihres Gewandes genau dort gefunden, wo auf das Opfer geschossen worden war – Hülsen und eine Patrone lagen am Boden. Somit waren Sie exakt an dieser Stelle gewesen. Wieso?»

«Das kam daher, weil ich am nächsten Tag, nach dem Mord, die Stelle finden wollte, wo auf die Frau geschossen worden war und wo ich die blonde Frau hatte flüchten sehen. Ich erhoffte mir ein Zeichen. Deshalb habe ich mich bei Tag, genauer gesagt am nächsten Nachmittag durchs Unterholz gekämpft und mir die Kratzer geholt und meine Soutane dabei zerschlissen. Auf dem Rückweg ging ich ins Totengut und habe den Rest des Tages und die Nacht dort verbracht. Als ich am Morgen über die Brücke zum bischöflichen Hof gehen wollte, da sah ich die Leiche in der Plessur und läutete die Glocke.»

Caminada wusste, an dieser Aussage stimmte etwas ganz und gar nicht – sie war schlichtweg falsch, denn dies musste einen Tag zuvor geschehen sein. Das Opfer wurde in der Dämmerung erschossen, sie waren vor einundzwanzig Uhr vor Ort ausgerückt und hatten alles bis zum Morgengrauen abgesucht und dann erst die Tote gefunden und waren danach auf Veranzze gestossen.

Caminada erklärte dies dem Diakon, der dennoch weiter darauf beharrte, dass ein Tag dazwischenläge, aber gleichzeitig zugab, dass sein Zeitgefühl in diesen Tagen etwas seltsam gewesen sei, auch jetzt noch, wenn er daran zurückdenke.

Caminada war sich hingegen sicher, Veranzze musste bereits in der Tatnacht den Abschussplatz gefunden haben. Deshalb verschwand dieser noch in derselben Nacht entweder über St. Hilarien nach Chur und von dort in das Totengut, denn an der Brücke im Tobel stand einer ihrer Landjäger, oder er war direkt hinter Hermine aus dem Täli gelaufen, als sie im Asyl

Alarm schlug, und somit, bevor sie anrückten. Aber das mit dem Tag dazwischen, das ging unmöglich auf.

Die Sonne färbte die Mauern der San-Gaudenzio-Kirche in dunkleres Gelb, die Schatten wanderten den Mauern nach oben folgend, sodass nur noch die Torbögen glommen wie die steinernen Felsen der Berggrate über ihnen.

«Und nun?» Veranzze blickte Caminada ohne Angst direkt in die Augen.

«Wir müssen dies alles zu Protokoll nehmen. Aber das macht mein Kollege Peter Marugg.»

«Glauben Sie mir denn?» In Veranzzes Augen lagen weder Furcht noch Freude – so wie bei einem Menschen, der mit etwas Unliebsamem abgeschlossen hatte, glaubte Caminada zu erkennen.

«Nicht alles. Aber ich glaube, dass Sie kein Mörder sind. Das glaube ich wirklich, aber das mit diesem zusätzlichen Tag zwischen dem Erschiessen der Gruberin und unserem Treffen im Totengutkirchli kann nicht stimmen, und das schleckt nun mal keine Geiss weg und wirft Fragezeichen auf. Trotzdem, das macht den Braten auch nicht mehr feist. Ordnen wir dies Ihrem damals verwirrten Zustand zu.» Caminada blickte auf die Uhr, es war kurz vor halb acht. «Fünf Stunden Wegstrecke liegen vor uns, wenn wir um diese Zeit nach Chur fahren.»

«Und wo soll ich in Chur hin? Ich bin doch nun irgendwie heimatlos.»

«Auch wenn Sie freiwillig mitkommen und ich an Ihre Unschuld glaube, muss ich Sie dennoch kurzfristig ins Waldhaus einliefern, bis die Ärzte bestätigen, dass Ihr jetziger Zustand stabil bleibt. Vergessen Sie nicht, seit drei Tagen nehmen Sie keine Medikamente mehr, so könnte sich Ihr guter Zustand geschwind wieder verschlechtern, und das darf nicht geschehen. Wissen Sie, ich bin kein Arzt, aber meine Frau. Auf jeden Fall sorge ich dafür, und das persönlich, dass Sie nicht mehr eingesperrt werden. Darauf gebe ich Ihnen meinen Handschlag.»

«Gut, damit bin ich einverstanden. Da sehe ich einen Weg – einen gangbaren.» Er schlug in die Hand von Caminada ein, fast so, als wären sie alte Freunde.

«Wir werden irgendwann nach Mitternacht in Chur ankommen, und ich würde Sie gerne am Montagnachmittag zusammen mit meinem Ermittlungskollegen Marugg vernehmen, der dann alles mit der Schreibmaschine festhalten wird. Das ist für uns wichtig im Hinblick auf Ihre Zeugenaussage wegen der blonden Täterin. Weil, wir dürfen nicht vergessen, der oder die Mörder laufen noch immer frei herum.»

Die Sonne stieg über die höchsten Bögen der Wallfahrtskirche, die Ruhe wurde noch tiefer, während sie den Ort verliessen.

Auf dem teils zugewachsenen jahrhundertealten Friedhof blieb Anselmo Veranzze vor dem unscheinbaren Grab seiner Mutter stehen und hielt minutenlang inne. Caminada liess ihn gewähren und hielt respektvoll Abstand. Er dachte an Jolanda, seine erste Frau, die so plötzlich gestorben war. Liebevolle Erinnerungen kamen in ihm hoch, aber auch die Gedanken zur Endlichkeit des Lebens. So schnell war es vorbei, flatterte wie ein Vogel, den man glaubte gut festgehalten zu haben, aus der Hand oder war wie der berühmte feine Sand in der Hand.

Auch Veranzze hing wie Caminada weiter seinen Gedanken nach, als sie gemeinsam der Passstrasse hinunter nach Casaccia folgten.

Vater Lorenzo trat vors Haus, um sich von seinem Sohn zu verabschieden. Die Augen des Alten umspielten Freundlichkeit und Zuversicht, als er während den Abschiedsworten die Hand auf Anselmos Schulter legte.

Caminada hockte derweil auf dem Motorrad, als Anselmo Veranzze zustieg, und drückte ihm einen Lederhelm in die Hand.

Vater Veranzze, der kurz im Haus verschwunden war, kam nun auf das Gefährt zu und steckte Caminada eine Flasche Wein in den Rucksack, zur Verpflegung, wie er sagte, dazu eine Wurst mit Brot.

«Gott sei mit euch», sprach er, bevor Caminada das Motorrad ankickte, sodass der kräftige Motor die Stille im schmalen Tal lärmend durchbrach.

Caminada fühlte sich gut. Und das lag nicht nur am Malojapass, über dem sich das letzte Dämmerungslicht geheimnisvoll still ausbreitete, während sie die ersten Steilkurven hochfuhren. Er glaubte fest daran, dass der ganze Fall als solcher einen grossen Riss bekommen hatte und nun bald zu lösen wäre. Jetzt wussten sie immerhin, die Täterin hatte langes blondes Haar, auch wenn diese vorerst nur in Verbindung zum Verbrechen an der Gruberin stand.

Eine Stunde später. Der Julierpass lag im Dunkeln.

Die vielen fast mannshohen schweren Steinkolosse, die in Dreier- bis Fünferreihen sich durch die gesamte Passsenke hin bis zu den steilen Bergflanken hochzogen und im Zweiten Weltkrieg als Panzersperren errichtet worden waren, sahen aus wie mächtige versteinerte Soldaten in Abwehrformation.

Sie hielten und vertraten sich die Beine am Ufer des kleinen Sees, als Veranzze nach oben blickte und Caminada anzeigte, es gleichzutun.

Ein klarer Sternenhimmel ergoss sich über ihnen, die Berge erhaben und stolz wie schwarze Könige, die in ihrer Gemeinsamkeit ihr eigenes Reich erschufen, um vom Sternenglanz gekrönt sich in die samtene mattschwarze Nacht zu erheben.

Mit jedem Augenblick, den Caminada länger in den Himmel sah, öffnete sich die Weite, und mehr und mehr Sterne schimmerten, als flöge er mitten hinein in die göttliche Unendlichkeit.

Im gelblichen Scheinwerferlicht folgten sie danach der staubigen Passstrasse hinunter ins Oberhalbstein – Kilometer um Kilometer durch die Nacht, begleitet vom gleichmässigen Knattern des Motors.

Je weiter sie ins Tal runterfuhren, umso wärmer wurde die Nacht. Caminada starrte angestrengt auf die Strasse, als sie aus dem Domleschg kommend ins Churer Rheintal einbogen, wo der warme Nachtwind aus Süden wehte und sie so begrüsste. Die Landstrassen führten sie mitten durch tief verschlafene Dörfer, bis endlich Chur vor ihnen auftauchte.

Um kurz nach ein Uhr in der Nacht klopfte Caminada an die Nachtpforte der wie eine Burg über Chur erhobenen Nervenheilanstalt. Es gab einige Fragen zu beantworten, und eine intensive Diskussion entwickelte sich mit dem diensthabenden Nachtarzt, doch Caminada setzte sich durch, und Veranzze erhielt ein Bett auf der freien Abteilung.

Zufrieden, sein Wort gehalten zu haben, liess Caminada das Irrenhaus hinter sich.

Menga hatte er gesagt, dass es sehr spät werden würde und sie nicht auf ihn zu warten bräuchte. Doch sie sass mit einer Tasse Tee in der Schwüle der Nacht auf der Veranda, als Walter aus Rücksicht nur im Leergang das Motorrad zum Haus hinrollen liess.

Er war mit Strassenstaub bedeckt und wusch sich als Erstes gründlich am Schüttstein in der Küche und zog sich was Frisches an, bevor er sich mit einer Tasse Malzkaffee neben seine Liebste setzte.

Beide waren sie müde. Menga lehnte sich nachdenklich an seine Schulter, sie sprachen nicht viel, genossen aber die gegenseitige Nähe. Eine Petroleumlampe spendete Licht, und der typische Duft erinnerte Walter an Samnaun.

«Alles gut gegangen, mein Liebster?» Sie strich mit der Rechten über seine Hand, die andere lag mütterlich auf ihrem Bauch.

«Ja, Menga. Und wie war dein Tag?» Er wusste, seit sie schwanger war, war sie mehr in Sorge um ihn, war noch feinfühliger als sonst, und darauf wollte er Rücksicht nehmen.

«Anstrengend. Ich bin dankbar und erleichtert, haben wir wieder genug Penicillin. So konnte ich heute jemandem das Leben retten. Ein kleiner Junge wurde von seiner Katze gebissen. Eine schlimme Wunde. Noch bis vor zwei Jahren sind einige Erwachsene in Graubünden an ähnlichen Verletzungen gestorben, und wir mussten hilflos zusehen. Aber das muss ich dir ja nicht sagen.» Sie fuhr ihm liebevoll durchs Haar.

Walter wusste nur zu gut, dass Menga in den Kriegs- und den beiden ersten Nachkriegsjahren alle Hebel in Bewegung gesetzt hatte, um sich auf dem Schwarzmarkt mit dem lebensrettenden Penicillin einzudecken. Die Alliierten, allen voran die Amerikaner, horteten alle Vorräte für sich. Nur über die uralten Saumpfade brachten es die besten Schmuggler aus Italien oder Österreich in die Schweiz und übergaben es nach der Grenze Mittelsmännern, die es ins Kantonsspital brachten, damit zumindest die Kinder im äussersten Notfall damit gerettet werden konnten. Und dies alles im Wissen des Landjäger- und der Grenzwachkorps, die diese Art von Schmuggel nicht als solchen ahndeten. Im Gegenteil, sie unterstützten, wo sie konnten.

«Und wie geht's diesem Foppa?»

«Dem geht's erstaunlich gut. Die Mutter war heute lange bei ihm. Ich sah sie in aufgewühlter Stimmung das Einzelzimmer verlassen, das die Foppas zahlen.»

«Meinst du, wir können den aus medizinischer Sicht bald vernehmen?»

«Da bin ich mir sogar sicher, denn mit der Mutter hat er ja auch geredet, und er liest schon viel.»

Walter legte seinen kräftigen Arm um ihre Schulter. «Ich passe noch besser auf mich auf als früher. Lass uns morgen den Sonntag geniessen. Komm, wir fahren mit dem Zug nach Walenstadt und wandern am Seeufer entlang und nehmen ein Picknick mit. Was sagst du dazu?» Er zog sie sanft an sich und küsste sie zärtlich auf die Stirn und genoss mit ihr die Stille der Nacht.

22

Caminada wetterte zurück, als Kübler ihn am Montagmorgen wegen seines Entscheids, was mit Veranzze weiter geschehen solle, angedonnert hatte.

Nun herrschte gespannte Ruhe. Caminada war zuvor nicht mal richtig laut geworden, aber bestimmt. Jetzt erst konnte er im Detail berichten, was passiert war und warum Anselmo Veranzze um zwei Uhr in den Karlihof kommen würde, und dies unbegleitet. Danach verliess er das Arbeitszimmer des Majors und ging ins Erkennungsdienstbüro.

Da Veranzzes Zeugenaussage von Samstag Lola stark belastete, hatte dies zur Folge, dass Marugg nochmals die Aussagenprotokolle der Zürcherin durchging. Zudem belegten auch noch immer die Fingerabdrücke auf der Patrone eine Verbindung zur Tat.

«Peter, was, wenn uns diese Lola an der Beerdigung vom Käthy an fertiga Saich verzapft hat und als Mörderin brühwarm am Grab ihres Opfers gestanden ist? Ich will gar nicht daran denken! Ihre Aussage, sie hätte die Patronen der Helvetia gegeben, ist unmöglich nachzuprüfen, denn Tote sprechen nicht.»

Marugg sagte nichts dazu, nickte nur, und Caminada wusste, dass in dessen Oberstübli etwas am Laufen war, und fragte nicht weiter nach und zog die Türe beim Rausgehen hinter sich zu, damit Marugg ungestört weiterarbeiten konnte.

Der Landjäger hockte eine Stunde später an einem der freien Schreibtische und hing seinen Gedanken zum Fall nach. Auch dachte er darüber nach, wie er an diese Schwarze Zigeunerin herankäme, die mit Sicherheit den alten Gruber erstochen hatte. Diesbezüglich konnte er den Aussagen von Ferdi Waser, dem Sippenchef in Reichenau, vertrauen, der ihm diese Annahme bestätigt hatte, nachdem Marugg den entscheidenden Hinweis dazu von diesem Gritli Moser im Täli erhalten hatte.

Von der Ergreifung der Schwarzen Zigeunerin erhoffte

Caminada nicht nur, die Mörderin von damals zur Rechenschaft ziehen zu können. Er wollte von ihr den Grund erfahren, warum sie vor sieben Jahren den alten Gruber auf dem Totengutbrückli erstochen hatte. Dies könnte Licht in den Mordfall an Käthy Gruber bringen. Doch die Zigeunerin aufzuspüren schien alles andere als einfach zu sein, auch wenn Caminada sie in den Reihen ihresgleichen finden müsste. Doch was hatte Ferdi Waser, als sie am Hinterrhein sassen, so selbstsicher gesagt? «Wer auch immer dir den Namen Schwarze Zigeunerin gesagt hat, der hat damit sein Leben aufs Spiel gesetzt. Das, was ich dir dazu sagen kann, ist Folgendes: Es wird für dich unmöglich sein, sie jemals zu finden und somit zu fassen. Absolut unmöglich. Und noch eines kann ich dir dazu sagen, gegenseitigem Respekt geschuldet: Jeder Zigeuner weiss, dass die Schwarze Zigeunerin den Gruber damals erstochen hat – jeder, wirklich jeder, und jeder weiss den Grund dazu. Aber keiner, keiner wird dir jemals ihren richtigen Namen verraten – auch ich nicht, und wenn du unser ganzes Lager abbrennen würdest.»

Caminada rieb sich sein Kinn. War die am Ende schon tot? Gerächt von den Gruber-Söhnen? War sie deshalb so unauffindbar, wie Waser es geheimnisvoll gesagt hatte?

Caminada wurde aus seinen Gedanken gerissen, als Marugg zügigen Schrittes an seinen Tisch trat.

«Walter, es hat mich einige Telefonate gekostet. Bestimmt habe ich zwanzig Stutz dafür verprassen müssen, falls der Major wettern sollte. Nun ja, aber ich habe verschiedene Mitglieder des Schützenvereins Effretikon erst ausfindig machen müssen und immerhin drei erreicht. Aber, und jetzt kommt's, Fräulein Mösch, auch eine Schützin dieses Vereins, bestätigt, dass Fräulein Lola an dem Mordtag an Fräulein Helvetia auf dem Fest gewesen war und kurz vor dem Mittagessen vom gemeinsamen Essen verschwunden sei. Das von ihr bestellte Menu sei zwar serviert worden, aber unberührt geblieben.»

Caminada verschränkte die Arme. «Soso, also doch!»

«Ja genau, so ist es mir auch ergangen. Die hat uns also in diesem Punkt angelogen, und ich frage mich, wieso?»

«Behalten wir das erst mal für uns. Ich denke, wir müssen nun sehr vorsichtig und schlau vorgehen, denn dieses Fräulein scheint mit allen Wässerli gewaschen zu sein. Du weisst, was ich meine. Und ausserdem hat sie einflussreiche Freunde in Zürich, deren Arme bis nach Chur reichen.» Caminada zündete sich eine Villiger-Krumme an.

«Und ob. Die Zeugenaussage von einem ‹Spinner› würde sowieso nicht ernst genommen, dazu ist zu viel mit Veranzze geschehen, und ihre Falschaussage wegen dem Fest nützt uns so auch nichts. Wir müssen Zusammenhänge finden und belegen, womöglich auch zu den Foppas.»

«Wir dürfen uns im Moment von niemandem in die Karten blicken lassen.» Caminada blies den Rauch zur Decke.

«Etwas war mir noch nicht klar, aber ich habe da eine Ahnung. Nehmen wir an, die Lola hat geschossen, egal, aus welchem Grund auch immer. So eine gute Schützin braucht doch nie und nimmer fünf Treffer.»

«Was uns Lola ja von Anfang an unter die Nase reiben wollte», unterbrach Caminada.

«Stimmt, und zumindest habe ich dies am Anfang auch gedacht, doch nun glaube ich, ich weiss, wieso, aber ich brauche noch einen Beweis. Also, ich habe eine Idee …»

Marugg erzählte Caminada im Detail, was er vorhatte.

Caminada hörte Marugg gespannt zu und sprach danach kurz mit dem noch immer grimmigen Major, der aber dem vorgebrachten Vorhaben zustimmte.

Nach diesem Gespräch sammelte Caminada alle Mann, die sie entbehren konnten, und sie fuhren auf ihren Fahrrädern oder Pfüpflis ins Täli und hoch zum Meiersboden.

Hermine, die die Rote Laterne wieder eröffnet hatte, zwei neue Serviertöchter hatten ihre Stellen bereits angetreten, kam aus dem Gasthaus auf Caminada zu. Dass sie sich über den Einsatz wunderte, stand in ihrem Gesicht geschrieben. Caminada winkte ihre Fragen damit ab, dass es laufende Ermittlungen seien, registrierte aber eine gewisse Unruhe bei der Wirtin, was ihm nur recht war.

Acht Mann begannen damit, im von Marugg markierten Bereich Baum um Baum zu kontrollieren und mit einem weissen Kreuz aus Kreide diejenigen zu kennzeichnen, die der Kontrolle unterzogen worden waren.

Das Ganze dauerte über zwei Stunden, ehe Marugg auf Caminada zukam. «Walter, genau, wie ich es mir gedacht hatte. Wir haben keinen einzigen Einschuss in einem der Bäume finden können, und keine Rinde ist beschädigt. Die Gruberin wurde mit an Sicherheit grenzender Wahrscheinlichkeit bewusst mehrmals nur angeschossen, damit wir glauben mussten, dass ein schlechter Schütze am Werk gewesen sei. Doch der letzte Schuss musste aus fast zweihundert Metern Entfernung abgegeben worden sein, und das auf ein sich bewegendes Ziel, wenn man dies so ungeschönt sagen will – und dieser war der Herztreffer. Ein Meisterschuss, und das schafft nur jemand mit grossem Können.»

«Richtig – oder eben, es muss noch jemand im Spiel gestanden haben, der sie in seine Schusslinie gejagt bekam und sie mit dem insgesamt fünften, aber nur dem einzigen Schuss, den er abgab, niedergestreckt hatte. So wäre es zudem auch möglich gewesen, die Gruberin danach schnell vom Ort wegschaffen zu können, denn Fräulein Lola hätte nie und nimmer die Tote alleine in die Plessur schleiken können, dazu hätte sie eine starke Person gebraucht.»

«Und falls sie Hilfe von ihrem Freund, diesem Schnösel, bekommen hatte? Ich meine, nur für das Verschwindenlassen der Leiche?»

«Von dem? Der kann bestimmt nicht mal ein totes Hündlein tragen, vom Schiessen gar nicht zu sprechen.» Caminada winkte lachend ab.

«Wenn du dich da mal nicht täuschst», warnte Marugg. «Der mag nach aussen keinen Schneid haben, aber vielleicht ist er so ein Hinterfotziger, der mit purer Bosheit und Berechnung im Leib vorgeht. Vielleicht hat er sich nur so gegeben, tat so, als hätte er vom Umgang mit einem Gewehr keine Ahnung! Und du, Walter, du hast mir in den letzten beiden Jahren eines beigebracht – traue immer jedem alles zu.»

«Gut, dass du mich daran erinnerst. Ja, du hast natürlich

recht, und wie du siehst, stolpere auch ich immer wieder über meine eigenen und einfachsten Grundsätze.»

Gemeinsam fuhren die zehn danach die Strasse ins Täli hinunter. Vor der Gerberei hob Caminada die Hand, das Zeichen zu halten.

«Dreht jeden Stein um, jedes stinkende Fell und blickt in jeden Schuh», rief Caminada so laut, damit hinter dem rostigen Maschendrahtzaun auch die Grubers, die auf dem angrenzenden Schrottplatz mit Wellblechbearbeiten beschäftigt waren, es hören mussten.

Was genau sie suchten, wussten sie nicht, aber Geld und alles, was irgendwie im Zusammenhang mit dieser Möckli stehen konnte, hofften sie zu finden. Und sonst wollten sie immerhin ein Zeichen setzen, dass die Ermittlungen in vollem Gange seien. Das hatte schon manchen Täter nervös werden lassen und damit zu Fehlern verleitet.

Caminada, der auch gleich mit der Durchsuchung beginnen wollte, blieb bewusst noch einen Moment in der Nähe des Zaunes stehen und rauchte seine Villiger weiter, als Simmi auf ihn zukam und fragte: «Und, Landjäger?»

Caminada handelte aus einer Eingebung heraus, er wollte es wagen, es musste einfach stimmen. «Was euren Vater anbetrifft, da sind wir weiter mit der Tätersuche.»

Die Überraschung konnte Simmi nicht verbergen. «Ach was? Und das sagst du mir einfach so beiläufig hier am Zaun stehend, als ob nichts dabei wäre? Wer ist es gewesen?»

«Es ist ja auch nichts Besonderes, zumal nicht für euch, denn ihr wisst es schon lange. Tue also nicht so scheinheilig. Und nun wissen wir es auch.» Caminada blickte streng zu ihm hoch und schob sich seinen Hut zurecht, obwohl der Wind nur schwach vom Loch her wehte.

Caminada sah es am Gesicht von Simmi, dass er recht hatte, weil der Simmi war vom Typ her keiner, der sich lange rausschnorren konnte, dafür war er zu einfach gestrickt.

«Die Schwarze Zigeunerin.» Caminada nickte beim Namensagen. «Siehst du, Simmi?»

«Aber einen Namen dazu habt ihr sicher nicht.» Simmi versuchte seine Überraschung zu überspielen.

«Nein, noch nicht. Aber sag du mir, wem ihr damals, ausser dem Capaul, noch auf die Füsse getreten seid. Mit Sicherheit einem Zigeuner. Also spuck's aus, dann geht's für uns beide schneller.»

Simmi sagte keinen Ton, er schien krampfhaft zu überlegen.

«Simmi, wenn mein Vater da unten gelegen hätte, dann würde ich alles tun, um den Fall zu lösen, auch wenn er in was verwickelt gewesen ist, das ihn zu einem Schuldigen machte. Und falls ihr als Söhne in dem damaligen Verbrechen von ihm mit drinsteckt, werden wir Lösungen suchen.»

Simmi schwieg. Caminada wusste, der brauchte etwas Zeit, war nicht der Schnelldenker, und reichte ihm eine Villiger über den Zaun, während die anderen Landjäger in der Gerberei alles auf den Kopf stellten.

Plötzlich begriff Caminada, was los war: Der mächtige Simmi hatte Angst! Wenn sein Vater schon ermordet worden war und sie in den sieben Jahren noch immer keine Blutrache genommen hatten, dann bedeutete dies nur eines – die Grubers hatten sich zu fügen, wem auch immer.

«Was ich dir vorschlagen kann, Simmi, ist Folgendes: Das, was du mir jetzt sagst, kommt in kein Protokoll, der Einzige, der davon erfährt, ist Peter Marugg, der Rothaarige mit der Brille, wenn er sie dann wieder hat. Ich weiss, solche Informationen sind für uns alle heikel. Aber denk daran, so könntest du trotzdem auf eine besondere Art die Schuldigen am Tod deines Vaters ausliefern, und nur ich und Marugg wären diejenigen, welche es ans Tageslicht gebracht hätten.»

Sie rauchten schweigend. Simmi machte keine Anstalten, auch nur ein Wort darüber zu verlieren.

«Weisst du was, Simmi? Peter Marugg würde deine Information, wenn ich sie dann habe, als Ergebnis der Ermittlungen sogar in die Protokolle aufnehmen, wir flechten was zusammen, damit ihr niemals in Verdacht geratet.»

Simmi schwieg weiter, hob zum Dank die Villiger-Krumme in die Höhe, drehte Caminada den Rücken zu, lief in die Schreinerei und liess die alte Eingangstüre hinter sich ins Schloss fallen.

Caminada war nicht unzufrieden, der Samen war gesät …

In der Gerberei stank es abscheulich, sodass Caminada das Tränenwasser kam. Der Fäulnisgestank und die Säuren, dazu der schmierige Boden – ein grausliges Bild. Gut, mochten weder er noch Menga Pelz.

Als Caminada später im ersten Stock des kleinen Wohnhauses die Kammer von Schwinta-Hitsch durchsuchte, blickte er aus dem Fenster zum fünfzig Meter entfernten Sassalbrückli, während er die Pälka kontrollierte. Hinter der Stützmauer linste Hermine hervor. Er winkte ihr zu, damit sie wusste, dass er sie gesehen hatte.

Bis kurz vor Feierabend stellten sie alles zunderobsi und fanden dennoch nichts, als Schwinta-Hitsch mit seiner BMW auf den kleinen Vorplatz fuhr und gleich loswetterte.

Caminada trat wie immer selbstbewusst vor ihn, die anderen Beamten machten sich bereit, um abzuziehen.

«Ich hoffe, ihr habt keine Sauerei gemacht.» Schwinta-Hitsch stemmte lässig seine Hände in die Hüfte und gab sich betont selbstsicher.

«In einem Schweinestall bleibt die Sauerei nicht lange aus», konterte Caminada.

«Und ich wette um meinen Töff – ihr habt rein gar nichts gefunden», antwortete Schwinta-Hitsch hämisch grinsend.

Da trat Marugg aus dem Hintergrund hervor. «Ja, weil in diesem Fall auch nichts da war.»

Caminada wurde stutzig, versuchte sich nichts anmerken zu lassen.

Marugg ging an das Motorrad und nahm es genau in Augenschein und blickte dabei immer wieder auf Schwinta-Hitsch.

«Das, was wir suchen, haben Sie uns soeben gebracht. Das finde ich aber sehr zuvorkommend von Ihnen.» Er zog den Zündschlüssel ab und lächelte freundlich dabei, als wäre alles in Butter.

Schwinta-Hitsch konnte seine Verblüffung darüber nicht

verbergen, und der weiter höfliche Ton von Marugg schien ihn zusätzlich aus dem Konzept zu bringen.

Marugg ging zum rostigen Maschendrahtzaun und rief den Grubers, die ihm einen Schlüsselsatz Werkzeug über den Zaun reichten, welches er, wiederum höflich, verdankte.

Fingerfertig löste Marugg den Sattel des Töffs. Begleitet von Beschimpfungen und unter Protest des Schwinta-Hitsch zog er sich erst die Gummihandschuhe über, bevor er einen Geldseckel mit einem Bündel Geld darin und ein vergilbtes Couvert darunter hervorholte.

«Das ist mein Geld, das habe ich mir von der Schnorra abgespart. Das ist Diebstahl, wenn ihr es beschlagnahmt.» Bedrohlich baute er sich vor Marugg auf, als Caminada mit einem grossen Schritt an die beiden herantrat. Mit seinen über ein Meter achtzig überragte er beide um einen halben Kopf.

«Für das ist aber deine Schnorra noch zünftig gross, wenn du es dir von dieser abgespart haben willst.» Caminada klopfte Marugg anerkennend auf die Schulter, während Schwinta-Hitsch auf Abstand ging.

Marugg öffnete den Briefumschlag und nahm zwei Schreiben hervor und las darin, als Schwinta-Hitsch wie ein geölter Blitz das Weite suchte und Richtung Sassalbrückli türmte. Die Angst verlieh diesem scheinbar Flügel. Vier der Landjäger eilten wie das Bisiwetter hinterher, als wie aus dem Nichts heraus die stämmige Hermine sich dem Flüchtenden in den Weg stellte und ihn zum Straucheln brachte.

Mit den Händen auf dem Rücken gefesselt brachten sie ihn zurück und stellten ihn vor Caminada hin.

«Habe ich es dir nicht schon gesagt? Für dich ist ein Zimmerchen im Güggi reserviert. Nun gibt's gesiebte Luft und Schmorbraten nur noch in der Phantasie. Die Runden mit deiner BMW kannst du dann im kleinen Innenhof des Sennhofs drehen.» Caminada drehte sich zu seinen Landjäger-Kameraden um. «Abführen, und den Töff beschlagnahmen wir auch gleich.»

Marugg reichte das Werkzeug über den Zaun hinweg Simmi dankend zurück. Caminada und er verliessen danach als Letzte den schäbigen Vorplatz der Gerberei.

«Wieso hast du dies gewusst?», wunderte sich Caminada am Strassenrand stehen bleibend.

«Ich wusste es nicht. Aber als der Schwinta-Hitsch derart geprahlt hat, dass wir mit Sicherheit nichts gefunden hätten, da hat er mir damit auch verraten, dass es woanders sein muss. Die BMW ist sein Ein und Alles, da habe ich es mit einem Bluff versucht, und als ich seine Reaktion gesehen habe, da wusste ich's.»

«Siebasiach! Ich sag's ja immer wieder und nicht ungerne – Siebasiach.» Caminada lachte. «Häsch guat kmacht, Peter.»

«Ein bisschen Glück spielte auch mit. Komm, setz dich kurz auf den Stein dort hinten. Ich möchte dir etwas unter vier Augen sagen, noch bevor wir losfahren. Es geht um die beiden Schreiben.»

Die Feierabendstimmung lag friedlich im Schatten-Täli – die Plessur rauschte leise, Chur leuchtete nur wenige hundert Meter vor ihnen hell auf, nur der Gestank der Gerberei lag drückend schwer in der Luft und trübte das friedliche Bild.

«Erstens, das Geld werde ich auf Fingerabdrücke aller Beteiligten untersuchen», begann Marugg. «Ich habe vom toten Stadtpräsidenten und der Helvetia welche noch am Tatort abgenommen. Aber ich kann dir schon jetzt sagen, was passiert ist, warum die Möckli tot ist. Aber es macht trotzdem alles noch komplizierter.»

«Ach was?» Caminada mochte sich nicht setzen und blieb weiter am Strassenrand stehen.

«Das vertrauliche Schreiben ist eine Aufstellung eines Geschäfts im Zusammenhang mit dem Eidgenössischen Schützenfest. Es geht jeweils um einen einzigen Rappen.»

«Nur um einen Rappen? Aber da kommt ja keiner weit.»

«Um vermeintlich einen Rappen.»

«Jetzt klär mich auf.»

«Über sechzigtausend Schützen nehmen doch am Eidgenössischen teil. Hundert Schuss erhält jeder für seinen Unkostenbeitrag, das gibt sechs Millionen Schuss. Und wie ich sehe, hat das Komitee des Schützenfestes den Verkauf der Patronen dem hiesigen Büchsenmacher Capaul zugesprochen – Helvetias Vater. Ist bestimmt ja nichts Ungewöhnliches, dass man die austragende Region berücksichtigt. Aus den Dokumenten geht hervor: Helvetia hat einen Rappen pro Patrone zusätzlich über einen fiktiven Zwischenhändler aufgeschlagen, was einen Betrag von sechzigtausend Franken ergibt, und das floss in ihre eigene Tasche.»

«Das ist ja eine Riesensumme!» Caminada fasste sich ans Kinn.

«Ja, und sehr gut getarnt eingeheimst. Jeder Schütze hat nur einen einzigen Franken mehr ausgegeben, und das merkt nicht mal der ärmste Siach. So gab's keinen Unmut, aber auf die riesige Anzahl Teilnehmer kam's an. Das Geld floss vom fiktiven Zwischenhändler hälftig zu Cadlini, hälftig zu Helvetia, die das zusammen eingefädelt hatten. Gestohlen haben sie den Betrag streng genommen dem Eidgenössischen Schützenfest.»

«Aber wieso haben die beiden sich überhaupt zusammengetan?»

«Das steht auch in dieser Vereinbarung drin. In den schlechten Kriegsjahren und vor allem in der Zeit, als der Gruber den Schwarzmarkt mit Schnaps überschwemmt hat, da kamen die Capauls in die Schulden. Cadlini ist persönlich eingesprungen, natürlich mit horrenden Zinsen und Zinseszinsen. Und so bekam der nun fünfzigtausend der sechzigtausend, zehn blieben der Helvetia, die somit die Schulden getilgt hatte. Das Doppel des offiziellen Schuldbriefes siehst du hier.» Marugg reichte ihm das zweite Blatt. «Offiziell hat Cadlini, dem geheimen Schreiben entnehmend, auf eine Schuldrückzahlung verzichtet, da das Geld ja nur in bar zwischen den beiden geflossen ist, um keine Spuren zu hinterlassen.»

«Ach, jetzt verstehe ich. Als die Möckli den Geldseckel vom Cadlini stahl und gleichzeitig die Taschen des Tschoopas leerte, nahm sie auch diesen Umschlag mit den Schreiben darin mit, und da die nicht auf den Kopf gefallen ist, hat auch die rechnen können.»

«Präzis, und als Cadlini den Verlust bemerkte, versuchte er einen Kuhhandel mit ihr einzugehen, deshalb gab's auch keine Anzeige. Stell dir vor, das wäre aufgeflogen, so kurz vor dem

Schützenfest! Beide wären ihren Ruf los gewesen und im Gefängnis gelandet.» Maruggs Gesicht zeigte Fassungslosigkeit. «Und noch was, Walter: Das geheime Schreiben hier ist nur eine Kopie. Man sieht es am Druckbild. Das Original hat entweder Cadlini vernichtet oder zur Seite geschafft. Der war sich sicher, dass er mit der Zahlung nicht mehr angreifbar war. Er hat aber eines vergessen: In Chur gibt's zwar erst seit drei Wochen den ersten Kopierer – einen im Archiv der Neuen Bündner Zeitung. Ich habe diesen gesehen, als ich wegen dem Foppa-Bild dort gewesen bin. Der Mitarbeiter hat mir voller Stolz gezeigt, wie die Wundermaschine funktioniert, was sie kann. Da werden bald Durchschläge Schnee von gestern sein», ereiferte sich Marugg. «Aber im Unterland sind diese schon mehrere Monate auf dem Markt. Die hatte bestimmt vor dem Kuhhandel in Zürich eine Kopie anfertigen lassen.»

«Das scheint mir alles mehr als logisch. Aber jetzt sag mir, wie schliesst du nun auf den Mörder der Möckli?»

«Die Möckli war eine Schneddertante, und ich bin sicher, die hat nicht nur der Lola von dem Geld erzählt. Auch der Schwinta-Hitsch bekam es zu Ohren. Der wollte an das viele Geld und hat sie deswegen umgebracht. Mit der Stola versuchte er den Verdacht auf Veranzze zu lenken. Hier von seiner Gerberei aus sieht er den doch jeweils hinten in den Meiersboden verschwinden.»

«Und deshalb haben auch die Hunde nicht angeschlagen, denn die kannten den doch bestens.»

«Genau. Und da Schwinta-Hitsch das Geld von der Möckli nach oder vor deren Ermordung stahl, konnten wir weder den Umschlag noch das Geld in ihrer Kammer finden. Und wenn ich jetzt noch Fingerabdrücke von Cadlini oder Helvetia, Möckli und Schwinta-Hitsch auf dem Geld finde – hab schnell durchgeschaut, es sind noch über fünftausend Franken drin –, dann ist der Laufweg des Geldes somit bewiesen.»

Caminada nickte mehrmals anerkennend. «Das wird wohl so sein. Ein fataler Diebstahl, eine Aufdeckung eines unehrlichen Geschäfts und ein Mord aus Habgier. Aber eines muss uns beiden klar sein, der Schwinta-Hitsch wird alles abstreiten, behaupten, er sei weiss der Geier auf welchem Weg zum Geld gekommen. Da müssen wir uns was einfallen lassen, sonst gibt's einen mühsamen Indizienprozess.»

«Sehe ich auch so. Aber wieso das Käthy, die Helvetia und der Cadlini sterben mussten, wie die Lola in den Fall verwickelt ist und warum der junge Foppa angeschossen wurde, bleibt weiterhin unklar. Und ob die Schwarze Zigeunerin eine Rolle im Ganzen spielte, ebenso.»

«Stimmt, Peter. Und was die Hermine wusste, kommt noch obendrauf. Aber wir sind dennoch einen grossen Schritt weiter. Sobald du das mit den Fingerabdrücken geklärt hast, nehmen wir den Schwinta-Hitsch ins Verhör.»

Im Restaurant Zollhaus kehrten sie auf dem Rückweg nach Chur ein. Beide bestellten einen Käse-Wurst-Salat und ein Bier, dazu ein Stück Bauernbrot.

Nachdem Caminada den Teller mit dem letzten Stück Brot sauber ausgewischt hatte, rief er Oberstaatsanwalt Berther an, der soeben sein Amtszimmer verlassen wollte.

Caminada hatte bisher gute Erfahrungen mit dem Mann gemacht und vertraute ihm deswegen. Die neuen Erkenntnisse durften keinesfalls raussickern, das Schützenfest lief noch, und eine vorschnelle und öffentliche Beschuldigung des Fräulein Helvetia als Betrügerin käme einer Selbstgeisselung gleich. Deshalb trafen die beiden Berther in dessen Amtszimmer, durch das die milde Abendsonne schien, und unterrichteten ihn über den aktuellen Stand. Seine Verwunderung war wie erwartet genauso gross wie die von Caminada und Marugg, als sie es in Erfahrung gebracht hatten, und sie vereinbarten gemeinsam eine entsprechende Vorgehensweise.

Allen Landjägern im Landjägerkorps war zwar grundsätzlich zu trauen, doch nicht alle konnten auf der Schnorra hocken, und so wurde schon öfters das eine oder andere mehr oder weniger ungewollt nach aussen gestreut.

Caminada wusste, eigentlich hätte er jetzt dem Major zu rapportieren, doch er würde dies dann später in einem Aufwisch erledigen. Sowieso musste er sich nun umgehend mit

Landjäger Maissen treffen, um etwas, was ihm auf dem Magen lag, zu besprechen.

Es war kurz nach zwanzig Uhr, als Caminada sich mit Landjäger Maissen zum Bier traf. Sie sassen draussen auf der Terrasse des «Churerhofs». Zuhinterst an einem Tisch, wo sie ungestört reden konnten, ging Caminada die Fragen an.

«Reto, du warst doch mit dem Gruber-Fall damals betraut worden.»

«Ja, aber ich habe dir doch schon längst alles gesagt. Wir durften nicht weiterermitteln. Es war mitten im Krieg, und der Gruber hatte sich sein eigenes Grab geschaufelt. Ich habe einige der Tälibewohner befragt, des Rapports wegen, und das war's aber auch schon.»

«Ich weiss, ich weiss. Aber vielleicht habe ich dir auch die falschen Fragen gestellt, als wir darüber sprachen.»

«So?» Maissen, der einen zünftigen Schnauz und seit Kriegsende wieder eine kleine Wampe trug, die sich unter seiner Uniform wölbte, schien erstaunt.

«Mit wem hatte er damals denn Geschäfte gemacht, oder, anders gefragt, wer war seine Konkurrenz gewesen? Hatte er sich mit einem Zigeuner angelegt?»

«Ach, der hatte ja einige krumme Geschäfte am Laufen, handelte mit Kupfer, Schnaps und Holz im Gegensatz zu den richtigen Zigeunern, die handeln vorwiegend mit Gold und Antiquitäten. Doch davon liess er die Finger, soviel ich weiss. Verstand wohl zu wenig davon.»

«Gab's niemand, dem er wie dem Capaul auf die Füsse getreten war?»

«Also, der einzige Jenische, den ich kenne, der damals auch geschnäpselet hat, das ist der Paul Sablonier. Aber der haust im Domleschg.»

«Was ist das für einer?»

«Paul Sablonier? Hat damals auch Schnaps schwarz gebrannt, in der roten Fabrik in Cazis. Eigentlich nicht Grubers Gebiet. Mit dem gab's sozusagen nie Probleme. Ich war ja, bevor ich hier in Chur zugehörig wurde, fürs Domleschg eingeteilt. Und du weisst ja, wir können nicht jedem auf die Füsse tschalpen, der ein wenig brennt. Denn die brennen eine Woche später sowieso wieder das Zeugs, und Sabloniers Ware war ausserdem erstklassig und hielt sich im Rahmen.»

«Und was macht der heute?»

«Der hat nach dem Krieg tatsächlich wie der Capaul eine Lizenz zum Brennen bekommen und geschäftet noch immer dort. Und er hat eine wunderschöne schwarzhaarige Tochter, die mit ihm in der roten Fabrik die Geschäfte am Laufen hält. Sonst frag mal Luzius Schmidt, den Landjäger vom Domleschg.»

Caminada war wegen der schwarzhaarigen Tochter hellhörig geworden, behielt aber jede Reaktion für sich und hakte bewusst dazu nicht nach. «Und noch was anderes. Du bist gut befreundet mit den Capauls, habe ich gehört?»

«Stimmt, seit vielen Jahren zwangsläufig schon. Die alte Capaul ist eine meiner Schulkameradinnen gewesen, zwar mehrere Klassen über mir, doch dies spielte keine Rolle. Sie bleibt sowieso die Cousine väterlicherseits.»

«Hast du mit ihnen nach dem Tod ihrer Tochter schon gesprochen?»

«Ja, aber inoffiziell, also nicht im Dienst. Sie waren beide am Boden zerstört. Wen wundert's.»

«Und haben sie eine Vermutung, wer etwas so Böses im Schilde führte?»

«Aber du hast sie doch auch schon befragt?»

«Ja, aber ich will nur wissen, ob sie dir vielleicht etwas mehr gesagt haben als uns. Wir haben zudem nur mit dem Capaul reden können, die Mutter war krank.»

«Nein, auch ich weiss nicht mehr. Wie ein Blitz aus heiterem Himmel hat es sie getroffen. Und nein, sie haben sich alles schon hinterschi und fürschi überlegt und kommen auf den immer gleichen Schluss – sie wüssten niemanden, ausser vielleicht neidische Konkurrenz, die ihr so was antun würde. Ich habe den beiden nicht mehr sagen können, als dass wir uns nach der Decke strecken, um den Täter alsbald zu finden, und was der Ermittlungsstand ist.»

Caminada gab sich mit diesen Informationen zufrieden,

schnitt aber ein weiteres Thema an. «Was sagst du dazu, dass du und andere vor sieben Jahren den Gruber hochgenommen habt, und das mit gezinkten Karten, um den Capauls zu helfen?» Caminada wischte sich den Bierschaum von der Oberlippe.

«Volltreffer. Ja, so war es auch. Die Grubers haben Capauls derart versucht ins Schlawittli zu nehmen, und es ist immerhin meine Cousine. Als deren Brief an den Stadtratsausschuss, sprich auch Cadlini, ging und er mit dem an mich gelangte im Wissen um den Verwandtschaftsgrad, da habe ich die Aktion gezielt geplant, um die Grubers auszuhebeln und denen zu zeigen, wo Gott hockt. Aber daraus mache ich auch keinen Hehl.»

«Na ja, ist euch ja mehr als nur gelungen.» Näher wollte Caminada nicht darauf eingehen. Die Sache war erledigt, und es war seither schon viel Wasser den Rhein runtergeflossen.

23

Am nächsten Morgen fuhr Caminada um halb sieben Uhr in der milden Morgensonne los. Marugg hatte ihn wie abgemacht um Viertel nach sechs angerufen und sich dabei mächtig verschlafen angehört. Marugg schätze gegen Abend mit allen seinen Untersuchungen durch zu sein, berichtete er und legte sich nochmals hin. Caminada schimpfte ihn spasseshalber eine Schnarchnase, denn er selbst stand immer um halb sechs Uhr in der Früh auf und genoss seinen Kaffee und eine Villiger, und das im Sommer, wenn immer möglich, auf der Veranda oder im Garten sitzend.

Über eine Stunde war Caminada auf seinem Pfüpfli auf den staubigen Landstrassen unterwegs gewesen, mit einem Motorrad wäre es in zwanzig Minuten zu schaffen gewesen, hatte er ausgerechnet, als er endlich vor Cazis ankam.

Die alte, stillgelegte rote Fabrik war von Weitem zu sehen. Es war nicht das einzige schäbige Gebäude in der heruntergekommenen Gegend, doch das mit dem höchsten Kamin. Verlotterte Schuppen, verlassene Häuser und ein der Zeit überlassener Schrottplatz säumten die Strasse und zeugten vom Niedergang der Gegend. Der baufällige Schlot der roten Fabrik ragte wie ein Mahnmal in den Himmel. Es war mal eine florierende Ziegelei gewesen, in der sich nun Paul Sablonier betätigte.

Caminada fand ihn in der alten Fabrikhalle, durch deren schmutzige und teilweise kaputte Fensterscheiben und Löcher in der Fassade die Sonne ihr Licht warf. Aus dem mit Rissen durchzogenen Betonboden kämpften sich Blumen ins Leben.

Allerlei lagerte in der grossen Halle verteilt, und das erstaunlich ordentlich – Metall, Holz, Werkzeuge und ein zwanzig Meter langes Regal mit vielen Ersatzteilen gefüllt mittendrin und darin alles fein säuberlich beschriftet und sortiert.

«Wie kann ich helfen?» Der Mann, der das fragte, war durchschnittlich gross und trug eine ordentliche Wampe und zwei

Goldzähne im sonst intakten Gebiss. Sein Gesicht war unscheinbar wie sein Auftreten.

«Sie sind?» Caminada zog seine Ausweiskarte, um seine Frage zu legitimieren.

«Paul Sablonier, und das hier ist sozusagen mein Geschäft.»

«Und was genau ist Ihr Geschäft?»

«An- und Verkauf aller möglichen Dinge und Waren, die jemand brauchen könnte, und ich führe ein umfangreiches Ersatzteillager.» Er schwenkte mit der rechten Hand zum langen Regal.

«Und das tun Sie schon lange hier?»

«Seit die Fabrik im Ersten Weltkrieg geschlossen wurde und sich niemand um das Gebäude gekümmert hat. Aber jetzt möchte ich gerne wissen, was Sie von mir wollen.»

«Darf ich mich erst mal umsehen?»

«Wieso auch nicht?» Sablonier trat symbolisch einen Schritt zurück, als müsste er Caminada Platz machen.

Der Landjäger ging durch die grosse Halle mit den kleinen Nebenräumen. Vor einer baufälligen Treppe in den Keller blieb er stehen.

«Brennen Sie Schnaps?» Seine Nase hatte es ihm bereits verraten.

«Ja. Und weit und breit den besten. Eine kleine Probe gefällig?»

«Vielen Dank, für so Hochprozentigen bin ich zu sehr im Dienst. Sie haben eine Lizenz?»

«Jawohl.»

«Seit wann?»

«Seit Ende des Krieges – fürs Domleschg und bis hoch ins Rheinwald darf ich verkaufen.»

«Kennen Sie den Gruber, den Schnapsbrenner aus Chur?»

«Der ist aber schon längst tot?»

«Genau.»

Eine etwa dreissigjährige Frau kam in diesem Moment im Lichtschattenspiel der Fabrikhalle auf die beiden zu. «Guten Tag.» Sie blieb freundlich, aber auch reserviert vor Caminada in einem Lichtkegel Sonnenschein stehen.

«Das ist Landjäger Caminada aus Chur. Und das ist Marietta, meine Tochter», machte Sablonier die beiden bekannt.

Wenn Caminada eine schöne schwarzhaarige Zigeunerin hätte beschreiben müssen, dann wäre es diese Marietta gewesen – ihr Haar pechschwarz, ihre Haut braun, Goldreifen zierten ihre Handgelenke. Aus den dunkeln Augen stachen Wachheit und Freundlichkeit hervor. Sie war zudem nur etwas kleiner als Caminada und von guter Statur. Sie wirkte von der Art her wie die Zirkusartistin, die er vor Jahren in einer Vorstellung gesehen hatte.

«Wir hatten schon länger keinen Landjäger hier.» Mariettas schöne Zähne kamen bei ihrem Lächeln zum Vorschein. «Ich hoffe, mein Vater konnte Ihnen weiterhelfen.»

«Wir sind noch nicht so weit. Ich wollte soeben fragen, wie ihr vor sieben Jahren mit dem alten Gruber zurande gekommen seid. Der hatte ja einigen das Wasser mit seiner Schnapsbrennerei abgraben wollen.»

«Das ist lange her, und seine Verhaftung, aber vor allem sein Tod haben das Problem ja gelöst», gab Marietta unaufgeregt zur Antwort.

«Er hat aber versucht, euch das Geschäft kaputtzumachen.»

«Ist das nicht Schnee von gestern? Ausserdem ist es ein offenes Geheimnis, dass wir damals auch schwarzbrannten. Die Grubers sind deshalb eines Tages hier angekommen und machten uns einen ‹Vorschlag›, doch dieser hätte unsere Existenz bedroht.»

In diesem Moment hörte Caminada seltsame Rufe, Schreie, ähnlich solcher, wie in der Irrenanstalt jeweils zu hören waren.

Er blickte die beiden an.

«Kommen Sie. Sie sind einer der Sorte, die sonst ja keine Ruhe geben.» Marietta ging aus dem grossen Tor, an einer langen Fassade eines von Bäumen und Gesträuch zugewachsenen Seitentraktes entlang, in dem keine der alten Fensterscheiben noch ganz war, hin zu einem kleinen Haus.

Das Schreien wurde lauter. Im Garten sass im Schatten eines Zwetschgenbaumes ein junger Mann und stierte vor sich hin.

«Das ist Melitto. Mein Bruder.» Sie stand neben diesen hin.

Nur träge hob dieser den Kopf. Caminada sah sofort, dass er geistig schwer behindert war.

«Nun gut. Der Tod von Gruber hat ihn zwar nicht wieder gesund gemacht, aber seine Strafe hatte er erhalten», gab sie zum Erstaunen von Caminada unumwunden und selbstsicher zu.

«Was ist passiert?» Der Anblick des jungen Mannes machte Caminada betroffen.

«Melitto war alleine in der Fabrik, als die Grubers ihr ‹Angebot› auf diese Weise nachbessern wollten. Wir fanden ihn bewusstlos am Boden liegend. Das ist passiert!»

«Und Sie haben deshalb Rache geübt, den Gruber getötet? Sind Sie also die Schwarze Zigeunerin?» Kaum hatte Caminada es gesagt, kam er sich dümmlich vor.

Marietta lachte herzhaft. «Dass er tot ist, dagegen habe ich rein gar nichts einzuwenden. Im Gegenteil, aber mehr sage ich dazu nicht. Sie sind ein Landjäger, und wäre ich die Schwarze Zigeunerin, würde ich es Ihnen doch niemals verraten. Ausserdem würden Sie das Geheimnis um sie nicht verstehen und schon gar nie lüften können.»

Caminada wusste, was sie ihm sagen wollte. Er würde nie in die Welt der Zigeuner gehören. Der Zusammenhalt war einfach zu gross und für Aussenstehende nicht zu begreifen.

«Gut, somit kann ich mir in etwa dennoch ein Bild von der Geschichte von damals machen. Haben Sie gewusst, dass nun Alois Grubers jüngste Tochter an selber Stelle tot aufgefunden wurde wie ihr alter Herr?»

«Ja, das habe ich auch erfahren, und es wundert mich genauso wenig, wie dass der Alois für seine Taten zahlen musste. Und, ich sag es Ihnen gerne, Ihr Name, Herr Landjäger Caminada, hat einen Wert bei uns Jenischen, Zigeunern oder Fahrenden – wie auch immer ihr uns nennen wollt. Deshalb und nur deshalb kann und will ich Ihnen etwas sagen: Der zweite Mord hat nichts mit der Schwarzen Zigeunerin zu tun. Das können Sie mir gerne glauben.» Ihr stolzer Blick verriet Caminada, dass sie die Wahrheit sprach.

Melitto schrie verzweifelt auf. Liebevoll strich Marietta ihm durchs pechschwarze Haar, sodass er sich entspannte und ihr ein verzerrtes Lächeln schenkte.

«Danke. Ich weiss es mehr als zu schätzen. Ich werde diesen Besuch und unser Gespräch hier unter uns belassen. Sie haben mir die Richtung gewiesen.»

Mit einem letzten Blick auf die beiden, die an diesem trostlosen Fleck im Domleschg ihr Leben lebten, verliess er die rote Fabrik und kam nach zehn Uhr wieder in Chur an.

Caminada fuhr auf direktem Weg ins Kreuzspital.

Im zweiten Stock lag in einem grossen Einzelzimmer Franz Foppa. Ein farbenprächtiger Blumenstrauss und mehrere Karten standen auf dem Tisch am Fenster.

Foppa war noch etwas blass und kraftlos und lag schräg aufgerichtet im Bett. Seine Mutter sass daneben und liess Caminada mit ihrem Blick wissen, dass sie die Vernehmung absolut unpassend fände und sie Caminada am liebsten aus dem Zimmer spediert hätte.

Das Sprechen fiel Franz schwer, doch er war bereit, einige Fragen, wenn auch nur die nötigsten, zu beantworten.

Auf die erste Frage, ob er sich vorstellen könne, wer dies ihm angetan habe, schüttelte er nur den Kopf und zuckte mit den Schultern. Er wisse überdies ebensowenig, wer die Helvetia erschossen habe. An dem Mordtag habe er mit einem Freund aus der Musikschule Chur zu Mittag gegessen, dies im Foppa-eigenen Restaurant Rätushof in der Bahnhofstrasse. Mit Sicherheit würde Nikolaus Grischott dies bestätigen. Erst gegen zwei Uhr hätten sie das Lokal verlassen, was nachgeprüft werden könne.

«Sie hatten oder haben noch starken Liebeskummer, was mir leidtut, aber auch bedeutet, dass Fräulein Helvetia die Beziehung einseitig beendet hat. Warum?»

Franz griff zum Wasserglas und setzte sich besser im Bett auf. Seine Mutter püschelte das dicke Kissen dabei.

«Ich verstehe es ja noch immer nicht. Wir hatten es wunderbar zusammen, alles passte, und aus heiterem Himmel heraus wollte sie nicht mehr.» Dem Anschein nach kratzte wieder sein Hals, denn er griff erneut nach dem Wasserglas. Caminada glaubte aber, der Grund liege in den Gefühlen, die Franz schier übermannten. «Sie sagte nur, es sei sowieso besser für mich. Mehr nicht.» Er räusperte sich vorsichtig und griff mit einer Hand an den Wundverband an seinem Hals.

«Das tut mir wirklich sehr leid.» Caminada sah, wie Franz mit den Tränen kämpfte, etwas, das er noch bei keinem Mann, ausser bei Sturzbesoffenen, gesehen hatte. Bernadette Foppa hätte mit ihren Blicken ihn deswegen am liebsten gegeisselt, doch Caminada musste weiter seine Fragen stellen.

«Und haben Sie sie nochmals versucht darauf anzusprechen, mit ihr darüber zu reden?»

Nun begann Franz zu weinen. Ein der Halsverletzung wegen seltsames Schluchzen durchfuhr ihn. Er schien dabei Schmerzen zu haben.

Bernadette Foppa stand auf. Sie war sichtlich wütend. «Und, sind Sie jetzt zufrieden, Sie Grobian, Sie?»

Tröstend legte sie Franz die Hand auf die Schulter. Caminada drehte verlegen seinen Hut in der Hand.

«Ja», kam die geschluchzte Antwort. «Aber sie wurde richtig wütend, als ich nachfragte. Wollte partout keine Antwort geben, doch ich wollte, ich musste doch verstehen.»

«Und dann hat sie Sie auch noch geschlagen?»

Erstaunen wich kurzerhand dem Kummer. «Wieso wissen Sie das?»

«Ein Zeuge hat es gesehen. Wie gesagt, es tut mir aufrichtig leid. Und noch eine letzte Frage. Glauben Sie denn, ein anderer Mann war im Spiel?»

«Nein!» Die Antwort und der Blick von Franz waren bestimmt. «Ich glaube, jemand hat sie dazu gezwungen. Derjenige, der sie auch getötet hat. Sie wollte damit vielleicht mein Leben retten!»

Caminada musste zugeben, an diese Variante hatte er noch gar nicht gedacht. «Und warum glauben Sie das?»

«Sie schloss unsere Bindung so rabiat, so kompromisslos und ohne eine Erklärung von jetzt auf sofort. Sie wusste etwas, was ich nicht wusste, und sie konnte es mir nicht sagen. Sie wollte mich schützen, das glaube ich mittlerweile felsenfest. Sie tat es aus Liebe zu mir.» Er lächelte seiner Mutter zu, die aufmunternd nickte und ihm ihre Hand auf die Schulter legte.

Caminada stand auf und nahm seinen Hut in die Linke. «Dann bleibt mir nur, weiterhin gute Genesung zu wünschen, und ich bedanke mich ganz herzlich für Ihre Zeit.» Er streckte Franz die Hand entgegen und hätte am liebsten in dessen von Kummer wässrig glänzenden Augen gesagt, dass auch er im Schmerz über den Verlust seiner Liebe fast untergegangen wäre, aber mit Sicherheit irgendwann auch bei Franz die Sonne der Liebe wieder scheinen würde.

Frau Foppa streckte Caminada die Hand nicht entgegen, sondern begleitete ihn vor die Zimmertüre. «Landjäger Caminada, lassen Sie meinen Jungen ab sofort in Ruhe.» Jetzt streckte sie ihm die Hand entgegen.

«Wissen Sie, es fällt auch mir schwer, einem Menschen mit so viel Kummer im Herzen diese Fragen zu stellen. Doch ein Mörder läuft noch frei herum. Ich bitte um Nachsicht.» Er erwiderte den Händedruck und verliess das Spital.

Als er draussen die wenigen Meter sein Pfüpfli nach Hause schob und eine Villiger rauchte, hing er seinen Gedanken nach: War es möglich, dass der Mörder von Helvetia auch auf Franz geschossen hatte? Dass es zwischen beiden Taten eine Verbindung gab? Sein Instinkt sagte es ihm.

24

Aufgrund der Aussagen von Franz hatten sie am frühen Nachmittag das Zimmer von Fräulein Helvetia durchsucht und wortreiche Liebesbriefe von diesem gefunden. Das war alles zu erwarten gewesen, nicht aber das Foto von Maximilian Foppa, der stolz in seiner Hauptmannsuniform posierte. Auf der Rückseite stand: «Laraina, für Dich mein Herz – auf ewig Dein!»

Caminada wurde sofort einiges klar, vor allem der Grund, warum Helvetia Franz auf so grobe Weise abserviert hatte. Kein Wunder, wollte die den wahren Grund nicht nennen.

Die Mutter Capaul, eine dunkelhaarige jung gebliebene Mittfünfzigerin, trafen sie vor dem Haus. Die dunklen Augenringe schienen gleichsam Trauerflor – in ihrem Blick spiegelte sich noch immer die Fassungslosigkeit. Sie hatte ihre Tochter auf grausame Weise verloren, und das war in ihrer Nähe zu fühlen.

Caminada mochte keine unangenehmen Gespräche, doch er musste die Eltern um eines bitten.

Am Küchentisch sitzend, zeigte Marugg, Handschuhe tragend, den Eltern das soeben gefundene Foto mit der Liebeserklärung auf der Rückseite, bevor er es wieder in einem Umschlag verschwinden liess.

Die Capauls waren sehr erstaunt, vor allem die Mutter hatte einen richtigen Schrecken bekommen, legte mit einem lauten «Oh nein!» ihre Hand über den Mund.

Die Eltern konnten sich beim besten Willen keinen Reim darauf machen. Erst nachdem Caminada mehrmals nachgehakt hatte, gab der Vater an, dass er Maximilian ein oder zwei Mal hier gesehen habe. Er habe gedacht, dass es wegen der Büchsenmacherei gewesen sei. Maximilian sei ebenfalls ein ausgezeichneter Schütze, wenn auch nicht Mitglied im Schützenverein Chur, sondern bei dem der Hauptmänner. Und überdies kämen ständig Kunden, darunter auch junge Männer, also könne er nicht bei jedem gleich Vermutungen anstellen.

Während der Vater von Helvetia sprach, entging Caminada

nicht, wie die Mutter richtiggehend nachdenklich wurde. Die Neuigkeit hatte irgendetwas in ihr ausgelöst.

«Möchten Sie noch was dazu sagen?», sprach er sie deshalb direkt darauf an. «Mir scheint, die Nachricht hat Sie zum Nachdenken gebracht. Was ist passiert?»

Die Mutter schüttelte den Kopf. «Nichts, es ist nur, ich hätte dies meiner Tochter nicht zugetraut. Der arme Franz!»

Als Marugg und Caminada ihre Vehikel stadtaufwärts schoben, um reden zu können, sprach Marugg Klartext: «Ich bin sicher, der junge Foppa wusste Bescheid. Der eigene Bruder hat ihm die Frau ausgespannt. Und wahrscheinlich hat der Franz die beiden noch bekannt gemacht, als er – verliebt, wie er war – Helvetia in die Villa Foppa mitgenommen hatte.»

«Oder es war umgekehrt», gab Caminada zu bedenken.

«Wieso meinst du?»

«Auf dem Foto steht weder ein Datum, noch können wir es sonst zeitlich zuordnen. Was, wenn ich dir sage, die Helvetia ist eine Beziehung mit dem Maximilian eingegangen, diese haben sie wegen seiner Verlobung unter Verschluss gehalten, und der Jüngere war es, der darauf das Herz der schönen und so erfolgreichen Helvetia erobern konnte und es schliesslich, warum auch immer, wieder verloren hat?»

«Das wäre zumindest ein Motiv. Und dieser Maximilian scheint mir sehr selbstverliebt zu sein. Was, wenn er aus Eifersucht erst auf die Helvetia, dann auf seinen Bruder geschossen hat? Ausserdem, wer sagt uns denn, dass der Cadlini und Helvetia sich nicht im Geheimen in der Hütte trafen, um den Vorfall mit dem Brief und dem Geld für die Möckli abzusprechen? Und der Täter ist Helvetia nachgegangen, wollte nur sie töten, und so wurde auch der Cadlini zum Opfer, zu einem Zufallsopfer.»

«Das scheint mir tatsächlich eine Möglichkeit zu sein, die wir bis jetzt noch nicht in Betracht gezogen haben.» Caminada blickte Marugg vielsagend an. «Das heisst aber auch, dass wir nochmals zu den Foppas müssen und diesmal den Maximilian auf den Posten vorladen müssen. Und da kannst du sicher sein, dass der Kübler was dagegen hat. Er und dieser Heinrich sind dicke Militärfreunde, und zudem wird der beste Anwalt in Chur sie dabei vertreten.»

«Dem wird so sein. Aber wir haben bisher gemeinsam jeden Gegenwind auch als Aufwind nutzen können. So, jetzt muss ich aber los. Ich muss zum Stadelmaier, meinen neuen Zwicker holen gehen.»

Mit einem schelmischen Lächeln verschwand Marugg.

25

Eines der glänzenden Automobile der Foppas fuhr am nächsten Tag um kurz vor zehn Uhr am alten Karlihof vor. Dahinter hielt der Wagen des Anwaltes Dr. Bezzola – ein langer, dürrer Mann in gutem Anzug mit einer Aktentasche stieg aus, wie Caminada durch das Fenster im zweiten Stock erkannte.

Marugg, mit seiner modernen schwarzen Brille, die ihm wirklich einen gewissen Pfiff verlieh, war angespannt. Caminada legte ihm deshalb seine kräftige Hand auf die Schulter. «Zusammen, gell?»

Marugg nickte.

Mit versteinerter Miene stand Kübler unten beim Eingang und salutierte Foppa, hinter dem dessen Sohn Maximilian herging. Foppa nahm mit strenger Miene den Gruss mit einer kurzen Handbewegung zur Stirn ab, bevor sie das Gebäude betraten.

«Komm, Peter, es ist Zeit.»

Sie gingen über den knarzenden Holzboden in das geräumige Arbeitszimmer des Erkennungsdienstes. Caminada hatte darauf bestanden, die Vernehmung nicht im Arbeitszimmer des Majors durchzuführen.

Maximilian nahm zwischen Vater und Rechtsanwalt Bezzola Platz und wirkte nach aussen gelassen und selbstsicher. Sein tadelloser Anzug sass, genauso wie seine Krawatte und die geschniegelte Frisur. Seinen hellen Hut legte er vor sich auf den Tisch.

Caminada setzte in diesem Fall auf Konfrontation, die ja sowieso unvermeidbar war. «Herr Maximilian Foppa, wir haben Sie vorgeladen, da Sie unter Mordverdacht stehen.»

Maximilian zeigte keine Regung. Es schien, als hätten seine Begleiter ihn gut vorbereitet.

Marugg legte das Foto auf den Tisch und drehte es, damit die Liebeserklärung auf der Rückseite zu sehen war.

«Landjäger Caminada? Richtig?» Dr. Bezzola übernahm das

Reden. «Ist das korrekt, dass Sie nur den Rang eines Landjägers tragen?»

Caminada wusste genau, dass Bezzola wusste, wer er war, und welche Beweggründe diesen zu der Frage trieben.

«Ja, das ist korrekt, dass ich den Rang eines Landjägers bekleide.» Caminada ahnte, dass es noch schmutziger werden würde und von Kübler keine Schützenhilfe zu erwarten war, der mit versteinerter Miene an der Kopfseite des Tisches Platz genommen hatte.

Dr. Bezzola nahm ein Papier aus der Tasche und legte es Caminada vor. «Bitte lesen Sie uns den ersten Absatz laut vor, es ist eine Stellungnahme meines Mandanten. So sind wir danach alle auf demselben Stand.»

Caminada nahm das Blatt in seine Hände. Es war übervoll mit Text, der mit einer Schreibmaschine verfasst war. Er versuchte mit den Augen den ersten Satz zu «packen», das erste Wort, das aber ein langes war, und die Buchstaben begannen sich immer wieder neu anzuordnen. Er blieb ruhig und überlegte, als Marugg ihm seine Hand hinstreckte. «Soll ich es vorlesen, da du deine Brille verlegt hast?»

Caminada legte in Ruhe das Blatt vor sich auf den Tisch und blickte zu den dreien ihm gegenüber.

«Danke, Peter. Ich weiss, was darin steht. Es wird darin stehen, dass die werten Herren hier mich nicht als Ermittler akzeptieren wollen, dies aufgrund meines niedrigen Ranges und meiner Wortblindheit.»

Dr. Bezzola stand auf. «Dann sind wir somit fertig. Wir werden unsere Aussagen fachlich qualifizierten Polizeibeamten zu Protokoll geben. Wir haben dies bereits mit Major Kübler vorbesprochen.»

«Einverstanden, aber das können wir auch jetzt sofort machen», entgegnete Caminada und blieb sitzen. «Erkennungsfunktionär Peter Marugg wird dies in diesem Fall vornehmen. Er wird auch sogleich das Protokoll verfassen, da er der versierteste Beamte im Kanton dafür ist. Peter, darf ich bitten?»

Marugg schaltete sofort und nahm das Blatt vor Caminada in die Hand und las es laut vor. Mit einem leisen Kopfschütteln legte er es auf den Tisch. «Das Deutsch darin lässt wahrlich zu wünschen übrig. Soll ich die sechs Schreibfehler und die stilistischen Fehler gleich unterstreichen? Ich würde mal mit Ihrer Kanzleisekretärin reden, oder haben Sie das in diesem schwammigen Deutsch so diktiert? Ich muss sagen, ich bin enttäuscht.» Er zog die Augenbrauen hoch und richtete die Schreibmaschine vor sich aus.

«Also, setzen Sie sich bitte wieder hin. Ich verfasse kurz die Antwort unsererseits zu Ihrem Antrag, und das zur Kenntnis an den Oberstaatsanwalt Berther und Regierungsratspräsidenten Roth.»

Die Schreibmaschine ratterte in atemberaubendem Tempo, als hagle es Buchstaben. Mit einem Ratsch zog Marugg das Blatt mit den drei Durchschlägen aus der Maschine und legte es den dreien vor die Nase. Er wartete nicht mal auf eine Antwort, setzte sich die Brille mit einem kleinen Handgriff zurecht und legte los.

«Herr Maximilian Foppa, was ist Ihre Antwort auf das Foto mit der Kennzeichnung F-01? Es deutet alles darauf hin, dass Sie eine Beziehung mit dem Mordopfer geführt haben.»

Marugg schlug sich mehr als nur wacker, fand Caminada stolz. Wo holte der Kerl das in solchen Situationen nur aus sich heraus?

Maximilian blickte nach links und rechts. Sein Vater nickte.

«Dem ist so», antwortete er.

Die Schreibmaschine ratterte fast zeitgleich zum Gesagten.

«Werden Sie bitte konkreter.» Marugg, der so zurückhaltend und immer freundlich war, wirkte plötzlich wie verwandelt, als läge es an seiner modernen neuen Brille.

Maximilian atmete langsam durch. «Nun gut, es bringt ja nichts, länger da rumzumurksen. Ich erzähle alles, wie es war. Bitte, lass mich das machen, wie ich es für richtig halte», gab er seinem Vater zur Antwort, als dieser Maximilians Arm kurz griff, um ihm Einhalt zu gebieten.

«Ja, ich hatte eine Beziehung mit Laraina. Ich bevorzuge diesen Namen anstelle Helvetia. Und bevor Sie fragen, diese ging bis zu ihrem Tod.»

«Und was war mit Ihrem Bruder Franz?»

«Laraina und ich, wie soll ich's sagen? Wir hatten uns verliebt, einfach so, als wir uns öfters in unserer Villa sahen. Wir gingen zuvor mehrmals schiessen, ohne weiter darüber nachzudenken. Mein Bruder Franz mag diesen Lärm sowieso nicht und hat uns das sogar vorgeschlagen. Und so kam eins zum anderen. Wo die Liebe halt hinfällt, kann ich da leider nur noch sagen.»

«Gewissensbisse?»

«Ja sicherlich, was glauben Sie denn? Mein Bruder und ich stehen uns nahe. Wir sind zu verschieden, als dass es zu Spannungen hätte kommen können. Aber die Liebe war stärker, und Laraina beendete die Beziehung zu meinem Bruder Franz. Unser Plan war, dass wir das so einige Monate im Stillen weiterziehen und ich dann die Verlobung mit Fräulein Hegemann lösen würde, was die guten Beziehungen der Foppas zu den Hegemanns zwar aufs Schwerste belastet hätte, aber auch das wäre ein Preis gewesen, den wir bereit waren zu zahlen.»

«Das, wenn ich es richtig wiedergebe, damit Sie dann Monate danach eine offizielle Bindung zu Fräulein Laraina Capaul hätten eingehen können, ohne Ihr Gesicht zu verlieren.» Marugg tippte fleissig mit.

«Genau, Herr Marugg, so war es geplant. Natürlich hätte es bei meinem Bruder zu grossen Irritationen geführt – doch damit hätte man umgehen können. Mir war und ist mein Bruder noch immer sehr wichtig, und er darf nichts davon erfahren. Aber diese Laraina, sie hat mir schlichtweg den Kopf verdreht.»

«Wer alles wusste noch davon?»

«Bis gestern niemand. Geahnt hat es womöglich meine Mutter», er blickte zu seinem Vater, «aber gewusst hat das niemand.»

«Und Franz?»

«Nein, Franz ahnte nichts davon. Er hatte zu grossen Liebeskummer, der arme Kerl.» Maximilian senkte nur kurz seinen Blick. Er war von Haus aus auf Haltung bedacht. Was für ein Unterschied zu dessen emotionalem Bruder Franz, fand Caminada, der nun alles von der Seite beobachtete.

«Und wieso waren Sie am Tatort?» Maruggs Ton blieb stets gleichbleibend höflich.

«Das war ein furchtbarer Zufall gewesen, und leider kam ich zu spät.»

«Wieso?»

«Auch ich war an dem Mordtag am Fest, hatte mit Laraina abgemacht, dass wir uns Anfang des Nachmittags noch sehen werden. Wir wollten zusammen an ein einsames Plätzchen in den Rheinauen gehen. Sie wissen schon. Ich sah, als ich von den WC-Anlagen zurückkam, wie sie den Festplatz über ebendiese Wiese zügigen Schrittes verliess. Das liess mir keine Ruhe, und daher folgte ich ihr einige Minuten später und fand die beiden tot in der Hütte.»

«Haben Sie zuvor Schüsse gehört?»

«Trotz der Mittagspause fallen am Übungsstand viele Schüsse, und der steht ja ganz in der Nähe zur Hütte. So ist mir nichts aufgefallen.»

«Und was taten Sie daraufhin?»

«Nach dem ersten Schock? Ich sah, da war nichts mehr zu machen, und verliess sofort den Tatort. Dabei sah ich den Bub und er mich.»

«Und warum haben Sie sich danach nicht bei uns gemeldet?»

«Genau wegen so einer Vernehmung wie jetzt. Was hätte ich sagen sollen? Es ging ja nicht nur um mich, mein Bruder durfte auf keinen Fall was davon erfahren, und es wäre mir sehr recht, hätten es meine Eltern nicht erfahren müssen. Mein Verhalten ist unehrenhaft gewesen. Eines Foppas nicht würdig.»

Caminada sah den auffordernden Blick Maruggs und ergriff das Wort. «Und können Sie sich vorstellen, warum jemand Ihren Bruder erschiessen wollte?»

«Nein, das Ganze mit ihm ist schlichtweg verrückt. Niemand, aber wirklich niemand hegt gegen den Franz Böses. Sie müssen wissen, der ist nicht einer, der Streitereien anzettelt, der lebt in einer ganz anderen Welt als alle, die ich kenne. Und ob Sie es glauben oder nicht, auch ich habe mit dem Mord an Laraina nichts am Hut. Was hätte ich denn für einen Grund dafür gehabt?»

«Den hätte aber Ihr Bruder haben können, falls er die Schmach rausgefunden hätte, dass seine Liebe mit seinem Bruder anbandelt.»

«Dem ist so, wenn Franz nicht Franz wäre. Da wäre ich vom Typ so einer gewesen, nicht aber der Franz. Ausserdem kann der nicht mal eine Pistole abfeuern, ohne sich selbst in Gefahr zu bringen. Aber was ich noch sagen will, Laraina wurde von einer aus dem Täli mehrmals bedroht, einer gewissen Käthy Gruber, und das kurz vor deren beider Tod.»

Nun wurde Caminada stutzig. «Das ist wichtig zu hören. Um was ging es?»

«Laraina und ich haben uns bei ihr zu Hause getroffen gehabt, als ihre Eltern weg waren, als dieses Käthy kam. Ich blieb oben in ihrer Kammer und hörte leise den Streit auf dem Vorplatz mit. Dieses Käthy hat ihr gedroht, dass sie es noch bitter bereuen würde, sich mit einer Gruberin anzulegen, und mit Garantie noch spuren werde. Doch da hatte sie die Rechnung nicht mit Laraina gemacht. Sie hat nur gesagt, dass, wenn sie nicht Ruhe gebe, mit ihr dasselbe geschehen würde wie mit ihrem Vater.»

«Wann war das?» Caminada spürte, es ging weiter in die richtige Richtung.

«Nur zwei Tage vor Larainas Tod.»

«Und acht Stunden nach Helvetias Tod starb die Gruberin. Sie kann somit nicht deren Mörderin gewesen sein», stellte Caminada klar, während die Schreibmaschine ratterte.

«Noch eine letzte Frage: Wurden Sie von Helvetias respektive Larainas Eltern gesehen? Wussten die wirklich nichts von Ihrer Liebe?» Caminadas Gedanken kreisten.

«Nur die Mutter, sie wusste alles, denn sie kam eines Tages früher heim. Wir waren in Larainas Zimmer – Sie wissen, was ich meine.»

«Also, das heisst, die weiss als Einzige, warum die Beziehung von Franz und ihrer Tochter auseinandergegangen ist. Wie ist sie damit umgegangen?»

«Es gab danach ein langes Gespräch mit ihr. Sie hatte den Franz sehr gemocht und war im ersten Moment von Laraina und mir enttäuscht. Tage danach hat sie es verstanden und mich sogar umarmt.»

«Gut, ich danke Ihnen.» Caminada blickte zu Marugg.

«Meine Herren. Somit schliessen wir diese Einvernahme. Ich bitte Sie, das Protokoll genau zu lesen und zur Kenntnisnahme zu unterschreiben», bat Marugg.

Konsterniert lehnte sich Marugg zurück, nachdem die drei und Kübler den Raum verlassen hatten. «Wir wissen zwar schon wieder etwas mehr, aber sind noch immer nicht am Ziel, Walter.»

«Ich weiss nicht, liegt es an dieser neumodischen Brille, aber du hast dich mehr als nur wacker geschlagen. Bravo!»

«Aber was tun wir jetzt? Lola ist die Einzige, die auf die Zeugenaussage zum Mord am Käthy passt, und ihre Fingerabdrücke lügen zudem nicht. Ausserdem war sie am Tatabend in der Roten Laterne ...»

«Wir tun rein gar nichts. Ich hingegen muss noch einmal mit dem alten Malermeister Martschitsch reden und melde mich dann bei dir. Ich glaube, ich weiss, wie alles, wirklich alle Fälle abgelaufen sind. Aber es fehlt mir noch eine Verbindung.»

«Ach ja?» Marugg setzte sich gerade hin. «Und wie ist es passiert?»

Caminada lächelte. «Du spannst mich auch immer auf die Folter. Wir haben in dieser Vernehmung den Schlüssel für alles bekommen, falls das stimmt, was ich dadurch erst jetzt schlussfolgern konnte.»

Caminada nahm Hut und Tschoopa vom Haken und verliess das Landjägerkorps zu Fuss.

26

Später an diesem Tag – es war am Abend um zweiundzwanzig Uhr. Im Erkennungsdienst brannte noch Licht, als Caminada und Marugg sich trafen.

Der Landjäger hatte soeben Marugg alles erklärt, dieser hatte sorgsam alles mehrmals hinterfragt, dabei kamen sie zu einem gemeinsamen Ergebnis – die Fälle waren gelöst! Nun ging es in einem nächsten Schritt darum, den Fall geordnet abzuschliessen. Deshalb gingen sie Schritt um Schritt den kommenden Tag durch, bevor sie erst um Mitternacht den Posten des Landjägerkorps verliessen.

Um zehn Uhr am nächsten Tag fuhren Caminada und Marugg im LaSalle zu den Capauls. Hedwig Capaul, Helvetias Mutter, stand vor der Schnapsbrennerei, als Caminada aus dem Wagen stieg und auf sie zuging.

«Guten Morgen, Frau Capaul. Sie müssen mit uns kommen.»

«Wieso?»

«Das hören Sie auf dem Posten, aber Sie wissen bestimmt, warum.»

Der alte Capaul kam aus dem Haus und fragte: «Was ist denn los?»

«Ihre Frau hat den Tod eurer Tochter rächen wollen», antwortete Caminada ruhig. «Sie hat das Gesetz in die eigenen Hände genommen und hat versucht, den Mörder zu erschiessen.»

«Was?» Capaul blickte sich zu seiner Frau um. Er schien die Welt nicht mehr zu verstehen. «Hedwig? Was hast du getan?»

«Ich habe versucht, den Sauhund zu erschiessen, der unsere Helvetia umgebracht hat. Und es war das einzig Richtige!» Sie versuchte verzweifelt, die Hand loszureissen, die Caminada bereits hielt. «Der Franz hat's nicht überwunden. In seiner Eifersucht hat er mehr als nur ein Leben ausgelöscht.» Sie begann zu weinen, sank auf die Knie und zitterte.

Caminada wartete einen Moment. «Kömmend Sie, Frau Capaul. Wir müssen reden, auf dem Posten. Gottlob haben Sie nicht genau getroffen, sonst müsste ich Sie zu allem Leid auch noch als eine Mörderin verhaften.»

Er hielt ihr die hintere Türe im Automobil auf und setzte sich neben sie auf die Rückbank.

Ferdinand Fässler nahm sich auf dem Posten der Hedwig Capaul an, damit Caminada und Marugg sogleich wieder ausrücken konnten, um nur eine halbe Stunde später mit Hermine vorzufahren, die ebenfalls in einem der kleinen Verhörzimmer eingesperrt wurde.

Nun wurde es schwierig, denn beim nächsten Einsatz mussten zwingend alle drei Gruberbrüder auf einmal auf den Posten gebracht werden. Dazu mussten sie mit drei Fahrzeugen ausrücken, um die wilden Kerlis sicher in Gewahrsam nehmen zu können.

Neben dem LaSalle vom Stadtrat orderten sie einen Seitenwagentöff des Stadtpolizeiamtes und einen Lieferwagen mit Holzbrücke vom kantonalen Tiefbauamt.

Caminada wollte jede Schlägerei vermeiden, er hatte es Menga am Morgen versprechen müssen, der seine Anspannung nicht entgangen war und die ihn mit einem liebevollen Kuss an der Türe verabschiedet hatte.

Mit drei Mann pro Fahrzeug und zwei im Seitenwagentöff rückten sie ins Täli aus und fuhren auf den Vorplatz der Grubers. Caminada hatte angeordnet, dass jeder seine Waffe schussbereit bei der Verhaftung in der Hand hielt und auch von dieser Gebrauch machen solle, dabei aber, wenn immer möglich, zuerst in die Beine der Angreifer zu schiessen.

Der Rottweiler tobte an der Kette, die ihnen so den Weg zur alten Schreinerei versperrte. Fässler legte an und erlegte das Tier mit einem Kopfschuss, als Simmi als Erster aus der Sägerei stürmte, gefolgt von einem seiner Brüder, der andere kam über den Schrottplatz gerannt.

Caminada schoss einmal in die Luft und zielte danach mit der Waffe auf Simmi. «Keinen Schritt weiter. Verstanden?»

«Das werdet ihr nicht wagen, auf Unbewaffnete zu schiessen.» Wutschnaubend kam er über den schäbigen Vorplatz auf Caminada zu.

«Stehen bleiben! Es ist meine letzte Warnung.» Caminada blieb ruhig.

«Ihr verfluchten Halunken!» Simmi stürmte auf Caminada los und zog dabei einen Revolver, den er hinter seinem Rücken in den Hosenbund gesteckt hatte, als ihn in dem Moment drei Kugeln in Kopf und Brust trafen, dass er vornüber direkt auf seinen toten Hund fiel.

Die beiden Kampfzwerge erhoben sofort ihre Hände, die Spannung aller Beteiligten brachte die Luft zum Schwingen.

Simmi war tot. Sein Blut mischte sich mit dem seines Hundes. Die beiden jüngeren Brüder wurden in Handschellen gelegt und fortgebracht. Zurück blieb einzig der Lieferwagen mit Ferdinand Fässler, Karl Häusler und Caminada, die den schweren Toten auf diesen hieven mussten. Den Hund würde der Abdecker später holen kommen.

Als sie mit dem Lieferwagen vor dem Kreuzspital ankamen, sah Caminada Menga aus dem zweiten Stock schauen. Sein Tschoopa und sein Hemd waren über und über mit Blut verschmiert. Erschrocken kam sie deswegen herausgelaufen, doch Caminada beruhigte sie sofort und mahnte sie, sie solle sich nicht aufregen, alles wäre gut und der Fall endlich gelöst.

Der mächtige Körper von Simmi Gruber verschwand in der Leichenhalle, und Caminada ging auf direktem Weg nach Hause und wusch im Garten mit dem Schlauch das Gröbste aus den Kleidern, bevor er sie in den Bottich mit kaltem Wasser legte, so wie von Menga gebeten.

Hinter dem kleinen Schopf wusch er sich ausgiebig, schamponierte die Haare und spülte mit kaltem Wasser alles sauber.

Sorgfältig trocknete er sich mit dem Handtuch ab, das er ab der Wäscheleine genommen hatte und das nach Sommer duftete, und ging ins Haus.

Er zog sich ein frisches hellblaues Hemd über, schlüpfte in eine hellbraune Hose und rieb etwas von seinem Rasierwasser ein, das einen süssherben Duft verströmte.

Nachdem er sich sein Halfter umgeschnallt hatte, machte er

sich zu Fuss ins Landjägerkorps auf, nicht ohne zuvor nochmals im Kreuzspital bei Menga vorbeigeschaut zu haben, um sie zu herzen.

Gegen Abend waren alle Protokolle geschrieben, und Caminada und Marugg besprachen sich mit Oberstaatsanwalt Berther, Regierungsrat Roth und Major Kübler in dessen Arbeitszimmer.

Des besseren Verständnisses wegen hatte Marugg einen Ablauf geschrieben und zitierte aus diesem, während die anderen um den Tisch Platz genommen hatten.

«Alles begann vor über einem halben Jahr mit dem Diebstahl im ‹Steinbock›», begann er. «Diese Möckli glaubte, das Glück habe sie angelacht, als sie an die Papiere von Cadlini gekommen war. Aus dem richtigen und dem fingierten Lieferschein der Scheinfirma und der daraus überzogenen Rechnung ans Eidgenössische Schützenfest konnte Gisela Möckli den Ein-Rappen-Beschiss erkennen, der Cadlini und Helvetia sechzigtausend Franken eingebracht hatte. Sie dachte bestimmt, dass der Kuchen gross genug sei, um auch einen rechten Happen abzubekommen, und so war es auch gewesen.»

Er blickte kurz auf, als müsste er sich versichern, dass alle den Sachverhalt bis hierhin verstanden hatten. Niemand hatte Fragen, Caminada und Berther rauchten eine Krumme, Regierungsratspräsident Roth stopfte seelenruhig seine Pfeife.

«Möckli erhielt fünfzehntausend Franken, und im Gegenzug gab sie die drei belastenden Dokumente zurück. Doch spitzfindig, wie sie war, hatte sie diese auf einer dieser neuen Vervielfältigungsmaschinen im Unterland, wahrscheinlich in Zürich, kopiert. Da sie aber ihren Mund nicht halten konnte, erzählte sie Lola vom Geld, aber auch Schwinta-Hitsch, wie Fräulein Lola uns bei der ersten Einvernahme bestätigt hatte. Selbstverständlich nannte damals Möckli ihre Geldquelle dabei nicht, und so konnte auch Lola uns nicht mehr davon erzählen. Schwinta-Hitsch, der in Geldnöten steckte, wie wir ja ahnten und nach seiner Einvernahme nun gesichert wissen, ermordete das Fräulein Möckli aus Geldgier. Mit dem Schal des Diakons Veranzze und der riskanten Wahl des Tatortes, im Schein der roten Laterne, versuchte er eine Tat im Wahn vorzutäuschen, was ihm ja auch gelang.»

Regierungsratspräsident Roth, der soeben seine Pfeife fertig gestopft und angepafft hatte, unterbrach Marugg: «Und der hat das einfach so zugegeben? Mich wundert's.»

«Natürlich hat er zu Beginn alles abgestritten, als Walter ihn in die Mangel nahm. Aber ich habe auf den beschlagnahmten Geldscheinen die Fingerabdrücke sowohl vom Cadlini, der Möckli als auch jene vom Schwinta-Hitsch darstellen können. Er hat dann behauptet, er hätte sie nur aus Möcklis Zimmer gestohlen und nichts mit dem Mord zu tun. Ausserdem wäre er ja in der Mordnacht krank zu Hause gelegen, Hermine könne dies bestätigen, sie habe ja am frühen Abend noch Suppe gebracht und ihn erst nach dem Mord der Möckli auf dem Rückweg vom Krankenasyl Sand geweckt.»

«Also hat er nicht gestanden?» Roth schien irritiert.

«Diese Aussage hat ihm das Genick gebrochen, denn Hermine hat kalte Füsse bekommen.» Maruggs Gesicht überflog ein Anflug von Stolz.

«Und wieso?» Roth blieb wie immer die Ruhe selbst und klemmte die Pfeife zwischen seine Zähne.

«Nach dem Auffinden der Erhängten alarmierte die Wirtin Hermine tatsächlich sofort uns, doch schon beim Hinlaufen zum Asyl Sand hatte sie beim Schwinta-Hitsch geklopft, doch der hatte nicht aufgemacht. Er war während dem Möckli-Mord vom Fuchs, der ins offene Hühnergatter eingedrungen war, auch überrascht worden, denn Hermine war in Windeseile wegen dem Krach aus dem Haus gestürzt, und so floh er in seiner ersten Reaktion Richtung Araschga und St. Hilarien hoch. Also blieb ihm nichts anderes übrig, als erst nach Hermine vom Meiersboden hinab in seine Gerberei zu eilen und sich scheinbar krank wieder ins Näscht zu legen. Doch die Grubers waren am Jassen, und als ihr Rottweiler bei Hermine anschlug und kurz danach nochmals, da haben sie nach draussen geschaut und den Schwinta-Hitsch ins Haus schleichen sehen.»

«Das hat ihn dann also überführt.» Roth schien zufrieden.

«Da gab's nichts mehr abzustreiten», bestätigte Marugg,

«und wenn auch, das reicht für zwei Verurteilungen, und da Schwinta-Hitsch halt so, wie er ist, auf alle Vorteile bedacht war, versuchte er noch schnell ein Geständnis zu machen, um ein milderes Urteil erwarten zu können.»

«Also gut, somit hätten wir den ersten Mord geklärt. Gute Arbeit bis dahin.» Roth schenkte allen Wasser nach, während Caminada zufrieden zurückgelehnt Marugg zugehört hatte.

«Und mit diesem Mord und dem Wissen der Grubers um diesen nahm das Schicksal seinen Lauf», nahm Marugg den Ablauf wieder auf. «Käthy Gruber witterte nach dem Tod der Möckli Morgenluft. Die Grubers wussten natürlich, wer der Täter war, als Walter sie zur Tatnacht befragt hatte und sie ihm die Beobachtung mit Schwinta-Hitsch bewusst verschwiegen hatten. Schwinta-Hitsch rückte daraufhin in seiner Not fünftausend Franken an Käthy Gruber raus, die schon vor Möcklis Tod von dieser Geldgeschichte erfahren hatte und diesen damit erpresste. Doch wer Käthy kannte, wusste, damit würde die sich nie und nimmer zufriedengeben, ausserdem stand ja auch noch eine alte Rechnung mit den Capauls offen.» Marugg blätterte um. «Käthy bedrängte die Helvetia, und das …», Marugg hob den gestreckten Zeigefinger, «wissen wir aufgrund der Zeugenaussagen von Maximilian Foppa, dazu komme ich später noch. Die Gruberin schien in bester Position: Das Eidgenössische stand an, was für ein Riesenskandal, hätte sie den Fall Helvetia/Cadlini aufgedeckt. Doch die Gruberin baute dabei zu viel Druck auf, und genau das kam ihr in die Quere. Helvetia bekam Angst um ihren Ruf, dass sie ins Gefängnis müsste, und wusste, die Gruberin würde sie nun aussaugen wie eine Spinne. Sie war in deren Hand. Also fasste sie kurzerhand den Entschluss und erschoss ihre Erpresserin und schaffte so auch das Problem für den Stadtpräsidenten zur Seite. Sie, die Blonde, schlich sich ins Täli und schoss extra fünf Mal auf ihr Opfer, um eine schlechte Schützin oder Schützen vorzutäuschen. Doch da sie fünf Mal das fliehende Opfer traf und dabei kein einziger Schuss danebenging, wussten wir, dass die Person sehr gut mit dem Gewehr umgehen konnte. Der Verdacht fiel deshalb auf die ebenfalls blonde Lola, deren Fingerabdrücke auf der einen

Patrone zu finden waren. Was Helvetia wiederum schlau eingefädelt hatte, als sie sich für deren Munition interessierte und zwei Schuss erhalten hatte.» Marugg blickte in die Runde, denn er wusste, was nun kommen musste.

«Stopp, stopp, stopp!» Roth hob seine Hand. «Das Käthy wurde doch nach der Helvetia erschossen. Somit kann diese unmöglich die Täterin sein.»

Ein Anflug eines Triumphlächelns umspielte Maruggs Mund, als hätte er nur darauf gewartet. «Das haben wir alle, wirklich alle nie in Frage gestellt. Warum auch. Doch es war nicht so!»

Marugg schien bewusst eine Pause, die Spannung aufbaute, eingelegt zu haben. «Dieser Mord geschah so: Als die Schüsse auf Käthy fielen, rannte Hermine ihr sofort zu Hilfe und bekam den ersten Schuss ab, als Käthy ihr dabei noch sagen konnte, dass Helvetia auf sie schiesse, bevor Hermine sich ins Haus rettete und Käthy aufgrund der fünften Kugel starb.»

«Nochmals stopp.» Roth hielt die Pfeife in der Rechten und richtete sich im Stuhl etwas auf. «Da war doch Helvetia seit dem Mittag schon tot. Der Cadlini und sie wurden um kurz nach Mittag von Caminada aufgefunden, der Mord an Käthy Gruber geschah aber am Abend. Sie haben ja deshalb mein Arbeitszimmer in aller Eile verlassen.»

«Ich komme gleich zur Lösung, Herr Regierungsrat. Sie werden gleich verstehen. Hermine rannte angeschossen zu den Grubers hinunter. Diese eilten in den Meiersboden hoch und fanden die tote Schwester. Wer die Täterin war, wussten sie aufgrund der Aussage von Hermine. Damit sie Rache nehmen konnten, brachten sie ihre tote Schwester fort, in die alte Sägerei. Niemand, verstehen Sie, niemand meldete an dem Abend den Mord, als wäre er nicht geschehen.»

«Jetzt dämmert's.» Roth fuhr sich nachdenklich durch den gepflegten Bart. «Raffiniert. Aber es gab doch Zeugenaussagen vom Malermeister, der die Schüsse an dem Abend gehört hatte? Jetzt blicke ich nicht mehr durch.»

«Komme auch gleich dazu», gab ihm Marugg recht. «Hermine wusste, sie musste das Spiel mitspielen oder sie wäre die Nächste. Die Grubers fassten sofort den Plan, die Helvetia so schnell als möglich umzubringen, aus Rache, um dann Stunden später den Mord an Käthy zeitverschoben zu melden. Sie setzten aufs Ganze, und es wäre ja auch fast gelungen. Ernst, der Jüngste, klebte einen Briefumschlag mit dem Namen von Helvetia an Capauls Haustüre und dem Vermerk: ‹persönlich›. Darin, so wissen wir seit dem Verhör von heute Nachmittag mit ihm, stand Folgendes: ‹Ich weiss, was du tun musstest, habe dich im Meiersboden gesehen – wir müssen reden. Sei um zwölf Uhr in der alten Hütte hinter dem Einschiessstand am Eidgenössischen. Sei unbesorgt – ein Freund›.»

«Und da hat sie Cadlini zurate gezogen, und er ist ebenfalls an den Treffpunkt gegangen», folgerte Roth.

«So ist es. Ernst erschoss sofort den stehenden Cadlini, danach die sitzende Helvetia, die noch einen Schuss abgeben konnte. Ernst Gruber verschwand dann unerkannt. Kurz nach ihm betrat Maximilian die Hütte, der mit Helvetia abgemacht hatte und sie vom Festplatz hatte weglaufen sehen. Er war ihr gefolgt, und als er im Schrecken die Hütte verliess, wurde er dabei vom kleinen Toni gesehen, der diesen aus der Hütte ‹fliehen› sah.»

Marugg trank sein Glas in einem Zug leer. «An diesem Abend wartete Hermine auf die Dämmerung, um den Mord zu melden, als Malermeister Martschitsch über Araschga in den Meiersboden schlich, um den Rottweiler zu erschiessen, weil die Käthy seinen Sohn Willi nach Strich und Faden ausgenommen hatte. Und er versuchte es auch, dies entgegen seinen Aussagen. Er schoss mehrmals, doch die Distanz für einen mittelmässigen Schützen, wie er einer war, war zu gross. Und als wir ihn befragten, behauptete er, die ‹Todesschüsse› gehört zu haben. Denn hätte er zugegeben, dass es seine Schüsse auf den Rottweiler gewesen waren, die der Sauludi gehört und Marugg zu Protokoll gegeben hatte, wäre er sein Jagdpatent lange Zeit los gewesen. Dazu hätte er eine zünftige Busse kassiert. So spielte er den Grubers mit seinen Schüssen auf den Rottweiler und seiner Falschaussage über die ‹Schüsse› aufs Käthy in die Finger. Walter?» Marugg blickte zu diesem.

Caminada hatte sich bewusst zurückgehalten, denn Marugg erhielt meist zu wenig Aufmerksamkeit.

«Wir konnten daher auch keine Leiche an dem Abend nach der eigentlichen Tat finden, denn die lag seit tags zuvor in der alten Sägerei. Hermine hatte den toten Hund aus dem kalten Erdkeller geholt und dort abgelegt, wo er tags zuvor erschossen worden war, und wir haben uns nicht um den Hund geschert. Da ihre Schusswunde, wir gehen davon aus, dass Helvetia sie bewusst mit einem Streifschuss treffen wollte, um sie zu verscheuchen, noch ganz frisch war, blutete diese nach nur etwas Kratzen daran, als wäre sie frisch, und so schöpfte niemand Verdacht. Und während wir suchten, legten die Grubers die tote Schwester in die Plessur. Aus Respekt hatten sie sie dabei nicht übers Brückli geworfen.»

«Eine verzwickte Sache, Landjäger Caminada, dann verstehe ich allmählich auch die Rolle dieses seltsamen Diakons.» Roth schien Gefallen am Erkennen der Zusammenhänge zu finden.

«Ja, der Veranzze hat ja immer behauptet, die Tat sei einen Tag früher passiert, aber wir glaubten Hermine und der Aussage des Sauludis, der die Schüsse von dem Malermeister Martschitsch gehört hatte. Und ausserdem, der geistige Zustand von Veranzze liess viel Spielraum offen.»

«Dann fehlt nur noch die Erklärung, warum die Hedwig Capaul auf den jungen Franz geschossen haben soll.»

«Das ist eigentlich ganz einfach und ebenso tragisch.» Caminada zog an seiner Villiger-Krummen. «Unser Landjäger Maissen ist ein Cousin der Täterin und hatte sie über unsere Ermittlungen im Falle ihrer Tochter Helvetia auf dem Laufenden gehalten. Dabei gab er auch bekannt, dass ein Mann sich vom Tatort entfernt hatte. Die Beschreibung mit dem Schlüsselbund und der Erscheinung passte perfekt auf Franz, den Hedwig ja wegen der Freundschaft zur Tochter öfters gesehen hatte. Sie war sich sicher, dass er hinter das Treiben von seinem Bruder Maximilian und ihrer Tochter gekommen war und sich so an ihr gerächt hatte. In ihrer Not sann die gute Frau nur noch auf Rache, steigerte sich hinein. Sie war es auch, die ihrer Tochter das Schiessen beigebracht hatte, und griff im blinden Hassschmerz zur Waffe.»

Caminada atmete langsam durch. «Gottlob wird der Franz wieder ganz gesund, und somit haben wir alle Fälle gelöst.» Er blickte zu Marugg.

Regierungsratspräsident Roth paffte nachdenklich noch einen Zug. «Und wer ist nun die Schwarze Zigeunerin, die den alten Gruber umgebracht hat? Und wieso wurde der damals zum Opfer?»

«Das kann ich Ihnen nicht sagen.» Caminada zuckte mit den Schultern. So gesehen hatte er in diesem Moment nicht mal gelogen.

«Meine Herren Caminada und Marugg», Roth erhob sich, «hervorragende Arbeit. Hut ab. Die Medienmitteilung, die wir morgen veröffentlichen, wird grosse Wellen schlagen, aber das wird nun meine Sorge sein. Ich glaube, es ist ein guter Zeitpunkt, um Ihnen freudig mitteilen zu dürfen, dass bereits in drei Monaten die ersten drei Motorräder für das Landjägerkorps eintreffen werden. Wer denn diese jeweils fährt, überlasse ich Ihnen. Guten Abend.» Er hob seinen Hut nochmals an zum Grusse und verschwand mit der ledernen Aktentasche in der Hand aus dem Arbeitszimmer.

Marugg ging in die Wachtstube und nahm den Hörer in die Hand und wählte eine Nummer. Im Namen von Caminada und seinem rief er Lola an, die er im «Lolamour» erreichte. Er entschuldigte sich mit einem breiten Lächeln im Gesicht für die falsche Anschuldigung. Sie würden ihr einen Blumenstrauss zukommen lassen.

Drei Tage später assen sie zu viert bei Caminadas – Marugg und seine Martina sassen gegenüber Menga und Walter am Tisch. Walter erzählte, dass er diese Theresa, die ehemalige Freundin von Anselmo Veranzze, in Bern ausfindig machen konnte. Sie würde bereits morgen anreisen und Veranzze besuchen gehen. Vielleicht hatte ja ihre Liebe nochmals eine Chance, schloss er das Thema.

In wenigen Tagen würde auch das Schützenfest zu Ende gehen, das unter einem rabenschwarzen Stern gestanden hatte.

Nachdem Roth die Pressekonferenz vor zwei Tagen abgehalten hatte, war eine grosse Bestürzung durchs ganze Schwyzerländli gewallt und hatte jeden Winkel, jedes noch so kleine Gehöft erreicht, hatten doch erst am Sonntag vor einer Woche alle Kirchenglocken in der Eidgenossenschaft für Helvetia geläutet – für eine Betrügerin und eine Mörderin!

Danksagung

Ich danke Sandra Wachsmuth und Lukas Heim. Ihnen habe ich in den letzten Jahren sehr viel zu verdanken, konkret: Ohne die beiden würde ich als Autor nicht da stehen, wo ich nun sein darf.

Lukas, du warst der Einzige aus der Buchbranche, der damals an den Erfolg von «Schattenkind» geglaubt hat. Dein untrügliches Gespür für die Literatur, deine klaren Statements und deine schützende, für mich väterliche Hand hast du stets über das «Schattenkind» gehalten, und auch für das «Chur»-Projekt hattest du ein offenes Ohr – dafür danke ich dir so viele Male.

Sandra, du hast mir von Anfang an zu jedem Text deine ungeschönte Meinung mitgeteilt. Du bist meine erste Adresse, wenn ich ein Projekt starte oder darin scheinbar aussichtslos feststecke (wie jedes Mal), und bist während des ganzen Schreibprozesses immer für mich da. Du hilfst mir, neue Projekte zu hinterfragen, zu verbessern, und auch bei der Vermarktung hast du immer den richtigen Riecher – HERZLICHEN Dank dir, liebe Sandra.

Mein herzlicher Dank gilt auch den Freilichtspielen Chur, die «Chur 1947» im Sommer 2021 auf die Bühne bringen werden.

Herzlichen Dank an Katarzyna Mathis (Stadtarchiv Chur).

Besonders danken möchte ich auch noch dem gesamten Team des Emons Verlags.

Philipp Gurt

Die Erfolgsserie des Bestsellerautors Philipp Gurt:

Alle Titel sind auch als eBook erhältlich.

Weitere Kriminalromane
mit Landjäger Caminada:

Chur 1947
ISBN 978-3-7408-0629-3 (orange)
ISBN 978-3-7408-0721-4 (rot)

«Bündner»-Reihe:

Bündner Irrlichter
Der 1. Fall
ISBN 978-3-7408-0789-4

Bündnerfleisch
Der 2. Fall
ISBN 978-3-7408-0788-7

Bündner Treibjagd
Der 3. Fall
ISBN 978-3-7408-0538-8

Bündner Alptraum
Der 4. Fall
ISBN 978-3-7408-0787-0